有爱的青春陪伴者

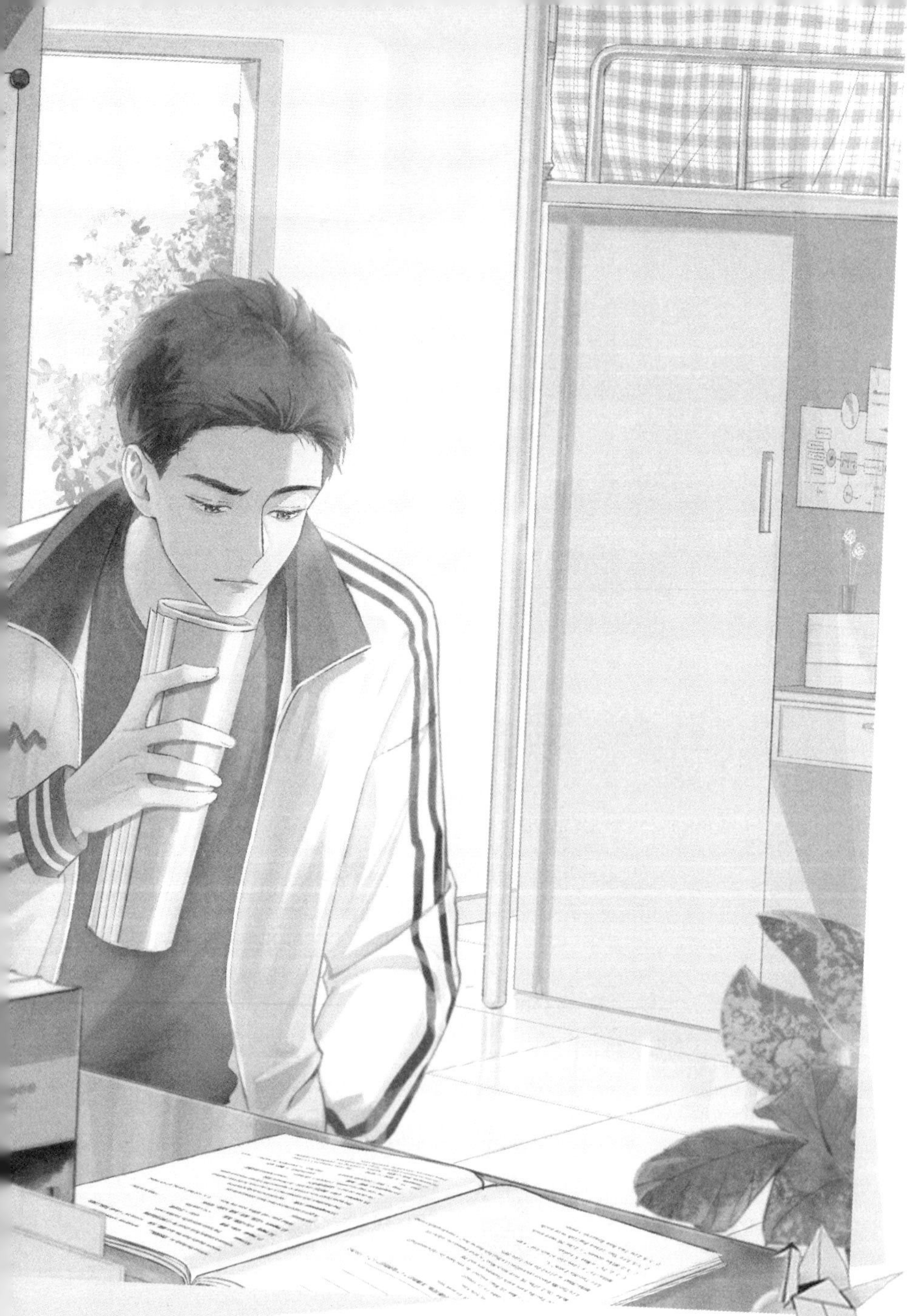

不会有人
考不了年级第一吧

时梧 / 著

江苏凤凰文艺出版社

图书在版编目（CIP）数据

不会有人考不了年级第一吧 / 时梧著. -- 南京：江苏凤凰文艺出版社，2024.4
ISBN 978-7-5594-8288-4

Ⅰ.①不… Ⅱ.①时… Ⅲ.①长篇小说 - 中国 - 当代 Ⅳ.①I247.5

中国国家版本馆CIP数据核字(2024)第008299号

不会有人考不了年级第一吧

时梧 著

责任编辑	王昕宁
特约编辑	廖 妍
出版发行	江苏凤凰文艺出版社
	南京市中央路165号，邮编：210009
网　　址	http://www.jswenyi.com
印　　刷	长沙鸿发印务实业有限公司
开　　本	880mm×1230mm 1/32
印　　张	9.5
字　　数	321千字
版　　次	2024年4月第1版
印　　次	2024年4月第1次印刷
书　　号	ISBN 978-7-5594-8288-4
定　　价	45.80元

江苏凤凰文艺版图书凡印刷、装订错误，可向出版社调换，联系电话025-83280257

- **楔子 / 001**

- **Chapter 1·再见 / 002**
  小胖子瘦成竹竿了。

- **Chapter 2·同桌 / 023**
  生活永远是有希望的。
  他从来长存希望，可是顾栾呢？

- **Chapter 3·补习 / 043**
  人生不能重来，学习不能拖延。

- **Chapter 4·隔阂 / 058**
  这是一道名为姓氏错位的鸿沟。

- **Chapter 5·电话 / 081**
  他控制不住自己的嫉妒。
  他嫉妒顾栾拿回了属于他众星捧月的生活。

- **Chapter 6·冷战 / 102**
  我像个小偷一样，得到了你原本有的一切。

- **Chapter 7·秘密 / 125**
  他觉得自己爱吃，就要把好吃的分给
  自己喜欢的人吃。
  他是最大方的孩子了。

Chapter 8 · 爷爷 / 144
你不会说童话故事也不会唱歌,我却感到很幸福。

Chapter 9 · 往事 / 165
大人之间的商议,小孩从来都无法参与,
只能随他们的决定飘摇

Chapter 10 · 回家 / 182
天南海北,无论何处。心安之处便是家。

Chapter 11 · 跨年 / 202
这个念头一出,顾栾都觉得自己疯了,
他居然第一次想要早点开学!

Chapter 12 · 梦想 / 227
顾栾,做自己就好。

Chapter 13 · 启程 / 251
愿我们都能一往无前,走向远方,
祝我们的青春,可以永远灿烂,耀眼。

Chapter 14 · 结局 / 274
从此以后,他总算不再孤单了。

楔子

要问沈礼这辈子最后悔的是什么事情，他大概就一个回答——
"初一某天早上上学的路上，买了两个煎饼馃子。"
为什么呢？
"我人生的转折点，就是从买了那两个煎饼馃子开始的。"
他一脸严肃，拍了拍桌子，气恼道："其中一个加了两个鸡蛋、一根火腿肠，被顾栾那家伙吃了！"
沉默了半晌，他又吼道："那家伙后来还埋汰我！说天津人都不在煎饼馃子里加火腿肠！因为这不地道！"
沈礼边拍桌子，边继续骂骂咧咧："你说说，这兔崽子！忘恩负义！我就爱吃火腿肠怎么了？哪儿就不健康了？哪儿就不地道了？"
等这阵火过去了，他又安静下来，白着脸，声音变得失落："也不能说后悔。我那时候胖啊，皮糙肉厚的，后来从姓顾改成姓沈之后，也没挨几顿打。啧，要是顾栾还在沈家待着，指不定被打瘫痪了呢。别看顾栾现在人高马大的，他那个时候像个瘦猴子，骨头脆得很，真不能再被打下去了。我那时候皮实……不怕打。真的，不怕。"

要问顾栾这辈子最后悔的是什么事情，顾栾也就一个回答——
"沈卫兵打我的时候，我没有把过来救我的沈礼推开。不然那之后他仍是一个天真自信、无忧无虑的富二代。
"我其实我已经习惯在沈家生活了，但是沈礼这家伙，绝对受不了的。"

Chapter 1
再见

  2011年的暑假闷热冗长,天气干燥炎热,连续一周都没有下雨,知了和蛐蛐都像被热哑了嗓子,不叫唤了。
  大地蒸腾出的热气让景象失真。
  冒着暑气,沈礼提前两天就回了学校。
  学生寝室的空调还没开,八月底闷热的天,沈礼热得睡不着,干脆把草席铺在地砖上睡了两晚。
  幸好他现在瘦,虽然睡在坚硬的地上硌得骨头疼,但耐热能力强了许多。要是换作初中时小白胖子的他,估计早就热得浑身出油了。
  暑假作业早写完了,沈礼没心情复习——高三有一整年的时间复习呢。开学前一天下午也没事干,他就趴在地铺上,跷着小腿,举着MP4看《海贼王》。
  这台巴掌大的小机器还是室友冯锐意淘汰下来给沈礼的。沈礼觉得拿别人的东西手短,象征性地给了十块钱当自己收破烂了,还顺便给了对方一周抄自己课堂笔记的"权利"。
  这些动漫资源还是他暑假的时候在兼职的甜品店的电脑上下载的,存了满满当当十集,内存也挤满了。他打算一晚上看一集,看完后再找个周末溜进学校机房下载后面的。
  陆陆续续有同学回校,在寝室走廊里吵嚷着,跑来跑去。
  沈礼稳如山,翻了个身,仰面举着MP4皱眉看艾斯被海军大将赤犬一拳贯穿身体,难受得眼里含着泪水。
  寝室门突然被人推开,张文凯扯着大嗓门号道:"哎哟,栗子你快过来帮哥哥抬行李!"

沈礼还没反应过来,张文凯因为冲太猛,一脚直接踩在了沈礼的小腿上,然后身子不稳,摔在了沈礼身上,行李撒了一地。

"嗷!"沈礼疼得号了一声,手一脱力,MP4直接砸在了脸上。

"啪"一声,沈礼又是一声哀号:"哎哟!"

张文凯摔了个大马趴,双手撑在地上,抬脸一看就是沈礼的脚丫子。他气得一拍沈礼的小腿肚子:"栗子,你有病吧!干吗打地铺啊?"

沈礼捂着小腿,嚷道:"我热啊!"

冯锐意是家里人开车送来的,他爸把刚攀上交情的商界大佬的儿子委托给他关照,冯锐意真心觉得压力很大。

他家境殷实,他爸做生意也算有些名堂,可是跟这商界大佬比起来,实在是小巫见大巫了。

水城顾家,那是全国都闻名的,早在十年前就声名鹊起,掌控着水城好几个大集团。四年前上市后,公司市值更是一路飙升,公司老大顾安,四十来岁就登上中国福布斯富豪榜了。

冯家老爹一脸严肃地警告冯锐意:"顾家少爷小时候流落在外,性格比较古怪,脾气不太好,但是他就算骂你、打你,你也不准还手,不然我双倍奉还!"

冯锐意偷偷瞥了眼坐在自己身旁盯着窗外闷不吭声的大高个,心里直犯嘀咕。

这位顾公子少说一米八五往上,身材挺拔,瘦削白净,五官很是隽秀,只是那表情和眼神让人感觉非常不好惹,跟头狼似的,带着狠劲。

冯锐意的直觉非常准确。

顾公子,他惹不得。

顾栾自打上了车就没说过一个字,脸色也阴沉沉的,没有一点开心愉悦的模样。

车内的气氛度很尴尬,冯锐意向来看不得气氛低迷,轻咳声,没话找话道:"开学……的确让人高兴不起来啊。"

谁会喜欢开学呢,而且是一开学就要进入备考状态。

顾栾轻轻瞥了冯锐意一眼,低沉着嗓子回道:"我挺高兴的。"

冯锐意心说:你高兴那你倒是笑一个啊!黑着脸皱着眉好像别人欠了你八百万似的!是不是有病?

"啊……是吗?看来,你是迫不及待想徜徉在学习的海洋里了呢。"

顾栾扭过头，皱眉，莫名其妙地看向冯锐意："我不爱读书。"

冯锐意苦着脸，在心里吐槽——

那你高兴什么啊？

是不是受虐狂？

就这个人，还跟自己同寝室，要疯！

冯锐意不想说话了，倒是顾栾开了话头："说说你的室友吧。"

"嗯？"冯锐意看向他。

顾栾正好也投过眼神来，眼珠子黑沉沉的，表情沉静，看不出情绪，丝毫看不出一丝高兴。

"以后也是我的室友了，了解一下。"

冯锐意"哦"了一声，干巴巴地介绍道："我们寝室本来有四个人，之前排行老二的去美国了，这才多出一个床位。正好你要住校，我就帮你申请了。那个……我在我们寝室是年纪最大的。现在排行老二的叫张文凯，处女座，头特别大，人也壮实，叫他大头就行。他人很搞笑，偏科严重，化学特别牛，全年级第一。"

顾栾点点头，微咬牙关，下颌线紧绷。

冯锐意没有注意到他聚精会神等待下文的表情。

这时，车子"嘀"了一声，冯锐意往窗外一张望，扭头对顾栾说道："到学校了。顾栾，欢迎来到浮城高中。"

宽敞的校门口，学生络绎不绝地拥入校门。"浮城高中"四个石头浮雕大字斜躺在校门旁。正对校门的是长长的大台阶，然后是花坛、喷泉，最后是学校最高的建筑求是楼，也是行政大楼。求是楼顶楼有个天文瞭望台。红色墙面的教学楼和实验楼分布在学校两侧。

正值夏末，绿树茵茵，花鸟鱼虫都在校园内活跃着。

车子驶进校门，穿过一条绿荫道，绕过一栋教学楼，瞬间豁然开朗，三幢高大的红色建筑并排矗立在北面篮球场后侧，正对着一面湖。

冯锐意一一给顾栾介绍校内的布局，指着最前头那栋学生寝室楼，说："我们寝室在1号楼，六楼，有电梯的。"

顾栾点点头，又问："还有个室友呢？"

车子在寝室楼前停住，冯锐意推开车门，扭头冲他笑道："过会儿再说吧，咱们先上去。"

冯锐意个子不矮，大概一米七八。顾栾个子也高，气质冷傲，看着成熟些，一张俊美的脸,比起偶像剧里的男主角分毫不差。

从下了车到上了六楼走出电梯这一路,无论是家长或是同学还是宿管阿姨,都纷纷探头围观。

冯锐意自己长得就挺花美男的——他自封的。但现在顾栾往他身边一站,他生生就被比下去了。

出了电梯,冯锐意好奇地问:"哎,对了,顾栾,你跟我们同年吧?生日什么时候?"

"12月24日。"

"哟!也是老幺啊!你跟咱们栗子一天生日呢!"冯锐意惊喜地说着。

顾栾皱眉:"栗子?"

冯锐意点头:"对啊,我们老幺,叫沈礼,室霸!"

在"沈礼"两个字蹦出来的同时,顾栾眉一挑,脸上的表情瞬间变得柔和,但稍纵即逝。

两人身后跟着司机大叔,几人提着行李往走廊深处走,待到了605寝室门口,冯锐意停了下来,嘟囔:"门没关,栗子应该是提前几天就到学校了。顾栾,605到了。"

他一边回头对顾栾笑了笑,一边伸出一只手往室内招呼欢迎:"欢迎来到我们605大家庭——"

他推开虚掩着的门,用笑脸迎向室内人。

下一秒,605传来吵嚷声。

"大头,你给我下去!"

"我膝盖疼!让我缓一缓!"

"你压我腿上像话吗?滚下去!知不知道你脑袋很重啊!"

令人匪夷所思的对话毫无遮拦地从屋内传来,冯锐意这一路疲惫的心情到这时候算是彻底崩溃了,脸上的笑容面具也快龟裂了。

张义凯这个没皮没脸的家伙想要"篡位"吗?就因为沈礼不给他抄作业?

冯锐意轻咳一声,正想说话,身后的顾栾却一声不吭地与他擦肩而过,径自进了屋。

没了遮掩,顾栾看见了地上扭打在一起的两个人。

一个身体壮实、皮肤挺黑的男生正捂着膝盖侧躺在地上,手里揪着另一个人修长的小腿,龇牙咧嘴,他的头确实挺大的。

另一个人大约一米七三左右,生得细瘦,皮肤苍白,一张脸很小,乌黑的头发像个锅盖一样罩着他的脑袋,额前刘海垂落一边。此时他正一只脚抵着大头的脸,两只手推着大头伸过来的张牙舞爪的双手,也是龇牙咧嘴的表情,嘴里还骂骂咧咧。

"你走路不会看路啊?"

"谁让你打地铺啊!"

"我热啊!"沈礼哀号。

"你热不会开空调啊!"张文凯吼道。

顾栾低头看见一张床的下铺上放着一个空调遥控器。

沈礼控诉:"学校就等着你回来才肯开空调电源呢!"

张文凯骂道:"你胡说!"

"嘀——"

挂在墙上的空调发出一声清脆的响声,没过多久,凉爽的冷风从空调出风口里徐徐吹出来。

听到空调开启的声音,扭打在一起的两人一愣,同时看向空调。

沈礼得意地"哈哈"一笑:"你看!你就是学校总电工的亲儿子!"

张文凯又骂:"你又胡说!"

"我就放,我就放!"沈礼又踩了一脚大头的脸。

"你的脚脏死了!"

冯锐意捂着脸,走到顾栾身边,拍了拍他的胳膊,小声解释:"那什么……那小瘦猴就是沈礼……他平时不这样,可能真的热傻了。"

顾栾没回应,只是低头盯着地上那个细瘦的少年,面色阴沉,手攥紧着空调遥控器。

空调开了之后,扭打在一起的两个男孩才安静下来,缓缓松开彼此。

张文凯嘟囔了句"空调开了得把窗关了"后,就起身往窗口走去。

沈礼一手撑着头,侧身躺着,嬉皮笑脸地扭头往门口看去,笑道:"大哥,你来得可正……"

他脸上的笑突然收敛了。

"……巧啊。"

沈礼缓缓坐起身,盯着冯锐意身边的大高个子,他僵着脸,抿着唇一声不吭。他本来皮肤就白,此时似乎又白了一个色号。

他心里在打鼓,过往的记忆在脑海中轰然而至——

阴森恐怖、杂草丛生的破落院子里,黑暗逼仄的房间内,紧搂在一起的两个小孩儿颤抖着身子,微弱地喘气。

"顾礼……我们不要回家,好吗?"

"咳……"

冯锐意的干咳声将沈礼的思绪拉回现实。

这人是谁?这张脸怎么似曾相识?可是……应该不至于吧?虽然两人的五官像,可眼前这人跟记忆里那人的身材、气质完全不一样啊。

冯锐意只以为沈礼见到陌生人矜持,一个劲地冲他使眼神。

张文凯关完窗走回来,笑呵呵地说:"哟,新室友这就来啦。这空床位就是你的,把东西放下,别傻站着啊。"

他完全不客气,也不怕生,指了指刚才放遥控器的那张床招呼,说完扭头踢了脚沈礼盘着的腿:"栗子,你没手机还不知道这个消息吧?"

沈礼垂下脸,抬眼瞪张文凯,从胸腔发出一声低吟:"嗯?"

张文凯热情地介绍:"咱们班来了一个转校生,正好叶子去美国后这床位空着,他就住进咱们寝室了。他叫什么名字来着?"

张文凯回头询问冯锐意。

冯锐意笑眯眯地拍了拍顾栾:"让他自我介绍一下吧。"

顾栾箭簇般锋利的眼神从进门那一刻开始就没离开过沈礼,他一直死死盯着沈礼。

沈礼被盯得浑身不适,这时才回味过来,慢慢站了起来。

"顾栾,"顾栾用低沉沙哑的声音淡然地说,"我叫顾栾。"

沈礼膝盖一软,差点又跪下去,好想闭上眼睛让自己死过去。

早知道进浮高有此一遭,如果能重来,他要选南高。

沈礼的家境不好,没享受过什么好东西。沈礼跟家人关系疏远,爸妈对沈礼唯一的好,就是从不卡他的学费,没有因为私立初中学费贵就不让他读。但他们也从不过问沈礼在学校的事。

沈礼中考全市第一,一战成名,浮城所有的重点高中,甚至隔壁市的高中都在抢沈礼这棵好苗子。

爸爸沈卫兵只是在喝醉后有念叨过"读什么高中,浪费钱"之类的话。

妈妈赵红花问沈礼:"孩子,你要选哪所学校?"

沈礼说:"浮高吧。"

浮高是全国重点高中,虽然学费贵了点,但奖学金和助学金的名额多,而且每年高考推荐自主招生免笔试的名额也是浮城所有高中里最多的。

直到高二最后一次考试,沈礼一直都是年级前三的学神,每年的学费都是靠他拿奖学金挣回来的，再靠助学金攒一笔生活费。沈礼看着自己的银行卡余额就很满足，这笔钱虽然不算多，但是已经能支付T大的学费了。

他在今天以前一直都觉得自己的选择没错。

而现在，他后悔死了。

为什么顾栾这个浑蛋会在高三时转进浮高？是浮城其他高中的本科上线率太低了吗？

哪个神经病会高三转学进一所不熟悉的高中啊？又不是复读生！

这个时候这个"神经病"还被张文凯这二傻子吃力地踮脚搂着肩，一口一个"小栾"套近乎，询问他的情况。

"哎，小栾，你以前在哪个学校读书？"

顾栾把行李放在床上，司机帮他把箱子放到地上，摊平后准备打开，被他一把摁住："我自己来。"然后他才回答，"水城一中。"

沈礼心头一跳，别开视线，把草席卷了卷，扛到门口的浴室里去擦洗。

冯锐意想喊他一起做自我介绍，但他好像没注意到顾栾这么大个子的陌生人。

水龙头"哗哗"地流淌着冰凉的自来水，沈礼握着刷子，将双手都浸入水中，透过水流声听着浴室外的谈话。

张文凯八卦得很。

"哟！水城！水城在A省北部，你怎么跑南边来了？"

顾栾回道："浮高全国有名，而且浮城是一线大城市，家里的企业总部现在在浮城，就举家搬过来了。"

沈礼将水龙头关掉，手撑在水槽上，触感冰凉，脑袋里乱糟糟的。

举！家！搬！迁！

"哎哟，看来你跟咱们老大冯哥一样，也是有钱公子哥。我家条件一般，栗子比我还穷，我就仰仗两位大佬照顾了！"

沈礼拿刷子咬着牙拼命刷着他的席子，边刷边在心里骂：张文凯你这个八婆！能不能少说点话！不提钱这事能死吗？

冯锐意把司机送走了，回来时听见浴室里传来沈礼刷席子的声音，他推开虚掩的门，倚在门框上，双手环胸，问道："你什么时候回来的？"

"两天前。"沈礼把草席翻了个面，咬着牙继续用力刷。

冯锐意看不过眼了："早知道地上脏你怎么不打扫一下就把席子铺上去呢？"

沈礼扭头瞪他："你几时看我打扫过卫生了？"

"你还理直气壮了!"冯锐意气笑了。

沈礼那张巴掌大的小脸很白净,瞪着眼睛说着死皮赖脸的话时,虽然听着可气,可是让人生不起气来。

他家境差,自理能力却更差,一点都没有穷人的孩子早当家的样子——打扫不来卫生,煮火锅也能把自己烫伤。

他看着瘦弱,好像营养不良,胃口却特别好。最擅长的事情就是耍嘴皮子、摆烂和学习。

整个寝室都是同班同学。虽然是重点班,但大家的成绩也天差地别,每次全仰仗着学神沈礼考前点拨的知识点平安度过期末大考。

跟沈礼关系最好,并且最照顾沈礼的是已经去美国读书的蒋叶青。因为沈礼没有手机,蒋叶青每回有什么事情找沈礼都会先发给冯锐意,让冯锐意转告沈礼。

要有新室友这事,冯锐意也没法提前告诉沈礼。所以对沈礼来说,这的确是个突然的消息,而且占的还是跟他关系最好的蒋叶青的床位,他不高兴也是正常。

沈礼心头有火,用力刷着草席。听着门外张文凯"哈哈"大笑的声音,他忍不住时不时翻个白眼。

冯锐意看得胆战心惊:"栗子,你再用点力……席子就破了。"

这张席子是沈家祖传的——打从门外那高个子还在沈家的时候就用着的草席,现在已经脆弱得如同薄纸。

沈礼装没听见,继续用力刷着席子,对冯锐意挑眉:"哪有那么容易就……"

这时,传来"刺啦"一声,只见草席从中破了个大口子,随着沈礼刷洗的动作,草席直接破到了最边缘。

两人看得目瞪口呆。

沈礼手一松,席子掉进水槽里,溅了他一身水花。

冯锐意喃喃道:"你那破席子……不是早就破了个洞吗?让你力气小点你非不听……"

沈礼咬牙瞪他:"就你这张乌鸦嘴!"

张文凯和顾栾也挪到了浴室门口。

"怎么了?"张文凯最八卦,往里探头,咧嘴笑道,"嘿!栗子,你那祖传的草席终于破了!"

顾栾盯着那张眼熟的草席,嘴角一扬。刚才他就觉得这张席子眼熟,现在破了之后，倒让他一下想起来了，他小时候就睡过这张席子，上面有个洞还是他以前无聊时抠破的。

沈礼把刷子扔进水槽里，又一阵水花溅开，他身上的白色T恤衫都湿透了。

"大头！都怪你！"他指着张文凯怒喝，眼睛却瞟着张文凯身后的大个子。

都怪顾栾！

张文凯何其无辜："关我何事？"

"你一回学校就踩我脚，打我腿，败坏我的好心情！"沈礼无理取闹地指桑骂槐。

"打我腿"这三个字让顾栾眉心一跳，沉了脸。

张文凯莫名其妙，双手叉腰："栗子，你今天吃枪药了？莫名其妙。不就一破草席吗？破了就破了！哥哥给你买新的不就得了？"

冯锐意以为沈礼真跟张文凯闹脾气，沈礼虽然外表看着乖巧懂事，但实际很倔强，发起脾气来让人心里打鼓。

他赶紧当和事佬："对啊，别闹脾气。大哥给你买新的不就行了？"

沈礼想说，新买的就不是原来那张席子了。这可是多年的老席子了，光滑可鉴啊。

可是一抬眼就看到席子的第一任"盘主"——顾栾跟棒槌一样杵在那儿呢，他闭上嘴不说话了，冷哼一声，认命了。

张文凯"哎"了一声："这就对了嘛。"

说着，他找来一个大袋子，将草席折叠起来塞进袋里，准备过会儿扔了。

沈礼甩甩手，都懒得擦干，往浴室外走。

顾栾堵在门口，沈礼也不抬头，一手抵住顾栾的胸膛用力一推，侧身从门框和顾栾身子之间的缝隙挤了出去。

顾栾感觉自己胸口一凉，低头一看，一个带着水渍的巴掌印浮现在自己白色的T恤上。

沈礼把扔在桌子上的东西收拾了一下，然后又开始整理自己的书包。

冯锐意过来招呼他："哎，栗子，你还没跟咱们的新同学兼新室友打招呼呢。他叫顾栾，跟你同年同月同日生，有缘吧？"

沈礼头也不抬，把几本练习册塞进书包："我知道。"

"啊？"冯锐意惊讶得张大嘴巴。

沈礼抬头看了眼冯锐意，眼神不经意间瞥见紧紧盯着自己、闷不吭声的顾栾:"大头跟他的聊天我都听到了。"他顿了顿,觉得自己不能表现得太神经质,就抿了抿唇,冷淡地说道,"你好,我叫沈礼。"

冯锐意和张文凯松了口气。他们太了解沈礼了,这小孩平时一直都和和气气,从来不得罪人,今天新室友一来,他又是不理人,又是迁怒大头乱发脾气,现在还板着脸打招呼,可不就是看不惯顾栾,要给人下马威吗?

但好歹打了招呼,相信以后相处时间久了总能好的。

结果两位"老父亲"等了半晌都没等到新室友顾栾的回应。

冷气"呼呼"吹着,屋内凉快极了,冯锐意和张文凯却急得满头大汗。

再看顾栾,本身看着就不好惹,此刻阴沉着脸,死死盯着沈礼,仿佛终于找到欠了他八百万的债主一样,很吓人。

冯锐意和张文凯十分佩服沈礼。顾栾这强大的气场,一米八五的高个子,眼神锐利,垂着眼死死瞪着一个人的时候,换作他们俩,早吓得腿软屁滚尿流了。

可是沈礼丝毫不惧,反而半抬下巴,抿着嘴角,无语地翻了个白眼,再看了眼窗外。

"得了,老王让我去一趟办公室。晚上要上自习,你俩暑假作业做好没?没做好快点抄,知道没?"他手按在桌上那厚厚一摞暑假作业上,指尖轻弹几下,又道,"记得带到教室来,落了一本,提头来见。"

冯锐意和张文凯顿时热泪盈眶地扑向作业本:"好栗子,哥哥爱你!"——爱你写的作业。

顾栾眉心紧皱。

沈礼没正眼瞧顾栾,背上书包就跟顾栾擦肩而过。

张文凯还在沈礼身后嚷嚷:"下午五点在第三食堂见啊。唉,你还是买部手机吧,多不方便联系啊。"

沈礼摆摆手,径自离开寝室。

寝室走廊上来来往往的同学多了起来,沈礼闷头往楼道口走,身后传来沉闷的脚步声。

他加快了脚步,迎面正好有同学从其中一部电梯里出来,电梯门还开着,他冲进电梯,还没站稳就反手摁下关门键和一楼的按键。

电梯门缓缓合上,沈礼松了口气。可那口气还没完全呼出来,一只大掌"啪"一声就挡在电梯门中间,门又缓缓打开。

顾栾板着脸,缓步进了电梯。

电梯门又合上了。

沈礼撇开眼，脸侧过去对着墙，不想看到那张小时候就蒙骗他，后来成为他噩梦的脸。

偏偏顾栾不肯让沈礼忽略自己的存在，清冽的声音中略带点沙哑："顾礼……"

"沈礼。"沈礼心头一跳，纠正他。

"顾礼。"

"沈礼。"

"顾……"

沈礼扭头看他，气得面红耳赤，大吼："我叫沈礼！"

"叮——"电梯门正好打开，四楼等在电梯口的学弟们被这声大吼吓得往后退了半步。

沈礼脸一红，往后退，侧过脸，冷哼一声。

学弟们挤进电梯，顾栾也往后退，挤到了沈礼身边，两人手臂挨着手臂。

沈礼不知道自己是造了什么孽。

顾栾低头，嘴唇几乎贴着沈礼的耳郭，低哑的声音听起来像是猫挠着心脏一样，痒痒的："沈礼。"

沈礼要气炸了。

"你衣服透了。"

闻言，沈礼猛抬头，看到顾栾眼里带着一丝狡黠的笑意，勾着嘴角看热闹。他突然意识到什么，低头往自己胸口一看。

天啊！他这件白T恤因刚才溅上水花湿透了。这件棉质T恤穿了三年，本就洗得特别薄了，现在还被打湿，可不就是跟透明了一样吗？

虽然他是男生，但是穿着湿透了的劣质T恤，还是让人感觉非常羞耻的。

沈礼顿时浑身发烫，把身后的背包摘下挡在了胸口。

脑袋上方传来一声低笑，沈礼因为太窘迫了都没好意思抬头瞪顾栾。

顾栾垂眼看着沈礼那通红到滴血似的耳朵，不用猜都知道沈礼的小脑瓜里现在估计在构思怎么把自己大卸八块。

但他也知道，沈礼奈何不了他。

顾栾算是知道了，原来居高临下地看沈礼是这个模样。在今天以前，他真没想到过，居然这么有趣。

沈礼像只暴跳如雷的猫，张牙舞爪却又怕被大狗一巴掌呼死，最后只能将书包抱在胸前，硬着头皮快步往实验楼走去。

老师的办公室在那儿。

天气炎热,阳光毒辣,衣服被滚烫的空气烘烤着,没一会儿,衣服就不透了。

顾栾不说话,双手插在裤兜里,迈着大长腿,不紧不慢地跟着沈礼。

沈礼越走越快,顾栾却好整以暇,一直不远不近地紧随其后。

沈礼头皮发紧,快步绕过一个拐角,身子消失在墙角。

顾栾不急不躁地跟上去,沈礼突然出现,一把攥住他的衣领,将他推到楼梯后面的暗处,将他抵在墙上,恶狠狠地瞪着他。

顾栾双手抬起,面无表情地垂眼看沈礼,不反抗,很配合。

角落阴暗,沈礼的眼睛却亮亮的,他像极了一只暴躁的野猫,龇牙咧嘴地低声警告:"你到底要干什么?"

顾栾的眼神跟沈礼记忆中的居然分毫不差,仍旧带着那股韧劲和狠劲。

沈礼心里一惊,那只小狼崽终于长成一头草原野兽了。

沈礼有些分神时,顾栾突然伸手将隔在两人胸口之间的书包抽走,似笑非笑地低头瞄了一眼他的衣服。

"顾礼。"

沈礼压着嗓子低吼:"我叫沈礼,你别乱喊!"

顾栾另一只手握住沈礼揪着自己衣领的手,触感冰凉。

而他的手心滚烫,沈礼甚至觉得自己被烫到了。

沈礼有那么一瞬间恍惚,仿佛回到了那个恐惧又慌乱的惊魂夜,后山上,挤在一起的两个小孩,身体滚烫,互相给对方抹眼泪,抽泣着话都连不成整句。

那是沈礼第一次看到顾栾流泪,也是最后一次。

那时候,温暖他的是沈礼。

沈礼嗤笑一声:"你要怎样?"

顾栾没说话,嘴角微微勾起。

沈礼松开手想要抽回来,却被顾栾扣住手腕,沈礼瞪他。

"你一点都没长高,却还瘦了这么多。"

顾栾这话一出,沈礼气得直跳脚。

"我长高了!长了四厘米!别……别仗着你长得高就看不起别人的身高。本人中国男性标准身高!而且我不瘦,浑身腱子肉!"

顾栾闷不吭声,伸手在沈礼胳膊上一招。

全是骨头,硌得慌,根本没有腱子肉。

沈礼被掐得浑身一激灵，下意识"嗷"了一声，往后窜出了半米，他颤着手指着顾栾："我告诉你，顾栾，你别惹我！我可不会像以前那样处处罩着你对你好了。我不管你是什么目的，总之，别招惹我！"

顾栾听到这话，不悦地皱眉，缓缓开口："没有目的，就是凑巧。"

沈礼腹诽，鬼才信这是凑巧！

全浮城有二三十所高中，知名的重点高中就有五六所，每所的本科上线率都能达到80%以上，他就不信顾栾瞎猫碰到死耗子，闭着眼都能挑中浮高，还偏偏住进自己的寝室。

自四年前那一遭后，沈礼再也不会敞开心扉将自己真实的想法表达出来，外人看着他没心没肺，好吃懒做，只会埋头学习，实际上他什么都懂。

包括为什么当年他回了沈家后，立刻就被迫离开水城，来到跟水城相距甚远的浮城生活，还特地被安排进私立初中学习，他全都明白。

"嗝。"沈礼发出一声无意义的呼气声。

他死死盯着顾栾，却没从对方脸上看到一丝心虚。

顾栾初中的时候就是这样的表情，沈礼怀疑他面部肌肉瘫痪，通俗来讲就是面瘫。

沈礼看不出顾栾的心思，就像他看不出当年自己狼狈地被强制带离顾家时，站在顾家门口看着自己的顾栾到底是什么样的心情。

是窃喜，还是愧疚？或者是兔死狐悲？

一想到这里，沈礼心中顿时生出一股自我厌恶。与顾栾重遇之后，这种质疑别人善良的阴暗情绪一直隐隐作祟。

沈礼捂了捂脸，心头狂怒，上前一把夺回自己的包反背在胸前，他中指点着顾栾硬邦邦的胸口，一字一顿地警告："你，不，准，再，跟，着，我！"

顾栾没回话，直视沈礼。

沈礼被他那直白又不明所以的眼神盯得头皮发麻，三步并作两步跑上楼，生怕他再跟上来。

然而顾栾并没有。

他只是站在楼梯角落，视线追随着沈礼轻盈的身影。

沈礼的身影很快就消失在拐角处。

片刻后，顾栾才回过神来，捂了捂脸，学着沈礼的动作，用手指抵着自己胸口。心脏有力且飞快地跳动，"扑通扑通"。他到今天才发现，自己的心跳原来如此坚定有力。

过去四年，在顾家高压的环境下，他总觉得自己像个行尸走肉。

他的手顺着胸膛摸到腹部，感到一阵凉意。方才沈礼推他时留下的湿手印居然还没有完全消失，水印尚在。

顾栾低着头，用手掌去贴那有着纤细手指的掌印。他宽大的手掌比那掌印大了一圈，稳稳盖住。

他低头看着自己的手背，眼眶忽然发热，嘴角抿紧。

终于找到了，也终于见到了，可是现实跟想象的又不太一样。

这世上，顾栾所认可的唯一的亲人、好友，是沈礼。

沈礼是学习委员，其实没什么事情要做，只是开学前班主任老王叫班委来一起排一下班干部的值班表，加上沈礼上学期期末考试拿了年级第一，得口头表扬一下。

老王还给他带了一箱牛奶和一箱饼干，让他带回寝室吃。

没有老师不喜欢学习好又乖巧的学生。

沈礼成绩拔尖，每年都申请助学金和困难补助，从没瞒过自己家境差这个事实，但班上的同学没有看不起他，也没有忌妒老师偏爱他。

开完小会，班长胡东力气大，帮沈礼提着那箱牛奶出了办公室，他念叨："老王也是，买什么闲趣饼干啊，吃了又不长肉，就应该买奥利奥，热量高。看看你都瘦成什么样了。"

副班长夏景嘟囔着："要不我多给你买点，你们寝室可以分着吃。"

沈礼皱着脸做深思状："奥利奥不好消化啊，跟火龙果、金针菇是一个道理的啊。"

"哆……"夏景翻了个白眼。

"哎，沈礼，你们寝室人都到齐了吗？"胡东问。

夏景立刻竖起耳朵听。

沈礼皱眉点头，脑海里一闪而过一张让他心情复杂的脸。

夏景拐弯抹角地问："我听说这学期有新同学转过来，要住你们寝室……是……谁带来的？"

沈礼瞥了一眼夏景。他跟夏景是前后桌，这小妞总喜欢有意无意跟他打听冯锐意，偏偏冯锐意对此一无所知，夏景也以为大家都不知道。

"冯锐意啦。"沈礼冲她挤眉弄眼。

夏景脸一红，嗔怪地斜他一眼。

几人一起下楼，胡东换了只手提牛奶，嘟囔着："听说新同学家里非常富有啊,冯锐意都得小心伺候着呢。"

夏景一惊:"啊!真的吗?他会不会性格不好,脾气不好,欺负冯……你们啊!"

沈礼翻了个白眼:"哈?他要是敢欺负我,等晚上他睡觉了,我拿绳子把他捆起来打。"

夏景激动得双眼发亮:"你们现在都这么玩吗?"

沈礼和胡东对视一眼,皆从对方眼里看到了一丝恐慌。

胡东轻咳一声:"你们女生真可怕。"

夏景又好奇地问:"哎,新同学叫什么名字?长什么样?"

沈礼不情不愿地回答:"顾栾……长得嘛……"

他走过拐角,就听见楼梯底下传来一声"嗯"。

声音不轻不重,但这会儿没什么人,四周很安静,这一声正好让几人都听见了。

沈礼觉得莫名其妙,往下一看,阴魂不散的顾栾就站在他们刚才分开的楼梯角。

此时顾栾正仰头看着他,一张俊美的脸毫无表情。

沈礼腹诽,他怎么回事?脑子有问题吗?都过了一个多小时了,还待在这里不走?

夏景看看台阶下的人,又回头看看沈礼:"嗯?什么?"

沈礼指着台阶下方的人:"那就是顾栾,"他扭头生无可恋地看着夏景,"冯锐意的新室友。"

夏景打量了顾栾几眼,脸上慢慢腾腾起热气,泛红。她偷偷瞄了两眼沈礼,再看看顾栾。

沈礼寝室里的人,除了张文凯,颜值都高得离谱。

还没等他们下台阶,顾栾就几步跨上去,伸手夺过沈礼手中的饼干,另一只手又伸向胡东。

胡东一愣,在接触到顾栾的眼神后,才后知后觉地将手里分量不轻的牛奶递过去,顿时感觉轻松了不少。

顾栾轻松地一手提着一箱东西,冷着脸问沈礼:"谁送的?"

沈礼翻了个白眼:"干你何事?"

夏景看看顾栾,再看看沈礼,莫名觉得有趣。

胡东责备道:"沈礼,怎么对新同学这么不友好?"

沈礼冷哼一声,拉紧书包肩带,快步离开。

胡东还没来得及喊，沈礼就已窜出了好几米远。

"哎？"胡东丈二和尚摸不着头脑。

顾栾急忙提着东西跟上去，还回头瞪了胡东一眼。

让你骂沈礼！

胡东更加糊涂了，这是怎么回事啊？

他回头无辜地用眼神询问夏景。

夏景"呵呵"干笑，轻拍胡东的肩膀："班长，那位新同学可能是沈礼的忠实拥护者。"

胡东直接蒙了。

"你别跟着我！我说了多少遍了！"沈礼气急败坏，在通往教学楼的走廊上跳脚。

顾栾淡淡地说："顺路。"

"顺哪门子的路？"

"反正顺路。"

沈礼呼出一口浊气，彻底没力气跟顾栾周旋了，他蹲下来摆摆手："罢了，顾栾，你到底要什么，直接告诉我，咱们也别这样闹，我累了。"

只有沈礼一个人觉得累，顾栾倒不觉得累。看来沈礼真的得补充营养了，如今的他面黄肌瘦。

顾栾将手里的两箱东西放到地上，瞄了几眼后觉得很不满意。

×牛纯牛奶，蛋白质含量低于国际标准；闲趣饼干，热量不够高，而且也不够吃。

班主任真小气。

回头自己带进口奶粉和补品来。

顾栾也跟着蹲下来，跟沈礼面对面，用沉静的眼神看着沈礼。

沈礼斜他一眼，叹了声气，扭头看向内栋教学楼之间的中庭竹林。

毛竹高大粗壮，竹叶青葱，随风"沙沙"作响。

"你到底要什么？"沈礼又问了一遍。

顾栾喉结滑动，似乎想说什么，却终究没说出口。

沈礼懒得和他磨叽，只想尽快逃离，没等站起来就往后退，结果一个没站稳，摔了个四脚朝天。

顾栾眼疾手快想扶住他，但没来得及，还被沈礼手忙脚乱地摆手嫌弃。

"去去去，不用你帮忙，我自己可以。"沈礼爬起来，拍拍屁股上的灰。

顾栾不解，看到沈礼眼里的戒备时，眼神一黯，心中泛起一阵苦涩："沈礼。"

顾栾郑重地问道："我们就不能像从前一样相处吗？"

从前……

童话故事一般都是以这个词开头，或者是"在很久以前"。

从前，在水城巨贾顾家，有一个人见人爱的小少爷，不仅长得白白胖胖的，很可爱，而且心地善良又乐于助人。

有一天，他帮助了一个面黄肌瘦的小男孩，两人还成了形影不离的好朋友。

两人的命运自此发生了改变。

但那只是从前。

沈礼嘲讽地笑道："顾栾，你以前不是这么天真的人。"

顾栾牙关紧咬，嘴角绷直。

"我们之间发生过那样的事……我和你是对立的，是……是敌对的关系。"沈礼舔了舔干涩的唇，跟顾栾面对面站着，对方眼里的神采一览无余。

"我和你……永远都不可能回到从前那样。我不可能再跟你成为朋友，也不可能像以前那样照顾你。你也不需要觉得……愧疚。呵……"沈礼自嘲地冷笑一声，"应该是我对你愧疚才对，是我抢走了你本该拥有的美好童年，整整十三年！你不需要因为乱七八糟的原因而对我好。让你失望了，我现在过得比你想象中要好很多，老师同学们对我都很好。"

"你看。"他指了指地上的牛奶和饼干，"班主任还特殊关照我，送我吃的。

"你做不到像孙悟空一样，横空出世，匡扶正义，救我于水深火热之中。因为我，过得很好。"

他眨掉眼里浮起的一层氤氲，别过脸，起身去提牛奶和饼干，手臂却被同样起身的顾栾握住了。

"嗯，我尊重你的想法。回不去就不回去，不做朋友就不做朋友，我都依你。"

闻言，沈礼身体一僵，心沉了下去，脑海深处有一个声音在低喊：不，不是这样，别这样。

顾栾又说道："你没有对不起我，不需要愧疚，那些错误不是我们造成的。我也没有希望你过得不好，你过得好，我很开心。我知道你不会像当初的我那么没有出息。"

沈礼低着头，微微皱眉。

"因为，你本来就是讨人喜欢的性格。在我眼里，你才是孙悟空。"

顾栾又在心里补充：你是我的英雄。

听到这话，沈礼猛地抬头瞪顾栾，却没从顾栾眼里看到一丝一毫的讽刺，反而真挚得动人。

沈礼通红的眼眶暴露了他的心绪，他急忙低下头又要去拎东西，可被顾栾抢先了。

"我带回寝室。刚才冯锐意发短信给我，让我跟你说，他和张文凯在小卖部给你买凉席，你要自己挑的话就过去。"

沈礼咬着牙，扭头就走，几乎跟逃跑似的。

顾栾这次没跟上去，拎着牛奶和饼干，远远看着沈礼从快走到狂奔，直直穿过中庭，往小卖部跑去的背影。

耍帅完了，也表露了心声，顾栾有些发愁了。

不当朋友，那当什么啊？

他还没考虑过啊！

张文凯和冯锐意给沈礼买了张新竹席，比那张"祖传"破草席要凉快很多。

钱是冯锐意付的，沈礼不好意思，买了一桶方便面给冯锐意当作回礼。

张文凯在一旁看到沈礼后背和脖颈上全是汗珠，百思不得其解："栗子，你这么瘦怎么就这么怕热呢？"

沈礼一边扯着衣领透气，一边挤出拥挤的小卖部，他一手扛着竹席，回应："后遗症吧，我初中时可胖了。"

张文凯嘀咕着："你怎么瘦下来的呢？能教教我吗？"

"……这个方法不传外人，你别想了。"

任谁从优渥的生活一下坠入地狱，隔三岔五就被亲生父母拳打脚踢，都会暴瘦吧。

但是这话，沈礼说不出口。

回到寝室，顾栾已经将自己的床铺好了，沈礼的牛奶和饼干被搁在墙角。

沈礼把竹席往上铺一扔，把牛奶和饼干塞进了柜子里。

顾栾的床位在沈礼床位的下铺，两人的衣柜也是挨着的，很多时候不免碰到一块儿，尴尬异常。

张文凯帮顾栾压实了凉席下面的褥子，比了比顾栾的身高，嘟囔着："哎，我说顾栾，你以前住过校没？"

"没有。"

"这床铺对你来说太小了，学校外面有高档小区，你租房子也可以啊。你何必住校呢？"

顾栾瞄了一眼正往上铺爬的沈礼，回道："我想试试过集体生活。"

他在学校外面的高档小区有房产，转学前，顾安就给安排好了，是他自己执意要住校的。

张文凯摇摇头："不理解你们有钱人家孩子的想法。"

"大头。"沈礼把自己床上的枕头和零碎杂物全裹在被单里递给张文凯。

张文凯应声接过来，问顾栾："哎，放你床上行吗？"

顾栾点头。

张文凯将被单抖开，把里面的东西全扔在顾栾床上，然后将被单还给沈礼。

沈礼接过被单，动作笨拙地摊开铺在床板上。

顾栾低头打量了一下那些小玩意儿。

除了枕头，还有 LED 充电小台灯，一双看起来倒是干净的黑袜子，一黑一红两支水笔，带夜光功能的小闹钟，半个巴掌大的 MP4，以及五六颗各种口味的糖果和一大堆五颜六色的糖纸，还有半袋薯片，袋口拿鸭嘴夹封口了。

沈礼都在床上干什么？

顾栾黑着脸，抬头看沈礼。

他太瘦了，皮肤苍白，因为跪坐在硬邦邦的床板上，膝盖通红。

顾栾皱眉，打开柜子，拿出一条厚毛毯扔给沈礼。

沈礼被毛毯盖了一脸，扒拉下来后，他莫名其妙地问："谁啊？干吗啊？"

"你把毛毯垫在下面。"顾栾说道。

这条毛毯不大不小，折一折垫在凉席底下，又软和又耐脏。

沈礼翻了个白眼，作势要把毛毯扔回给顾栾："多此一举。"

"床太硬了。"顾栾解释道。

"我两年都这样睡下来了。夏天，床硬点也没事。"

冯锐意上完厕所出来，劝沈礼："我也觉得床太硬了。栗子，寝室就你最瘦,也就你一张凉席底下垫一条薄布挡灰,你这跟睡在地上根本没区别。现在开了空调容易着凉,就垫一下吧。"

张文凯浑水摸鱼:"这毯子看着正好,要不给我?"

沈礼瞪张文凯,不情不愿地嘟囔:"那还不如我自己用。"

他嘟着嘴犹豫半晌,梗着脖子,别扭道:"谢……谢了。"

顾栾表情一柔,声音也软了不少:"不用谢。"

沈礼这人,家境不行,自理能力却还不强。他以前换被褥都是蒋叶青帮忙的,现在要垫这一层毯子,他忙得满头大汗,来回掖实被角,仍旧弄得皱皱巴巴的。

顾栾一直在旁边打量他的动作,皱着眉。

沈礼被他盯得越发焦虑尴尬。

张文凯和冯锐则并排坐在一旁的课桌前,奋笔疾书抄暑假作业,压根儿没注意两人之间僵硬的气氛。

最终,顾栾看不过去了。他个子高,一伸手直接就握住了沈礼的手腕,定定地看着沈礼:"你下来吧,我来弄。"

沈礼感觉自尊被践踏了:"不需要,我自己来。"

"快到晚饭时间了,你弄了这么久还没弄好,别浪费时间。"顾栾回道。

沈礼一听,更加气不打一处来。但是他现在累得够呛,膝盖跪在床板上生疼,他把毯子一揉,弄乱了,直接下床:"你来,你来。"

结果顾栾压根没上床,站在床梯的栏杆上直接三下五除二将毯子铺好了,然后又伸手拿了凉席和枕头,直接帮沈礼铺好了床。

沈礼闷声道:"谢谢。"

顾栾跳下来,拿了一颗巧克力:"可以给我吃吗?"

"吃吧。"沈礼摆摆手,觉得很郁闷。

顾栾剥开糖纸,里面的巧克力融化成了巧克力浆,压根不能吃了。

沈礼还弯着腰在那边将搁在顾栾床上的东西往自己床上扔。

顾栾实在看不过眼了:"剩下的糖纸扔了吧。"

"哦哦。"沈礼听话地把糖纸扔进垃圾桶。

顾栾见他还要把薯片往床上扔:"以后你还是别在床上吃东西吧。"

沈礼看了顾栾一眼:"那你吃了吧,前天吃剩下的。"

这好吃懒做的毛病倒是一点没改。

"那些糖都化了。"

沈礼一把抓起:"那也得放床上慢慢吃。"

"……睡前还吃糖？"

"刷牙前吃啊。"沈礼还宝贝似的数了数。

顾栾见他那珍惜的样子，心里不是滋味。

冯锐意抄完一本作业，得空回头对顾栾说道："你别管他。那些都是叶子从国外寄给他的糖，柜子里还有一大罐呢，进口货！他就喜欢放床上慢慢吃。"

"……叶子？"顾栾心中顿时生出一种说不清道不明的敌意，"谁？"

"蒋叶青啊，就你这个床位原来的主人，去国外读书了。"

沈礼把自己的"猪圈"整理得乱糟糟的，拍拍手，呼了口气："几点了？"

张文凯抱头痛哭："五点了！我还没抄完啊！"

冯锐意奋笔疾书："栗子，你和顾栾先去吃饭吧！真是的，给你买凉席浪费太多时间了。"

沈礼扭头盯了眼顾栾，闷声嘟囔："没必要……我吃方便面就好。"

顾栾准备先行离开，没有要跟沈礼一起吃饭的意思："我要去趟校外。你别吃方便面，去食堂吃吧。"

闻言，沈礼松了口气。跟顾栾单独相处太尴尬了，可是顾栾那明显在照顾沈礼心情的态度，又让沈礼万分纠结和愧疚。

他对顾栾的态度太差了，可是他完全无法克制自己。这并不是他针对顾栾，而是怕顾栾靠近自己以后会更加受伤。

就如同他告诉顾栾，他俩是对立的。

四年前，他姓顾，顾栾姓沈。

顾家小少爷的位置，人人艳羡。而沈礼，却阴错阳差地鸠占鹊巢整整十三年。

他是顾栾的仇人才对，顾栾不应该对自己这么好的。

Chapter 2
同桌

晚自习前。

教室里没有空调,大大小小一共十二台电扇"呼呼"地吹,对沈礼来说也没有特别凉快。

整理完自己的课桌,沈礼趴在桌上看着自己身边空空荡荡的座位,心里一阵寂寞空虚。

他原来的同桌就是蒋叶青。虽然是重点班,但是蒋叶青当初是走关系进的二班,成绩在班上倒数。老师特地安排沈礼跟蒋叶青同桌,坐在最后一排,因为蒋叶青个子也很高。

沈礼脑袋聪明,又好学,人也乖巧。蒋叶青原来是个二世祖,吊儿郎当,也不知道是沈礼感化了他还是他自己洗心革面了,开学还没一个月就开始特别认真地学习,每节课下课都问沈礼问题,借沈礼的笔记抄,成绩从入学摸底考试的年级倒数进入前三百名,进步巨大,要是继续努力,考上211大学绝对没问题。

蒋叶青对沈礼也特别好,什么事情都帮衬着沈礼,周末回家给沈礼带好吃的,自己小了的衣服也带来给沈礼穿。

两人亲如兄弟,冯锐意和张文凯看着说不忌妒都稍显虚伪。

张文凯开玩笑说,蒋叶青可能是沈礼没有血缘关系的亲生父亲。

沈礼从生物学角度给张文凯剖析了一遍,顺便嘲笑张文凯为何偏科严重,生物甚至挂科。

因为蒋叶青成绩进步巨大,家里人一开心,上学期没结束就把他送出国备考SAT了,寝室四人都没有来得及认真举办一场送别会。

沈礼虽然一直没提这件事情，但其实很介怀，心里空落落的。

班主任老王进了教室，顾栾跟在他身后，背着只书包，手上还抱了一沓书。

沈礼还在伤怀好兄弟的离去，没注意。

老王拍拍手，全班安静下来，他介绍了一下顾栾："这位是转来我们学校读书的顾栾，之后一年他要跟大家一起学习，大家欢迎。"

顾栾出挑的外形和冷冽慑人的气场让班上的同学忍不住交头接耳，其中女同学更甚。

老王指着沈礼旁边的座位："正好那位子空着，你坐那儿。"

顾栾点点头，跟老王一同走到沈礼旁边。

沈礼还没反应过来，缓缓从桌上抬起头来，看着顾栾走近，登时鸡皮疙瘩都起来了。

"王……王老师……"他心中有一种不好的预感。

老王拍拍沈礼的胳膊，温和地笑道："沈礼，以后顾栾就交给你照顾了。他跟蒋叶青同学一样，成绩不太稳定，你在不影响自己学习的情况下，帮助一下他，好吗？"

沈礼很想说不好啊！

顾栾什么成绩，他还没见过吗？初中的时候班级倒数，心思压根就不在学习上！什么成绩不稳定！分明就是稳定极了，稳定在年级倒数百名内吧！

还有，是把他当慈善家了吗？凭什么学渣都扔给他改造啊？他不用收补课费的吗？

沈礼僵硬地扯着嘴角，乖巧地点头："好的，王老师。"

顾栾就这样跟沈礼同桌了。

以前当同学的时候从没同桌过，再次相遇不仅仅同寝室，还是同桌。

沈礼窝火，有一种说不出的无力感。

一整个晚自习，两人没说过一句话。沈礼做着盗版的《五年高考·三年模拟》，顾栾趴着睡觉，一直到回寝室，两人都没再交流过。

晚自习九点半结束，十点半就得熄灯，住校的学生都狂奔回寝室抢位置洗澡。

幸好寝室设计还挺人性化，浴室和卫生间是分开的，浴室内有两个淋浴头，中间有挡板，可以同时供两个人一起洗澡。

冯锐意从柜子里拿出偷藏起来的电水壶，开始烧水，然后先进了浴室洗澡。

张文凯一边脱衣服，一边嚷嚷："等会儿等会儿，一起！"

没等冯锐意关门，他就迅速钻进了浴室。不管冯锐意在浴室里如何吱哇乱喊反抗，他仍没皮没脸地跟冯锐意挤在浴室里，争分夺秒地洗澡。

沈礼先把寝室门锁上，防止宿管大爷突然来检查，然后把书包搁在椅子上。放好书包，他将晒在小阳台上的衣服收进来，打开衣柜，将皱巴巴的衣服塞进去，坐回椅子上订正晚上做的练习题。

顾栾原本坐在床上玩手机，注意到沈礼那豪迈的动作，额头上的青筋都暴起来了。

"沈礼。"顾栾的声音低哑。

沈礼扭头："干吗？"

顾栾站在沈礼的衣柜前，打开柜门，衣柜里乱七八糟的东西"哗啦"一下跟山洪似的倾泻下来，差点淹没顾栾。

沈礼愣了愣："你开我柜子门干吗？莫名其妙！"

"我帮你整理一下吧。"

"……没必要。"

"要是来检查会扣分的。"顾栾倒是知道还有这规定。

沈礼翻了个白眼："随你便。"

顾栾爱当老妈子就让他当去。

顾栾皱着眉，一言不发地给沈礼整理衣柜，动作利索。沈礼其实没多少东西，只是春秋冬夏的衣服全塞一起，又不好好折叠，才看起来显得杂乱。

电水壶"呜呜"沸腾时，张文凯和冯锐意骂骂咧咧地从浴室里出来，顾栾也将衣柜整理好了。

沈礼生怕顾栾又鼓什么幺蛾子，拿起放在床上的换洗衣裤就跑进了浴室。他洗澡很慢，等他洗完出来，顾栾再去洗，才洗到一半，灯灭了。

沈礼这时候已经躺上床就着小台灯看书了。

顾栾身上带着水汽出来，默不作声，换作张文凯，肯定要抱怨沈礼拖延时间了。

空调"呼呼"吹着冷气，出风口正对着沈礼的床位，有些凉，但因为垫着顾栾给的毯子，还挺舒服，比以前要好多了。沈礼翻了个身面对墙，将台灯关掉，裹紧空调被，打开了MP4开始看小说。

听见有脚步声靠近空调，沈礼有点好奇，艰难地回头，就看见顾栾正站在空调下方。昏暗中，他只能看见高大的身影一抬手就够到空调风口，不知道在做什么，但他能察觉到冷气不再正对着自己吹，而是改变了风向。

他回头，将 MP4 关掉，闭上了眼，心里乱成一团。

床晃了晃，下铺的顾栾也上床睡觉了。

沈礼觉得像是回到了四年前。

他曾经也和顾栾这样，住在一个房间里，睡着同一张床。只是那时候是一张大床，有暖和的羊绒被，温暖的地暖，没有另一张床上张文凯"呼呼"大睡的打鼾声和冯锐意那 MP5 投射出来的光亮。

那是属于沈礼的房间，宽敞明亮，装修豪华。

也是顾栾躲避"原生家庭"时候的避难所……

沈礼，不要再因为顾栾乱了心神，你们永远是无法和平共处的对立面。

沈礼，你千万不要再去回忆过去的那些事情。

沈礼沉沉睡去，却忘了睡前对自己的叮嘱。

水城顾家，是掌握着整个水城经济命脉的巨头，沈礼从小在这样条件优渥的家庭里长大。那时候他还叫顾礼，顾家三代单传，他有享不尽的宠爱和荣华富贵。父母虽然常年不着家，也很严厉，他却从不缺少家人的关爱。

爷爷是发自肺腑疼爱他的人，他自小被宠得天真烂漫，善良单纯，但也好吃懒做，养得一身都是肥肉，发育得早，不到十二岁他就有一米七了。

顾栾还叫沈栾的时候，个子娇小，面黄肌瘦，眼神特别亮，韧劲十足，跟只狼崽子一样。沈礼就喜欢他的眼神，觉得他很有性格，身为班级的班长，见他不合群，又被排挤，正义感爆棚，就一直照顾他，帮助他。

虽然顾栾话少，也不主动，但因沈礼没皮没脸地给他塞好吃的，两人也成了好哥们儿。

初一寒假，大年初一，沈礼跑去找顾栾，正好撞见顾栾被沈卫兵打出家门，浑身青一块紫一块。他没有多问，直接将顾栾带回了家，让顾栾留宿了一晚。

那是顾栾第一次去沈礼家，巨大的别墅，带着三百平方米的大院子，装修得金碧辉煌，每一件家具都抵得上顾栾的全部身家。

他看得目瞪口呆，小心翼翼的。他表面上虽然一副骄傲的模样，但内心是自卑的，只有进入沈礼的房间后，他才觉得自在点。

冬天，天气寒冷，沈礼的卧室开着地暖，温暖如春。

顾栾小心打量着这比自己整个家还大的卧室，看着豪华漂亮的装潢、温暖柔软的床,下意思摸了摸自己的手,粗糙,手上还有带着血丝的伤口和瘀青,他咬了咬牙,没有坐上去。

沈礼洗完澡从浴室出来,身上带着高级沐浴露的香气。

顾栾深吸了两口,真好闻。

沈礼的脑袋都是湿漉漉的,他冲出来就往被窝里钻,抖得像筛糠一样:"冷冷冷。"

顾栾疑惑地看他,这里温暖极了,哪里冷了?

沈礼在被窝里缓了一下,感觉不那么冷了,见顾栾还傻站着,他疑惑地问:"哎,沈栾,你可以去洗澡了。"

顾栾身体僵硬,几乎同手同脚地往浴室走去。

沈礼怕他不会用喷头,从床上下来,告诉他东西放在哪里,怎么调节热水。

顾栾感觉自己仿佛刘姥姥进了大观园,非常没有见识,羞臊得红了脸。

沈礼皮肤白皙细腻,顾栾看到镜子里跟黑瘦猴子似的自己站在沈礼身边,更衬得自己像个从贫民窟里出来的野孩子,心里五味杂陈。

等顾栾也洗完澡出来,沈礼已经躺在床上睡着了,头发还没完全干,枕头上有一道道水印。顾栾没顾着自己的湿头发,把沈礼推醒:"湿着头发睡觉会头疼的。"

沈礼迷迷糊糊"哦"了一声,却没动。

顾栾真怕沈礼第二天睡醒头疼,只好拿来吹风机,怼着他的脸,却笨手笨脚地直接把热风开到最大。

刚才还睡"死"的沈礼被烫得直接坐起来。

顾栾不好意思道:"抱歉,用得不是太顺手。"他真不是故意的。

已经被弄清醒的沈礼无语地拿过吹风机:"我自己来。"

夜色中,借着窗外影影绰绰的路灯光,顾栾看着沈礼大大的眼睛,卷翘的浓密睫毛被吹风机的风吹得微颤。

他几乎都能想象到这双眼睛看着自己的时候带着的天真灿烂。

那是比骄阳还要热烈的光,也是比钻石还要珍贵的宝物。

顾栾满心雀跃,因为沈礼看着他的时候,眼里只有他。

从没有人看着他的时候,眼里只看到他一个。

沈卫兵看着他,眼里只有嫌恶。赵红花看到他,眼里只带着泪水。而其他人,眼里根本没有他。只有沈礼,不假思索地对他好。

以后,我会长大,成为顶天立地的男子汉,然后换我照顾礼,谁也不能欺负他。

虽然，现在也没人敢欺负沈礼。

顾栾这样想着，昏昏欲睡。

"这里是《中国之声》，2011年夏季达沃斯论坛即将在大连举行。今天，我们来了解一下夏季达沃斯论坛……"

"啊，吵死了！"

顾栾猛然惊醒。

走廊里回荡着高亢的广播声，如闹铃一样将全寝室楼的学生闹醒。

张文凯骂骂咧咧地从床上爬下来，手伸进T恤里，边挠着肚皮边号叫。

顾栾翻了个身，去摸手表，瞬间身子僵住了。

哦，现在是在寝室里，跟沈礼一起，没有卧室，没有床头柜。

他伸手在枕头底下找到手表后，心情好极了。

沈礼打了个哈欠，迷迷糊糊地问："几点了……"

冯锐意坐在床沿穿鞋，闻言回答："六点半了，你得快点起床了。"

七点十分早读开始。

沈礼翻了个身，自暴自弃地迷糊答道："那再睡十分钟……"

冯锐意站起来，路过沈礼的床位，拍了拍他从被窝里露出来的手："嘿，早饭吃什么？"

沈礼有低血压低血糖，一向不能早起，都是踩着早读铃进教室。以前都是蒋叶青早饭带到教室，沈礼躲在立起来的课本后面偷吃早饭，这样才挤出更多的睡眠时间。蒋叶青出国后，就将这任务交给了冯锐意。

沈礼没有回答，睡死了过去。

冯锐意可没有蒋叶青那么好耐心摇醒沈礼，他没再搭理沈礼，弯腰拍拍顾栾的肩："顾栾，起床了。"

顾栾睁开眼，定定地看着冯锐意。

冯锐意一接触到他那鹰隼般尖锐的眼神，心里一惊，尴尬地扯了扯嘴角："一起……去吃早饭啊？"

沈礼狂奔进教室时，夏景一掐手表："叮！"

早读铃应声而响。

沈礼扶着门框，跑得上气不接下气，捂着肚子缓缓往座位走去。

高三（2）班在五楼，顶楼，以前高一、高二的时候，教室分别在二、三楼，沈礼掐点进教室,狂奔得没这么累。现在一下子变为五楼,沈礼撑不住了,感觉自己快倒了。

夏景还嘲笑了一番:"比以前要迟呢。"

"你百米冲刺个五楼试试?"沈礼斜了她一眼。

走到座位旁,发现顾栾正抬头看过来,沈礼别开眼,擦了把脸上的汗坐下。他正想打开书包拿牛奶和饼干,就看见桌面上那本《五年高考·三年模拟》底下是一套煎饼馃子。

沈礼皱着眉看顾栾。

顾栾瞥了他一眼:"两个鸡蛋,一根香肠。"

沈礼脸上一阵青一阵白:"你什么意思!"

"我以为你喜欢吃。"

沈礼哑声了。

他……他是喜欢吃!可是……可是顾栾给他带这一套煎饼馃子,不是在侮辱他是什么?

他当初跟顾栾熟起来,可不就是因为这煎饼馃子吗?两个鸡蛋、一根香肠,当时他买了两套,见顾栾饿得肚子咕咕叫,就送了一套给顾栾。

现在顾栾拿这套回礼?

什么意思?

可是沈礼正饿着,既然都送给他了,他可不会拒绝,他带的那袋饼干和牛奶可不够他支撑一上午。

沈礼冷哼一声,脑袋缩在课桌后面吃煎饼馃子。

吃了一口,他才想起什么来。

"谢谢。多少钱?"

顾栾:"不知道。"

"这还能不知道?"

"刷的饭卡,我没仔细看。"

沈礼想了想:"大概七块,中午我请你吃饭。"

顾栾脸色一柔,欣然应允:"好。"

早读过半,沈礼的煎饼馃子也吃得差不多了,他打开牛奶正准备润润喉。

顾栾在一旁突然提了个冷知识点:"我一个天津朋友说,他们天津人吃煎饼馃子不加香肠,不地道。"

沈礼差点噎住,狠狠瞪他:"我管他地不地道呢。"

"嗯。"

029

"我爱吃！"

沈礼憋了一肚子气，一口喝尽牛奶，瞪了顾栾好几眼。

等到上午第二节课下课，沈礼就又饿了，把饼干吃完之后，见冯锐意桌上放了一杯刚泡好的麦片，趁冯锐意不注意偷喝了大半杯。

冯锐意号了一声，跟沈礼嬉笑怒骂地追打了一整个课间。

顾栾就静静地坐在座位上，盯着沈礼和冯锐意那边的动静，板着脸没有表情，眼神却意外沉静。

夏景从卫生间回来，偷偷打量顾栾的表情，她舔了舔唇，坐到座位上，回身眨巴着无辜的大眼睛，小声问："我看你跟沈礼不像是刚认识的样子。"

顾栾低低地"嗯"了声。

夏景眼睛一亮，又问："你们是什么关系啊？"

顾栾轻轻看她一眼，看到她眼里明显的激动，感觉奇怪，他想了想，勾起嘴角："不是朋友。"

难道是仇人？

夏景心中警铃大作，脑袋里迅速构思好了二十万字的两人之间的恩怨情仇。

顾栾顿了顿，低声说："但是，我大概是世界上最了解他的人。"

顾栾虽然过了四年衣食无忧的富豪公子哥的生活，可是骨子里的习惯一点都没变。除了节俭，自理能力强，话少内敛不合群，上课睡觉不听课的坏习惯也没有变。

课上到一半，沈礼低头抄笔记。看着身边睡得正香的瘦高少年，沈礼有些恍惚，眼前的人仿佛成了那个瘦猴子似的小孩，脸上带着细碎的擦伤，趴在桌上，乌黑的眼珠子滴溜一转，偷偷投过来视线，被他捕捉到，随后脸一僵，露出一个干坏事被抓包的心虚表情。

那时候的沈礼会回给顾栾一个善意的笑，顾栾则会抿着唇，不知所措，眼神却柔和很多，末了小心翼翼勾了勾嘴角表达自己的善意。

那个时候的顾栾多可爱啊！怎么会变成如今这么一个不可爱的大高个？

沈礼心中一阵气恼，用水笔快速地记笔记。水笔渐渐没了墨，没了墨水润滑，一用力，笔尖划破了纸张。

他找出了新笔芯换上，等再低头去做笔记，余光一瞥，就看见顾栾正侧着脸枕在桌上，那双乌黑的眼睛静静打量着自己。

沈礼小声嘲讽:"快下课了,你才醒啊。"

"嗯。"顾栾看着沈礼桌上的空笔芯,认出了这种笔芯,五毛钱一支,很不耐用且不顺滑,"用我的笔吧。"

他把笔袋从抽屉里拿出来递给沈礼。

沈礼白了他一眼,没理会。

顾栾撇撇嘴。

下了课,见沈礼还在整理笔记,他就闷不吭声地将笔袋里的几支百乐笔拿出来,往沈礼的笔袋里塞。

沈礼摁住他的手,不悦地质问:"你做什么呢?"

顾栾:"拿着。"

"你有病啊,你当施舍叫花子啊?"

"我不是这个意思。"

沈礼只觉一股闷气涌上心头,气得脸色铁青,正想继续诘问,一只手"啪"地拍在桌上。

冯锐意的脑袋突然凑到沈礼面前,眼珠子滴溜转,小心翼翼地说道:"哎,栗子,叶子让你跟他聊聊。"

沈礼"哦"了一声,接过冯锐意递来的手机,脑袋缩到桌面下,谨慎地用手机登录QQ。冯锐意挡着他的身子,往教室前后门以及摄像头张望。

手机屏幕上显示着对话框。

蒋叶青:栗子?

沈礼:嗯。

蒋叶青:哎哟,栗子,我好想你。

蒋叶青以前没这么肉麻,不知道是不是被国际友人熏陶成口无遮拦的碎嘴子了,沈礼微微皱眉表示嫌弃。

顾栾盯着他的后颈,眉头紧皱。

蒋叶青:你跟冯锐意要部他淘汰下来的手机,也不需要什么塞班系统或者iPhone,能用手机登QQ聊天就行。

沈礼:别说这些有的没的,有话快说。

蒋叶青:我在奥特莱斯呢,想给你买双鞋,你喜欢哪款?

沈礼:传的图片像素不高,看不清。再说了,我又不懂鞋,别整那么多有的没的,你好好读书就成。

蒋叶青:那我就自己挑了,回头给你寄过去。反正冯锐意要我给他寄鞋子的。就这样啦。

沈礼：……随你便吧。
蒋叶青：哦，对了，新室友怎么样？
沈礼手指一顿，抬头瞟了一眼往身旁装漠然的顾栾。
沈礼：就那样。

沈礼没手机，也极少联系家里人，平时放假更是不回家。他高中两年都这样，冯锐意和张文凯倒是习以为常了。

顾栾却觉得有些不妥。

开学几天之后，顾栾忍不住问："你什么时候买部手机吧？"

沈礼斜他一眼："我穷。"

"我给你买。"

"你神经病啊，你钱多得没处花是吗？"

"嗯。"

沈礼被噎住。

"没手机太不方便了。你老是借冯锐意和张文凯的手机打电话，也麻烦别人。"

顾栾语气仿佛在责备似的，沈礼听了心里不高兴，可是他的意思沈礼也明白。

沈礼存款是有的，只是他抠门，不肯拿出来用。

"那你借我啊！"

"好啊。"顾栾从善如流，立刻把自己的 iPhone4 拿出来放在沈礼的课桌上。

沈礼瞪圆了眼，急忙拿起他的手机塞回他课桌抽屉里，低声骂道："你要死啊，大剌剌地把手机放桌上会被监控拍到，万一被老师发现了是要被缴走的！"

"给你。"顾栾冷不丁又来了一句。

沈礼咬牙切齿："别闹了，顾栾，你这手机太金贵了，我用不起！"

顾栾定定地看着他："那你想要什么样的？"

沈礼一怔。

"我给你买。"

"别开玩笑了！"

"周末你不回家吧？我带你去买。"顾栾不由分说地做了决定，末了扭头看沈礼，眼神坚定，"不要躲。"

沈礼不想跟顾栾有过多接触，可是两人学习在一块儿，吃住也在一块儿，虽然嘴上不客气，但是真让他跟顾栾闹脾气，他又狠不下心。

他对顾栾从来都是心软的。

周五下午上完课，同学们该回家的回家，该出去玩的出去玩。沈礼在座位上慢吞吞地整理书包，对着记着的作业便利贴，看自己有没有忘带什么。

冯锐意和张文凯火速整理好书包，拎着装脏衣服的行李袋，冲沈礼和顾栾一摆手："哎，周一见啊。"

说罢，两人就狂奔出了教室，怕路上堵车。

顾栾提着空空的书包站起来，低头看沈礼。

沈礼疑惑地抬眼："你不回家啊？"

"你不回家？"顾栾反问。

沈礼背起书包，嘟囔："我？怎么可能回家啊。"

顾栾没接话。

整整一周，他没问过沈礼关于家里的事情，也没提过自己家的事情。家庭、父母，都是两人心中的禁忌，能不提就不提。

顾栾不回家，沈礼懒得理会，但是这意味着两人周末得尴尬地共处一室。

同时留校的还有两个男生，邀请沈礼和顾栾一起下馆子。沈礼为了省钱拒绝了，打算去食堂吃，然后晚上去阶梯教室看电影。

周末教学楼停电，寝室也得晚上七点半才来电。倒是每周五晚上，学生会会在一间阶梯教室播经典电影给留校同学消遣时间。周五下午会通过广播通知时间地点和电影名字，沈礼每周都会去看。

反正闲着也是闲着，也没地方给他学习。

顾栾像跟屁虫似的，跟着沈礼一直到了食堂吃饭。

两人没有对话，沉默不语地吃完一顿饭。

趁还有一个小时食堂下班，沈礼就着白炽灯在食堂做作业。顾栾没带书，托着腮坐着玩手机干等。

沈礼做了会儿作业，有些不耐烦："高三了，你也长点心好好学习吧。"

顾栾答道："已经晚了。"

"哪儿晚了啊？"沈礼放下笔，恨铁不成钢，"你又不笨，与其整天游手好闲地跟在我屁股后头，还不如好好学习呢。"

"不喜欢学习。"

沈礼肃着脸，"啪"地合上书："给你两个选择——一、可以跟着我，但是必须按照我的作息，跟着我一起学习，我说看书你就得看书，我说做作业你就得做作业；二、你可以不读书，爱干什么干什么，但是不准跟着我。"

顾栾皱着眉看沈礼，脸上闪过一丝纠结。

"我们成为不了朋友，但是，我可以当你的老师。"沈礼瞪着顾栾，总算是给两人之间的关系找到了新的定义。

半晌，顾栾才做出艰难的抉择，回答："好，我学习。"

沈礼又瞪顾栾一眼，把书塞回书包里："走，去教室把你的作业都拿上，看完电影回寝室把作业写了。"

末了，他小声嘟囔："狗皮膏药。"

沈礼这声骂得很微弱，顾栾却听见了。他勾了勾嘴角，却不反驳。他没想错，沈礼仍没有变。

他有的是办法让沈礼同意他留在这里。

两人带上作业，一同去了放电影的阶梯教室，学生会的人还在那儿调试机器。

看到沈礼进来，文艺部部长还跟他打招呼："沈学长，你来啦。"

"嗯。你们辛苦啦，今晚是放《美丽人生》对吧？"

"哎，是！"

沈礼高二时是学生会学习部部长，高三本来是要竞选学生会主席，但因为高考主动退出了。见到沈礼，学弟学妹们都恭恭敬敬的，小声交头接耳，传着沈礼的光辉事迹。

什么省数学竞赛一等奖，年年都得奖学金，大考前三，年级第一名拿了不下五次，Q大、B大预备役之类的话，沈礼没听见，顾栾却听得一清二楚。

他忍不住挺直腰杆，有些得意。

沈礼拉着顾栾坐到最后一排，一扭头，看到顾栾脸上的一丝得意，皱眉："你干什么？看着有些嘚瑟。"

顾栾心情好，在沈礼面前更容易情绪外露，咧嘴道："你很有名啊！"

"嗨，考几次第一名，拿几次奖，在这种重点高中，比什么都强。"沈礼满不在乎地说道。

顾栾挑眉，嘴上没说，心里却高兴得跟自己受人敬佩一样。他就知道，沈礼到哪里都这么优秀。

罗布特·贝尼尼的爱意写在脸上，眼神柔情似水。男人不算英俊，但看着爱人时的眼神如同天上星辰。

"Buongiorno,la mia principessa！（早安，我的公主！）"

黑暗中，只有投影仪投射向墙上的光，顾栾侧过脸凑近沈礼。

沈礼皱眉，往后退。

"干什么？"沈礼低声问。

顾栾凑近沈礼的耳朵，小声问："这是爱情片吗？"

沈礼耳朵发痒，缩了缩脖子："你看了就知道了。"

电影前半部分，俨然是一部才子佳人私奔终成眷属的美好爱情电影，但这美丽人生毕竟不是这样的美丽人生。

无论看着多么幽默，多么快乐幸福，骨子里总有悲哀的一面，就如同沈礼和顾栾的人生。

纳粹闯进小镇，肆意抓捕犹太人，男女主失散，男主带着年幼的儿子被关进了集中营，却依旧用那多情的双眼，乐观的语气，温和的声音告诉儿子，这不过是一场游戏，他们都是游戏参与者，只要积累一千分，就能坐着坦克从这里出去，要听话，出去后就能见到妈妈。

生活永远是有希望的。

沈礼心中一阵悲恸，眼眶里浸润了泪水。

希望吗？

他从来长存希望，可是顾栾呢？在遇到他之前的人生，有希望吗？

他俩，本就是倒错的彼此。

有人进入天堂，另一人就必将堕入地狱。

顾栾还叫沈栾的时候，总是带着伤去上学，他不合群，很孤僻，还总被高年级的学生以及小混混欺负。他本来身上就没多少零花钱，被抢走后回家又是一阵毒打。

以前沈礼不懂，为什么会有这样的父亲，跟仇人一样抽打自己的孩子。

直到他为了帮顾栾，挡了沈卫兵那一菜刀，才恍然明白过来，有些人就是疯子，是讲不通道理的。

那天他跑去找顾栾商量五一小长假去哪里玩，刚走到顾栾家楼下，就听到楼道传来哀号声和哭泣求饶声，接着看见顾栾飞快冲出来，身后跟着一个不算高大，但是凶神恶煞的男人。

赵红花哀号："救命啊！沈卫兵，你放下刀啊！"

顾栾看见沈礼，瞪大了双眼，喊道："顾礼，你别过来！"

沈礼身体比脑子反应还快，顾栾一跑近，他就将顾栾护在身后，正面迎上沈卫兵:"叔叔!砍人是犯法的!"

沈卫兵酒精上脑根本分不清人,大声嚷嚷:"我就砍人!"话没说完就握着菜刀往下砍。

沈礼吓得急忙转身就跑,却已经晚了。沈卫兵一刀砍在沈礼背上,幸好沈卫兵喝多了酒,手脚无力,没砍得太深。

沈礼却还是流了一大摊血,昏倒在地上。

看到血从刀口流出来,沈卫兵才醒过来。菜刀"当啷"一声掉落在地,他一屁股坐在了地上。

这一刀不仅砍断了沈礼和顾家的缘分,也斩断了沈礼和顾栾的友情,也让沈礼在回到沈家后,格格不入。

沈礼被砍送到医院,惊动了整个顾家。他失血过多急需输血,然而一检验血型,所有人才发现一个令人匪夷所思的问题——顾安和江灵都是O型血,而沈礼是A型血。江灵没出轨,沈礼的A型血是怎么回事?

那之后,剥丝抽茧,一层层调查,最后才知道,当初同一天分娩的江灵和赵红花的孩子被抱错了。顾礼应该是沈礼,而沈栾,应该是顾栾。

两家将孩子换回来后,沈卫兵不知道哪儿来的钱,突然举家搬离水城,来到了浮城,跟水城的一切都断了联系。而沈礼也与过去富家公子哥的生活彻底割断。沈卫兵打他的次数不多,但是他却仿佛不是沈家人。

沈礼有时候觉得,沈卫兵跟纳粹没区别,那一刀和纳粹的毒气浴也没区别。有人会往自己儿子身上砍一刀吗?无论是顾栾还是沈礼,一个是他养了十多年的儿子,一个是他血缘上的亲儿子。

沈礼抹了把脸,轻轻呼出一口气,心想,他就好比突然遭罪的犹太人一样,聪明绝顶,人又善良,原本生活快乐无边,突然被纳粹侵袭,遭大罪了。

他偷偷瞄了眼顾栾。那顾栾算什么呢?翻身做主人的侵略者吗?被英国人殖民统治的底层老百姓?也不对,还是逃到国外后生活乐无边的犹太科学家吧。

他有点酸。

"Buongiorno, la mia principessa!"

耳边突然传来一个低沉磁性的声音,沈礼往旁边一躲,捂着耳朵低吼:"神经病啊!"

这是顾栾刚学的意大利语,发音别扭古怪。他亮晶晶的双眼里似乎带着得逞的笑意:"我看你发呆了。"

"我发呆又怎么了?"沈礼平复心情,没好气地说,"学习那么累,还不允许我放空自己啊?"

顾栾趴在桌上,侧着脸看他:"沈礼,我们也来个积分制吧?"

沈礼看了眼投影,低眼问道:"什么?"

"我们也玩这个游戏,我做什么让你高兴了,你就加一分,达到一千分,你就答应我一件事。"

沈礼白了他一眼:"不玩,幼稚不幼稚?"

"我什么事都听你的,只要你高兴。"顾栾凑近一点,趴在桌上,眼神往上看。

"你能好好学习,成绩进步些,我就烧高香了。"沈礼摆手。

顾栾点头:"那我就好好学习,名次进步一名就加一分,怎么样?"

沈礼一愣:"你进步一千名,成绩都比我好了,你想飞啊?"

顾栾挠挠头:"啊……是吗?"

沈礼气笑了:"我比你清楚你成绩是什么水平,顾栾,我死都不信,你想好好学习。"

顾栾有些失落,又想开口说话,这时,前座的女生回头"嘘"了一声,提醒他们安静。

沈礼低声道歉,胳膊肘一杵顾栾,顾栾才停下话头。

电影里,孩子躲在柜子里,男人微笑着冲他示意,游戏还在进行,一切都是演戏,然后带着夸张的笑容坦然高兴地往前迈步,他身后跟着两名提着枪的纳粹士兵,走进了拐角。不见人影,却只听见一声枪响,然后只有两名纳粹士兵走出来。

空镜头停顿了两秒,最后才切到坦克驶进纳粹集中营。

一切都会好起来的,就算最应该享受幸福的人已经不在了。

两人并排往寝室楼走去,电影带来的震撼让沈礼还没回过神来,他许久没说话。

顾栾极少看电影,他没那么多浪漫细胞,可是今天陪着沈礼一块儿看,却实打实感受到了电影的力量。

夏末秋初,月明星稀,周末的校园很安静。

沈礼突然顿住脚步,抬头看着月亮,旁边是空空荡荡的篮球场。

顾栾也停了下来。

"你说的那游戏，规则改一下吧。"沈礼看他。

顾栾眨眨眼。

"两个条件：一个是，你考上重本；第二个是，不用一千分，五百分就可以，考试名次每进步一名，积一分，我们学校年级前五百名重本稳稳的。高考后结算，完成了，我无条件答应你一件事，什么都可以。"

顾栾哑然："重本……有点难吧？"顾栾对学习实在是没自信。

"不答应就算了。"沈礼肃着脸扭头就走。

顾栾拦下他："好，重本就重本。"他咬咬牙，"但是你得辅导我！"

"嗯。"沈礼轻笑一声。

顾栾问："你为什么要答应呢？"

沈礼没回答，双手插在卫衣口袋里，进了寝室楼。上了电梯，一直到寝室他都板着脸。直到收拾好洗漱用品往浴室走，他才像是突然想到答案似的回答："顾家容不下庸才。"

顾栾猛地瞪大双眼看向沈礼，却只看到沈礼即将拐进浴室的一个后脑勺。

顾家容不下庸才。

顾栾太清楚了。

沈礼一向懂事聪明，成绩也好，将来必成大器，可是就这样，顾安还是不满。

顾栾回到顾家的四年时间，见多了顾家上上下下失望的眼神，嘴里却是各种虚伪的安慰和客套。

"哎呀，比以前那小胖子长得有气质多了，这才像是顾安你的儿子嘛。"

"看着真英俊，女孩子们肯定喜欢你这样的。"

"真是一表人才，个高挺拔，上得了台面。"

…………

丝毫不提他的能力，只夸外表。

他帅他自己知道。

顾栾只觉得心里烦躁。在他心里，沈礼比谁都好，却在离开顾家后还被人这样诋毁，跟自己比较外形条件。

于是他越发不爱学习。而顾安和江灵对他越发失望和不满。到了最后，他们除了打钱，再没有任何关心。

人只有失去了才知道原来的美好。

沈礼太清楚顾家人那些虚伪面孔了。只是，他到底是为了谁？顾栾还是顾家?

沈礼监督顾栾做作业,他自己倒是很快就将大部分作业写完了,趴在张文凯的床上看 MP4 里存的《海贼王》,时不时轻笑一声。

顾栾硬着头皮看着天书一样的作业,又听见沈礼的笑声,更是坐不住了。

他将笔撂下,严肃地看着沈礼:"我写不下去了。"

沈礼探头:"那你写了多少?"

顾栾把自己的作业给他看,他瞪大双眼:"都两个小时了,你才写了两道题?你脑袋里都是水吗?"

"你影响到我了。"

"……怎么?"

"你在旁边看动漫,我在写作业。"

"可是我写完作业了啊。"

顾栾背靠在椅子上:"你教我写。"

沈礼本来不想理会,可是顾栾突然叹了声气:"唉,重本考不上……"

"啧。"沈礼站起来,拉过椅子一屁股坐下,看了看手表,"我先把这章的知识点给你梳理一遍,过会儿我去洗澡,你继续写作业。"

顾栾点点头。

"这个孟德尔遗传定律就是个排列组合的问题。AA 和 aa 杂交,二代就会有 Aa 和 AA、aa 三种性状……"

顾栾:"排列组合是什么?"

沈礼黑着脸:"你是想让我从排列组合开始教你吗?"

顾栾眨了眨眼:"可以。"

所以他高一高二到底学了一些什么啊?

熄灯后,两人都爬上了床。沈礼躺在上铺继续看动漫,顾栾没有住校的经验,不知道周末留校一定得给自己留点娱乐设备消磨时光。寝室里没有网络,他只能玩自己玩烂了的几个手机游戏。想了想,顾栾抬手,手指轻叩上铺床板。

沈礼翻了个身:"干什么?"

"我也要看《海贼王》。"

沈礼愣了愣:"我懒得下床了。"

顾栾想了想:"我也不想上去,我怕我摔下来。"

沈礼又翻了个身："啧，你可真麻烦。"

顾栾没说话，上铺 MP4 屏幕的光跳动着，他双臂枕在后脑勺，仰躺着看上铺床板，就这样安静了半分钟左右。

沈礼突然在床上重重翻了个身，大吼："哎呀！烦死了！顾栾！你烦死了！"

顾栾嘴角勾起一个得意的笑，语气却平静极了："我怎么烦你了？"

"啊啊啊！就是很烦！你就道德绑架我吧！"沈礼把耳机拔掉，往下铺扔。

耳机线砸在顾栾脸上，他一手抓住，然后看到一个圆溜溜的脑袋从上铺倒挂下来，看不清脸，但那亮晶晶的眼睛却很分明。

顾栾知道，沈礼在瞪他。

然后沈礼就气鼓鼓地下了床，从栏杆上直接跳到顾栾床上，他的脚还踩到了顾栾的腰，疼得顾栾倒吸了口冷气。

"嗞——你小心点。"

"哼！"沈礼一声冷哼，盘腿坐在床沿，"你坐起来。"

顾栾反而往里挪了挪，拍拍身侧的位置："坐着多累，躺着看吧。"

沈礼坐了好半晌没动，顾栾知道这家伙心里又在天人交战了。

他不想理会自己，可是永远无法战胜对自己的偏爱，从来都如是，这就是顾礼吧。

"顾栾。"沈礼压着嗓门道。

"嗯？"

"你真的麻烦死了！"沈礼恶狠狠地骂着。

"嗯。"顾栾知道沈礼看不清他的脸，露出一个肆意的笑，这样的笑容在白天的时候根本看不到。

哪知道沈礼打开 MP4 往他面前一凑，借着微弱的光看到顾栾的笑容，他气得低吼："你还笑！恬不知耻！"

"我怎么就恬不知耻了？"

"你就欺负我是个大善人，看不得别人受苦！"沈礼恶狠狠地骂道。

可是他骂完还是乖乖躺在了顾栾竖起的枕头上，两人抬高脑袋，倚着枕头，戴着一副耳机，看着一台半个巴掌大的小机器里放着的动漫。

一集看完，沈礼看着顾栾手臂上肉眼可见的肌肉线条，还戳了戳，羡慕地说："你怎么练成这具身板的？以前又瘦又小，跟猴子似的呢。"

顾栾挤出肱二头肌，捏了捏："多喝牛奶。"

"……哈？"

明明就是基因问题，这家伙睁眼说什么瞎话呢？

顾安一米八多的个子，人高马大的，顾栾现在这模样跟他几乎是一个模子里刻出来的，只是少了些成年男人的体格。沈卫兵个子中等，常年沉迷酒精，人瘦弱不堪，沈礼长得像赵红花，温和清秀，但是个子跟沈卫兵差不了多少。

这说明什么！说明身高还得看基因！顾栾这一看就是后发制人的发育典型。

发育早不顶用！他从初一到高三就没再长几厘米。

"你要多喝牛奶，补充营养。老王给你的牛奶蛋白质和钙含量都不够。"顾栾又说。

沈礼翻了个白眼，盯着屏幕："喊，我可没钱。"

顾栾没回话，脑袋里却在想小卖部有什么牌子的牛奶蛋白质含量高一点。

空调的风"呼呼"吹着，沈礼躺在下铺吹了一会儿才意识到，顾栾每晚将扇叶往下调，冷气都是直对着他的床位吹的。

沈礼抿了抿唇，借口上厕所，回来的时候将扇叶摇到上边去了。

顾栾也没说话，看着沈礼重新躺回来，继续看《海贼王》。

"你以前看过吗？"沈礼见顾栾看得认真，就问。

"没。"

沈礼愣了愣。

顾栾："没看过就不能看吗？"

"不是。"沈礼捂了把脸，手肘撞到顾栾的肩膀。

顾栾痛得一僵。

沈礼："你连人物都不认识吧？"

"我认识路飞和乔巴。"

"行吧。"沈礼打了个哈欠，腿换了个姿势。

两人躺在一张逼仄的小床上，过往的情分像是突然回来了似的，小声互怼着，看着小屏幕里的画面，眼里反着光，余光里有另一人。

顾栾拿着MP4，看完了两集，眼睛都疼了，小声念叨："明天给你买手机的时候，顺便买台大屏幕的MP5，MP4太小了。"

没人回应，顾栾一低头，就看见沈礼歪着脑袋枕着枕头睡着了，呼吸绵长均匀，卷长的睫毛微颤。

顾栾胳膊抵在沈礼脑袋有些发麻,却没有动弹,怕把人吵醒。

他另一只手将关上的 MP4 放到了枕边。

寝室内最后一道光源熄灭,陷入黑暗中,只有两人的绵长呼吸声,以及空调"呼呼"的冷气吹着。

Chapter 3
补习

初一寒假前，顾礼跑来找沈栾，笑嘻嘻地说："下周五来我家玩吧？"

沈栾心头一喜，但又莫名自卑："就我一个吗？"

"当然不是啦，我叫了很多朋友一起。我家有好几台游戏机，大家可以一起玩游戏！"

沈栾心头一酸，面上肉眼可见地阴沉下来。

也是，顾礼有许多朋友，从来都不只是他一个，但是他呢？他只有顾礼一个朋友。

顾礼不缺沈栾这一个朋友，那沈栾也不需要朋友。

"我寒假有些忙，可能去不了你家玩了。"沈栾回答。

等真正放了假，沈栾却有些懊恼自己的幼稚，这没由来的对朋友的独占欲让他心头跟蚂蚁爬过一样。

除夕夜，沈卫兵拿了笔工钱回家，心情大好，买了两大瓶白酒，让赵红花做了几道像样的年夜菜，还包了饺子，就算过年了。

他喝得高兴，把酒倒进沈栾面前的杯子里："来，小兔崽了，陪你爹喝一口。"

沈栾用锐利的视线斜睨他："不喝。"

"别给脸不要脸！"沈卫兵立刻勃然大怒，把沈栾的杯子摔向他。

杯子砸到沈栾的额头，他钝痛到眼前一黑，随即胸口又被沈卫兵踹了一脚。

沈栾倒在地上，捂着胸口，恶狠狠地瞪着沈卫兵。

沈卫兵看不得沈栾的这种眼神，抬手就是一巴掌。

赵红花从厨房跑出来,边哭喊着边拦架,却被沈卫兵狠狠甩了两个耳光。

沈栾想让赵红花别拦,就让沈卫兵打死自己好了,这种人渣不需要子孙后代。

这时电话却响了,沈卫兵一愣,嗤笑一声。

赵红花急忙去接电话,"哎"了两声后,喊沈栾:"沈栾,你的电话。"

沈栾缓缓爬起来,靠着沙发坐在地上,捧着电话,哑着嗓子:"喂?"

电话里很热闹,顾礼元气满满的声音传来:"沈栾!新年快乐呀!"

沈栾的额头和肚子都隐隐作痛,脸上还火辣辣的。被打到痛极的时候,沈栾都没哭过,却在听见顾礼的声音时,瞬间红了眼眶。

他咧开嘴想笑,却因牵扯到嘴角的伤口疼得轻轻地倒吸了口冷气。

顾礼那边太热闹,没有听见。

沈栾说:"嗯,新年快乐,顾礼。"

过年后,顾礼联系了几次都联系不到沈栾,就上门找沈栾玩,意外看到了沈栾被沈卫兵追着打的一幕。

自从顾礼知道沈栾被沈卫兵家暴,他那无处安放的正义感就涌上了心头。寒假最后几天,他都强行将沈栾留在了家里,辅导沈栾做作业,跟个老母鸡护崽一样。

等到了开学前一天,江灵和顾安才回家。看见沈栾的长相,江灵和顾安都露出了微妙复杂的表情,若有所思。

对顾礼交朋友这方面的事,他们意见不大,只是在知道沈栾家境不好,还被父亲毒打的时候,有些担忧。

沈栾无所适从,早早进了顾礼的卧室躲着,依稀听见客厅传来顾礼和他父母的对话。

"他爸爸有暴力倾向,你也要小心,有其父必有其子。"

"不要什么朋友都交往。"

"而且他家条件不好,你悠着点,万一他不是真心跟你交朋友的呢?"

沈栾躲在门后,冷汗一阵一阵的,脑袋晕乎乎的,心脏狂跳,又感觉浑身发冷。他爬到床上裹上被子,被子里是顾礼家高级沐浴露的香味,他从没闻过这么好闻的味道。

"爸,妈,沈栾不是那样的人!他很好的!"

"顾栾!你死不死啊!"

一声厉喝,像惊雷一般劈开顾栾的大脑。

他猛然惊醒,左脸颊火辣辣的。

他睁大双眼,剧烈呼吸着,看见眼前长大了、瘦了,但也没长个子的顾礼,不,现在叫沈礼。

沈礼盘腿坐在床上,抡着一条胳膊高高抬起巴掌。

顾栾蒙了好几秒才回过神来,末了有些失落:"哦……"

"哦什么哦!你要不要脸啊,顾栾!"沈礼抬起一条腿,手撑在膝盖上。

顾栾缓缓坐起来,揉乱了一头短发,摸到自己的左脸颊,叹了声气:"我脸怎么疼呢……"

"本人打的!"沈礼指着自己。

"……你打我做什么?"

沈礼径自下了床,借着去洗漱避开心中的尴尬,嘴上说:"你说梦话喊哪个名字呢?都说了我叫沈礼。"

"……哦。"顾栾松了口气。

沈礼说的当然只是一方面。

"还有,你梦到我什么了?该不会是什么乱七八糟的梦吧?"沈礼不爽顾栾不经允许就梦到自己。

顾栾摇头,揉着太阳穴:"忘了。"

"真的假的?"沈礼在卫生间里吼道,"你都喊'顾礼'这个名字了,一定不是什么好事!"

顾栾真记不住了,他只知道自己这一夜做的全是乱七八糟的梦。

梦醒后,只有满腹的怅然。

沈礼气得把毛巾甩进水里,脸浸入水中,让冷水冰一冰他滚烫的大脑。

顾栾记不得了,沈礼可是记得自己梦到了什么。

他又梦见自己在那座豪宅时,衣食无忧,众星捧月的生活了。这让他乐不思蜀,不愿醒来。

真是,太不知好歹了,沈礼。

一大早沈礼就气得跟刺猬一样,跟顾栾去校门口买早点的时候,脸黑得可以滴墨了,他撇着嘴不理会顾栾。

沈礼在生自己的气。

顾栾也不打扰沈礼生闷气,乖乖地跟着沈礼,不发一言。顾栾太了解沈礼了,就算他变样了,性格也有了变化,但骨子里的那个小胖子顾礼是不会改变的。

果然，到了早餐店坐下，沈礼托着腮，冷哼了四五声，偷偷瞄几眼顾栾，见高个子什么话都不说，只是安安静静地看着手机，终于忍无可忍，问："你要吃什么？"

顾栾这才将手机放下，勾着嘴角，回答："跟你一样。"

沈礼小声骂了句，扭头对老板喊："两笼小笼包，两碗牛肉粉丝。"

顾栾问："牛肉粉丝我没吃过，什么样的？"

沈礼一怔，随即反应过来："哦……以前水城没有吃牛肉粉丝当早餐的习惯，也叫豆面碎，就是用骨头汤煮的绿豆粉，加点牛肉丝，还可以根据自己的喜好加一些小菜。学校外面的店没有，改天带你去市内吃，很多店都挺好吃的。"

顾栾点点头："你在浮城也住了四年了，挺熟悉了吧？"

沈礼自嘲一笑："熟悉吗？"

他顿了顿，看着街对面的公园里飞起的两只白鹭。浮高在浮城偏远的郊区，经济不发达之外，交通也不算很便利，但很安静。

他轻声说："住上多久，也不会熟悉吧？"

永远都是有隔阂的。

无论是城市，还是家。

他声音很轻，话也模棱两可，但是顾栾却将这里里外外的意思都听明白了。

顾栾不说话，只是低头看了看手机。

老板将小笼包端了上来，沈礼先倒好醋，吃了一口，突然拿筷子敲了敲桌面："哦，对了，早餐你请我。"

顾栾说了声："好。"

沈礼这才满意地轻哼一声，不再心疼钱，高高兴兴地又咬下一口小笼包。

他平时的早餐可没这么奢侈呢，一笼小笼包，够吃八顿食堂五毛钱一个的肉包加上免费的米粥了。

沈礼想带着顾栾去做作业，顾栾不乐意，硬是带着沈礼去市内买手机和MP5。

两人争吵不休，最后沈礼实在杠不过轴性子的顾栾，提出了个折中方案："先写作业，写完，去市区吃晚饭，然后买你要买的。"

顾栾答应了。

沈礼无所谓，只要是顾栾出钱，去哪里吃饭都可以。

顾栾以前就知道沈礼聪明，成绩名列前茅。他学什么都很快，但是手脚很不利索，就是俗称的四体不勤五谷不分的大少爷体质。

沈礼因为学习好，也享受学习，从小到大都受老师的喜欢。初二和初三那两年，顾栾没跟他一所学校，也不知道他是怎么过来的。可是看他现在的模样，应该过得还不错。

他成绩非常优秀，优秀到所有人都只能望洋兴叹，恨不得扒开他脑袋看看它到底是怎么长的，居然这么会读书，随便考考就是全年级前三。

作为公认的高考状元，沈礼领助学金、家境贫寒、跟父母感情淡薄之类的，都算不上什么丑闻八卦了。大部分人反倒扼腕，沈礼要是家庭条件再好一点，能得到更好的教育资源，或许不止现在的水平，也许高二就直接拿到B大保送名额了。

顾栾看到沈礼现在受同学们的敬重，也觉得欣慰。

浮城的教育水平很不错，浮城高中的学生更是铆足了劲地学习。成绩优秀的人自然被同学们追捧，比如冯锐意和张文凯，还有已经出国的蒋叶青，都恨不得将沈礼供起来每天烧香拜佛求学神保佑他们考得好。

顾栾就没法烧香拜佛了，因为他就不是读书的料。

沈礼第十次讲解这道电磁学和力学复合物理大题的时候，耐心已经告罄。他灼灼的目光瞪着顾栾，眼神里写满了警告。

顾栾看到了，但是他不惧，并且诚实。

他严肃认真地回答："我没听懂。"

沈礼将作业本摔在他脸上："你去死吧——"

顾栾把作业本放在桌上抹平皱褶，唉声叹气："沈礼，我就不是学习的料，我能怎么办啊？"

沈礼在学习上好胜心很强。这时候，他的好胜心也莫名起来了。蒋叶青那吊儿郎当的公子哥，他都能将其培养成出国读书的优秀人才，顾栾怎么就不可以呢？

他还不信了。

沈礼指着顾栾的书包，说道："你，先把语文和英语作业写了。这两个科目的作业你总会吧？"

顾栾点点头："英语我还不错。语文……"

沈礼额头发紧，咬牙切齿："什么？"

"作文我拿过十二分。"

满分五十分。

沈礼:"你去死吧。"作文是沈礼唯一无法辅导的。

顾栾乖乖地说:"我先把英语写了。"

沈礼点头,板着张脸,在草稿纸上画了一个表格,开始写:"顾栾高三学年备战冲刺计划。第一,打基础阶段……"

顾栾英语着实不错,他高一高二的寒暑假都去了英国和美国交流,口语比沈礼还强。顾栾写完英语后,见沈礼还没写好计划,便凑到旁边课桌看了眼,震惊了。

"沈礼……你这工程太庞大了……"

沈礼是打算从高一的知识点开始教起啊?

沈礼不咸不淡地抬眼看顾栾,眼里写满了"你快点死吧"的生无可恋之意:"那不然呢?你不是想考重本吗?从今天起,我每周给你补基础内容。平时老师讲课,你认真听,笔记认真做,不会做没事,先把基础补上来,然后再把现在的内容补上去。不多,整个高中的知识,再有一个月不到的课程就结束了,而且这些都是选修模块,考重本才需要考。你现在的水平,本科有没有得读都是问题。"

顾栾觉得头大:"沈礼……要不咱们换个约定……"

"不行。不管你考不考得上,我必须得尽力辅导你。要真能把你培养得考进重本……我以后开个辅导班,小班化,每个学生收五万都不算贵啊。"沈礼打起了如意算盘。

顾栾觉得,要是沈礼真能将自己辅导得考进重本,那收十万都不算贵。

"说真的,顾栾,在你之前,我从没见过,有人的基础差到这个地步。"沈礼轻描淡写地说道,"学习难道不是一件非常简单的事情吗?"

顾栾腹诽:那是你。

"现在,我来教你高一上学期的物理知识。你等等,我把笔记拿出来。"

闻言,顾栾觉得自己还是去死比较舒服。

沈礼行动力极强,初中的时候顾栾就见识过。

这时候,顾栾做不来作业,他也不强求,还真翻出相关的基础知识点从头开始教,一题一题地辅导,然后举一反三。磨了一个下午,顾栾才把周末的物理作业写完。

还有数学和化学没写,这可怎么办呢?

沈礼烦躁地敲了敲桌子:"你先把周记写了,反正我教不了。"

顾栾瞟了眼沈礼。

沈礼不耐烦地抖腿龇牙："给你半个小时，至少把八百字填满，五十分只能得十二分，鲁迅在世也救不了你，你爱死哪儿死哪儿去。快点哦，我饿死了，等着晚上吃大餐呢。"

顾栾想说，可以先逛街晚上回来再写，他张了张嘴正想开口，就被沈礼龇牙咧嘴凶狠的模样瞪得闭上了嘴。

"人生不能重来，学习不能拖延。顾栾，你想天天向上，就得有这种紧迫感。"沈礼张嘴就是一句顺口溜。

顾栾不想天天向上，也不想成为人上人，更不想学给任何人看。他完全只是想让沈礼高兴，补偿一下因他而失去优渥物质生活的少年并且赢那游戏而已。

现在顾栾有那么一丁点后悔。

周末作文题目是2010年的高考作文题：《角色转换之间》。

给的文案很庞大，需要考生写的是关于文化反哺，青少年和长辈之间角色置换上的现象。找个切入点，写出真情实感，一般得分不会太少。

可是顾栾看到这个题目，忽然就有些慌了。

顾栾看了眼沈礼，这人正弯着腰，把他高一到高三所有的书和笔记本，还有错题集都陈列在自己的床上，认认真真地梳理着计划表。

顾栾喉结滑动，哑声问："沈礼，你写作文了吗？"

"作文写了。"沈礼随口回答，头也不抬，"写了篇议论文。你注意点，咱们省评分标准有套话作文这一说的，别写……算了，你能写出套话作文，被划成二类文也比你十二分强啊。"

顾栾："你写了什么主题？"

沈礼回头看了他一眼："文化反哺啊，网络流行文化和传统文化之间碰撞之类的，瞎写呗。我作文也一般。"

作文一般，指的是满分五十分，拿了四十七分。

顾栾点点头，看着作文纸，深吸一口气。

他脑子一片空白，看着这个作文题目，没有任何思路，只能提笔写下标题——《角色转换之间》。

没有人比他更熟悉这种转换了。

顾栾花了二十八分钟写完一篇八百字的命题作文，沈礼懒得看，也辅导不了，见他写完了就摆摆手，带上钱包出门。

顾栾床上那一堆乱七八糟的本子仍摊着，沈礼还没整理完。

两人坐电梯下楼的时候，沈礼还在抱怨："我花那么大精力给你排计划表，你要是不乖乖听我的安排，我会半夜起来尿你床上，滋你一脸。"

"……你能不能换种报复方式？"这太不雅了。

"那我就在你抽屉里塞嚼过的口香糖。"

"……太恶心了，沈礼。"顾栾没洁癖都被他逼出洁癖来。

顾栾没有自行车，沈礼有张文凯的车钥匙，大头周末回家车子都停学校，偶尔会借给别的同学用。沈礼就将张文凯的钥匙给了顾栾，两人骑着车到了最近的地铁站，乘坐了二十多分钟地铁才到了银泰城。

沈礼知道顾家有多富有，也丝毫不客气地让顾栾请吃大餐。吃完后，他摸着撑得鼓鼓的肚子大摇大摆走出来，顾栾拉着他要去数码城。

沈礼这才意识到顾栾是真的要给自己买手机。他严肃地拒绝，抱着电线杆不肯走，却根本抵不过顾栾的力气。顾栾将沈礼的手从电线杆上掰开，几乎是扛着沈礼就走。

沈礼拳打脚踢地抗拒，嚷嚷着："就你有钱，就你阔绰，我用得着你给我买这些吗？"

顾栾被他吵得脑仁疼，额头发紧，最后一点耐心即将消失殆尽，他咬牙切齿道："就当我借你，高考后还我。"

沈礼冷眼瞪他，不说话了。

"当作你辅导我学习的补课费。"

沈礼其实更想收现金，但是对顾栾，他说不出那话。

顾栾坚持要给沈礼买手机，沈礼实在犟不过，别别扭扭地跟着顾栾进了数码城。

沈礼坚决不要 iPhone4，而是要了台塞班系统的诺基亚。

顾栾付完钱，一扭头看到了一台几乎有笔记本那么大的 MP5。

昨晚他就想过，以后周末跟沈礼一起留校，用那么小屏幕的 MP4 看动漫实在伤眼睛，换台大的更好。

他想也没想，就跟老板说道："配置最好的来一台。"

之后，顾栾又去买了一堆零食，还买了蛋糕和牛奶当早饭，这才晃晃悠悠回校。

沈礼坐地铁时捯饬着手机。他嘴上说不需要手机，但真的有了一台最新款的智能手机，他乐得眉眼都弯了。

他跟顾栾要了几个老师和同学的手机号,然后挑着人发了短信,还是群发的。

沈礼:我是沈礼,这是我的手机号,惠存。

不出半分钟,冯锐意就打电话过来了。

"栗子?"

沈礼"啊"了一声:"你干吗给我打电话啊?我这手机套餐,接电话也要钱的,挂了。"

冯锐意:"喂……"

沈礼挂掉电话,皱着眉看手机屏幕,扭头对顾栾抱怨道:"这人真不节约。"

顾栾愣了愣,心想,他要是冯锐意,就拍死沈礼。

手机另一头的冯锐意倒是没生气,而是老老实实地存了号码,念叨着:"果然是栗子,看来是顾栾给他买的手机。"

张文凯是第二个打来电话的,用的是家里的座机。

沈礼能记住他家的座机号码,接都没接。

顾栾:"……要是不打电话,手机买来做什么?"

沈礼也不知道:"是你给我买的。"

顾栾无奈地笑了:"电话费我付了,再给你包500M流量。刚才在手机店给你下载了微信,据说比QQ好用,你试试看。"

微信是一月份出的即时聊天软件,也是腾讯公司的,沈礼倒觉得没必要:"大家都用QQ,为什么要用微信啊?也没几个人用啊。"

的确用QQ的人多,用微信的人少,但是顾栾在用。

"我在用。"顾栾说,"以后我都用微信联系你,还可以发语音。"

他只是想有点优待。

沈礼没想那么多,反正顾栾出钱买的手机,给他用还包话费,已经拿人手短了,就不缺这点流量发微信了。

一直到回了学校,沈礼都在埋头捣鼓手机,还是顾栾拽着他的手臂,牵引着他回的寝室。

寝室楼已经通电了,沈礼一回寝室就坐在大头的床上玩手机,跟大头和冯锐意在QQ上聊天。

顾栾看着自己床上的书,有些无语:"东西收拾一下。"

沈礼摆摆手:"你先去洗澡,我过会儿整理。"

有那么一瞬间,顾栾后悔给他买手机了。

"你在跟谁聊天？"顾栾问。

沈礼咧嘴笑："跟大头他们群聊呢。"

"还有谁？"

"冯锐意、叶子啊。605一家亲群聊！"沈礼笑眯眯的，"我现在可以用手机聊了。"

顾栾皱眉，冷声问道："我呢？"

沈礼从手机屏幕前抬头看他："啊？"

"我呢？"顾栾指了指自己，"605，一家亲。"

沈礼与顾栾对视一眼。

沈礼愣愣地"哦"了一声。

顾栾生了闷气："我就不是605的人吗？那个蒋叶青不都出国了吗，怎么还可以加进来？"

"以前就在的啦。"沈礼嘴上解释，手上飞快打字。

沈礼：冯锐意，你快重新拉个讨论组或者群聊，顾栾要加进来。

冯锐意感觉很奇怪：为什么不直接把他拉进我们这个群？

沈礼抬眼瞄了一下顾栾，然后心虚地打字：因为我不敢当面说他坏话。

他敢当面骂顾栾，可是不敢当面吐槽一些事。

蒋叶青：哈哈哈。

张文凯：栗子，你有病吧？

沈礼：滚，你才有病。你不拉我自己拉。

他说着，飞快拉好了新的讨论组，然后把其他三人拉进来之后才邀请顾栾。

顾栾同意后，进了组。

自此，蒋叶青第一次接触顾栾。

他还挺友好：你好，顾栾，欢迎加入我们605大家庭。

张文凯还很假地发了个"迎新"的表情包。

顾栾东西整理到一半，拿起手机，冷着脸回复：哦。

群聊戛然而止。

沈礼看了眼顾栾，问："你这么不友好，我还拉你进组，丢我脸。"

顾栾指着自己的床铺："我忙着收拾你的烂摊子呢。"

"都说了过会儿我整理，你先去洗澡。"

顾栾受不了等待，他这人有整理癖、强迫症，小时候在沈家就有这毛病。沈礼还在顾家的时候，他去顾家玩，每回看见沈礼乱七八糟、邋里邋遢的房间就太阳穴直跳,不整理好就不想开始玩游戏。

每回沈礼还会拦着他直嚷嚷:"阿姨会收拾的,你收拾了,阿姨岂不是没活干了?"

不知道这是什么逻辑。

顾栾现在看沈礼一点长进也没有,懒散邋遢深入骨髓,这辈子也改不了了。

他个子高,只要一探头就能看到沈礼枕头旁塞满了小东西,真是应有尽有,跟哆啦A梦的口袋一样。

顾栾不为所动地将书整理好:"这样下去,沈礼,你到大学毕业也没法照顾好自己。"

沈礼觉得莫名其妙:"我这几年都一个人好好过来了,凭什么这么说我?"

他觉得气闷,就在没有顾栾的"605一家亲"群里抱怨:顾栾有病。

冯锐意:他又怎么你了?

沈礼"啪啪啪"打字,一通控诉。

张文凯:你这不是自找的吗?

沈礼:我哪是自找的了?

他抬头看了一眼顾栾,正巧看见顾栾拿着洗漱用具和换洗衣服去浴室的背影。

他紧绷的神经松懈下来,瘫在张文凯的床上,跷着腿抖着脚聊天。

张文凯:你的东西占了别人的床,还不许别人不高兴啦?

沈礼突然觉得自己躺着也不舒服。

张文凯:而且我猜,栗子你正躺在我床上抱怨别人,冷眼看人家顾栾整理东西。

大头太知道他了!

沈礼如坐针毡,跳起来趴到了顾栾床上。

沈礼:没有,我现在躺在顾栾床上。

蒋叶青:……

冯锐意:……

沈礼:?

蒋叶青:顾栾长得帅吗?

张文凯:巨帅!帅惨了!我作为高颜值男性表示忌妒。

冯锐意:栗子,你跟顾栾留校单独相处悠着点,他脾气不好,家里条件又好,难免发少爷脾气,你让着点。要惹恼了他,事情很麻烦的。

沈礼看着冯锐意这语重心长的话,翻了个身侧躺着,感觉怎么都看不明白。

少爷脾气?谁?顾栾?

张文凯:少爷脾气?咱栗子不也挺少爷脾气的吗?没有少爷命,偏有那少爷气。

沈礼心说,这也不怪我,我小时候可不就是富二代嘛,只是没那血统而已。

这时候他还想着回复蒋叶青的话:顾栾,脸长得是好看,不过是个绣花枕头。

可不就是因为顾栾好看,沈礼小时候才心生怜悯,把好东西给他,讨好他,照顾他,保护他吗?谁让沈礼那时候天真善良,正义感爆棚,还偏疼脸蛋漂亮的人呢?

沈礼默默又加了一句:一个草包有那个子,太浪费国家资源了。

冯锐意:……

张文凯:栗子,你亏不亏心啊?

顾栾洗澡很快,没多久就带着一身水汽出来了。

沈礼趴在下铺床上正在捣饬顾栾买的那台 MP5 了。

顾栾看着就头疼,抬脚踢了踢沈礼的大腿:"你一身的汗,别躺我被子上,快去洗澡。"

沈礼抬手拍开顾栾的脚,嘟囔着:"我们在店里下载的电影放哪里了?"

顾栾:"你先洗澡,我来找。"

沈礼慢吞吞地爬起来,一再叮嘱:"那记得等我回来再看哦。"

他下载了一部去年上映的电影,诺兰的《盗梦空间》。冯锐意和张文凯去电影院看完回来后都赞不绝口,学校又偏偏没安排放这部电影,倒是放映了《让子弹飞》,虽然也很好看。

沈礼不舍得花钱买电影票,家里又没有电脑,这回在数码店,他就叮嘱顾栾把这部电影给下载了。

MP5 加上 SD 卡倒是可以存不少东西,顾栾不知道下载了多少资源,沈礼找都找不到。

沈礼以往洗澡很慢,仿佛在浴室雕花一样慢慢搓泥,这回速度却飞快,裹着条浴巾就出来了,出来一吹到空调风,他冻得直哆嗦,张嘴就喊冷。

顾栾抬眼一看沈礼的模样，翻了个大大的白眼："你也不怕着凉！"

这人穿着条平角裤衩就出来了，用浴巾裹着上半身，干瘦的胳膊和细腿瑟瑟发抖，一路跑过来，留下一串湿脚印。

他一身水汽，站在床边，把浴巾往上铺一扔，踮脚去够自己床上的空调被。

顾栾坐在床沿，轻哼。

沈礼裹成粽子往下铺一坐，然后挪到可以看到MP5屏幕的角度，湿漉漉的脑袋枕着顾栾的枕头。

顾栾看得青筋暴起。

"顾栾，你什么表情？"枕头已经湿透了。

顾栾黑了脸。

"说好了一起看电影，你可不能提前看哦，不然我怕你剧透。"沈礼抬手点屏幕。

顾栾低声喊道："沈礼。"

"嗯？"

"请你有点公德心。"

"咋了？"

沈礼头发还湿着，顾栾看着碍眼，把自己的毛巾拿过来盖在沈礼头上："快把头发擦干！我枕头都湿了！"

沈礼的头发挺长的，乌黑发亮，更衬得他的脸和脖子皮肤苍白。

他随便抹了几下，没有水珠再往下滴了就懒得再动弹，他踢了踢顾栾："别管那么多，快看电影。"

顾栾看了他一眼，无奈地打开电影。

两人靠坐在床头，挤在一张一米宽的硬板床上，看一只MP5上播放的盗版《盗梦空间》。

还没看多久，沈礼就打了个喷嚏。

顾栾瞥他，抬手将空调温度调高了　度。

没一会儿，沈礼挪了挪屁股，嘟囔着："你离我远点，热死了。"

顾栾额头青筋都快暴出来了。

这是哪儿来的小屁孩，事情也太多了。

可是他对沈礼这脾性早就接受了，虽然黑着脸，但还是听话地往旁边挪了挪。

沈礼还嚷嚷着热，顾栾怒火中烧，把MP5一扔，坐起来，皱着眉瞪他：

"沈礼，你这么瘦，怎么还这么怕热啊？我都没喊热！"他个子高，坐起来的时候还得弯着腰，以防自己撞到上铺床板。

"你懂什么！"沈礼捏着自己软乎乎的细胳膊展示给顾栾看，据理力争，说得头头是道，"我这浑身上下可都是脂肪，别看我瘦，但我体脂率高，还是很怕热的！"

顾栾沉默地听着。

"这叫什么知道吗？"

顾栾仍一言不发。

"肥胖后遗症！"沈礼拍着自己的胸脯诉苦，"一朝变肥胖，一生怕热命！"

顾栾默默地下了床，小声念叨："不知道你哪来那么多顺口溜。"

沈礼盘着腿坐在床上看他，挺直了腰，脑袋刚好抵到上铺的床板："你干什么？"

顾栾懒得理沈礼，将空调温度调低两度之后，抬手将扇叶扳到顶，让风吹向天花板。

见他连脚都没踮，沈礼酸溜溜地评价："哟，长臂猿啊。"

顾栾坐回床上，拍了一下沈礼的脑袋："你老实承认我个子高不行吗？"

"不行，伤自尊。"沈礼木着脸，拿起 MP5，靠到墙上。

温度低了，沈礼也不躁了，乖乖地看起电影。

《盗梦空间》顾栾已经看过了，但是沈礼要看，他也乐意陪着再看一遍。两人挨着靠墙看着笔记本大小的 MP5，这回屏幕大了，观看体验好了不少。

看了眼手机时间，估摸着看完电影就要过零点了，明早估计又得睡懒觉，顾栾指了指上铺，对沈礼说道："你把你的枕头拿下来吧。"

沈礼戒备地看他："干什么？我今晚要上去睡的哦，不会再突然睡着了。"

顾栾点头："嗯，我信你。你去拿吧。"

"……啧。"

"空调温度才 24 度，到时候肯定会冷。墙太冰了，你拿枕头垫一下。"顾栾解释道。

沈礼斜了他一眼，没反对。

顾栾下了床，帮沈礼把东西拿了下来。

沈礼心理越发不平衡："就算基因占比大……可你这几年长得也太快了吧……吃激素了吗？"

顾栾淡淡地说道:"喝牛奶了。"

"……别骗人!"沈礼咬着牙,"说得谁没过牛奶一样。"

"你这几年喝了吗?"顾栾扭头看他。

沈礼一怔,眨了眨眼睛。

顾栾的眼眸黑沉沉的,看不清情绪,但是在日光灯下,他深邃的眼里倒映着的是沈礼那张惨白的小脸。

沈礼没回答,顾栾也知道是什么答案了,心微微一沉。

也是,自己在沈家十多年,什么时候喝过牛奶?怕是在襁褓里都没喝够母乳和牛奶。

只是……顾安和江灵他们不是跟沈家达成协议了吗?说好的沈家会好好对待沈礼的呢?

以前顾栾还在沈家时,跟着沈礼在顾家住的那几晚,可是看着沈礼天天睡前都皱着眉捏着鼻子,跟喝中药一样喝牛奶,连带着他这个客人都能有杯新西兰奶源的巴氏奶喝。

离开顾家后,沈礼跟自己当年的待遇……难道差不多吗?

顾栾越想越觉得不安。

沈礼起身将日光灯关了,然后坐回来,不甘心地念叨:"老王不是送了我牛奶吗?"

顾栾:"那个没什么营养。"怕也是偶尔才有。

"你别侮辱老王的好意了。"

顾栾没说话,黑色的眸子盯着屏幕,看着小李子深沉的双眼盯着陀螺旋转的画面,心思不知道飞到哪里去了。

这一晚,沈礼照旧还是没熬到电影结束,就靠在顾栾身边睡了过去。

顾栾将 MP5 关了,轻手轻脚地拿着遥控器将空调调高了两度,把沈礼放平,自己爬到上铺睡了。

Chapter 4
隔阂

冯锐意和张文凯周日傍晚回校的时候,沈礼正摁着顾栾的脑袋在寝室里恶补。

所谓的恶补,就是指按着顾栾的脑袋,逼着他从高一上学期第一单元开始,将数理化生的知识点全部补上。

张文凯一进寝室就嚷嚷:"栗子、顾栾,快来帮我提行李,重死了。"

沈礼一把摁住要站起来的顾栾的肩膀,扭头恶狠狠地瞪着张文凯,不需回头就将手准确点在了桌面的语文课本上:"大头来了,你趁这空当背诵古诗词。"

顾栾看着语文课本发怔。

张文凯想要凑过来:"咦,你们在做什么啊?"

沈礼挡住他:"别过来!聒噪的人!别打扰顾栾学习。"

顾栾那张小桌子上摆了高高的两沓书,张文凯认出来那些几乎都是沈礼的笔记本,他大概明白了意思,嗤笑一声:"哟,叶子二号啊!"

沈礼看了眼顾栾的后脑勺,低声呵斥:"说什么呢?"

顾栾低着头看语文课本后面的必背古诗词:"《念奴娇·赤壁怀古》,苏轼……"脸却阴沉得可怕,眼里还染上一层忌妒。

叶子,还二号?他顾栾凭什么是别人的替代品?

"哎,我给你带了点牛肉干,我爸妈从温州带回来的。"

张文凯的父母在外做生意,这段时间家里负债累累,所以他才哭穷。

沈礼眼睛一亮,抱着那桶牛肉干坐到床上,掰了一块出来啃:"好吃。"

"顾栾,你要不要?"张文凯问。

沈礼忙制止他："等他背了这首再说。"

顾栾背过身去，翻了个白眼。

张文凯不解："为什么啊？"

"嘻，我要把他辅导进重点大学，保211，冲985！"沈礼回答，斗志昂扬。

张文凯瞠目结舌："你疯了？"

顾栾大声背诵："谈笑间，樯橹灰飞烟灭！"咬牙切齿的语气。

张文凯浑身一哆嗦，生怕自己被灰飞烟灭了，便乖乖闭上了嘴。

"我觉得，他乖乖听我的安排，没问题的。"沈礼跷着二郎腿，嚼着甜滋滋的牛肉干，胜券在握。

傍晚，605寝室四人一起去食堂吃晚饭。

冯锐意也不敢对顾栾要考重点大学提出任何质疑，于是就将目光焦点落在了沈礼的手机上："顾栾借你的？"还是部新手机。

"嗯。"沈礼点点头，"麻烦死了，他一定要借我。"

他虽然这样说，但脸上却笑眯眯的，看着高兴又得意。

顾栾低头吃饭，嘴角忍不住勾了起来。

张文凯放下筷子，认真说道："顾少爷，我教你扔标枪吧？"

顾栾不解地看他。

"我手机……也用了挺久了……"

冯锐意敲敲张文凯的餐盘："吃你的红烧肉去吧。人家顾栾体育比你强，还用得着你教？就你这一身蛮力。"

"我成绩不如栗子，腿短也跑不快，就标枪扔得不错，没别的特长了啊。"张文凯还有些委屈。

沈礼"哈哈"一笑："大头你头大啊！"

顾栾敲他的餐盘："少说话，多吃饭。"

沈礼为了省钱，一般只打两个蔬菜和五毛钱的饭，然后跟号称要减肥的张文凯再要一部分米饭，又从免费汤里将汤里的菜捞出来，又是一道菜。

一般都是紫菜鸡蛋汤或者是鸡蛋黄瓜汤，要是遇到西红柿蛋汤和豆腐汤，那就跟过年一样，沈礼恨不得多打两碗，连菜都不买了。

不过沈礼这种行为，等跟顾栾吃了一顿饭之后就被制止了。

沈礼不顾周围同学的鄙夷眼神，在免费汤那边捣鼓了三分钟，捧了碗西红柿鸡蛋回来，还如过年似的快乐。

"你看你看,今天的伙食真好!"沈礼高兴地嚷嚷。

顾栾脸都黑了,再看免费打汤处看着他们小声讨论着同学,心脏都在抽疼。

他在沈家的时候,都没这么不要脸呢。沈礼脸皮怎么……可以这么厚?

不过沈礼从来都不管别人的目光,只做自己的事,非常自我。

现在为了一碗汤都这样抠抠搜搜的,再想想他曾经的锦衣玉食,顾栾只感觉一阵恍惚。

他干脆承包了整个寝室的伙食费。

张文凯和冯锐意自然举双手支持,沈礼就算再不乐意也没法拒绝。

今天的晚饭也是顾栾买的。他直接在饭卡里充了一万块钱,估摸着可以吃完整个学年了。

沈礼饭量其实很大,只是之前为了省钱买的都是素菜,现在有顾栾赞助,给他买了两荤一素,他自然敞开了肚皮吃。顾栾一叮嘱,他就瞪顾栾一眼,三下五除二就将饭菜都吃光了,还直勾勾盯着顾栾餐盘里的剩菜剩饭。

这人虽然瘦了,饭量却一点没见小,不知道吃下去的东西都去哪里了。

顾栾默默打量着沈礼。

"你让我多吃,你自己却不吃。"沈礼责备顾栾,眼神发直,意思明显。

顾栾将餐盘推给沈礼:"那你吃吧,我饱了。"

沈礼立刻接过来,残羹冷炙也吃得很开心。

冯锐意看得目瞪口呆,犹豫着对沈礼说了句:"那个……栗子,我这儿剩了一块鸡翅,你要不……"

顾栾一个眼刀飞过去,冯锐意手一抖,赶紧闭了嘴,心脏怦怦直跳,闭了嘴心虚完了也不知道自己为什么要心虚。

顾栾为何瞪他?

沈礼从餐盘里抬起脸,看向冯锐意,嘴角还挂着一粒饭,疑惑:"嗯?鸡翅?"

他看看顾栾餐盘里剩下的两块鸡翅,摸了摸自己肚子,咧嘴一笑:"不用了,我够吃了。你给大头吧。"

冯锐意忙不迭把鸡翅夹给张文凯。

张文凯饭量也大,一句"谢谢"都没有,接过鸡翅就塞进嘴里,不一会儿吐出了鸡骨头。

冯锐意,看得直皱眉,扭头去看沈礼的吃相。

说来也奇怪,沈礼家境这么差,自理能力也差,寝室床位邋遢,可是他的举手投足可一点都不像是个没教养的孩子，倒像个……从小锦衣玉食，有着良好教养的公子哥。

同样饭量大，张文凯的吃相就跟猪一样。沈礼则文雅很多，骨头啃得也干净，也不吧唧嘴，进食速度不算快，拿筷子的方式、下筷的角度都仿佛精确计算过，优雅极了。

顾栾下筷夹菜的举动跟沈礼像极了，但似乎……反倒不如沈礼娴熟。

真是莫名其妙。

"啊，锐意给我的鸡翅格外好吃呢！"张文凯吧唧着嘴感慨。

冯锐意瞄了他一眼，看到他嘴角上的酱汁，额头青筋都暴出来了，腹诽：这头猪！

吃完饭，距离晚自习开始还有四十分钟，寝室四人就在操场上散步消食。高三学习压力大，如果不劳逸结合，身体会吃不消的——重点指沈礼。

冯锐意这个公子哥丝毫不担心考砸，大不了出国；张文凯成绩不差，心态极好，他的目标学校于他来说很轻松；沈礼虽然看着学习轻松，但是室友们都知道，他其实很刻苦，睡前还要看书。

沈礼不情不愿地被拉到操场散步。

这期间还发生了一个小插曲，一行人在操场散着步，冯锐意的手机突然响了。

一看手机的来电显示没显示地区，冯锐意了然："叶子来电话了。"

顾栾敏锐的视线看了过去。

冯锐意接起电话："喂，叶子……啊，是啊……在……哦，行。"他把手机递给沈礼，"栗子，叶子找你。"

"哦。"沈礼一边接过手机，一边嘟囔，"你们真是钱多得没处花，国际长途，多贵啊。"

"喂，叶子啊。"

蒋叶青中气十足又不失温和的声音响起："哎，栗子！你吃晚饭了吗？"

"吃了，吃了两大碗，撑死了。"沈礼摸了摸自己鼓出来肚子。

"那你要多吃点啊！唉，没我在你身边，不知道你吃穿住行不行。"蒋叶青感慨。

沈礼笑他："别说得你跟我爸似的。"

"你可不就是我大儿子吗？"蒋叶青"嘿嘿"一笑。

"去你的！"

"我把你和冯锐意的鞋子都寄过去了,大概一个月能到吧。到时候你穿穿看,我估摸着大小是合适的,应该也挺适合你。"

"好呀,乖儿子真孝顺。"沈礼调笑。

沈礼也不跟蒋叶青客气。蒋叶青这两年送了他很多大大小小的东西,嘴上说是感谢他辅导学习的赠礼,他也不客气,就真当是学费收下了。

"滚!"蒋叶青笑骂。

顾栾站在一旁,脸都黑了。

蒋叶青说:"爸爸养儿子不是天经地义的吗?"

顾栾咬着牙,真是够了啊。

沈礼说:"养儿防老啊!"

顾栾额头青筋暴起,终于按捺不住,摁住沈礼的肩膀,声音微微拔高:"该回教室了。"

沈礼一怔,点点头,跟蒋叶青道别。

冯锐意和张义凯在点评足球场上同学们踢球的战况,听见顾栾的话,张文凯抬头看着学校行政楼上的大时钟,嘟囔:"嗯……不是还有二十分钟吗?"

蒋叶青沉默了半秒,语气微妙地问:"刚才那人是谁?"他听见那个低沉的声音了。

"顾栾啊,就现在占你床位的那位。"

"哦,好。"

"那拜拜。"

"再见,下次聊。"

见沈礼挂了电话,顾栾松了口气,却更加郁闷,心道,这不知道哪里来的家伙,跟沈礼开这种伦理玩笑。无语!

挂了电话,蒋叶青咬牙切齿。

只是听了个模糊的声音,他就确定了,他不喜欢顾栾,心中还有种莫名的排斥感。

冯锐意觉得自己是个冤大头。

他终于回过味来,一把夺过自己的手机,冲沈礼大吼:"你明明有手机了,他为什么还打我电话找你!"

沈礼眨眨眼,一副无辜的表情:"大哥,你不知道吗?"

他突然这么亲切,冯锐意只觉得满身寒意。

"啥？"

"国际长途，接电话也要漫游费的。"沈礼撇着嘴，可怜兮兮地说道，"你看叶子多体贴啊。"

"滚！"冯锐意恶狠狠地骂道。

沈礼和蒋叶青可真是好兄弟，合着伙来占他一人的便宜呢！

张文凯拍拍冯锐意的肩，安慰他："算啦算啦，你有钱，不是经常被占便宜吗？"

冯锐意心里憋闷，眼一抬就看见旁边高大挺拔的顾栾，心想，顾栾不更有钱吗？而且沈礼的话费都是顾栾包了的，怎么不薅顾栾的羊毛呢？

可是这话他不敢当着顾栾的面说，于是闭上了嘴。

夏天的夜晚，男生寝室总是热火朝天，大家抢着洗澡，好像随时要开始打仗一样。

张文凯又挤进浴室里要跟冯锐意同时洗，被冯锐意一脚踹了出来。

"你一个脑袋就把整个浴室挤没了。"冯锐意说。

张文凯抱着自己的浴巾和换洗衣裤，站在空调风口下瑟瑟发抖，可怜兮兮的。

沈礼正押着顾栾在恶补高一上学期的物理知识点。

"那个……"张文凯小心翼翼地说。

沈礼头也没回："滚。"

张文凯撇了撇嘴，光着上半身打了个寒战，哆哆嗦嗦地把上衣穿上了。

沈礼指着顾栾干净得跟白墙似的物理书，压着性子，咬牙切齿："你别告诉我，你连加速度都不知道是什么意思。"

顾栾点头："知道。"

"那你就算啊，这段距离！"

"知道，但不会。"顾栾理直气壮。

沈礼被顾栾这榆木脑袋气得仰天长叹。略长的头发戳到他的后脖颈，刺刺的，他抹了把自己的后脖颈，又拍了拍顾栾的桌子："这两道课后题写完你才能洗澡。"

顾栾皱着眉没回答，深吸口气，挣扎片刻，最终还是选择不反抗，提笔埋头开始计算。

沈礼转身对张文凯说道："哎，大头，理发店的会员卡还在吗？"

"在啊，你要剪头发了？"

沈礼手指抵着眉心感受了一下刘海的长度："你看，到眉毛了。鬓角是不是也长了？"

张文凯看着他这头算得上当年最流行的韩式小长发，抽了抽嘴角："何止……你暑假没剪过头发？"

"剃头不要钱的啊？"

"瞧你那抠门劲儿。"

沈礼的头发长得很快，一个月刘海就能长到眉毛。

开学快两周了，学校还没检查过男生的发型，沈礼这头发用水抹一把，还能逃过老王的法眼。可是太长了，沈礼自己也不舒服，刘海都快挡眼睛了。

"这周教导主任会巡班，你趁早找时间去剪了。"张文凯叮嘱着，把会员卡递给沈礼。

沈礼接过会员卡，正想说话，顾栾突然将笔放下，说："好了。"

"我看看。"沈礼凑过去看顾栾的笔记本，低着头，刘海落下来。他眼睛飞快扫视答案，嘴里振振有词地念着。

顾栾稍一抬眼就看见沈礼低垂的眼睛和飘逸的刘海，半晌，他低声说："我帮你剪吧。"

"这个地方计算错了，你口算能力也不行啊！"沈礼指着笔记本纠错，末了一愣，"什么？"

顾栾："我给你剪头发。"

沈礼："……你……别开玩笑了。"

"我以前都是自己剪头发。"顾栾表情认真，不似作伪。

这个"以前"是多久以前，沈礼明白。他心里有些别扭，仔细回忆，只记得那时候顾栾的头发不算很丑，但也不惊艳。

但这不代表他可以放心将自己的发型交给顾栾。

沈礼理所应当地拒绝了："NO！"

张文凯来兴趣了，把大脑袋凑近，将自己半长不长的刘海给顾栾看："来来来，你拿我做试验吧。"

顾栾一根手指抵着张文凯的脑袋，推开了。

"我答对了吗？"顾栾转移话题，问沈礼。

沈礼回过神来，点点头："啊……就刚才那个计算错误，其他都是对的。"

顾栾点点头，站起来："那我去洗澡了。"

沈礼看着顾栾径自整理东西的背影，心里却说不出地烦躁。怎么个意思？又不提剪头发的事情了吗？

他……他……有点想免费理发不行吗？

他俩之间总是隔着一道鸿沟，一道名为姓氏错位的鸿沟。这导致顾栾无论说什么，沈礼总是下意识拒绝。

被拒绝的次数多了，顾栾是不是就会心灰意冷？

可是造成这种错误的原因不是他们，却偏偏得由他们来承担这错误造成的结果。

如果没发生那样的事情，沈礼想，自己跟顾栾应该会成为彼此最重要的朋友，还在水城生活，一直相扶持着走到高三。

有了自己多年的辅导，顾栾的成绩绝对会比现在好一百倍！绝对不会像现在这样，连初三的物理知识都不会！

他也不会教得这么痛苦！

冯锐意从浴室出来后，张文凯不敢跟顾栾抢，可怜巴巴地目送顾栾进浴室，沈礼则抱着头快哭了。

"你说你何苦。人家家里那么有钱，'三清博士'都能请来当辅导老师，他们都没法教，你一教就会了？"冯锐意擦着头发，对沈礼说道。

这个道理沈礼也明白，可是他看不过去。

他知道顾栾在努力跨越过去四年的鸿沟，他自己也在试图跨越。他嘴上不说，甚至很多时候跟顾栾对着来，但其实他比顾栾还在意过去。

他想跟顾栾建立更长久、更深厚、能够跨越过去那尴尬的身份错位的友情。

可是太难了。

他只能盲目、毫无章法地接受顾栾释放的好意，却不知道该怎么回报。

如今他身无分文，不再是过去那个有钱的小胖子了，只剩下这个能够金榜题名的大脑和这身才华。可这无法直接赠予顾栾。顾栾想要接受他的好意，只能痛苦地学习。

"唉，我太聪明了，"沈礼感慨，"想要找人继承我的衣钵都好难。"

冯锐意："你有病吧！"

张文凯哭喊："我啊！我化学比你还好！你只需要付出一丁点，不及给予顾栾的百分之一，我就能飞黄腾达了啊，栗子！"

沈礼自恋地感慨："可是我就喜欢挑战自我。"

"呸……"张文凯啐了一口。

"因为我太有才华了，高处不胜寒。"

张文凯问："还有十分钟熄灯，我夜盲，过会儿能让我先洗澡吗？"

"不可以。"沈礼板起脸。

"可是你洗澡好慢啊。"张文凯又要哭了。

"啪"的一声，浴室门开了，顾栾带着一身水汽木着脸从里面出来。

沈礼提议："那你跟我一起洗呗，反正有两个淋浴头。"

"张文凯，你快去洗澡。"顾栾突然喊道。

沈礼瞪大双眼看过去，顾栾给张文凯使了个眼神。

"好好好！"张文凯二话不说，抱着自己的东西跟顾栾擦肩而过，抢先进了浴室并将门反锁了。

沈礼不知道顾栾吃错了什么药，还打乱自己先进去洗澡的计划，气愤道："顾栾，你阴我！"

他骂骂咧咧地走到浴室门口，怒瞪顾栾一眼，然后一脚踹在浴室门上，吼道："大头，给我开门，我要洗澡！"

"栗子，我衣服都脱了，就让我先洗吧！我三分钟搞定！"张文凯在里面哀求。

"门锁踢坏了，修一次五十元。"沈礼气得想撞门，被冯锐意喊住了。

沈礼温柔地放下脚，扭头瞪着顾栾，啐了一口："恩将仇报！"

顾栾没理会他，兀自擦着自己的短发，抹了两把就干了，然后坐到自己床上，从枕头下摸出MP5来，翻看自己存的视频，琢磨着这周末跟沈礼看哪一部电影。

冯锐意站在一旁吹冷风，看到那台MP5，莫名就想起来自己超低价卖给沈礼的MP4，不知道这其中有什么联系。

顾栾跟沈礼两人时而剑拔弩张，时而亲如手足的诡异关系，让冯锐意越来越看不明白了。

他俩是旧识，关系还很好，一开始沈礼明明躲着顾栾，完全不对盘，可是现在怎么跟暴躁的野猫一样，虽然龇牙咧嘴经常怼顾栾，没一句好话，却心口不一地又是给人补习又是接受人家给的手机？

有条鱼干就是娘。

沈礼跟野猫也没区别了。

高三学生在篮球场做早操。早操结束后有二十分钟的课间休息，沈礼站在前排，等音乐一停就跑到队伍后面找冯锐意。

冯锐意正跟胡东勾肩搭背地聊着,被沈礼一把扯住校服的后领,差点被卡得窒息,慌乱地"啊"了一声。

沈礼松开手,恬不知耻地说:"大哥,我饿了。"

只有在讨东西吃的时候,沈礼才会讨好地喊"大哥"。

看着这张白净又可恶的脸,冯锐意气不打一处来。

胡东掏出一张五块钱的纸币,好心地递了过去:"买盒泡面?"

冯锐意一把摁住他的手:"你奴性不改啊!这人的胃是无底洞,你喂不饱的!"

三人这样你来我往唇枪舌战着,竟然都往小超市走去。

这时候小超市人满为患,就两个收银台,排队排到超市最里边。

冯锐意一看这么多人,小超市内冷气"呼呼"直吹也驱不散闷热,就退缩了,他揽着胡东的脖子往后转:"算了,下节课再跑过来买吧。"

沈礼又扯住他的校服:"别啊……来都来了!"

冯锐意说:"自己排队去!"

沈礼心想,我周末借你作业抄都没点表示呢?

他刚想说话,眼前突然出现一袋进口的鲜奶和一包肉松面包。

沈礼一怔,抬眼看去。

顾栾正木着脸看他,额上滚着汗珠,脸被闷得泛红,眼神却很淡漠。顾栾定定地看着他,等着他将牛奶和面包接过去。

沈礼:"啊?"

"给你的。"顾栾手又往前一送。

沈礼缓缓接过来,看了眼顾栾,又看看手里的东西,心算了一遍价格。这牛奶不便宜,以前蒋叶青给他买过一次,但是后来知道他不爱喝牛奶,蒋叶青就没再买过了。

"你自己不吃吗?"

"我不饿,给你买的。"

沈礼不知道说什么才好。

冯锐意见事情解决了,钩着胡东的脖子就将人往教学楼带。

"你什么时候来的?"沈礼感觉手里的面包和牛奶很烫手,顾栾跟在他身边,两人往教学楼走。

"早操一结束我就跑过来了。"

难怪跑得满头大汗。

沈礼撕开面包咬了一口,松软的面包里是可口的肉松。沈礼爱吃肉,包括肉松,可是此时此刻他吃得心情复杂。

"我不喜欢喝牛奶。"

"牛奶补钙。"顾栾解释道,"这款牛奶蛋白质含量也高。"

沈礼皱着眉瞪他:"你在暗示什么?"

"男生二十五岁前都能长高。"

沈礼咬牙切齿,将吸管插入牛奶,狠狠地喝了两口,嘴角还带着白色的奶渍,他怒视着顾栾喊道:"我要是长不高你就死定了!"

顾栾没说话,嘴角微微勾着,得意扬扬。

老王趁着下午的自习课巡视教室,进门就通知:"晚上教导主任会来检查仪容仪表。"

全班男生顿时炸开了锅,捂着自己过长的鬓角和刘海窃窃私语。

沈礼值日,坐在讲台上做作业,太专心致志了没注意到,直到老王拍了他桌子他才惊醒过来。

老王当着全班同学的面,揪着他的刘海,说道:"你看,像沈礼这长度,绝对不行。教导主任带推子来的。"

沈礼捂着额头,惊恐万分。

"推子!"班上有男生小声喊道。

就教导主任那水平,能把人剃成光头,还是坑坑洼洼的那种。

沈礼惊得浑身僵硬,视线不由自主地往自己座位上看,跟顾栾对视个正着。

顾栾眼睛黑黢黢的,带着笑看着他,然后做了个口型,勾了勾嘴角。

他说的说"我帮你剪"。

沈礼翻了个白眼,觉得自己逃不掉了。

晚自习前,一行人吃完晚饭赶回寝室。

顾栾手持手工剪,蹲在沈礼面前给他剪刘海。沈礼披着条印着大牡丹花的床单坐在椅子上,看那尖锐的剪刀在眼前晃来晃去,心里发怵。

明明不关冯锐意和张文凯的事,这两个人却非得站在旁边抱着双臂看好戏。

"要是剪得难看,我杀了你。"沈礼威胁道。

"嗯。"顾栾眼神镇定,只是低低地应了一声,他手起刀落,"嚓嚓"几声,几绺头发落下。他又绕到沈礼侧面,理鬓角和后脑勺。

"回头跟教导主任借推子过来,光有剪刀也不行啊。"冯锐意提议道。

沈礼浑身毛毛的:"你们快滚啦!"

最后沈礼剪了个奇奇怪怪的发型,头发依旧不短,只是没遮住鬓角和眉毛,后颈的头发也剪短了。刚好能应付检查。

顾栾对自己的手艺还挺满意:"以后你的头发都交给我剪吧。"

沈礼看着镜子说不出话来。

倒是不丑,但怎么看都很别扭。

张文凯"啊"了一声:"不好看哦,栗子。"

冯锐意点头:"是啊,不好看啊,栗子。"

沈礼只是觉得不丑,原来别人看来是不好看啊。

顾栾举起剪刀:"我觉得还行啊。"

张文凯和冯锐意异口同声:"是啊,还行,挺好看的,栗子。"

沈礼十分无语。

那次以后,顾栾不知是哪根筋搭错了,每天早操结束后都会去买牛奶给沈礼喝。沈礼一开始拒绝,时间一久也懒得再拒绝了。每回坐到座位上,看顾栾一进教室,他就抬手接牛奶,几乎成了条件反射。

他也许是抱着那么一星半点自己能再长个子的希望吧。

沈礼不喜欢喝牛奶,却在一连喝了几天牛奶之后,莫名就习惯了牛奶的味道,甚至觉得还挺好喝的,有些回甘。

这天,他吸着手里的牛奶,从营养学和生物学角度分析自己这学期能不能长高两厘米。

顾栾坐在旁边背古诗词,沈礼逼着他每节课课间都得背一首必考的古诗词。

顾栾在背诵间隙扭头看了眼沈礼,问:"好喝吗?"

"你买的你没喝过?"沈礼瞥他一眼。

"没喝过你喝的。"

沈礼没明白顾栾话里的意思,想到是他买的,他自己都没喝过,就有些不好意思,将牛奶递过去:"喏,那你尝一口。"

顾栾看着吸管上的咬痕,微微蹙眉。

"哦?你嫌弃我啊?那我倒你杯子里。"沈礼不悦道。

顾栾咬住吸管:"没事。"

等顾栾松开吸管,沈礼拿回牛奶,张嘴想继续喝,可一眼就看到吸管口上有一滴牛奶，尴尬得脸一红。

他转移注意力，问道："好喝吗？"

"嗯，"顾栾点头，"很甜。"

只是不如顾家平时喝的那个牌子，下次让管家送来。

"是吗？这不是纯牛奶吗？"沈礼疑惑，又喝了一口，仔细品了品，"只有一点点回甘，也没有很甜啊。"

顾栾嗤笑一声，没有回答，反倒从口袋里掏出几颗巧克力糖来："给你。"

"哦，谢谢。"沈礼接过来。

"先吃糖，再喝牛奶，就很甜。"顾栾解释。

沈礼似懂非懂，一一照做，末了还认真地点头："真的很甜。"

到了高三，所有同学的身体健康成了老师家长们最关注的问题。这周开始，课间操变成了课间跑，要绕教学楼跑一圈，相当于跑一千米。之前试行了两天，教导主任对效果还挺满意。

不过总有人会偷懒，比如沈礼。

沈礼从小到大体育就不好，特别是跑步这种拼耐力和爆发力的运动。他没跑几步就喘得快断气了，一看队伍旁边没有体育老师的身影了，就躲进旁边的灌木丛或教学楼里。等人群跑开，他才蹑手蹑脚出来，然后往教室走。

头两天顾栾被这种操作打得措手不及，他因为个子高，体育好，当初就是体育特招批进来的，老王钦点由他带头领跑。

沈礼一般都在队伍中间，不起眼，但是顾栾时不时就会回头看一下。

这两天，顾栾拐过教学楼旁边的湖心亭，第一次回头，沈礼还在中间；第二次回头，沈礼已经落到了队伍末尾；再次回头打量一下身后的队伍，沈礼已经不见了踪影。

难道他被别人挡住了？

顾栾又扭头仔细找了几遍，都没找到。

……沈礼什么时候消失的？

顾栾带着疑问回到教室，就看到沈礼在座位上跷着脚做早上数学老师布置的作业。

被质问后，沈礼还振振有词："我身体不好！我没体力！晕了怎么办？"

"你两百米都没跑到……就晕了？"顾栾看着他的细胳膊，觉得额头发紧。

就这体质，再不锻炼，高考结束直接拉进 ICU 里了。

于是课间再次跑步时，顾栾不顾沈礼的反对，将人拉到了自己身后的位置，隔几秒他就扭头用余光瞥一眼人还在不在。

沈礼想逃不能逃，气得只能咬牙切齿地跟着。

虽然顾栾速度不快，比往常缓慢不少，沈礼气喘吁吁地跟完了全程，依旧觉得快昏过去了。

"我再跟你跑，我就是这个！"沈礼倒竖大拇指。

顾栾没理他，翌日照样盯着他跑步。

沈礼都怀疑顾栾是来报补习的仇了。

一周课上完，沈礼趁着最后一节晚自习，跑去了图书馆看书。

顾栾从洗手间回来发现自己的同桌不见了，于是问夏景："沈礼人呢？"

夏景冲他笑道："他偶尔会去图书馆看小说。你去看看？"

顾栾点点头，在位置上坐了下来。

夏景有些疑惑，他不去找沈礼吗？平时看他像跟屁虫似的黏着沈礼。

夏景转身做作业，做了两道题，想回头问顾栾一点事，一扭头，发现身后的座位已经空了。

沈礼最近喜欢看余华的书，从感受到《许三观卖血记》的荒诞和震撼开始，他每隔一段时间就奔到图书馆来借两本书看。

老王比较死板，挺反对学生在关键时刻看杂书的。但是沈礼这成绩也没法挑刺，他就趁自习课去图书馆看书，看不完就借回寝室看。

沈礼把《活着》还了，值班的同学是高二的学弟，看到沈礼他还有些兴奋："学长，这周不回家啊？"

"啊？"沈礼愣了一下，"我什么时候回过家？"

学弟连连点头："学长好用功，我要向你学习！"

沈礼认可地点头："好好学习，冲 Q 大和 B 大！"

这也太鸡血了，其实他倒不是为了学习才不回家啦。

沈礼跑到当代中国文学区找到《兄弟》，把上部抽出来，靠在书架上先翻阅了几页。

余华的文笔实在冷静，淡定冷冽地将荒诞的故事说得让人震颤不已。

他觉得自己和顾栾，跟书里的李光头和宋钢挺像的，虽说人物设定不太一样，但是无论怎么看，帅气英俊以及才华，都应该是自己更像宋钢。不要脸、龌龊、下流，顾栾应该是李光头没错了。

看到李光头在厕所偷窥女人上厕所，沈礼又点点头："没错，龌龊。"

"什么？"顾栾的声音突然从身后响起来。

做贼心虚，沈礼吓得猛地转身，后背贴紧书架，瞪大双眼盯着顾栾，书"啪"的一声掉落在地。

顾栾低垂眼眸，静静看了他几秒，然后蹲下捡书，看了看书封，又随意翻了翻，没怎么了解内容，但是也大概知道讲的谁的故事。

沈礼没好气地抱怨："你是鬼吗，悄无声息地突然窜出来。"

顾栾单手撑在书架上，脸凑近沈礼，给他极度的压迫感，将书抵着他的胸口："你刚说什么？"

沈礼："不关你事。"

顾栾莫名其妙地看着他，问："这本书写的什么？"

"就一个重组家庭兄弟俩的故事。你没兴趣的啦。"沈礼把书拿过来，直起身想走。

顾栾摁住他的肩膀："我有兴趣。"

"嗯……"

"我们也是兄弟。"

"放屁！"

"你又说脏话了。"顾栾声音低低的，没有谴责，只是陈述事实般地平铺直叙。

沈礼红了脸，恶狠狠地压低声音，色厉内荏："骂就骂，你还扣我德育分啊？"

"我没那权力。"

沈礼抖肩想甩开顾栾的手，但顾栾的手就跟烙铁一样，滚烫又坚硬，死死贴着沈礼的肩膀不放，烫得沈礼整个人都开始冒汗。

"说一说那两兄弟？"顾栾又问。

沈礼不情不愿地介绍起来："这个李光头，是个小瘪三，没人性，蔫儿坏，流氓变态，满嘴胡话，撬兄弟墙脚，就跟谁似的。"沈礼囫囵吞掉最后几个字。

"这个宋钢，高大帅气，文采好，但是人比较孬，善良单纯。需要我剧透吗？"

顾栾敏锐地找到了关键点："跟谁似的？"

"什么？"

"你说李光头,跟谁似的?"

跟你似的。

沈礼移开视线:"没……跟谁似的啊。"

顾栾点头:"嗯,我觉得这个宋钢,除了一点,别的都跟你似的。"

"哪点?"

"高大。"

沈礼气得要攻击顾栾下盘,顾栾反应敏捷,迅速躲开并向前一步,把沈礼的手给扣住了。他低声问:"结局呢?"

沈礼心脏猛跳,在光线阴暗的书架角落里,顾栾黑沉沉的眸子更显得像乌云似的压着他,让他喘不过气,几乎要晕厥。

"死了。"沈礼顿了顿,哑着嗓子问道。

"谁?"

"宋钢。"

闻言,顾栾心猛地一跳,双眸中的那点光亮暗了下去,皱起了眉。

"那他不像你。"顾栾松开沈礼,拍拍他背后和脑袋上沾到的灰。

沈礼斜视顾栾:"怎么就不像了?"

"你不会死的,"顾栾笃定地说道,"你会活得很好,活得比我还久。"

沈礼心中震颤,却只能扯了扯嘴角,莫名其妙的情绪让他的声音都有点颤抖:"你神经病啊,以为自己是先知吗?"

顾栾摇摇头:"别的我不能保证,但是我一定会让你活得比我还肆意,还自由。"

沈礼低声说:"你不欠我的。"

"我欠你。"顾栾马上回道。

图书馆里安安静静的,这个时间,这个角落,没有人经过,只有两人的呼吸声。

沈礼低头看着手里厚厚的书,封面上"兄弟"两个大字像是飘泼大雨中挂在一根藤上摇摇欲坠的两片叶子,不知道什么时候就掉落一片。

沈礼嗤笑一声,这声音在静谧燥热的夏末中,带着点冷冽的温度。

"哎,顾栾,你俩是拿到老师许可了,最后一节自习课可以回寝室学习是吧?"张文凯在寝室吃着泡面,不愉快地问。

顾栾没回答。

沈礼指了指桌上的作业本,让他认真写,自己回头答道:"我跟老王说过啊，在保证作业质量的前提下，我能够自行安排自习时间，包括顾栾的时间。现在的作业他做了也是白做，还不如回寝室我给他补习，也不打扰别人。"

张文凯心里很不是滋味："我偏科这么严重，也没见你对我上心过。前有蒋叶青，后有顾少爷，我大头就这么入不了沈老爷的眼吗？"

蒋叶青从年级倒数跃升到考入一本的名次，还出国留学，眼下托福都考到一百分了。张文凯酸得要命，私心觉得只要沈礼给予他百分之五十的关注，他就能还沈礼百分之两百的回报。

沈礼："你的确长得不行。你头大，头大的人不聪明。"

冯锐意周末都会回家，而这周，张文凯留校。
顾栾兴致不是很高，怎么看张文凯都觉得碍眼。
沈礼辅导顾栾写了一会儿作业。晚饭时间，三人一起去校外的江西小炒店点了四五道菜吃——自然又是顾栾买单。

吃完饭，从校外慢慢散步回寝室时，张文凯还很感慨："周末留校这么惬意，顾栾还请吃饭，要不我每周都留校好了。"

顾栾："你每周留校，我就不请客了。"

沈礼："扑哧——"

张文凯感觉自己被针对了。

照例，沈礼想趁着寝室没亮灯的时间去看电影，这周学生会放的是《布达佩斯大饭店》。

等快到教学楼的时候，顾栾的手机响了。他接通电话，听了两句，脸色微微一变，冷淡地回应："我知道了。"

沈礼和张文凯驻足看他。

他脸色不好，脸上满是不耐烦，眼神也冷了很多："我知道了。你别问了。

"……嗯。好。

"半个小时。"

他将电话挂了。

沈礼猜得到这是谁打来的电话，问："什么半个小时？"

他没问顾栾为什么接完电话心情就极度糟糕，也没问是谁的电话，却直接问"半个小时"的事情。

张文凯满腹疑惑，扭头看了眼沈礼。

顾栾回答："我这周要回家，不留校了。半个小时后司机来接我，我先回寝室整理行李。"

不知为何,沈礼的心突然沉了下来,失落,又带着不甘心。

明明身边还有张文凯,他不是一个人孤零零地留校,可是一想到前两周跟顾栾单独留校,一起学习,一起看电影,虽然并不是什么有趣的事情,但依旧充实,还很快乐。

他抿了抿唇,压低声音说道:"我陪你回寝室,把你这个周末要背的任务布置了,回来我要检查。"

顾栾不可置信地看他一眼,声音拔高:"我周日上午就回来了!"

"学习,一刻都不能放松!"

顾栾在心里骂骂咧咧。

张文凯可怜兮兮地问:"那……电影还看吗?"

沈礼:"半个小时后我再来找你。"

张文凯孤苦伶仃,仿佛被全世界抛弃了,一个人先去了阶梯教室看电影。

还没有半个小时,二十分钟后,沈礼就回来了。

他给顾栾布置完作业,就飞快赶了回来。

顾栾的司机……或许没有换人,他不想碰到与顾家相关的任何人。

顾栾也没有挽留他,看他忙不迭跑走,只是叮嘱他晚上早点睡。

那台 MP5 被顾栾塞在了沈礼的枕头底下,满格电,配 Bose 耳机。

张文凯问沈礼:"他坐什么车回去的?"

沈礼看他一眼:"你问这个做什么?"

"就是想知道有钱人家开什么车呗,下次……坐一坐,嘿嘿嘿。"张文凯向往地笑了。

身边一起看电影的人不是顾栾,沈礼还有些恍惚。明明前两年,每个周五晚上都是张文凯或者蒋叶青跟他一起看电影的。

人会这么快地习惯另一个人的存在吗?

张文凯还在嘟囔:"不知道是不是奔驰、宝马呢……"

沈礼垂着脸,在心里回答:不是奔驰、宝马。

顾安是个自视清高的人,但凡那些被贴上暴发户标签的车他都不会买。顾家买得最多的车是保时捷,更贵的车也有,比如法拉利、迈巴赫之类。

他现在不过十七岁,离开顾家已经四年,人生前十三年的生活都在顾家,那段岁月已经深入骨髓,刻进灵魂。夜深人静,睡梦中,他都恍惚地以为自己仍旧在那座豪华的宅子里,从楼梯上跑下来,奔往玄关处那个高大男人,张开双臂,眉开眼笑地热情喊道:"爸爸。"

但那不是他的爸爸。

"新学校怎么样？"高大的中年男人坐在沙发上，微微抬起下巴，表情严肃地问。

顾栾坐在另一边的单人沙发上，心里不耐烦："还行。"

"你那个成绩只会吊车尾，换所重视学生体育特长的学校更好……"

"浮高很好。"顾栾打断他。

顾安扭头看顾栾，和顾栾如出一辙的黑沉沉的眸子里带着审视。这不像是父亲看着亲生儿子的眼神，倒像是警察审讯犯人时的锐利眼神。

基因真是非常奇妙，父子俩的眼神和表情都相似极了。

顾栾看着顾安的眼神，心头不悦，脑海里却突然想起沈礼的话——

"基因非常奇妙，人类有23对染色体，其中一对是性染色体，它们一半来自父亲，一半来自母亲。我们的性状或显性，或隐性，都来自于他们提供给我们的染色体。你个子高，那……"

沈礼娓娓道来的声音戛然而止，然后愣生生地转移话题："张文凯的爸爸比他的头还大。"

顾安挑眉，轻飘飘地问："哦？好在哪里？你这两周都留校不回家，学到了什么？别又是跟同学打架，去网吧上网吧？"

"学习，"顾栾诚实认真地回答，"我在学习。"

顾安有些惊讶："你？学了什么？"

他不相信顾栾真在学习。他明明拥有过一个那么完美、可爱、聪明的儿子，却不珍惜，现在却在嫌弃、不满顾栾的不上进、不学无术。

真可笑。

顾栾勾了勾嘴角，答道："染色体。"

顾安皱眉看他。

"我学了染色体。人类有23对染色体，其中一对是性染色体……"顾栾照着沈礼说的复述出来，心里暗暗惊讶，自己居然都记得。

沈礼说这话时，他虽然不耐烦，但现在却发现自己已经把这话深深记在脑海里了。

顾安更加震惊。顾栾的成绩是知道的，初二学生的知识量估计都比他强，能从顾栾嘴里听到"23对染色体"这个概念，就是非常难能可贵的事情。

但他没有夸奖顾栾，只是点头："以后别不回家。"

他从来没有夸过顾栾，应该也从来没有夸过沈礼。

顾栾心头涌上一阵痛恨。沈礼那么好，顾安却从来没有夸奖过他。

连沈卫兵清醒的时候都会对着顾栾夸上一句："你小子的眼睛可真有劲啊，像我！"

可是顾安呢，一句好话都没有说过，只有要求，只有不满意。

太贪婪了。

大人怎么可以这么贪婪，再优秀的孩子都不满意？

顾栾没答应，也没理会他，问："你不是说爷爷要见我吗？"

"先回家见一见家里人，明天再去。"顾安说着，心头不快，"你就这么不耐烦吗？"

跟顾安见面，顾栾的确不耐烦，一想到过会儿江灵回来，他就更加烦躁了。

"我以为爷爷急着见我，我才回来的。"

"你每周不回家很骄傲是吗？"顾安生气地吼道，"你又不喜欢读书，学校能有什么好事让你乐不思蜀？"

顾栾没回答。

顾安和江灵都不知道沈礼就在浮高。顾栾会去浮高，是因为沈礼，班级和寝室都是他刻意安排的，但顾安和江灵都不知道。

虽然早晚有一天他们会知道这个事，但现在，他要将沈礼藏起来，不被这些人发现。

江灵回来后，跟顾栾也没有过多交谈。顾栾聊得没趣，借口自己要做作业就上了楼。江灵还不信，跟上楼看他拿出课本，才确信他是真的在学习。

"这是什么？"她看着桌上的几本黑色笔记本，想打开看。

顾栾一把按住："笔记本。"

江灵也不那么感兴趣，只是皱眉："什么笔记本，都不给妈妈看一下？"

顾栾闷声闷气的："课堂笔记，字太丑，你看不懂。我要看书了。"

江灵不喜欢顾栾的性格，可这是自己亲生的，她能说什么？她叹了声气，转身下楼。

顾栾看着关上的门，冷着脸许久没动。

大别墅的客厅宽敞又低调奢华。顾安难得有空闲休息，跷起脚坐在沙发上看着电视，抽着雪茄。

江灵缓缓下楼时，他抬眼看她。

"真学习呢？"顾安没好气地问。

"嗯。"江灵坐到他身边。

顾安有些不满："也不知道他这性格像谁，整天板着脸也不亲人。"

江灵心说：这不是跟你和你爸一模一样吗？

"现在觉得不喜欢了？当初是谁执意要换……"江灵话刚一开口，就戛然而止。

顾安瞪她："提什么当初？又不是自己的小孩，给别人做嫁衣啊？"

江灵皱着眉，说不出话来。

曾经她也是这样想的，可是当沈礼真的不见了之后，她才明白过来，顾安的观念，她是不赞同的。

血缘真的这么重要吗？顾栾是他们的亲儿子，可是没有一丁点亲密感，倒像是个讨债的幽灵似的，不声不响地在家里蹲着。当初他们嫌弃沈礼胖，性格活跃，懒惰，长得喜庆，一点都不像家里人。可等沈礼真的离开了，江灵却总觉得家里到处是沈礼留下的痕迹，仿佛他还留在家里似的。

他们搬到了浮城居住，在新房子里，一切都是全新的，却更加没有了家的气息。而本来就不像儿子的顾栾也更加冷漠，开学后就没回过家。

江灵叹气，看着电视里喧闹的节目，不发一言。

顾栾躺在床上，跷着脚。他哪是在做作业，一只手枕在脑后，另一只手分明举着手机在聊天。

顾栾：大头，电影看完了吗？

张文凯回复很快：看完了。正在超市买吃的呢。栗子说想吃方便面。

顾栾皱眉，坐起了身，说：吃什么垃圾食品，给你们点外卖。

张文凯看着手机屏幕"嘿嘿"一笑，扭头问正皱眉挑方便面的沈礼："哎，栗子，想吃什么吗？"

"方便面啊。"

"就……别的，好吃点的，现在最最最想吃的。"

沈礼皱着眉想了想："……黄鱼面。"

晚上九点半，沈礼洗完澡，坐在顾栾的床上盘着腿看《海贼王》。

张文凯下楼十来分钟，然后趿拉着拖鞋跑了回来，手上拎着一大袋东西。

沈礼抬头看他："什么啊？"

张文凯一脸期待，"嘿嘿"两声，将袋子放到桌上，搓了搓手打开，一阵浓郁的香味扑鼻而来。

沈礼顿时下了床："你哪来的黄鱼面啊？"

"顾栾叫外卖送过来的。浮城最有名的老面馆啊，平时排队都买不到。来来来，趁你还没吃方便面。"

沈礼往桌边走了两步，听见这话顿了顿，心里有一种说不出的滋味。

那家伙人不在，存在感倒是十足。

坐到椅子上，他"哧"了一声："无事献殷勤……"吃了口面，他感叹，"真是好吃！"

顾家老爷子住在浮城方山的私人疗养院里。

他年事已高，身体越发不好，将公司完全交给顾安后，就开始颐养天年了。两年前，老爷子突然决定从水城搬到浮城住，一家人都觉得很奇怪。

顾栾来到疗养院，在活动室里见到了爷爷。

老爷子看到他只是点点头，就背着手慢悠悠地往自己的房间走去。

顾奶奶去世后，顾爷爷就不怎么管家里的事了，性格也沉静了许多。

他径自坐到屋内的躺椅上，指着沙发和茶几："随便坐，桌上的水果随便吃。"

顾栾只是坐下来，没动水果。

"你爸妈呢？"

"都有工作。"

"呵，整天不着家，也不知道有什么好忙的。我当初创业的时候也没顾不上家。"顾爷爷嗤笑一声，摆摆手，"也好，就我们爷孙俩，还能聊些话。你爸在，就什么都谈不了了。"

顾栾点头。

"这几周过得怎么样？"顾爷爷问。

"还不错。"顾栾看着窗外明媚的阳光，繁花似锦的花园，心里只想到沈礼那张倔强任性的脸。

顾爷爷点点头，眼神慈祥地看着顾栾，曾经铁骨铮铮的男人声音也放柔了。"那……小礼呢？"

顾栾抬眼看他，顿了顿，认真地回答："比想象中好。"

"哦哦，那就好。"顾爷爷松了口气，末了又轻叹一声，"他要是能过得好，我就放心了。"

他的表情很真切，不带一点虚伪。顾栾知道能找到沈礼都是爷爷的功劳，也相信这个家里，除了自己，若还有个人想要找到沈礼，那就只有爷爷。

可是顾栾仍旧无法对顾家人敞开心扉。

明明当时是顾老爷子亲自将顾栾找来,告诉他找到沈礼了,并且动用人脉让他转入浮高。

这就像他俩之间的秘密,但是顾栾仍旧带着一丝怀疑。

商业巨头顾家连自己原来的养子都找不到吗?别说是在省内,就算是在国外,也有的是人脉和办法找到人。怎么会整整四年才找到?

而顾安和江灵,顾栾更加清楚他俩的心思了——不是找不到,而是根本不想找。

那个代表了顾家污点的小孩,他们怕是一辈子都不会主动去寻找了。

顾栾点头:"接下来,是我和他的事。"

顾爷爷一怔,叹了声气:"好吧。如果……如果你有机会,能将他带来看看爷爷吗?"

顾栾清楚爷爷和沈礼曾经感情深厚。沈礼还在顾家的时候,提到次数最多的亲人不是爸爸妈妈,而是爷爷。

至少,爷爷是唯一还念着沈礼的人。

无论是不是有别的想法,顾栾都乖乖点了点头。

"好的,如果……有机会的话。"

Chapter 5
电话

  高三年级组组织了课外补习，自愿报名付费补习班，周末去各个教室补习薄弱科目。严格意义上来说，沈礼是没有弱项的，但是老王希望他能参加 Q 大的保送招考，仔细算了算加权平均数，愣是说他化学不够好，于是给他报了化学。

  补习费打了折，只需要交两百元。

  沈礼周日一大早起床去校外的银联 ATM 上取钱。

  张文凯被他吵得睡不着，也爬了起来，打哈欠伸懒腰，缓了好久才醒神。

  两人一起到校外觅食。

  张文凯叽叽歪歪："老王怕是把你的化学成绩拿来跟我比较了，我化学年级第一啊……"

  "可是你总排名跟我差了五六十名啊。"沈礼眨眨眼。

  张文凯气不打一处来。

  这就好比拿南大跟 B 大做对比了，张文凯单科成绩好，总体实力却不那么强，虽然他的成绩已经很不错了。

  "我可以教你啊。"张文凯跟在沈礼后面嘟囔着。

  张文凯哪里会辅导别人，又不是谁都跟沈礼一样有极详细的学习计划和极强的自制力，还有超强的耐心。张文凯要是辅导别人，不出两分钟大概就要薅自己的头发跟被辅导的人打起来。

  张文凯用余光瞥了眼 ATM 机屏幕上的存款余额数字，"哇哦"了一声：

"小富人。"

沈礼瞪他一眼:"我是男的!"

"我说你是土豪,谁说你是女的了?"张文凯莫名其妙,"你这几年居然存了这么多钱了。"

沈礼点头:"嗯,留着读大学后完全可以脱离家里啊。"

张文凯和沈礼同寝两年多,沈礼的家庭情况或多或少也了解得七七八八。

张文凯点点头,拍了拍沈礼的肩膀:"离远点,不要回来。"

"嗯。"

沈礼取了三百块钱,两百用来交补习费,剩下的一百可以够半个月生活费用。他小心地把钱揣兜里,跟张文凯回寝室。

天气依旧炎热,秋天的太阳热辣异常,两个少年被刺眼的阳光晒得苟延残喘,不顾胃撑得慌,顶着大太阳往寝室跑。

一进走廊,寝室门开着,他们看到顾栾正光着膀子换衣服。

顾栾虽然看着又高又瘦,真实身材却不是干巴巴的,皮肤虽不如沈礼白净,但看着健康,肌肉线条紧实劲瘦,漂亮得像是雕刻出来的一样。他甚至还有四块腹肌,真正的穿衣显瘦,脱衣有肉。

沈礼摸了摸自己的腹部,只摸到一块松弛的肚肉。

见两人进来,顾栾愣了一下,穿好上衣:"回来了?"

沈礼"啊"了一声,还在从软肉中努力寻找自己出走的肌肉。

"你怎么回来了?这么早。"张文凯问,"早饭吃了吗?"

"嗯,吃了才回来的。"顾栾看了眼沈礼,问张文凯,"昨晚的面好吃吗?"

"好吃!特别好吃!黄鱼面是浮城一绝啊!"张文凯夸赞。

顾栾点点头:"我没吃过,下次吃吃看。"

"你是从水城来的,一定要尝尝黄鱼面!浮城靠海,海鲜都很新鲜。"张文凯踮起脚,吃力地和顾栾勾肩搭背,努力让自己企及他身高。

张文凯费劲地想:吃什么的长这么高?

顾栾盯着沈礼看。沈礼站在桌前,低着头没说话。张文凯还在喋喋不休地推荐美食,沈礼突然回头看他俩。

"顾栾,你的任务完成了吗?"

沈礼张口说的话,让顾栾心肝一颤。

要是不提学习,沈礼是多么可爱的人啊!

每天一袋牛奶加上晨跑，沈礼真的觉得自己的体能似乎好了不少。老王送的那箱牛奶，顾栾直接分给了其他寝室的同学。

晚上洗澡前，空调刚开，沈礼身体虚，出了一身汗。他正想先脱了衣服抢着进浴室，顾栾突然摁住他的肩膀，捏了捏他的胳膊。

"你干吗？"

"感觉你最近长肌肉了。"顾栾回答。

"别试图收买我，作业不会变少。长没长肌肉我还不知道吗？"沈礼甩开他，也不脱衣服了，翻了个白眼，径自进了浴室洗澡。

熄灯后，宿管大爷一间一间寝室检查过去，确认大家都老老实实上床睡觉了才将门合上。

门轻轻关上，随着门锁"啪嗒"一声扣上，沈礼的床位就有了动静，亮白色的灯火在被窝里亮了起来。

冯锐意的床位也亮起了手机的荧光。

张文凯打了个哈欠："我睡了，晚安。"

沈礼"嗯"了一声。

顾栾没动。

沈礼探头下来，轻声喊他："把上次买的LED小灯拿出来，你今天还有一个知识点没记住。"

顾栾头皮发麻："不要了吧！"

"不行。我陪你，你不学完，我也不睡。"

沈礼脾气很犟，顾栾实在招架不住，况且自己身体好，熬一熬夜没事，可沈礼不行。为了沈礼的身体着想，顾栾只能硬着头皮背考点。沈礼就亮着小台灯看《高考满分作文集》，摘抄好词好句。

冯锐意低声嘟囔："哎，我要睡啦。"

沈礼："嗯。顾栾，你背下来了吗？"

顾栾无奈地叹气："背下来了。"

"好，找明天检查。"

闻言，顾栾忙不迭将台灯关上。过了几秒，沈礼也将小台灯关上了，翻了个身。

顾栾听见上铺传来沈礼轻柔的声音："晚安。"

冯锐意："嗯，晚安。"

那瞬间，顾栾整颗心脏都像浸泡在糖水里。有朋友和关心，辛苦点也是幸福的。

"嗯。"他顿了一秒，才带着犹豫继续说道，"晚安。"

国庆节假期，浮高给高一高二放了七天假，高三只放四天假，剩下三天用来补课。

冯锐意回家了。沈礼照旧留校。顾栾因为父母都出国了不在家，心安理得地留校。

放假时期的校园安安静静的，值班的宿管阿姨和大叔也少，热水也少了，甚至不够一个人洗完澡。

刚放假那天晚上，沈礼洗澡洗到一半就没热水了，他就着冷水洗完，穿上衣服裹着毛巾出来，浑身都在颤抖。

顾栾皱眉看着沈礼这可怜巴巴的模样，等他冲完冷水澡出来后，还回味着说："也没多冷啊。"

"去你的！睁眼说瞎话！"沈礼牙关像打架似的颤抖。

顾栾："热水不够……你又怕冷，要不要去我家？"

话音刚落，顾栾就看到沈礼整张脸都白了。他知道，沈礼是不愿意的。

"你有病啊？"沈礼低声回答，"我去你家干吗？就为了洗个热水澡？"

顾栾干脆把话说开了："不去我家，那……你要不要去方山疗养院？"

沈礼惊讶地看着他："干吗？谁在那儿？"

其实他已经隐约猜到了是谁。

"爷爷。"

"不去。"沈礼斩钉截铁地拒绝。

"为什么？你不是说过，他很疼你吗？"顾栾不解。

沈礼莫名有些烦躁，语速加快，语气也重起来："不去就是不去！你别提过去，都是多少年以前事情了！不要提了好吗？"

顾栾对沈礼逃避的态度也很不满，握住他的肩膀："你就这么放不下吗？"

"废话！你放得下啊？"沈礼大声反问。

他大口喘着气，脸色苍白，瞪大了眼睛看眼前瘦高的男孩。

等这阵火气刚过，他忽然嗤笑一声："哦……对，你当然放得下了。"

顾栾皱眉。

"谁不想离开熔炉去天堂。"沈礼坐到一旁的椅子上，捂了捂脸，长长舒出一口气，语气平静，"顾栾，我真不能见他们，无论是你爸妈，还是你爷爷。"

是"你"的，不是"我"的，亲疏远近被沈礼排得很好。

顾栾再次问自己，血缘关系真的那么重要吗？

"当时你不想换，甚至拉着我离家出走。"顾栾低声问，"为什么又消失得那么快？"

沈礼白着脸看顾栾，随后低下头，闷声闷气地回答："就算是现在，我也只是个小孩。"

离开、去哪里生活、在哪里学习，都不是他能决定的。他当时带着顾栾歇斯底里地反抗换回生物学父母的家庭，那都没有用。

更何况之后的种种……

"也没有人想见我。"沈礼说道，"我是顾家的一个污点。我离开，顾家才能当什么都没发生过。"

顾栾咬着牙，瞪他一眼，低骂了一声："胡说！"

沈礼站起来拔，高声音反驳："哪里胡说了！你明知道他们是什么样的人！从小到大有人问过我怎么想的吗？有人在意我愿不愿意吗？就是你，现在的你，你想跟我换？回到穷困潦倒，一回家就要被揍的生活吗？"

"我在意啊！我会问你啊！"顾栾揪住他衣领，一把将他推到墙上，气得满脸通红，横眉竖目地大吼。

在看到沈礼苍白脸上震惊愕然的表情后，他突然失去力气，松开手，双手撑在沈礼身侧的墙面，低垂着脸，无力又可怜地叹道："为什么要换啊……我们就这样不好吗？管谁是谁儿子啊……"

沈礼红了双眼，眼泪在眼眶里打转，看着顾栾头顶的发旋说不出话。

他有很多很多话要说，可是终究只说出了三个字："对不起……"

顾栾把头抵在墙上摇了摇。

"是我不够坚定。"沈礼虚弱地说，"我那时候已经自暴自弃了。"

顾栾摇摇头："别说了。"

"嗯，不说。"

谁也不想揭开自己最不愿意示人的伤口。

两人头发湿漉漉地并肩坐在椅子上，心不在焉地看着MP5里的电影。

顾栾问："他打你了吗？"

沈礼知道"他"指的是谁。

要是说没打，顾栾自然是不信的。

沈礼说："不多，跟你比起来好多了。真的，没几次。"

他想说的不过是自己过得还可以，比起顾栾在沈家时的艰难处境要好得多。

可是顾栾还是黑了脸："一次都不行。"

他咬着牙，乌黑的双眼里点燃了暗火。

人无法选择自己出生的家庭，原生家庭带给人的伤害是一辈子的烙印。

顾栾自小在沈家长大，沈卫兵游手好闲，在工厂里做最基础的流水线工人，负责给出货的商品包装。每个月只能领到徘徊在最低工资水平线的钱，拿到钱就去买酒、赌博。等到家了，身上的钱已经所剩无几。

而赵红花，一个家庭主妇，不仅得承担做家务和照顾孩子的重任，闲暇还得做一些手工艺品加工，换点小钱补贴家用。

顾栾记忆中的赵红花，胆小怯弱，被打的时候只会抱着他哭，不停道歉："对不起，对不起，孩子。"

顾栾那时候就在想，对不起什么？她有什么对不起的？又不是她打人。

大人真奇怪，总是为莫名其妙的事情道歉。

出生在这个家庭，不是他选择的。她是在为这个道歉吗？

后来，回到顾家，顾栾才明白赵红花为什么道歉。

他天生就不属于沈家这种环境，他的遭遇的确担得上一声"对不起"。

可是沈礼应该承受这种遭遇吗？

不，更加不可以。

顾栾最了解沈卫兵的拳头和酒瓶子的攻击力道，那是年幼瘦弱时候的他最恐惧的东西。毫无章法的拳头落在身体上，有时候打到胃，疼得几乎呕吐，顾栾都没掉一滴眼泪。

狭小的房间里，那个醉醺醺的中年男人将酒瓶高高举起，用力砸向趴在地上的瘦弱小孩。当那酒瓶即将砸到人的时候，那孩子抬起脸，却倏然间变成沈礼如今的模样。

酒瓶砸在沈礼头上，裂开血红的碎片。

"不！"顾栾惊呼一声，坐起身来，浑身冷汗直冒。

他喘着粗气，惊魂未定地环顾四周。深夜的寝室，四周是白色的墙，空调"呼呼"吹着冷气，他额上的冷汗发凉。

听到张文凯富有节奏的打鼾声，顾栾低头，手撑在硬邦邦的床上，才安心下来。

幸好是梦。

沈礼就睡在自己上铺，他没有被酒瓶砸中。

国庆假期以来，顾栾总是多梦，梦里常是些不好的事情。

"扑哧——"上铺传来沈礼的声音。

顾栾抬头一看，沈礼的脑袋就在床沿倒挂着，双眼亮亮地看着自己。

顾栾心头一跳，心想：在黑暗中，这家伙的眼睛倒跟猫眼一样亮。

沈礼咧嘴，借着窗外投过来的过道灯光看着顾栾："做噩梦啦？"

顾栾点头，支起一条腿，揉着自己的短发："嗯，吵醒你了？"

沈礼："我睡眠轻，你一叫，我就醒了。"

"抱歉。"

"没事。做什么噩梦了？"

顾栾没吭声，他总不至于说"我梦到你亲爸，也就是我前养父拿酒瓶子砸你吧"？

他顾左右而言他："我去上厕所，你睡吧。"

沈礼不知道想到了什么，轻声安慰："别怕啦，梦里都是相反的，不要想太多。"

顾栾刚穿上拖鞋站起来，他背对着床，听到这话，眼眶瞬间热了。

梦都是相反的吗？如果是真的就好了。

可是他知道，绝对不是。

"你好好的。我去卫生间。"顾栾声音低哑，往厕所走去。

沈礼坐在床上，看着夜色里他高大的身影，无声叹气。

黑夜牵扯人的敏感神经，把一些深埋在脑海里的记忆挖掘出来，加以润色。就在刚才，沈礼还以为他俩又回到了那个慌乱不安的逃奔的夜晚。

只是大头的打鼾声太抢戏了，沈礼那错觉只维持了一秒。

睡吧。

沈礼躺回床上。

梦里什么都有。

顾栾网购了 堆补品，专门为高考生研制的，其中有所谓的二勒浆之类的保健品，还有纸皮山核桃、红枣之类的坚果，一箱一箱地往寝室里摞。

张文凯开了一箱山核桃，疑惑地问："你干什么？"

"高三学习压力大，给沈礼准备的。"

张文凯快哭了，指着沈礼那只摆了两本从图书馆借来的《兄弟》的干干净净的桌面，问："你看看沈礼的，再看看我们的。"

寝室里，除了沈礼的，每张桌子都是一摞一摞小山似的教辅资料和试卷，其中以顾栾最甚,他才是寝室里学习压力最大的人。

张文凯说:"你哪只眼睛看出来栗子学习压力大了?他只是暑假的时候没钱去北京,就没去争Q大提前批保送的名额。他要去参加了,还用得着读高三?"

顾栾第一次听到这事,眉毛皱得可以夹死苍蝇:"就因为没钱没参加?"

"谁说的?大头你别谣传。"沈礼从走廊进来,手上提着个袋子,里面装着几本教辅书,他将袋子往顾栾床上一扔,"我刚去学生会的学弟那里借了高一的学习资料,给你的。"

顾栾看着床上的教辅书,头疼。

张文凯嘟囔着:"你还能是什么原因……"

"我什么学校考不上,为什么非要去挤Q大?没准高考后有学校免学费招我呢?"沈礼说得很狂妄,却也是事实。

张文凯对顾栾说:"别听栗子这样说,他其实是因为多读一年高三,可以再拿一年的奖学金和困难补助。"

沈礼:"要你那么多话!"

张文凯缩缩脖子,又看看那几箱东西:"啥啊?"

顾栾解释了一下。

沈礼立刻翻了个白眼:"红枣、核桃还可以,那些补品饮料激素很多的,你想让我毛发旺盛还是胖回从前?"

顾栾愣了一下,说:"那给张文凯吃。"

张文凯:"喂!"

最后,这几箱补品还是被整个寝室平分了。

沈礼嘴上说不要补品,但喝了一口后觉得的确挺提神醒脑的,便又拿了一盒。

临近十一月,校运动会即将举行,胡东被沈礼撺掇着给顾栾报了跳高和两千米长跑。

顾栾原本就是体育特招生,自然承担起了为二班勇夺第一的重任——此前,二班从未在任何项目上拿过前三。

全班都对顾栾抱以希望。

老王是这么说的:"作为我们二班的珠穆朗玛,请你一定要为我们二班夺得三年以来的第一个冠军啊!"

顾栾小声问沈礼:"怎么?二班真的从没拿过前三吗?"

沈礼翻了个白眼:"我们四个重点班,咱们班体育是最差的,虽然其他班也好不到哪里去。"

夏景扭过头,小声说:"上半年,三班全年级积分排名第一啦。"

三班也是重点班。

顾栾疑惑了。

夏景:"他们班一到饭点就狂奔到食堂,练出来的。"

顾栾看着沈礼,一脸莫名。

沈礼又翻了个白眼:"看什么看?三班不就一群饿死鬼吗?"

顾栾:"所以你要把宝都押我身上?"

沈礼傲娇地回答:"又不是我要押宝!我们班什么时候指望过拿名次?你随便比比就好啦。"

夏景:"不是你让胡东……"

"别说话!"沈礼喊道。

顾栾勾着嘴角笑了,他微微靠近沈礼,小声说:"我跳高拿过水城高中第一名。"

沈礼上下打量顾栾:"长得高了不起哦!"

顾栾心里觉得好笑,又说:"两千米也拿过市第一。"

"啧啧!"

胡东经过两人的座位,听见这话,竖起大拇指:"牛哇牛哇!"

顾栾嘴角都快咧开了,又说:"我游泳……"

"啊!行了行了!就你跳得更高、跑得更快、游得更远,我只会吃喝拉撒。我去卫生间了。"沈礼抓了一把自己的头发,站起来,气哼哼地从后门离开了。

胡东莫名其妙地看着顾栾:"沈礼怎么了?"

顾栾摇摇头,脸上的笑意一时间还没消。

倒是夏景笑嘻嘻地一语道破天机:"忌妒、口是心非、傲娇,男人啊!"

还不是因为沈礼不肯承认自己很信任也很欣赏顾栾的运动能力,跟自己生气呗。

顾栾的运动能力的确很强。

校秋季运动会在周四、周五两天举办,这两天不上课,也没作业,给高三考生放松休息。运动会结束后还会放两天假,不少同学就直接请假回家了。

这一届运动会，二班倒是都留校观看比赛，因为他们即将见证自己班首次诞生体育冠军。

沈礼坐在看台上，心里其实比谁都要紧张，手心全是汗，脸却僵硬着，假装自己毫不在意。

顾栾站在看台第一排，把外套脱了，在凉爽的秋风中高高地蹦了几下，身姿矫健灵活，腿部肌肉线条劲瘦有力，漂亮得如同猎豹一样。他拉伸了一下腿和手臂，冯锐意帮他把号码牌扣上，给他拿着衣服，小声叮嘱着什么。

顾栾没听冯锐意讲话，反倒抬起头看坐在第二排的沈礼。距离不远不近，他一抬手就能够到沈礼，他的指尖将将悬在沈礼的鼻尖上方。

"送我去签到？"顾栾问，手腕关节微微凸起，血管分明，有着漂亮的曲线。

沈礼抿着唇看他，虽然面无表情，眼里却亮亮的，心情很好。

僵持两秒，沈礼投降了，一声不吭地站起来，往楼梯走去。

顾栾急忙跟上，冯锐意跟在后头。

隔壁三班几个女生小声交流。

"妈呀，那高个子帅哥，太帅了吧？"

"他跟沈礼什么关系啊？看着好有意思。"

"他看着又高又帅，不太好惹，可是整天跟在沈礼后面，好乖哦！"

沈礼抢过冯锐意手上顾栾的外套，裹在身上，在跑道旁的草坪上瑟瑟发抖，嘟囔着："怎么回事，怎么突然起风了？太冷了吧。"

冯锐意抬头看着大太阳："冷吗？"

"我这一身虚肉，是不太扛风。"沈礼坦然道。

顾栾签完到回来做准备，看见沈礼瑟瑟发抖的模样，示意沈礼直接穿上他的外套。

沈礼套上袖子，顾栾顺手就帮他把拉链拉上了。

"等我跑回来。"顾栾低声说。

沈礼"喊"了一声："初赛没拿第一，提头来见。"

"呵，准备好欢呼声等我。"顾栾拍拍沈礼的头，上了赛道。

沈礼不是第一次见顾栾像一阵风似的奔跑。

他永远都是那么自由地奔跑，或是奔赴自由。

在水城那破旧的工厂员工寝室楼下，他像风一样狂奔，穿梭在弄堂里；在水城一中的跑道上，他如疾风似的肆意奔跑，破了校纪录；后来，他像龙卷风一样,飞快地在后山上奔跑,追上沈礼,将沈礼推倒在地上,泪流满脸地质问沈礼为什么丢下他……

顾栾的外套太大了,沈礼穿着它,下摆几乎到了膝盖,他的手缩在袖子里,捂着胸口,站在起跑线旁边的草坪上,跟朵向日葵似的,随着顾栾跑步的身影转着、看着。

冯锐意是个好哥们儿,虽然速度不快,但体能好,全程跟着顾栾跑,一直为顾栾加油。

张文凯和胡东则在看台上组织二班的同学为顾栾加油,声势浩大。

一班和三班震惊了——他们第一次见到二班在体育赛事上如此振奋,他们居然也有想拿冠军的心吗?

张文凯说:"这次让你们见识见识来自水城的飞毛腿!"

顾栾保持着一个稳定的速度,在操场上一圈一圈地奔跑,没有减速,一直保持在第一名的位置。沈礼站在起跑线旁边,看着他一次又一次地经过自己身边,心脏一次又一次地揪紧。

就跟他俩的命运一样。

顾栾来了,又离开,但是总会再次出现。

最后一圈,沈礼忍不住跟着跑了半圈,累得上气不接下气,又慢慢走回了起跑线,等着顾栾最后的冲刺。

全场沸反盈天地呼喊着顾栾的名字,沈礼压在声音里喊着加油,知道顾栾看着他的眼里带笑,往终点线奔来。顾栾冲过终点,沈礼的心才落下,然后红着眼眶,没有控制住,奔向顾栾。

冯锐意跟在沈礼身后。

沈礼在离顾栾半步远的地方停了下来,手足无措,是该拥抱庆祝,还是冷静淡定克制地说一声"祝贺你"?

沈礼还在犹豫,冯锐意突然撞上了沈礼,将沈礼推向双手叉腰、皱着眉喘息休息的顾栾,然后将沈礼夹在中间,抱住了顾栾。

"太棒了,顾栾!决赛就看你的了!"冯锐意高兴得人吼。

整个二班看台都沸腾了。这是他们高中三年以来,第一次有人进入两千米决赛!

顾栾被沈礼撞得往后退了半步,下意识张开手接住了沈礼。沈礼头发上是自己洗发水的味道——沈礼的洗发水用完了,顾栾把自己的给他了。

顾栾拍了拍沈礼后面的冯锐意,对冯锐意笑道:"我会拿冠军的。"

沈礼一把推开顾栾,大口呼吸,憋得满脸通红:"你……浑身都是汗!

离我远点!"

"嫌臭就把衣服还我。"顾栾咧嘴笑了,非常开心地笑了,很难得。

顾栾初赛时就破了校纪录,决赛在下午,不出意外,他拿了冠军,并且再一次刷新校纪录。

二班三年以来诞生的第一个运动会冠军,全班都沸腾了。

老王更是乐得合不拢嘴,给顾栾发了饮料和毛巾。顾栾转手就把东西扔给了沈礼。

晚上顾栾难得地被三人谦让着,第一个进浴室洗澡。等他出来,沈礼也没有丧心病狂地要他睡前学习,就差没按摩捶背伺候他睡觉了。

"早点休息,明天还有跳高。加油哦。"沈礼双眼亮亮的。

顾栾点头:"我是二级运动员。"

沈礼点点头:"栾哥真棒!"

张文凯问:"你跳高的最高纪录多少?"

"两米。"

张文凯惊讶得张大了嘴巴:"哇……市级纪录也没有两米吧……跳出了两个栗子呢。"

沈礼黑着脸:"大头,你是想死吗?"

冯锐意洗完澡出来,问:"顾栾,你采用的是背越式吧?"

"嗯。"

张文凯惊叹:"我们这种'重文轻武'的学校,就没几个人会背越式跳高。"

冯锐意拍拍顾栾,在他肩膀留下一只湿手印:"栾哥,我看好你哦。"

顾栾看着自己肩上的水渍,眉心皱得可以夹死苍蝇:"别拿你湿淋淋的手碰我。"

他咬牙切齿的,似乎要将冯锐意生吞活剥了。

冯锐意打了一个寒噤,觉得自己好像惹到太子爷了。可是,明明平时沈礼洗澡出来,头发湿漉漉的就去挤顾栾,弄得顾栾一身水渍也没见顾栾生气啊。

冯锐意心里非常不是滋味,默默地在心中骂了句——还是沈礼会把握人心,看来学习好还是有用的。

沈礼洗完澡出来已经熄灯了。他穿着拖鞋爬到上铺,然后在横杆上甩着脚丫子,想将脚上的拖鞋甩地上,结果一不小心甩到了顾栾床上。

"啊，抱歉！"沈礼低头看了一眼。

顾栾原本背朝外，突然被一只拖鞋打中脑袋。

他翻过身，抓着拖鞋，不耐烦地看沈礼。

沈礼白净的脸在黑暗中显得模糊不清，顾栾将拖鞋扔到地上，抬手抓住沈礼脚上的另一只拖鞋。

黑暗中，就着空调微弱的指示灯灯光，沈礼以为顾栾的魔爪伸过来是要揍人，他吓得往床铺里缩，喊道："好汉饶命啊！"

顾栾手一顿，喉结一动，嗤笑一声："敢作敢当，下回也被我用拖鞋打一下。"

"Sorry！"沈礼双手合十求饶。

顾栾抓住他的另一只拖鞋，把两只拖鞋整齐摆放好，再次抬眼，看到沈礼黑黢黢的双眼在黑暗中映着隐约可见的灯光，亮亮的。

顾栾喉结一动，躺了回去，没好气地说："早点睡吧。"

沈礼撇了撇嘴，自知理亏："今晚不强迫你学习了，晚安！"

这还才差不多。顾栾满意地闭上眼。

因生活环境复杂，顾栾比沈礼面对的东西要复杂得多。

他从小就生活在最恶劣的家庭里，在打骂中长大。顾栾一直没有过多渴求，觉得人生看不到什么希望。

黑暗中投进来唯一一缕阳光就是沈礼，然后他不小心将这缕光挡住了，再也找不到了。

他以前一无所有，现在拥有了这么多，心态却仍是像以前那样——他什么都不怕，就怕他最好的朋友沈礼不理他、放弃他。

虽然，顾栾知道，沈礼永远不会真的拒绝自己。

虽然他学习不怎么样，却懂得怎么拿捏沈礼。同样的，沈礼也一样能拿捏他，他心甘情愿的。

翌日一早，张文凯打着哈欠，撩起睡衣，摸着自己的肚腩，眯着眼看顾栾："啊——哟，顾栾你昨晚没睡好啊？"

顾栾做了一整夜零碎的梦，醒来头都痛了，却记不住到底梦见了什么。

他没回话，换好衣服起身，看了眼上铺。

沈礼裹着被子缩成一团，紧紧靠着墙，不动如山地酣睡。

冯锐意已经催了两遍，沈礼依旧无动于衷。冯锐意仁至义尽，已经整理好书包准备走了。

张文凯等顾栾准备好,三人可以一起离开。

顾栾慢悠悠地往书包里放书,声音不轻不重地问沈礼:"你要吃什么?"

他没说名字,冯锐意和张文凯就站在门口,也不搭话,因为他们都知道顾栾问的是谁。

沈礼没动静。

顾栾也不恼,整理好书包,径自往寝室门口走去。

临出门前,顾栾耳尖地听到一个刚好听得见的声音从被窝里闷闷地传出来:"肉包子,五个。"

真能吃!

顾栾"嗯"了一声,在关门前,他又听见沈礼拔高声音加了一句:"草莓味的李子园!"

最近学校里莫名其妙开始流行喝李子园。大概因为便宜,沈礼也爱上了,今天巧克力味,明天草莓味,乐此不疲。顾栾投喂的进口牛奶,他却苦着脸不肯喝。顾栾都觉得这小孩不知好歹,有些苦恼。

关上门,冯锐意觉得好笑:"每天都搞这么一出,你也不烦。"

张文凯"嘿嘿"笑:"叶子也没烦过啊。这大概就是开小灶的代价吧。"

顾栾听到这话就不高兴了,问:"谁更努力?"

"啊?"张文凯疑惑了。

"我跟蒋叶青?"

冯锐意心思活络,心想这有什么可比较的,嘴上却回答:"你。你不但学习更努力,对你的'恩师'也更好。蒋叶青是把沈礼当好老师报答,我看你都把沈礼当儿子般照顾了。"

"养儿子"这个说法顾栾虽然觉得不太恰当,但好歹算是赢了一波,于是心情好了点。

他默默在心里纠正,他现在算是雏鸟反哺。

张文凯看着顾栾的脸:"你黑眼圈真重,今天还能跳高吗?"

冯锐意:"……咳咳咳……"

顾栾斜他一眼:"放心,两个你也不在话下。"

张文凯夸张道:"那你可能要破世界纪录了!"

虽然顾栾没睡好,但是并不妨碍他凭借强悍的体能和运动潜能在男子跳高杀出一条血路。高度到了一米八后就没人跟他竞争了,他已经是板上钉钉的冠军了,偏偏他还不满意,一个人孤军奋战,又跳了两次,到一米九五的时候,终于打住了,但仍然刷新了校纪录。

顾栾坐在草坪上,周围都是同学老师们闹哄哄的欢呼,他心里挺不是滋味的。刚才跳高的时候他没看到沈礼,这会儿比赛结束了,也没见沈礼出现。这影响了他的发挥。他揪了一把草,心里很不高兴。

沈礼一只手拿着最后一个肉包子,另一只手拿着李子园,等人都散了才走近,坐到顾栾身边:"哟,大英雄。"

"你怎么还没吃完?"顾栾看他。

"刚到,慢慢吃嘛。"沈礼咧嘴笑。

顾栾开始跳高时,沈礼就站在边上看着了,只是躲在人群后面。

顾栾听他这话就知道他一直都看着,给自己加油,心里郁结散去。

"下午回家吗?"沈礼问。

"不回吧。"

沈礼点头:"嗯。那我们晚上去不去吃火锅?"

顾栾好奇:"你有钱?"

"我请你啊。"沈礼笑了,"战果累累,我们班难得拿到好名次,我好好犒劳你嘛。"

沈礼说请顾栾吃火锅不是假的,还真大大方方地请了一顿澳门豆捞,两人吃了一百五十多块。这对沈礼的家境以及高中生的身份来说,开销算是大的了。

等回了学校,两人又去看电影,直到晚上九点才回了寝室。

一进寝室,沈礼就开始了。

"我今天请你吃了火锅,你一定得好好感念我对你的好。"

顾栾心头大叫不好。

"要好好学习。来,把这几道题写了吧。"

顾栾又觉得脑壳疼。

顾栾最喜欢周末跟沈礼一起留校,但同时也最恐惧跟沈礼一起留校,因为这意味着沈礼这家伙可以与他窝在一起看电影,也意味着这两天他都得把大部分时间用在学习上,不仅不准走神,还要承受沈礼时不时地羞辱——

"不是吧,这道题你都不会做?"

"顾栾,你是不是大脑发育不全啊?这是初中的知识点!"

"天哪！你一定是脑瘫。"

"啪"一声，顾栾把手中的水笔折断了。等回过神来，沈礼一脸淡定地把一支新笔塞到他手里："来，下一题。"

顾栾："……"

沈礼去洗澡时，给顾栾布置了一套试卷。顾栾摸着鱼，把沈礼借的书拿来看。

他还没看一页，寝室的固定电话就响了。

寝室里有一台固定电话，平时没见人用过，就连沈礼也没怎么使用。沈礼现在基本是用手机跟朋友同学联系，他的联系人也不多。

这时候是晚上，打电话来的基本都是留校同学的家长。其他两个回家了，顾栾又有手机，会是谁打来的，顾栾一猜就八九不离十。

顾栾仅仅犹豫了半秒就接起了电话。

"你好。"顾栾轻声对电话那头的人说道。

他的变声期来得不算早，嗓音低沉略沙哑，故人应该听不出来。

电话里是一个中年女人的声音，带着疲惫和愁苦——顾栾太熟悉她了。

"喂？同学你好，沈礼在吗？"女人还算礼貌地问。

顾栾侧耳听浴室里"哗啦啦"的流水声，面无表情地想着，沈礼用了手机，却连手机号也不愿意告诉父母。

他回道："他现在不在。你是？"

"啊，我是沈礼的母亲。"赵红花声音微弱，语气卑微，"你是他的室友吧？"

看来赵红花连沈礼的室友都不认识。

"是，我是这学期转来的新室友。"顾栾回答。

赵红花"哦"了一声："那，麻烦你等沈礼回来，告诉他一声，天气冷了，可以回家拿冬被。"

顾栾嘴角勾了一个嘲讽的笑，语气却很礼貌："阿姨，过会儿我让他回个电话？"

"不了不了，省点钱吧。过会儿……我还有事。"赵红花支支吾吾的，急忙拒绝。

大概是沈卫兵要回来了吧？

既然有空提醒沈礼回家拿冬被，怎么不送来学校？回家？这话不过是口头关心一下，让沈礼冬天挨冻呗？再说了，回家……难道让沈礼去挨打吗？

顾栾皱眉,情绪非常不好,语气也变了:"我还是让他回电话吧,他马上就会回来。这些话,我传达,不合适。"

"怎么不合适?"赵红花有些疑惑。

顾栾只说:"您是他母亲,自己说比较好。"

世界上,他大概是最不适合转达这句话的人。

眼看着顾栾不想帮忙,赵红花发愁了。她只是怕沈礼没被子,想提醒一下他回家拿。

可是沈礼现在已经换上了顾栾给的被子了——顾栾强行塞给他的。

浴室里的水声已经停了,顾栾怕沈礼听到声音,正要跟赵红花再见,就听见浴室门"砰"的一声被人打开,沈礼"哇哇"乱叫着从浴室里狂奔出来。

他光着上身,只穿了一条短裤,双手环胸,抖成筛糠,喊叫着:"妈呀,冷死我了!忘记带睡衣了!顾栾快把衣服递给我……"

顾栾急忙捂住了话筒,紧张地看着沈礼。

他不想让赵红花听见沈礼喊自己的名字。

赵红花疑惑地问:"沈礼来了?"

沈礼见顾栾拿着座机听筒看着自己,瞬间明白过来发生什么事了。他脸色阴沉,黑着脸,回视顾栾。

一时间,空气凝滞了。

沈礼抬手从床上拿下自己的睡衣,往头上套。

顾栾低声回答:"嗯,他来了。"

沈礼裤子也没穿,径自走过去接过顾栾手里的听筒,瞥了眼顾栾,面无表情。

顾栾心里有一丝忐忑,但是他表情淡定,很小声地说:"我去洗澡。"

沈礼瞪着他打开柜子找衣服的背影,没好气地回应电话那边的人:"干什么?"

顾栾还是担心,不知道刚才赵红花到底听没听见沈礼喊自己的名字,也不知道沈礼会不会生气自己接了电话。沈礼小声地说话,顾栾竖着耳朵都没听清他讲了什么。

刚拿好衣服和浴巾,顾栾就听见沈礼一声怒喝:"我说了不用你管!你别管我行吗?"

顾栾心里"咯噔"一声。他从没见过沈礼发这么大的脾气,现在,沈礼分明是歇斯底里。

"啪"的一声,沈礼将电话挂了。

顾栾僵硬地回头看过去，被沈礼一瞪。

"啧，你怎么还没去洗澡？假惺惺地说要去洗澡，结果这么久还没去，我看你就是想偷听我跟你前养母怎么吵架的吧？"沈礼正在气头上，话说得很不好听。

提到前养母，对顾栾来说不是什么触霉头的事情。可是沈礼误解了自己的想法，这让顾栾很不高兴。

"我为什么要那么龌龊？偷听别人打电话有意思吗？"

"谁知道你在想什么啊！你为什么转学进来我都没想明白，你以为我知道你现在在想什么吗？"

顾栾的确是为了沈礼转学过来的，可是他说不出口，语气弱了一点："我说了只是因为巧合。我没有别的想法，只是想你好。"

"巧合？"沈礼气笑了，"巧合到你睡我下铺？"

顾栾没说话。

"你想我好，就不应该重新闯入我的人生，把过去的伤疤硬生生地揭开。你知道我花了多久才忘记这种令人窒息的痛苦吗？"

顾栾抿着唇，深沉的目光落在沈礼的脸上，认真地回答："我知道。"

"你不知道！"

"我知道。"顾栾又说，"你以为我不痛苦吗？"

"你痛苦？"沈礼把肩膀上搭着的毛巾抽下来，甩在顾栾的床沿上，发出清脆的一声"啪"。

"顾栾，你有什么资格、有什么脸面痛苦？"沈礼红着眼眶，恶狠狠地骂道，"你回到了你美好的富商家庭，全家都把你捧在掌心，当宝贝疼着，吃美味珍肴，用最好的奢侈品，上最好的学校。你逃离了魔窟，你怎么会痛苦？"

顾栾喉结滑动，额头的青筋都暴起来了。

当然不是这样的，哪有那么美好。

是，沈礼说的物质条件的确是这样，沈礼自然是最清楚的。可是怎么就不痛苦了？就算是身在天堂，也依然痛苦。

被沈礼口不择言地侮辱，顾栾气得手在发抖。

沈礼拔高声音，越说越离谱："全世界都围着你转，你像是众星捧月！你爽死了吧？"

顾栾沉着脸，咬着牙问："你说够了吗？"

沈礼一怔，眼眶都通红了，却突然冷静了下来，瞳孔震颤。

顾栾撇开视线,手里拿着衣服和浴巾,又把沈礼扔在自己床上的湿毛巾拿起来,转身往浴室走。进门前,他顿住了,闷声闷气地说道:"沈礼,你过分了。"

沈礼脑袋都是"嗡嗡"的,大脑像是摄像机一样,不停回放着方才自己不经大脑脱口而出的那些话。他想象着,自己说出这些杀人诛心的话时,嘴脸有多么丑恶。

直到浴室里传来"哗啦啦"的水声,沈礼的肩膀才骤然松垮下来。他仰头闭着眼睛,长长呼出一口气,两步爬上自己的床,把脑袋塞进了枕头底下,跟鸵鸟似的。

完了,他刚才说的都是什么屁话,如果自己是顾栾,当场就要把说这话的烂人一脚踢出门了。

顾栾力气那么大,随便动动手指都能把他的手腕掰折了。

这都没动手,看来顾栾的脾气变好了。

"啊啊啊——"沈礼后悔莫及,闷在枕头里低声呐喊。

可是……他真的控制不住自己的忌妒。

顾栾仰着头,任由温热的水流冲刷着脸颊,让他有一种微妙的窒息感,这跟多年前离开沈家的时候感受很类似。

离开沈家、沈礼的消失,以及他代替了沈礼的位置,让他有切肤之痛。

他知道沈礼心里一直有气,也知道沈礼不是针对他,他只是沈礼发泄的一个窗口罢了。因为整件事情,真的无法判定到底是谁的责任,谁才是真正的加害者。

或许是沈家不争气的父母,也或许是顾家好面子的那对夫妻,也可能是当时粗心大意的护士或者医生。

有一段时间顾栾甚至怪罪当时验血的医生发现了他俩这阴错阳差的缘分,从而导致后续的一切灾难。

沈礼有怨念,顾栾又何尝不是?他们都是受害者。

顾栾洗完澡抱着换洗衣服出来,湿漉漉的头发跟刺猬一样翘着,水珠从脖颈滑进衣服里。

沈礼趴在床上一动不动,看着好像睡着了,但顾栾清楚他意识清醒得很。

顾栾没说话,径自拿着吹风机吹头发。嘈杂声中,他似乎听见了一个微弱的声音,马上关掉吹风机,问:"什么?"

沈礼仍旧一动不动,毫无声响。

顾栾以为是自己幻听,抿了抿嘴角,正要继续吹头发的时候,听见了沈礼微不可察又不太服气的声音:"对不起……"

顾栾嘴唇翕动,随即勾起了嘴角,打开吹风机继续吹头发。

两人没有继续交流。

顾栾把头发吹了个半干,收好吹风机,才仿佛自言自语地说道:"我想在寝室煮火锅。"

沈礼许久没有回答,顾栾就耐心等着。

"……大功率……"沈礼这话的意思就是想吃。

顾栾笑了:"周末没人查,我们不开空调,没事的。"

沈礼其实不单单是想吃火锅,在寝室偷偷煮火锅能对味蕾产生一种神秘的刺激,让人对美味更加记忆深刻。

刚才的争吵和尴尬仿佛都没有发生过,顾栾提到在寝室里煮火锅,那他们现在讨论的话题就是火锅了。

两人都故作不知似的,开始探讨要吃什么,故意忽略了那深埋在骨髓里的刺。

顾栾这人行动力超强,前一晚说要煮火锅,翌日就起了个大早,拉着沈礼去超市买锅。

沈礼还梦呓着,翻着白眼,困得要命,被顾栾拖着走:"你买个小煮锅就好了,为什么要买那种真正的火锅啊?"

"小煮锅能叫火锅吗?"顾栾反问,"我看你也很想吃啊。"

沈礼郁闷了,这话的意思是,他想吃,所以必须买正式的火锅了?

"买了锅,然后咱们再买火锅底料和食材,你想吃什么?"顾栾显然很期待这一顿火锅,双眼都在发亮,语气轻松,微微勾着嘴角。

沈礼被他的情绪带动,昨晚接到赵红花电话的烦闷也被慢慢抛在脑后,昨天吃了火锅,今天再吃一顿也不算什么:"肉吧。"

"好,"顾栾点头,"那就什么肉都买点。海鲜要吗?"

"吃得完吗?"沈礼摸了摸自己的肚子,"我昨天吃的火锅还没消化呢。"

"不还有我吗?"顾栾挑眉,"你吃不完的,都给我吃。"

两个人胃口都不小,还在成长期的少年甩开了膀子往购物车里扔食材,从羊肉到虾滑,目光所及处觉得自己吃得下的都塞了进去,随后一人拎了两大袋东西回去。

他们运气好,回来的时候宿管大爷正好不在,两人迅速进了电梯,回到寝室就开始忙活起来。

基本都是顾栾在忙活，沈礼这人四体不勤五谷不分，连洗菜择菜、煮火锅都不会，就帮忙把小桌子撑起来，然后把火锅电源插上。

干完这一系列活，他就坐在小板凳上发呆了。

顾栾端着两盆菜出来，看到这一幕就气不打一处来，喊道："你去把水槽旁边另外两盘菜拿来。"

"哦哦，好的。"沈礼笑眯眯地跑去拿。

顾栾忙活着煮锅底，碎碎念："你连锅底都不会煮吗？"

"啊？怎么搞？"

"锅底放到锅里，加入开水，煮就好了。"

沈礼恍然大悟："哦——那很简单啊。"

"……那你干吗不煮？"

沈礼"嘿嘿"笑："懒嘛。"

顾栾又跑去把门缝用毛巾塞住，然后把窗打开，两人搓着手等锅底开了好下肉。

沈礼这人懒得很，顾栾也不跟他计较，下了肉，等熟了再捞上来直接扔他碗里，让他自己蘸料吃。

一时间两人狼吞虎咽地吃着，都没心思聊天，在寝室吃火锅的刺激和快乐的确是火锅店里无法企及的。

"哎，最后一片羊肉了，我们石头剪子布吧？"沈礼指着盘子里的肉说道。

顾栾想说让给他得了，就听见"咚咚咚"的敲门声。

两人顿时愣住，面面相觑。

是谁在这个时间上门？

难道是宿管大爷？

完了！完了！

几秒后，两人几乎同时从小板凳上跳起来，手忙脚乱地拔电源、收拾桌子。

这时候，门外那人说话了："咳……沈礼在吗？"

这是对两人来说都极为熟悉的声音。

两人端着盘子的手一僵，对视一眼，都从对方脸上看到了不知所措。

Chapter 6
冷战

一时间,寝室里安静得只剩下火锅汤底翻滚的声音。

沈礼或许还没有顾栾熟悉这个声音,他知道,顾栾听出来了。

此时两人都不想回答。

可是从门框上方的玻璃窗透出的白炽灯灯光,以及从门缝里漏网之鱼似的飘散出去的火锅香气,无一不在说明这间寝室里有人。

"咚咚咚",门又被人敲响了,赵红花在外面拔高了嗓门喊:"沈礼,你在吗?"

沈礼木着脸,放下了手上的东西。

顾栾也跟着放下了筷子,看着沈礼,轻声问:"我躲厕所里?"

沈礼垂着眼,半晌才回答:"不用了。"

顾栾一愣。

沈礼径自去开门,低声回答:"她是为你来的。"

这是什么意思?顾栾还没明白,沈礼却已经开了门。

赵红花忐忑的表情还没收回来,见沈礼突然开了门,立刻堆起笑容,赶紧提起刚才扔在地上装着棉被的塑料袋。

沈礼低眼看到塑料袋上还破了个大洞。

"进来吧。"他侧过身,让赵红花进门,在赵红花身后露出一个讥笑。

"天气冷了,妈妈看你都没回家拿被子,怕你着凉,所以……"赵红花语气异常兴奋,迫不及待地展示自己的母爱,却在进入寝室后看到屋里站着的人时,声音戛然而止。

这个时候赵红花自称"妈妈",太可笑了,沈礼只觉得心胸口被压得喘不过气来。他深深吸了口气，再缓缓吐出来。

赵红花将手里的被子抱在了胸前，明显有些手足无措，她转过头尴尬地看着沈礼，声音都颤抖了："沈礼，这是你同学啊？"

沈礼冷哼了一声，冲顾栾露出一个嘲讽的笑。

顾栾抿着唇，表情严肃，但沈礼看得出来，他不知所措。

"你装什么装？"沈礼冷冰冰地开口。

赵红花掌心都是汗，激动的。她抱着被子的双臂时不时动一动，想换个姿势。

沈礼一开口，赵红花有些呆滞，问："怎么了，沈礼？"

"怎么了？"沈礼被她故作无辜的样子逗笑了。

"我生物学上的母亲，您已经快四十岁的人了，装这么无辜单纯让我恶心。"沈礼眼神冰冷。

赵红花被他说得脸色沉了下来，语气严肃道："沈礼，你怎么和妈妈说话的？"

"你还知道你是我妈吗？"沈礼一把夺过赵红花手里的被子往地上一扔。

赵红花手中一空，更加手足无措，第一反应却是看向顾栾。

"别看他了，是不是需要我给你们母子俩腾空间好好叙旧？"沈礼盯着她，眼里带着恨意。

"我不是……"赵红花心虚道，"我不知道小栾……"

这名字一说出口，赵红花突然反应了过来，脸上一阵青一阵白，明白自己露馅了。

"呵，我都没介绍这位同学的名字呢，你怎么知道他叫小栾？"沈礼问道。

赵红花别开脸，她始终不知道该怎么跟这个有血缘关系的儿子相处。他太聪明了，跟人精似的，浑身带刺，嘴巴很毒，她总觉得自己一靠近他就会被扎得遍体鳞伤，因而就干脆不再搭理他了。

沈礼叹了声气，低声说道："我高三了，过去的两年里，你从没来过学校，家长会也没来参加过，更别提好心给我送被子了。高一的时候下了大雪，寒潮来袭，你只是打个电话让我自己回家拿被子，之后我不回家你一声也不吭。后来室友们送了我一条冬被。这两年你一直以为我盖着夏被过冬吗？"

赵红花面子挂不住了，小声说："妈妈不是没时间给你送被子吗？"

"你是因为被他打得挨不住了，所以想让我回去替你挨打吧？"沈礼瞪大双眼质问。

顾栾眼神一凛："沈礼,你也……"

"你闭嘴!这里没你的事!"沈礼立刻喊道。

沈礼又对赵红花说道："你从来没来学校给我送过任何东西,这一次怎么这么好心来给我送被子了?"

"……你不是高三了嘛……得让你睡得舒服点啊……"赵红花脸色暗淡,蹩脚地找借口。

"想让我睡得舒服点,就拿了个破了的塑料袋装棉被,还随手扔在地上,当垃圾一样放着吗?"沈礼抓起被子,放声质问。

赵红花小声辩解："妈妈这不是……粗心嘛……"

"你可不粗心,你只是心里根本没有我。"沈礼对她的虚伪已经麻木了。

"你来送被子不过是借口,只是想来印证一下自己心里的猜测,昨晚第一个接电话的人是不是你心心念念牵挂的顾栾吧?"沈礼的声音越来越大,他一把将被子摔到赵红花身上,大声质问,"不然你怎么昨天突然说要来送被子,我怎么拒绝都没用,你今天还不请自来了呢?"

赵红花双手攥在一起,心虚地看着地面。

农村女人嘴笨,心眼又小,小得只能装下一个真心实意养育的儿子。

她辩驳不了牙尖嘴利的沈礼,因为他说的的确都是真的。

沈礼对沈家两个大人早就失望透顶,只是这一次更是撕开了过去表面如死水的假象,把更加让人撕心裂肺的真相展现出来罢了。

他早该知道的,只是真正面对的时候更加痛心罢了。

赵红花沉默了半天,终于说道："你聪明懂事,读书好,什么都好,我不知道要操心你什么。小栾小时候那么瘦小,也不会读书,我怕他被欺负了。"

听到这话,沈礼的心脏像被人用匕首狠狠划开,痛得令他无法喘息。

他脑袋"嗡嗡"的,不知道要开口说些什么了。

因为懂事,因为聪明,所以活该没人疼。

"所以……我不仅没有爸爸,现在连妈妈都是别人家的。"沈礼低声问,脸涨得通红,双眼充满血丝和泪水,"我早知道真相,但是你这样自我感动,你觉得自己很伟大吗?"

"我不需要你操心,我好得很。"顾栾突然出声,走到沈礼身边,拉住他的手,挡在了他身前。

赵红花抬头,眼里满是激动,泪光在眼眶里不停地闪动："小栾,你都长这么高了,真好。"

"这位阿姨,被子脏了,栗子也不能用了,你带回家吧。"顾栾冷冰冰地提醒她。

赵红花眼里的激动凝滞住了,她低下头,擦了擦眼角,吸吸鼻子,随即抿着唇,点点头:"哦……好,好。"

不知道是太过激动还是怎么,她一直低声碎碎念着,蹲下来整理被子,然后又深深看了眼顾栾,才三步一回头地离开。

顾栾跟在她身后,等她一出门就将门关上。

沈礼坐了下来,没有继续吃火锅,也没有说话。

"还要吃吗?"顾栾问。

沈礼一声不吭,顾栾也不知道该如何破解这尴尬的局面。

这就是一盘死局,谁开口谁尴尬。

沈礼起身爬上了床,被子一裹,彻底隔绝了外界一切。

顾栾看着上铺鼓起的那个小山包,沉默了半晌,无声地叹气,开始整理桌上的东西。

东西整理完毕,顾栾洗了个澡,将身上的浊气散去,脑袋也跟着清醒了许多。见沈礼还保持着之前的姿势不变,顾栾摇摇头,走到了床边,抬手拍了拍他的被角,问:"洗澡去吧?"

沈礼毫无回应。

知道他这次气极了,顾栾无奈,但也没有办法,自己心里也不好受,只能不厌其烦地拍着他的被子:"沈礼?睡了?要睡了,至少也起来洗个脸刷个牙吧?"

沈礼还是不为所动。

顾栾知道沈礼肯定醒着,也听到自己的话了。他也很想冷静一下,可是他又忍不住像一个老妈子一样提醒沈礼睡前要洗漱。

"沈礼?"顾栾又试探了一遍。

"你烦不烦啊!"沈礼终于被吵得不耐烦了,猛地坐起了身,火冒三丈地骂道,"你别管我行不行啊!你有那么多人关心疼爱,全世界都绕着你转,你是不是觉得我这样很可怜?拜托你,麻烦收起那高贵的怜悯心,让我一个人安静安静不行吗?"

"怜悯?"顾栾脸色一僵,被气笑了,"沈礼,你该不会以为我关心你是因为怜悯吧?"

"那不然呢?我们这么多年没有联系,没见过面,难道我还指望你依旧真把我当成好兄弟、好朋友吗？"沈礼红着眼眶，冷笑道。

顾栾冷面如冰，抿着唇，突然欺身上前跪在床沿上。

沈礼本来想躲，却避无可避，被顾栾一把扣住了手臂。

"沈礼，在你眼里，我就过得很愉快很幸福吗？我对你好，就一定要图回报吗？"顾栾眼神带着恨意，沉声问。

沈礼从没在他眼里看到过这种眼神，吓到了，半天没回答一个字。

"我告诉你，是，我就是想让自己良心上过得去！从你这个除了脑子好一无是处的人身上获取一点优越感！你是不是就想我这样回答你？"顾栾恶狠狠地问。

不……不是的。沈礼知道顾栾不是这个意思，可是这个时候他的喉咙像是被东西卡住了一样，说不出一个字。

他双眼瞪圆，脸逐渐憋红。

顾栾嗤笑一声，松开沈礼回到自己床上，他将被子一盖，假装无事发生，开始假睡。

那一晚，两人都彻夜难眠。

顾栾和沈礼冷战了。

这是张文凯凭借自己敏锐的观察力得出的结论。

冯锐意："长眼睛的人都知道他俩现在闹得不太愉快，你没发现栗子一看到顾栾就翻白眼吗？"

张文凯一拍大脑门，严肃道："这样可不行啊！影响寝室和睦。"

冯锐意夹了一筷子青菜塞进张文凯嘴里，让他闭嘴："别管那么多，栗子什么脾气你又不是不知道。等会儿他俩来了，你别给我说半个字！"

"我抢到红烧狮子头了！"沈礼端着餐盘过来，语气略带兴奋，坐到冯锐意身旁。

冯锐意伸出筷子："见者有份！"

"不行！这是我的！"沈礼着急地进行狮子头保卫战。

顾栾端着餐盘一声不吭地坐到沈礼对面，沈礼立刻收回自己的筷子，坐得端正笔直，埋头吃饭。

冯锐意还僵在原地，尴尬地看向顾栾。

顾栾木着脸，面不改色，眼神却像刀子似的紧紧盯着沈礼。

气氛一度很僵持。

张文凯跟头猪似的疯狂扒饭，没两分钟就吃光了所有的饭菜，他扬起笑脸，站起来："我吃完了！先回教室做作业了！"说完赶紧走人。

冯锐意还只吃了两口菜，看张文凯这么不哥们儿地把自己抛弃，目瞪口呆："哎……你……"

"再见！"张文凯已经消失在人群中。

冯锐意腹诽：去你的大头！

菜没吃完，人还饿着，可是一起吃饭的两位室友之间气氛尴尬怎么办？

冯锐意正在纠结是放弃这顿饭，还是硬着头皮吃完，身边的沈礼突然起身，硬声硬气地说道："饱了。"然后端起盘子走人。

顾栾一声不吭地跟着起身走人。

饭友们都走了，冯锐意却松了口气，终于可以认认真真干饭了。

下午课间休息，下一节课是自习课，顾栾放下上节课的课本，准备找出卷子做今天的作业。

"啪"一声，一本黑皮笔记本被拍在顾栾面前。他一怔，扭头看沈礼。

沈礼只是低着头，不看他，嘴唇翕动。

顾栾听见了一个闷声闷气、不情不愿的声音："笔记抄全。"

顾栾愣了半响才明白沈礼是要他把课堂笔记记全。

明明都吵架了，还放不下他的学习。

顾栾强忍着上扬的嘴角，把笔记本打开，埋头抄起笔记。

"叮咚——"广播里响起广播站的铃声。

"通知，首都航空航天大学招飞预选初检已经开始，有兴趣的同学可以前往校学生办了解招飞公告详情。"

广播重复了一遍，然后归于平静。

课间教室内尤为热闹，有人竖起耳朵仔细听，发现广播内容跟自己无关又开始低头玩闹，更多人则毫不在意广播里的内容。

沈礼起身上厕所，顾栾看了他一眼，听见了广播里的内容，眸色沉了沉。

"胡东！"顾栾一把扯住经过他身边的老好人班长的衣服。

胡东被扯得往后倒退一步，捂着自己的脖子咳嗽："勒死我了……怎么了？"

顾栾环顾四周，轻咳一声："我去机房查点资料，等会儿沈礼回来问我，你就这样跟他说……"然后凑到胡东耳边小声说了几句。

见胡东点点头，顾栾咧嘴，拍拍胡东的肩膀："谢啦。"

说罢，他立刻起身，如箭一般飞奔出去。

胡东挠挠头，低声喃喃："两人不是吵架了吗？沈礼也不见得会问吧？"

果然，自习课铃声响起，沈礼回到座位上，看见隔壁座位空空如也，只是疑惑地挑了挑眉，却没有询问任何人。

只是当晚，顾栾感觉沈礼的脸色似乎更差了。

说是冷战，可是沈礼没有放下对顾栾的辅导，该督促的作业、该学习的教辅一样不落。就是到了晚自习，他都得翻出高一的课本，让顾栾照着自己的笔记恶补基础知识。

夏景也感觉到了两人之间尴尬的气氛，可是看这辅导的架势又不像友情破裂的样子，于是她拉着张文凯问："栗子和顾栾到底咋事？我瞅着怎么这么奇怪？"

张文凯摇头叹道："我哪儿知道？上次放假回来就这样了，不知道是为了什么吵架了。"

夏景托着腮，一脸凝重："这样不行啊！"

"咋？"

"呃……"夏景杞人忧天，"这不是影响寝室和谐、班级和睦吗？"

两人之间出现问题，她可怎么嗑？有被虐到！

"话说最近新上了一部电影，我们去买票，带他们一起去看吧？"夏景出主意。

张文凯皱着眉，一脸严肃，看得夏景直冒冷汗。

末了，张文凯突然握住夏景的肩膀，点点头："好主意啊，夏景！"

"……啊……是吗？哈哈，哈哈哈……"

"这周例行举行月考，考完正好去看，嘿嘿。不过……会不会太刻意了？"张文凯觉得有点奇怪。

夏景说："那没事，我们大家一起去嘛！就这周五，到时候给他俩的座位订在一块儿，我们一起去看，就没那么奇怪了吧！"

张文凯激动地直起身子，一拍夏景的胳膊："不错嘛，夏景！票就交给你买了！回头找冯锐意报销！"

冯锐意愣了愣，腹诽：这里面有你什么事啊，大头！

夏景果真去买票了，她是通校生，家就住在电影院旁边。

她当天晚上买了票，第二天早上来到学校，趁着早间休息就拿着票去问沈礼："栗子，我姐送了我《金陵十三钗》的票，考完试那天晚上的，我们放学后去看呗？"

沈礼挺喜欢看电影的，问："要我给钱吗？"

"给什么钱啊！票都是我姐给的。去不去看？"夏景了解沈礼抠门的性子，立刻回答。

"免费看电影的好事，谁不要谁是傻子。"沈礼"嘿嘿"一笑，接过夏景给的票。

他这边正得意着呢，就见夏景又跑去问张文凯："大头，去影电看吗？"

张文凯拼命用余光注意着沈礼，大声答应："那当然看啦！"

沈礼突然觉得哪里不对劲。

张文凯又大声嚷嚷："哇，锐意，夏景这边还有票，你要不要看？"

冯锐意凑过去："好啊，给我一张。"

"哇，夏景，你是黄牛吧！你怎么还有一张票啊？给谁看呢？"张文凯蹩脚的演技诠释了什么叫作"此地无银三百两"。

冯锐意并不是知情人，但他是个好兄弟，下意识就说："反正我们寝室三个人都收了你的票了，干脆把剩下的这张给顾栾吧。"

张文凯巴不得如此，赶紧仔细辨认票上的位置，跟夏景交换了一个眼神，点头："对啊，夏景，就给顾栾吧。"

顾栾刚回到座位上，就被张文凯突然点名，莫名其妙："啊？"

"去看电影吗？"张文凯问。

顾栾摇头："我才懒得去呢。"

"……去啊！免费的！"这可把张文凯和夏景急坏了。

"免费的怎么了，有这个时间，我还不如多看会儿书呢。"说着，顾栾看了眼沈礼，因为这话是说给沈礼听的。

张文凯急得跳脚了。热爱学习是好事！但怎么偏偏在这个节骨眼上？

这时候，冯锐意问："栗子，你去吧？"

沈礼点头："嗯，我去啊。"

"我去。"顾栾眼疾手快，把最后那张票一把拿过来。

"你不是不去吗？"冯锐意莫名其妙。

"突然想去了。"顾栾面不改色地改口。

"那看书呢？"

"看不懂，"顾栾看了眼沈礼，"没人教我，我看不懂。"

沈礼拳头硬了。

"都看不懂了……那就一起去看电影呗！"张文凯继续在作死的边缘

不断试探。

沈礼翻了个白眼，嗤笑一声，摇摇头，坐了下来。

这时，上课铃正好响起，张文凯和夏景对视一眼，交换了一个合作愉快的眼神。

不管沈礼现在是不是在气头上，反正都说好了一起看电影，就不管那么多了！

晚上，顾栾第一个洗漱完毕，躺在床上翻来覆去，对着日光灯看自己手中的电影票，心中满是期待，又有些紧张。

他那晚也是在气头上，但关心则乱，太心疼沈礼才胡乱说话的。话说完他就后悔了，可还是生气沈礼的口无遮拦。两人都在赌气，谁都不想低头。

当然，只要沈礼肯示好，他是不吝啬说对不起的。

"啪"的一声，一条半湿不干的毛巾被甩在了顾栾脸上。顾栾气得猛地坐起来，抓着毛巾想扔回去，结果一看罪魁祸首，顿时收敛怒火了。

"干什么……"顾栾轻咳一声。

沈礼翻了个白眼，没理他，反倒问张文凯："大头，后天第一门考语文吧？"

"啊……是啊……"张文凯莫名被提及，心里慌得很。

"你在哪个考场啊？"沈礼明知故问。

"啊……我成绩不如你啦，我不都在第二考场吗？你问这个干什么……"张文凯现在很慌。

"哦……那我们寝室的应该都在前几个考场吧？"沈礼问。

张文凯脑子一抽，脱口而出："不是吧，上次顾栾不是……"

冯锐意经过张文凯身边，重重咳了一声，张文凯赶紧闭嘴。

气氛非常尴尬。

顾栾坐起身，冷着脸走到桌子边，翻出沈礼给的数学笔记就开始复习。

说这么多阴阳怪气的话，可不就是内涵自己成绩差，只配坐最后几个考场吗？怎么？明明都不理他了，吵架了，还非得管着他的学习啊？

顾栾用力写字，铅笔笔头"啪"的一声折断了。他把铅笔拍在桌上，将笔记本翻得"哗哗"作响。

不就是学习吗？会学习了不起啊？考第一名了不起啊？

张文凯和冯锐意对视一眼，欲言又止。

沈礼抱着换洗的衣服去浴室前，轻描淡写地对张文凯说道："大头，

110

我记得你一个邻居学弟想要我的笔记，还愿意出钱买，对吧？"

张文凯在心里哀求：别再提我了，大哥！

顾栾深吸口气，努力让自己冷静。等浴室里响起水声，他才嗤笑一声，问："他什么意思？指责我不珍惜他的笔记？"

张文凯欲哭无泪："你俩吵架可不可以不要把我扯进去啊？"

冯锐意拍拍他的肩膀："谁让你话多。"

"求求你了，你们快和好吧！大哥！"张文凯央求。

"那可不是我说了算，"顾栾抿着唇，表情深沉，"做错事的是我。"

张文凯双眼发亮："……那……"

顾栾语气平静："但我是不会道歉的。"

张文凯愣住了。

周三，教室布置成考场，所有书都暂时放置在别处。考试持续两天半，包括一门自选模块。考场按照上次月考的名次排，顾栾自然是被排在最后几个考场。但比起第一次摸底考试，他的考场很微妙地前进了两个，他觉得自己进步很大。

沈礼觉得顾栾的确是扶不起的阿斗，自己费尽心思教了快两个月，怎么着都应该前进两三百名了。毕竟顾栾本来等于是没有基础，进步空间很大。

上次月考，也是顾栾转校以后的第一次月考。

那次两天半的考试，沈礼还牢记自己和顾栾的约定，暂时将两人的过往放到一边，专心辅导顾栾，就是临时抱佛脚，也要用最科学有效的方法抱。

整整两天，605都亮着小台灯到凌晨。沈礼倒是遵循着考前睡得香的惯例，却要求顾栾再背一下自己给他划的知识点。

顾栾说："不看，有什么用。"

"你先背了，明天上午考试你等着看。"

顾栾自然不信。等第二天上午语文考完，他默默地回到寝室休息，沈礼把下午的数学考点给他，他没吭声，直接接过来背了。

张文凯跷着二郎腿，拍拍顾栾的肩膀安慰："咱们栗子是押题大神，他说要重点背的，你一定要重视。咱们高考提分可都靠他了。"

顾栾以前光知道沈礼脑瓜子聪明，可是没有如此切实直接地体会过什么叫学神，脑瓜子聪明和会学习是两码事。

于是他没有再拒绝沈礼的要求，乖乖背考点。

为迎接这次考试，两人暂时放下了那点隔阂。

两天半的考试结束后，所有人都觉得虚脱了。冯锐意和张文凯将书往床上一堆，枕着书"呼呼"大睡。

而沈礼和顾栾一考完试就又恢复了原来的状态。沈礼冷着脸不理顾栾，整理自己的书，他把笔记本理好，堆在顾栾桌上。

冯锐意翻了个身，看到这一幕，对沈礼说："就这一个下午，你就行行好，让顾栾也休息休息吧。"

沈礼看了眼冯锐意。冯锐意轻咳一声，赶紧翻身假装睡觉。

顾栾手摁在笔记上，问："晚上请你们吃饭？"

张文凯笔直地坐起身，双眼发亮："好啊好啊，吃什么啊？"

"都行，随你们。"

冯锐意点点头："叫上夏景一起吧，她请我们看电影，吃完晚饭顺道一起看电影。吃什么就由女孩子定吧。"

张文凯眼珠一转，"嘿嘿"笑道："好啊，老大，你打个电话问问夏景呗。"

冯锐意不知道夏景对自己的小心思，问心无愧地打电话去了。

沈礼觉得气闷，突然说道："反正下午没事，去哪里玩？"

张文凯接话："玩啥？"

"我 MP5 里面的《海贼王》都看完了。"

张文凯"哦"了一声："你想去网吧下载动漫？"

沈礼点点头。

顾栾突然说道："我们去玩桌游吧？"

"啊？"张文凯一愣。

"市中心新开了一家桌游店，挺有意思的。"

张文凯问："有什么游戏啊？"

"三国杀之类的。"

张文凯连连点头："那好玩啊！我要去！"

沈礼不高兴地说道："你们去玩吧，我不想去，我要去下载动漫。"

"哎呀，下载动画片还不简单吗？我哥的店就开在电影院附近，你把 MP4 带过去扔他店里。"张文凯劝道，"夏景不会玩这东西，你不玩，就我们仨玩，太没意思了。"

沈礼："我也不会啊！"

"可以学嘛！"张文凯冲沈礼撒娇，"好栗子，就陪哥哥们一起玩三国杀吧！"

最后，冯锐意和张文凯好说歹说，终于拉着沈礼去玩桌游了。

那家桌游店大概是浮城的第一家桌游店，其实是一家比较综合的书吧，还有奶茶和咖啡卖，书不算多，桌游也就那么几样。

夏景听说他们要玩三国杀，兴致盎然非得参加。但是听张文凯讲解了规则以后，她开始找纸准备写名牌，说："别玩这种复杂的游戏了，我们玩天黑请闭眼吧！"

张文凯愣了愣。

沈礼乐见其成："好啊！"

张文凯欲言又止，腹诽：夏景，哪有你这么容易变卦的人！

天黑请闭眼这种游戏简单又方便，桌游店也有卡牌，他们又拉了在店里的校友，八个人点了奶茶开始玩。

夏景是女孩子，又不太藏得住事，一抽中杀手牌就开始左顾右盼了。沈礼也不太能演戏，抽到杀手牌就沉默寡言。

玩了两轮下来，他俩都被大家摸得一清二楚。

倒是张文凯，平时看着像个大傻子，口才却了不得，他拿了两轮杀手牌，因为平时表现就跟个傻子一样，愣是没人敢信他是杀手，都给他发金水。

又一轮结束，张文凯成功带着沈礼和夏景赢了游戏。

虽然杀手躺赢了，可是沈礼和夏景游戏体验感极差，叫嚷着不想玩了。

顾栾坐在沈礼对面，看着沈礼，突然说道："我还没当过杀手，真希望下次抽到杀手牌。"

"那你要杀谁啊？"夏景笑着问。

顾栾看了眼沈礼，摇了摇头："这怎么能说呢？"

沈礼咬牙切齿地瞪顾栾：你可不就是在说我吗！

他就不信他玩不好这游戏！下轮他抽到杀手牌，第一个杀顾栾！

顾栾这一激将，沈礼也不提不玩游戏了，铆足了劲抽卡。

"来吧！一发入魂！"沈礼闭上眼抽卡，然后弯腰偷看自己的卡。

杀手！

天助我也。

沈礼面无表情地看了眼卡牌，然后将卡牌正面朝下，压在手心和桌底之间。

呵呵，顾栾，看我不杀死你！第一个就把你弄死！

"都看完了吧？"其中一个校友当上帝，确认了一遍。

众人点点头。

沈礼看了眼顾栾，顾栾似乎感应到了他的目光，挑眉看了过来，沈礼避开了眼。

"好，天黑请闭眼。杀手请睁眼。"

沈礼内心激动，立刻睁开了眼。

杀杀杀，第一个把顾栾杀了！

可是他一睁开眼睛，就看到顾栾正笑眯眯地看着他。

沈礼皱紧了眉。

顾栾冲他笑了笑，意思是：真巧，你也是杀手啊？

沈礼腹诽：巧什么？下一把绝对杀了你！

"请确认今晚要杀的对象。"

第三名杀手，是沈礼认识但不太熟的校友。这位校友比较谦让，用眼神示意沈礼决定。

顾栾好整以暇地托着腮，眼神带着笑意询问沈礼，自己就是不提意见。

沈礼瞪着他，手悄悄一指他身边的人。

张文凯！要不是你，我会来这儿玩这个破游戏吗？顾栾死不了，那你就是替死鬼！

张文凯，卒。

"我还没开始玩呢，就针对我？我的游戏体验感呢？"天亮了，张文凯愤怒了。

"你可以留遗言了。""上帝"说。

张文凯眯着不大的眼睛，严谨地扫视了全场一周，最后将目光落在了沈礼身上。

沈礼大大方方地跟他对视，一改之前闪躲的毛病。

张文凯一愣，突然握住了顾栾的手，说道："兄弟，我相信不是你。"

顾栾一怔，随即真诚地点头："放心，我会为你报仇的。"

张文凯叹了声气，沉声说道："第一个就杀我的，证明杀手里应该有我的同学，对我很熟悉。反正我也是盲猜啊，我就先押沈礼和夏景了。"

沈礼一听就急了："哎，你别胡说！"

"上帝"提示："现在还没有轮到你发言，请按顺序发言。"

沈礼心里不快地闭上嘴，顺带瞪了眼张文凯。

张文凯"死"了，并且心安理得地拉踩沈礼。

下一个是顾栾发言，他上来就说："我不是杀手，绝对对得起张文凯的信任。我也怀疑沈礼。"

沈礼莫名其妙，怎么还有这样拉踩队友的？

另一名队友倒是心平气和。

大家各自发完言，轮到沈礼。

沈礼气笑了："张文凯，你不要血口喷人！我不是杀手！你越给顾栾发金水，我越觉得顾栾是杀手。"

两人开始了窝里斗，他这副气急败坏的样子一点说服力都没有。

顾栾似笑非笑地看着他，直到第一轮投票沈礼被票选出去，他算是彻底坐实了好人的身份。

沈礼游戏体验感极差，被选出去后，拉着张文凯骂骂咧咧。

张文凯一开始还笑眯眯的，骄傲地问："怎么样，哥哥厉害吧？上来就猜中是你！"

沈礼白了他一眼："神经病。"

"别生气啦，谁让哥哥我太厉害了呢？"

"呵呵，等第二轮你就知道了。"

第二轮，天黑了，杀手睁眼。

顾栾睁开了眼。

张文凯指着他，目瞪口呆。

顾栾回过头，朝坐在另一边沙发上的张文凯感激地笑了笑，然后指向了夏景。

张文凯蒙了。

夏景对顾栾非常有好感，或者说，夏景对长得好看的男生都无法抵挡，所以，她绝对不会觉得是顾栾"刀"的自己。

沈礼在一旁冷笑："呵呵，你保了一个杀手，厉害死了。"

张文凯腹诽：谁知道顾栾会对自己的队友下狠手啊。顾栾这人，读书不怎么样，游戏倒是玩得不错嘛。

不对……

张文凯狐疑地看了眼沈礼。

沈礼斜他一眼："干吗？"

张文凯心想：沈礼这种超级大学霸，游戏玩得也不怎么样，所以考年级第一也不能说明智商就一定高吧？

115

"杀手胜。"

游戏结束。

冯锐意怎么也想不明白,于是问:"谁啊?还有谁?"

他顿了顿,突然明白过来,指着顾栾问:"不是吧?不会是你吧?"

顾栾笑眯眯的,没说话。

冯锐意将信将疑,伸手翻开桌面上顾栾的卡牌,"杀手"两个大字赫然出现在眼前。

他两眼一黑,又不敢对顾栾说什么兄弟阋墙的话,手臂一移,指向坐在一旁的张文凯:"大头!你这个狗头军师!"

张文凯"嘿嘿"直笑:"谁知道会这样嘛。咱们再来一局,一雪前耻。"

沈礼也跃跃欲试,想要扳回一局,他现在是越战越勇了。

没想到顾栾看了眼手机,突然说道:"只剩下一个半小时了。"

言下之意,他们吃完晚饭就没多少时间了,得赶着去看电影。

大家收拾残局,游戏就玩到了这里。

夏景提议去吃烤肉:"这附近新开了一家韩国烤肉,想去试试看。"

男生一向对吃什么没有那么多要求,肉多,味道不要太差,吃得饱就行。

沈礼小时候生活环境优越,口味比较刁,胃口又大,对食物的要求相对高点,要求不仅好吃又要吃得饱。

他权衡了一下是要吃火锅还是烤肉,但是一想到上周跟顾栾吃火锅闹出的那些不愉快,他脸色一沉,说道:"那就去吃烤肉吧。"

他坚决不要再吃火锅了!戒火锅!

晚饭吃了挺久,赶去电影都差点迟到了。

夏景没想到这四个男生这么能吃,雪花牛肉加了三盘,厚切五花肉也加了四盘。

但是夏景吃饭全程都很享受,因为根本不需要自己动手。

顾栾是个地道的烤肉小能手,肉烤得刚刚好,熟透了又不至于火候过了。而且他一声不吭就平均分给每个人,但是每次都会先将肉分给沈礼,最后才给自己。

沈礼低着头一声不吭,不跟顾栾互动,也不道谢,就埋头可劲地吃。

吃到最后,他发现时间来不及了,还要倒打一耙:"都怪你们这么能吃!差点迟到了!"

夏景愣了愣:明明最后几片肉全是你吃的好吧!

张文凯捂着肚子，打了个饱嗝："顾栾烤的肉太嫩了，刚刚好。"

"还有，都怪你，顾栾！"沈礼憋了一天的气终于撒到顾栾头上了。

顾栾一脸莫名其妙："关我什么事？"

沈礼卡壳了，他说不出为什么，但就是生气，他现在看到顾栾这张面无表情的死人脸就来气。

最后，他只好说："没什么！看电影去啊！"

一行人跑去看电影，刚坐下来，电影就开场了。

沈礼坐在最里面，左手边的位置原本是冯锐意的。

沈礼喜欢看电影，聚精会神地看着剧情推进。等放到战争残酷的场面时，他倒吸一口冷气，急忙扭开了脸，然后他又倒吸了一口冷气。

坐在他左手边的人，怎么是顾栾？什么时候换的位置？

"你怎么坐这里？"沈礼质问。

顾栾面不改色，看着大银幕回答："冯锐意要跟我换位子。"

凭什么？冯锐意疯了啊？

另一旁，夏景小声问张文凯："那个……咳咳……冯锐意怎么坐到你边上去了呀？"

"鬼知道他怎么突然换了个位子。"张文凯看了她一眼，"嘿嘿"笑着调侃，"怎么，要不要我跟你换个位子啊？"

"……不……不好吧？"黑暗中，夏景小声嘀咕。

坐在正中间的冯锐意，握着拳头，欲哭无泪。顾大少爷要跟自己换座位，他不得不换啊！

张义凯秉承着学习雷锋好榜样，好人做到底的原则，冲夏景拍着胸脯打包票："放心吧，包在我身上了！"

夏景惶恐又激动，还非常期待，扭扭捏捏想阻止张文凯，却又想跟冯锐意靠近一点。

张文凯才没想那么多呢，直接凑到冯锐意耳边说："我跟你换个位置。"

"干什么？"冯锐意随口一问。

"嘿嘿，看看栗子和顾栾怎么样了。"张文凯没皮没脸地笑道。

冯锐意被他说笑了："听墙脚啊？"

"啊……咋？"

"你怎么这么八卦呢？"冯锐意无语地摇摇头，但还是起身跟张文凯交换了座位。

"你安静点，别打扰他们，别好心办坏事！"冯锐意小声叮嘱。

张文凯比了个手势:"绝对OK!"

那个黑色的人影坐到了自己的身边,夏景心里一紧,接着闻到冯锐意身上洗衣液清新的香味,一下子手足无措。

她又不敢摸自己的脸,生怕被人看到自己的表情。而事实上,在黑暗中根本没有人能看清她的表情和动作,以及她那通红的脸。

"爆米花可以吃吗?"冯锐意指着夏景手上的爆米花问。

"可……可以啊!"夏景急忙回答,把爆米花往冯锐意手边靠近了点。

正好冯锐意听到她的话后伸出手,不想两人的手撞在了一起。

爆米花撒出来好几颗,夏景心一跳:"对……对不起!"

"该我说对不起才对。"冯锐意抱歉地说道,"撒出来好多,浪费了。"

"没……没事,你吃吧。"夏景感觉自己和冯锐意撞到的手背烫得吓人,仿佛有什么实质性的东西留在了她手背上,让她无法忽略,她忍不住干咳两声。

冯锐意毫无察觉,聚精会神地看着电影,吃着爆米花,耳朵还要时不时监听身边的张文凯有没有捣乱。

张文凯乖得很,什么都没干,只是乖乖地用右手撑着下巴,整个人都往右边倾斜倚靠着,脑袋歪向右侧,仔细探听情况。

然后,他被顾栾一把推到了冯锐意身上。

冯锐意被张文凯撞得爆米花撒了一脸,低声骂道:"你什么毛病!"

张文凯何其无辜:"不是我!是顾栾推我的!"

冯锐意壮着胆子问:"顾栾,你干什么?"

顾栾的双眼在黑暗中异常明亮:"没什么,就是突然伸了个懒腰,不好意思撞到你了。"

"你……"张文凯仔细衡量自己打不打得过顾栾。

心里有个声音回答:打不过的。

"看电影!别吵吵!"沈礼怒不可遏,压低声音对这边几位说道。

顾栾瞪了眼张文凯和冯锐意:"听到没,看电影。"

"你第一个闭嘴!"沈礼骂道。

顾栾闭上了嘴,但是眼神依旧毫不示弱地瞪着两位无辜的室友。

两位无辜的室友对视一眼,心想:自己真是好心被当成驴肝肺了。

一场小闹剧结束,顾栾腰杆笔直地靠在椅背上,但是上半身呈现一个诡异的角度——往沈礼那侧靠。

"刚才大头想偷听，样子很猥琐。"顾栾低声说道。

"呵呵。"沈礼嗤笑道，"我们在聊天吗？他偷听什么？"

"有些话还是要说的。"

沈礼闭嘴不说话了。

他最擅长冷战，生闷气，但心里憋着气伤身，就算知道这次的事情自己也有很大问题，可他是万万不能低头的，谁低头谁输了。

"这新谋女郎很漂亮啊。"顾栾没话找话。

"羡慕啊？那你以后早点继承你爹的产业多赚点钱，说不定你的女朋友更漂亮。"沈礼听着就不舒服，随口说出的话更刺耳了。

顾栾被噎得心里难受："你不要这样说话，别动不动就提钱。你以为我这些年过得很开心吗？"

沈礼抿着唇没说话，木着脸看着大银幕，认真看电影。

顾栾知道他在听，轻声说道："我这些年一直都在找你。

"我像个小偷一样，得到了你原本拥有的一切，但我没有你聪明，我不爱读书，我给顾家丢脸，父母跟我有很深的隔阂，并没有给过我什么关心，有的只是敷衍。"

沈礼垂下眼，问："那你为什么想找到我？"

顾栾卡壳了，说不出话来。

"是因为我跟你一样悲惨，我们可以抱团取暖吗？"沈礼侧过脸看他。

"不……"顾栾很快否认，"是因为……这世上，只有你才能理解我的痛，也只有我才能理解你的痛。我俩是一样的。"

沈礼没有回答，顾栾也不再说话。

气氛顿时诡异地寂静。

电影已经进行到了最后——

"我有一段情呀，唱给诸公听。

诸公各位，静呀静静心呀……"

最后，换上学生装的十三名秦淮歌女，带着甜美的笑，慷慨弃赴死亡。

身边有人开始轻声抽泣。

沈礼看着大银幕，眼眶也热了起来。

这是怎么样的牺牲精神，肯用自己的命去换取别人的生。

沈礼低下头，拼命眨掉眼里的水汽，怕被人发现自己看电影也要哭。

"夏景，你给我一张纸巾。"张文凯的声音不轻不重，沈礼却恰好听见了。

夏景小声说道："不是吧，大头，我哭就算了，你也哭？"

"不行啊？我情感充沛着呢！共情能力一流！"

"要吗？"沈礼眼前突然多了一包纸巾。

沈礼莫名其妙地看顾栾："干吗！我才没哭！"

顾栾点了点头，收好纸巾，低声说道："我是怕自己哭才留着的。"

沈礼侧过头仔细看顾栾，虽然看不清，但是并没看到他脸上有被感动到哭泣的痕迹。

"值吗？"沈礼突然问。

顾栾看着书娟躺在车上逃离南京城的空镜头，微微勾起嘴角："只要她们觉得值得，就是值得的。"

沈礼皱着眉，不太理解。

"如果是你，我也觉得值。"顾栾含混地说了一声。

"什么？"沈礼没听清楚。

顾栾摇摇头："没什么。电影结束了，走吧。"

大家起身从放映厅离开时，张文凯还抓着冯锐意的胳膊抽泣："嘤嘤嘤，太感人了！"

冯锐意露出被恶心到的表情，用尽全身力气推张文凯。张文凯岿然不动，甚至将脸靠在冯锐意肩膀上擦眼泪。

"啊啊啊，大头，我杀了你！"冯锐意大吼。

被他们这么一闹，夏景原本被感动流的眼泪都憋了回去，笑他们："你们好烦啊！"

冯锐意看到后面一前一后出来的沈礼和顾栾，伸出"尔康手"呼救："栗子、顾栾，快救救我。"

沈礼嗤笑一声，对张文凯喊："大头，吃夜宵吗？"

张文凯手上力量一松："嗯，想吃！"

冯锐意立刻挣脱出来，使劲拍打自己的肩膀："脏死了，脏死了。"

"哎……"突然，他回过神来，"等吃完夜宵还进得了寝室吗？"

学校大门晚上十二点关闭，但是寝室楼有宵禁，只是平常并不准时，大概十点半以后宿管大爷想睡觉了就锁门。

沈礼咧嘴一笑，一副计划通的样子："没事，我来说。"

宿管大爷对沈礼特别好，大概是看他长得乖巧，成绩也好，因为平时大门口的超大屏幕上期末大考全市排名前十总能出现沈礼的名字。而且沈礼从来不回家，嘴也甜，经常送吃的给宿管大爷，时间一久，大爷看见沈礼就跟看见亲孙子一样。

"那好！我们去夜市吃烤串。"

夜深了，各种小摊都在附近巷子里支起来了，众人往夜市摊子走去。

张文凯看到烤羊肉串第一个就冲了上去，夏景跟在后面也想吃。

沈礼大发善心地问顾栾："你想吃什么？"

顾栾受宠若惊："我……"

沈礼别开脸，有些难为情："别误会，就是觉得我为一点小事闹这么久脾气，太小孩子气了。"

"你也有这么成熟的时候？"顾栾笑道。

沈礼横眉竖目地说道："怎么？成绩垫底的你能成熟到哪里去了吗？"

"哦，年级第一了不起啊？"

上次月考沈礼考了年级第一。

"年级第一就是了不起！这次我感觉自己还是年级第一！"沈礼骄傲地说道。

顾栾无语了。

"喂，要不要烤脑花？"张文凯大声问。

冯锐意正往他的方向走去。

"要！多加辣椒！"沈礼回答。

说完，他正要走向张文凯，被顾栾一把拉住手腕。

沈礼回头抬眼看顾栾。

顾栾认真地看着沈礼，轻声说道："你如果以后都不想回家，就不要回家，我陪你。"

沈礼心里触动，随即躲避性地垂下眼："那不是我家，我的家早就已经没了。"

顾栾嘴唇翕动，最终什么也没说，松开手。沈礼抬头深深望他一眼，转身往烧烤摊走去。

顾栾看着沈礼的背影，心里五味杂陈，喃喃道："我……从来就没有过家。"

从小，他以为是自己运气差，原生家庭垃圾，这辈子都会活在最底层。后来有一天遇到了一个对他好的天使般的小胖子，再后来，他发现，原来自己的原生家庭也不属于自己，可是新家庭也融入不进去。

从一开始，他就没有真正意义上的父母。

他没有得到过，就不存在失去的剥离感，但他想让沈礼远离这种剥离感。

顾栾走到小摊座位旁,站在张文凯面前,冲张文凯挑了下眉。

张文凯一手拿着三串烤羊肉,吃得那叫一个酣畅淋漓。见顾栾挑眉,他差点噎住,咳了半天才理顺气,问:"咋啦?"

"腾个位子给我。"顾栾说道。

张文凯一歪脑袋,有些迷糊。这张小方桌一面勉强坐一个人,他想着"牺牲"自己,和沈礼挤在一边,给顾栾留个单独的座位。可这一边要是挤三个人,人都要挤飞啦!

他手举起来正要指空着的座位,忽地伸出一只手握住了他的手指用力一掰,他痛得"嗷"了一声。

"大头,你坐这里吧。"冯锐意大声说道,堵住了他的哀号声,还伸手拍了拍空着的那个座位。

"你……"张文凯正想骂人,一看到顾栾看着自己的"和善"眼神,一下子把到了嘴边指责的话全咽回了肚子里,并且乖乖点头,火速移开了。

沈礼一直都在认认真真地埋头撸串,对这点小闹剧眼不见为净。

顾栾人高马大的,坐到沈礼身边时,碰了一下他的胳膊,他手中的烤串差点戳鼻孔里。

张文凯和冯锐意倒吸口冷气,心想:别又要吵架了吧!顾栾也真是的,闹不愉快了还非得跟人挤一起,找碴呢?

夏景紧张起来,放下了手中的筷子。

沈礼斜眼瞧顾栾:"你要吃什么自己点。"

"嗯,夜宵我请客。"

无事发生,并且态度正常,正常中甚至带点友好。

另外三人你瞧瞧我我瞧瞧你,皆从对方的眼里看到了疑惑。

两人和好了?啥时候?看电影的时候好像还不太愉快呢?

张文凯本着"有热闹我就上"的厚脸皮精神,笑着问:"顾栾,要吃猪脑吗?栗子点了两个!"

顾栾点点头:"没吃过,但是沈礼爱吃,我也可以尝尝。"

他小时候没钱吃,后来有钱了,家里不准吃这东西。他到目前为止没吃过几次夜市的苍蝇铺子。

沈礼倒是经常蹭同学们的夜宵吃,他跟个铁公鸡似的一毛不拔,用辅导别人学习和借笔记抄为借口让人带他吃夜宵。同学们也挺宽容,默许了他这种不要脸的行为。

既然顾栾主动说请客,沈礼吃完手中这一串烤肉,大手一挥,喊道:"老板！再来两份烤牛油和鸭肠！还要一个烤茄子！"

张文凯始终好奇，忍不住偷偷问顾栾："你们和好了？"

顾栾没回话，只是点了点头。

这么冷淡的态度都没有打消张文凯的热情，他毫不气馁，继续问："咋回事啊？怎么突然就和好了呢？"

顾栾正抓着一根烤串，见他刨根问底，摊开左手掌心给他看："看到这个没？"

"啊，手掌，咋？"张文凯半张着嘴，有些迷惑。

冯锐意在一旁眯着眼睛，感受到了张文凯情商低谷的可怕，摇了摇头。

"哦！我知道了！"张文凯恍然大悟，"你的意思是你通过你的双手，坚持不懈地努力让栗子原谅你了？那不跟没说没区别吗？"

顾栾笑眯眯地看着他。

"哦！"张文凯突然握住顾栾的那只手掌，"是不是你俩决定休战，握手言和？"

顾栾推开张文凯的手，冷笑道："这只手掌的意思是……"

张文凯洗耳恭听。

"你再多问一句，下一秒，这只手掌就会拍在你的天灵盖上。"

冯锐意："噗——"

张文凯铩羽而归，又见冯锐意和夏景都嘲笑地看他，郁闷极了："你们还笑我，难道你们不好奇吗？"

冯锐意摇摇头："不好奇。"

夏景同意冯锐意说的："好奇也不能探听别人隐私。"

冯锐意又接话："是啊，别人的事情你管那么多做什么？"

话虽如此，但张文凯还是好奇啊！

这时候沈礼发话了："大头，你别八卦了，什么好不好的，我们就没吵过架。"

张文凯一愣："啊，是吗？"

顾栾点头："是啊，不知道你整天上下蹦跶什么。"

张文凯："呃……"合着都是皇帝不急太监急呗？

沈礼："你还是关心关心这次月考成绩吧，你跟我对的英语和语文答案差了那么多个，问题很大哦。"

张文凯感觉很窒息。

他算是明白了，以后再也不热心肠替别人操心了。

可是，张文凯还是很好奇这两个大佬到底为什么闹别扭啊！

这个秘密，恐怕只有当事人才知道了。

沈礼浑不凛地撸串，也不跟别人多说话。顾栾知道，他现在暂时放下两人之间的矛盾了。

Chapter 7
秘密

月考成绩出来,沈礼名字高居榜首,蝉联年级第一。

张文凯果然如沈礼预料的那样,因为语文和英语拖了后腿,退步了几十名。对张文凯这种本身成绩就不错的人来说,退步几十名大概就是从 F 大退步到普通 211 大学的水平。

他"哇哇"乱号,叫嚣着要抢顾栾的补习名额。

顾栾这次进步挺大,按照老师的评语,本来是考专科的料,现在可以考本科了,努努力还可以冲二本。

周五,顾栾莫名其妙地请了一天假,但当天下午就回了学校。

冯锐意和张文凯都很好奇,询问沈礼顾栾去哪里了。

沈礼也皱着眉,疑惑道:"他说家里有点事,比较着急。我没细问。"

事实上,对于顾家的事,沈礼一直都避而不谈,不再追问,所以顾栾才会放心利用这个借口。

回校后,顾栾一直很亢奋,时不时莫名发出笑声,这让张文凯很担心。

张文凯收拾着行李准备回家,问:"顾栾,你去看看医生吧,别是因为成绩进步太大精神失常了。"

顾栾斜眼瞪他:"放屁!"

因为进步神速,老师一高兴,给顾栾的父母打电话报喜了。

顾栾的兴奋还没持续一个小时,就接到了顾安的电话——顾家派司机来接顾栾回家。

顾栾不想回家,但是司机一直等在楼下。

沈礼看他坐在床上发呆,一动不动,说道:"你别让人家久等,整理一下行李就赶快下楼吧。"

"我不想回家。"

沈礼知道顾安的脾气，劝道："司机也是领工资的，不容易。既然都到楼下了，你回趟家也没什么吧？"

顾栾想了想，站起来整理行李，又犹豫道："那你……"

"我怎么了？"沈礼一愣，随即笑道，"我这几年都这样过来的，你还担心我？你回家吧，不用操心那么多啦。"

顾栾看沈礼故作轻松的样子，心疼又憋闷。但是他已经一两个月没回家了，时间久了会被顾安他们怀疑。他咬咬牙，提起行李，上前拍了拍沈礼的背，说："那你一个人留校注意安全，有事打我电话。"

沈礼被他拍得有些发愣，还没回过神来就点头："哦……好。"

顾栾坐在车上，看着寝室楼渐行渐远，皱紧了眉心。

他对家没有任何留恋，还不如跟沈礼一起睡寝室。

大概对他俩来说，家不是家，两人才是彼此真正的亲人。

顾家，大大的餐桌上摆着丰盛的晚餐，只有三个人在吃。满满当当的餐桌，空空荡荡的座位，一时间只有碗筷轻微碰撞的声音，听不到一句聊天的话。

这是几年来顾家的氛围。回顾家前顾栾也在顾家吃过两次饭，那时的顾家就是这样食不言寝不语的规矩，条条框框很多。沈礼知道顾栾怕生，怕家里安静凝滞的气氛让顾栾慌张，于是主动找顾栾说话，让顾栾不那么害羞。那时候顾家的人还很疼沈礼，也由着他。

等顾栾回到顾家，所有人心里都有隔阂，连一家三口一起吃饭的机会都少了，更何况是一边吃饭一边聊天增进感情。

可是今天顾安却破天荒地开口，别别扭扭地夸奖顾栾："来了浮城以后你突然开窍了，再接再厉。"

鼓励人的话却说得跟责备一样，顾栾把脸埋进碗里吃饭，偷偷翻了个白眼。

见顾栾没回应，顾安也不恼，继续说道："听老师说，你学习还挺认真的。"

顾栾心里一动，突然有了一个让他害怕的猜测。他抬起头，面无表情地看着顾安。

这时候顾安却端起碗吃饭，没有看见顾栾的眼神。

顾栾不安地揣度：他到底知不知道沈礼在浮高？

"等会儿吃完晚饭去看爷爷。"顾安吃完饭，突然提议，"他想你了。"

顾栾也想见爷爷。他是整个顾家最有人情味儿的长辈了。

但以前都是他主动去找爷爷，这一次由顾安通知去见爷爷，他总觉得很微妙。

顾栾点头，心里却不停揣测之后会发生的事。

顾安不爱说话，一向严肃。江灵这些年也变得沉默寡言，虽然她是一个事业型女强人，但还算温柔体贴，顾栾见过她对沈礼的关爱——嘘寒问暖，用糖劝诱沈礼睡前喝牛奶。

可是现在呢？顾栾见过几次他们对自己微笑。一开始就不怎么笑，现在恐怕已经不爱笑了，是不是连怎么笑都忘了？

顾栾准备回屋换套衣服，江灵突然说道："平时周末也可以多回家，陪陪爷爷。"

顾栾脚下一顿，心想：所以你们自己不去看爷爷吗？

"嗯。"顾栾点点头，继续上楼。

"爷爷身体不好，你多陪陪他。"江灵又说。

顾栾被他们这种没话找话的行为弄得恼了，没好气地怼了一句："那你们自己怎么不多陪陪爷爷？"

江灵表情一怔，看着顾栾上楼的背影，脸色越发难看。

楼上门"砰"的一声关上，听得出来关门的人内心烦躁。

江灵捂着胸口，长长叹了声气，低声说道："你看看，关个门都这么没礼貌，刚刚怎么跟长辈说话的啊！"

顾安招手让阿姨过来清理餐桌，自己起身去客厅准备抽根烟。

"你说话啊！"江灵对他的沉默表示抗议。

"我能说什么？这是你儿子。"顾安点了根烟叼着，转头看她。

江灵冷笑一声，"哦，他不是你儿子啊？"

"他被那种人教成这副模样，如果可以，我真不想认他是我儿子。"顾安吐出一个烟圈，看向窗外。

他就差没把"丢人"这两个字刻在顾栾背上了。

江灵被他这种没人情味的话气笑了："当初是你说要换回来的。"

顾安把烟捻灭在烟灰缸里，以同样的语气和神情回答："说得好像你不同意一样？我没逼你吧？"

一说到这儿，江灵说不出心里是后悔还是内疚，她很迷茫。

他们夫妻俩的感情早就走到尽头了，若不是因为财务上牵扯太深，加上公司股份的牵绊，他俩早就离婚了。

剥离股权关系，估计得两年多的时间，江灵越来越不想在这个家待下去了。

以前的顾家，就算不如普通家庭那么和睦热闹，但是至少还算幸福。现在呢？

"呵。"江灵发出一声冷笑。

什么都不是了。

"我劝你不要做什么出格的事情。"江灵意有所指。

顾安皱了皱眉，仿佛听不懂江灵的警告，不予理会。

成年人的世界总是这样隐晦不明，不把话挑明，说什么都靠猜。这也是早就形同陌路的两人之间的相处模式。

顾栾站在卧室门后，虽然听不清楼下客厅里的对话，可是对他这一对血缘上的父母能聊的内容，他也猜得八九不离十。

一回到家就心里压抑，还不如不回家。

换了身干净清爽的衣服，顾栾下了楼。

顾安和江灵两人一人坐在一张单人沙发上，一个看电视，一个看手机，零交流零对视。

看顾栾下楼来，他们才一同看过来。

顾安点点头，站起身："来了？走吧。"

江灵没动弹："你们去吧，我就不去了。"

"你上次就没去。"顾安随口说了一句。他没有挑明对江灵的不满，但是言语中的指责却不言而喻。

江灵脸上的表情变了又变，最终黑着脸起身，迈着高傲的步伐跟顾安擦肩而过，径自走出玄关。

顾安也没说什么，跟着出去。

顾栾见怪不怪，在他们背后翻了个白眼。

顾爷爷的病房很舒服，能感受得出来每天都有打扫，但还是不可避免地能闻到药味和酒精味。

看到顾栾来，爷爷很高兴，让看护帮他将床摇起，他坐起来，握着顾栾的手，脸上带着笑意："听说你这次考试进步很大。"

顾栾点点头："是的，爷爷，老师说我努力努力二本也没问题。"

"挺好，挺好。"顾爷爷笑得合不拢嘴。

顾栾知道，爷爷不单单是因为自己成绩进步高兴，更因为这是沈礼的功劳。因为沈礼这么认真地帮自己，自己才有现在的进步。

但顾栾不觉得忌妒，他也为沈礼高兴。

沈礼不仅是成绩优异的好学生，还是个很擅长因材施教的好老师，他能从学生身上琢磨出一套最合适的学习方法，并且尽职尽责地敦促教导。

听冯锐意说，以前蒋叶青也资质平平，但是遇到沈礼后就变得很认真，沈礼把各种知识点整合成最简单易懂的口诀让蒋叶青记住。

顾栾其实很聪明，只是他几乎不学习，基础等于零。沈礼只能先从基础知识开始给顾栾辅导，并且时时刻刻盯着他——就连之前两人冷战，都不放弃。

顾爷爷握着顾栾的手，那种开心是从内而外的，让顾安和江灵都很震惊。自从来到浮城，老人家的脸色看起来一天比一天好，每天都乐呵呵的。这是以前从未有过的。

看来回老家的确有用。

"你们先出去吧，我要跟小栾聊聊天。"顾爷爷发话。

顾安疑惑地问："爸，你和小栾有什么悄悄话，还得避着我和江灵聊啊？"

顾爷爷一个眼刀剜过去，脸色都沉了下来："知道是悄悄话，还能让你们听到？"

这话怼得夫妻俩一个字都不敢吭了，只能灰头土脸地跟在看护身后出门，还恭恭敬敬地把门带上。

等病房内人都清空了，老爷子立刻就问："什么时候带他来看看我啊？"

顾栾知道爷爷最在意的是这个事，可是他此刻却沉默了。

"怎么了？他会教你读书，你俩应该和好了吧？你们现在应该相处挺融洽了，可以试着问问看了吧？"顾爷爷一通追问。

顾栾沉闷地回答："爷爷，他不会来的。"

顾爷爷似乎在那瞬间苍老了十岁，空气凝滞了半分钟，他叹了声气，声音里透露着无奈和哀求："就试试……也不行吗？"

"爷爷，这不是试不试的问题。"顾栾抿了抿唇，想解释，可是一下子又卡壳了。

顾爷爷眼里希冀的光暗了暗，但没有再说什么，只是长长叹了声气，然后点点头，看向窗外。

爷爷知道顾栾的意思。

无论沈礼愿不愿意来，让他重新接触顾家人，本就是对他的二次伤害。

他对亲生父母都这么抗拒,更何况当初二话不说就把他扔掉换回亲儿子的顾家。

就算是动物,养了十几年都有感情了,怎么到他这儿,反倒一点都不留恋了呢?

"我是留恋的。"顾爷爷轻声叹道。

顾栾讶异地看着他。

在顾家,顾爷爷才是有血有肉的人,顾安和江灵只顾着自己,像是按照程序进行工作的机器。

顾栾知道爷爷思念沈礼,可是他已经老了,说的话不顶用了。

顾爷爷抬起手,在床边比了比高度:"小礼这么高的时候,长得雪白粉嫩的,两只眼睛大大的,看到我就张开双手,笑眯眯地朝我扑过来,喊我爷爷……我这辈子都忘不掉。"

顾栾心想:我也忘不掉。

"小礼从小就是个懂事的孩子,每周都要来看我,口袋里总是装着一把大白兔奶糖,看到我就要分给我。他觉得自己爱吃,就要把好吃的分给自己喜欢的人吃。他是最大方的孩子。

"那是我吃过最甜的糖。"

顾栾心想:沈礼第一次给我买的煎饼馃子,也是最好吃的。

"他爸妈没经过我同意就把孩子换回去了……"老爷子顿了顿,带着歉意说道,"孩子,你是个好孩子,我只是……有些贪心,你们两个我都舍不得。"

"只是他回去前,我没见上一面,我想在我死前能见他一面,就心满意足了。"顾爷爷缓缓靠在靠枕上,长长舒出一口气。

顾栾知道,爷爷不想让沈礼后悔。

沈礼和顾爷爷的感情是最深的,小时候顾安和江灵忙工作,都是顾爷爷照顾沈礼。

顾栾抿着唇思考很久,最终还是摇了摇头:"对不起,爷爷,我开不了这个口。"

"……好吧。"顾爷爷闭上眼睛,摆摆手,"我累了。"

"但是您可以自己联系他。"顾栾说道,"我把他的手机号给您,您自己决定要不要跟他联系。"

最直接的方法摆在面前,顾爷爷却也犹豫了。

顾家人都这样,不敢当面言爱。顾栾觉得自己不是正宗的顾家人,在这一点上，沈礼倒是挺像顾家人的。

"唉……"顾爷爷叹了声气，摇摇头。

顾栾没理会他的摇头，只当作是默许，在床头柜的本子上写下一串烂熟于心的号码，然后跟他道别。

拉开门，门外靠墙站着两个人。

看到顾栾出来，顾安和江灵突然站直身子，热切地盯着顾栾。

顾栾皱着眉，直觉有些不对。难道他们偷听到了？

"爷爷累了，要休息了。"顾栾低声说道。

"嗯，那让他休息，我们回家吧。"顾安说道。

难道是自己想多了？顾栾抿着唇，跟在他们身后，总觉得心里不安。

但是这一路，直到顾栾回了房间，顾安和江灵都没有提到今天顾栾和爷爷的密谈。

周日，顾栾回校前，顾安仍然在家没去工作，而且一反常态提出要亲自送顾栾去学校。

顾栾如临大敌，顾安从没有接送过自己上下学，这次怎么突然提议送自己上学？

"不用了。"顾栾强作镇定，"我一个人去没事的。"

"想看看你的新学校怎么样。"顾安不容置喙，直接去了车库。

都半个学期了他才想起来看看新学校的环境？鬼信！

后来，顾栾看到车子经过教学楼，忙说道："停这里吧，我直接回教室。"

"你还有行李要放回寝室呢。"顾安说道。

顾栾被他怼得哑口无言，双手直冒冷汗，捏在手里的手机像是一块炙热的铁块，隐隐发烫。

他低着头，尽量保持安静，不让顾安和江灵注意到自己，偷偷给沈礼发了短信：你没在寝室吧？在寝室的话赶紧离开，不要待在寝室。

另一头，沈礼收到短信丈二和尚摸不着头脑，他正在隔壁寝室教同学做题目，顺便带点零食回去吃。

"然后呢？"同学指着题目问。

"等会儿啊。"沈礼摆摆手，给顾栾打了个电话，想问清楚顾栾是几个意思，可是顾栾没接电话。

没一会儿他又收到了条短信：我不方便接电话，你赶紧离开寝室吧。

沈礼更加费解了，怎么这么隐晦？出事了？

他拍了拍同学的肩膀："我去趟楼下，等会儿到教室教你。"

说着，他揣着钥匙，把寝室门锁上，哼着歌去电梯口。他虽然嘴上碎碎念着顾栾莫名其妙，但还是乖乖下了楼，打算去学校里的书店逛个弯，找本小说看，放松放松脑子。

墨菲定律说，如果事情有变坏的可能，不管这种可能性有多小，它总会发生。越担心一件事发生，它越可能发生。

但是还有些时候，人越不去思考某件事会发生，它却会在人最意想不到的时候突然出现。

沈礼进了电梯，刚戴上耳机，电梯"叮"一声，抵达一楼。

他低着头挑选手机里存的歌，电梯门缓缓打开，门外的顾栾眼看着他出现在视线里，瞳孔猛地一缩。

"小……礼？"电梯口，江灵的声音颤抖，震惊不已。

沈礼不小心调大了耳机音量，音乐骤然响起，他被惊得一皱眉，摘掉一只耳机，抬起眼来看路。那一瞬间，他仿佛被雷劈中，浑身僵硬，四肢百骸都麻木了。

突然见到四年多没见的养父母，第一反应该是什么？

沈礼低下头，拼命按着电梯关门键，可是电梯门怎么可能关得上，江灵摁着外面的按键呢。

他颓然一咬牙，想侧身离开。

顾安沉着脸，在这个时候开口："几年不见，你怎么瘦成这样了？"

沈礼很想跟与顾栾重逢时那样，能够毫无顾忌地回一句"关你屁事"，可是面对养育了他十三年的养父母，他却慌了神，不知道该如何反应。

他的大脑一片空白，不安、难过、狼狈不堪后，却又有一丝庆幸——他跟以前长得不太像了，可是他们还能一眼认出他，是还惦记着他吗？

"我们上楼吧！沈礼，你不是要去教室吗？"顾栾挡在沈礼身前，替他解围。

沈礼平时觉得顾栾缠人，可是这个时候顾栾高大的个子，宽大的肩挡在自己身前，让他莫名地安心。

他喉结滑动，退到角落，尽量降低自己的存在感。

"陪我们去你寝室看看？"顾安问。

他的声音很冷静，他讲话一向这样，冷静自持，就像没有感情的机器。

太久没见，沈礼发现自己已经听不出他声音中的喜怒哀乐了。

小时候沈礼就不敢跟顾安撒娇,但知道他是疼自己的,有时候也大着胆子跟他呛,不过那最多也只是父子之间的玩闹。

可是现在,沈礼不知道顾安话里的意思,但又条件反射一般不敢拒绝。

顾栾背在身后的手朝他摆了摆,让他赶紧走,不要管那么多。

可是沈礼的双脚像是被焊在了地上,无法移动。

后来他是怎么上的楼都毫无印象,等他回过神来,人已经在寝室门口了。

江灵看了看顾栾,又看看沈礼,明白过来,气笑了:"你俩一个寝室啊?"

顾栾撇开眼,懒得理会他们。

沈礼一直垂着头没说话。

顾栾看到沈礼这副模样心疼死了,不耐烦地开口:"送到这儿行了吧?我还有作业没做。"

态度这么不好的逐客令,直接被顾安和江灵忽略了,他们仍旧执着地看着沈礼。

"零花钱够吗?有没有饿肚子?"江灵关心地问,可是她的态度居高临下,仿佛沈礼是个贫民窟里的乞丐似的。明明四年前他俩还是母子。

沈礼眼眶泛红,摇摇头,不敢张口说话,怕自己一开嗓就暴露了情绪。

"有空回家看看爷爷,爷爷病了,想见你。"顾安突然说道。

沈礼垂着头,眼睛倏然睁大,忽然意识到他们刚才表面上的关心是为了什么。

顾栾猛地睁大眼睛瞪顾安,他也明白了顾安为什么执着地要送他来学校了。

"你们走!"顾栾大声喊道。

顾安眯着眼看他:"你冲我嚷嚷什么?"

门忽然被打开,"砰"的一声,门被人用力甩上,从内反锁。

"小礼!"江灵着急地拍门。

顾安抿着唇,眼前的情况有些棘手。

门内的沈礼能听到外面的一切对话,顾栾不敢再说什么话伤到沈礼,只好重复了一遍:"你们快点走吧。"

江灵还是于心不忍,叹了声气,对顾栾说道:"要是……有什么事,就跟我说。"

顾栾翻了个白眼。

顾安不放弃,对门内的人说道:"小礼,你考虑考虑,爷爷很想见你,你回去见见他吧。"

"你快走吧！"顾栾头都要大了，嚷道。

在学校里跟儿子吵起来有失面子，顾安忍下自己的怒火，咬牙切齿地沉声说道："注意你的态度！"

说完，他率先往电梯口走去。

江灵踌躇一会儿，又看了看门牌，长长地叹了声气，也跟着离开了。

顾栾这才松了口气，更加心疼沈礼了。

他跟爷爷在病房里说的话，顾安肯定听到了，不然不会让沈礼去见见爷爷。

而且……

顾安所谓的来学校看看，分明就是为了来找沈礼，想让他去见爷爷。

这时候还是表面孝子，却根本不体谅养子和亲儿子的感受。

或许，他很早就知道沈礼在这所学校读书了，却从没有理会过，只有自己父亲提出要见沈礼了，才来给这残忍的一刀。

顾栾握紧了拳头，对这个家更觉恶心。

隔壁寝室的同学被这边的动静吸引过来，见顾栾黑着脸站在门口，就关心地问了一嘴："顾栾，咋回事？"

"没事。"

"没带钥匙吗？"

"啊……"顾栾一怔。

"要不我去找宿管大爷拿钥匙？不过这个点，沈礼他们很快就回来了吧？"

这位同学不知道沈礼就在寝室里。

顾栾摆摆手，表情自然："我带钥匙了，没事。"

他打开门，冲同学点点头，把门关上了。

寝室里很安静，沈礼床上凸起一个小蒙古包，顾栾高大的个子抬头略微一看，就知道沈礼在被子里哭。

他像只鸵鸟一样把自己埋在被子里，缩成一团。

顾栾进来后，沈礼不敢哭太大声，怕被听见，只能小声啜泣，但顾栾还是能听见他吸鼻子的声音。

"对不起……他们要来，我没有拦住。"

沈礼没有回答。

顾栾自顾自地继续说："你别怕，没有人能强迫你做你不愿意的事情。"

无论怎样，我都站在你这边，帮你。"

沈礼吸了吸鼻子，在被子里闷声闷气地喊："顾栾。"声音轻到顾栾差点没听见。

"怎么了？"顾栾赶紧凑到床边看他。

"我是不是很丢脸？"

"啊？"

"这么大了，还是怕他们。"

"长再大，也怕父母啊。"

听到顾栾的话，沈礼很久没说话。回过神来后，他仿佛听到了什么笑话似的自嘲一笑："父母？"

他翻了个身，从被子里探出脑袋，幽幽地望着顾栾。

顾栾一时间不知该怎么回答，沈礼却钻回被子里翻了个身背对着他，闷声闷气地说："他们才不是我父母。"

从血缘关系上看，他们的确跟沈礼毫无关系，但是命运驱使，沈礼最幸福的童年，乃至目前三分之二的人生里，父母这个角色都是由他们扮演的。

顾栾知道沈礼难受，自嘲道："怕他们有什么丢脸的？我不是他们带大的，我也怕，我还让他们来学校了。"

沈礼躲在被子里，眼神忽暗忽明，不知道在想些什么。

半响，他坐起身，掀开被子，盯着顾栾："我不是不想见爷爷。"

顾栾连忙点头："我知道。"

"但是我不愿意被他们上门胁迫，仿佛不这样可怜兮兮地上门求我，我就会冷血地扭头就走，不顾过往的亲情。我是冷血动物吗？"沈礼气极了，脸都红了，"这是道德绑架！"

顾栾当然知道沈礼不是这样的人。

他认识的沈礼最善良最热情，也是最有侠肝义胆的热心肠，路见不平拔刀相助的人。

只能说，顾安和江灵养了沈礼十几年，都不了解沈礼。

爷爷是帮顾栾找到沈礼的人，他还帮顾栾准备入学的材料，帮忙隐瞒。但是这些事，顾栾不想告诉沈礼。

"你什么时候想通了，跟我说一声，我会带你去看爷爷的。"

沈礼看着顾栾，点点头，又躺回了床上："我累了，睡一会儿。"

顾栾应了声，看沈礼背对着自己，于是凑到桌前，眼神偷偷搜寻沈礼的周末作业。

沈礼肯定已经写完作业了，他不能让沈礼知道自己还没写完，不然肯定……

"哪门课作业没做？"沈礼突然出声。

顾栾吓了一跳，捂着胸口，心脏"扑通扑通"狂跳。他紧闭着嘴，生怕自己惊叫出声被沈礼听见。

"哪……哪里的话啊，我都写完了啊！"顾栾心虚地回答。

"哦？"沈礼从被子里伸出细长的手臂，修长的手指摊开，冲顾栾招了招，"那给我看看。"

经过一场艰难的思想斗争，顾栾紧紧抿着唇，从书包里拿出英语作业递给沈礼。

沈礼接过来看都没看，直接往床下一扔："物理、化学、生物、语文、数学，拿来。"

大约持续了三分钟的沉默。

终于，顾栾求饶了："对不起……沈老师……"

沈礼冷哼一声。

"我本来是想今天早点回来做作业的，可是……"

"别找借口。"

"……那怎么办，快晚自习了，也来不及做了。"顾栾想说借作业抄一下。

"你现在就写，能写多少写多少，不会写的我教你。"

"哪来得及啊……"顾栾小声嘟囔。

哪想到沈礼非常倔强，愣是爬下了床，瞪着他说："来得及，晚上不用去教室了，请假，我教你。"

"……那交作业……"

"我跟老师说。"沈礼咬牙切齿。

顾栾怀疑沈礼是把内心的痛恨都报复到他身上了，虽然他很讨厌学习，但是……他不敢说一个"不"字。

"那……就麻烦你了。"顾栾低头认错。

沈礼睡了一个小时，顾栾抓耳挠腮也没写完所有题目，最后还是沈礼不耐烦地爬起来，一题一题地给他讲解，直到张文凯他们晚自习下课回来。

张文凯一回来，嗓门大得离谱："栗子，顾栾，你俩今天晚上没去晚自习可是错过了好事啊！"

沈礼刚把顾栾的作业最后批了一遍，眼都不抬："咋了？"

"刚好来检查头发了啊,你逃过一劫,栗子。"张文凯拍了拍沈礼的肩膀,一脸严肃地说道。

沈礼翻了个身,并不想理张文凯。他头发都剪了,虽然不怎么好看。

顾栾整理好书包,起身想进卫生间洗澡。

冯锐意接上张文凯的话头,在那边絮絮叨叨:"不过说来也奇怪,今天晚上老王出去了一下,过了快一个小时才回来。我看他回来的时候身后跟着一男一女,应该是家长吧,在我们教室窗口站了十几分钟才走。"

顾栾身形一顿,僵住了。

张文凯接话:"啊,是有点奇怪。老王回来时脸上笑盈盈的,好像中了五百万一样。那两个家长是不是给学校捐了两百万,把小孩送进我们学校来了?"

"有可能。他们看教室里面的眼神,那叫一个热切啊,一看就是小孩不顶用。"冯锐意也越说越离谱。

沈礼已经坐起身了。

顾栾问:"那对男女,男的是不是很高大,看着脾气很不好?"

冯锐意点点头,上下打量顾栾:"对,跟你差不多高。嘿,别说,你和他还有点像……"

"因为那个不顶用的孩子就是我。"

冯锐意的脸一阵青一阵白。

顾栾撂完话就端着洗漱用品进了浴室,留下冯锐意在风中凌乱,感觉自己命不久矣。

张文凯幸灾乐祸:"叫你说那么多话。"

"还不是你!提什么捐款、塞小孩进我们学校!"

"啊?不是你先提的这件事,我才顺带猜测一下吗?"

"都是你先带跑的!"

沈礼终于忍无可忍.'吵死了!"

张文凯和冯锐意顿时沉默。

半晌,沈礼又抑制不住好奇心,忍不住道:"锐意,那两个家长,他们来教室门口就光看看,没进去吗?"

"没有啊,就看了十几分钟,好像在找什么东西,后来就走了。"

沈礼抿着唇,低下头,心中又燃起一丝丝渴望。

张文凯小心翼翼看着黑着脸的沈礼,轻声问:"栗子,你问这个做什么呀?"

"那不重要。"沈礼眼睛黑沉沉地盯着张文凯。

张文凯吞咽口水,紧张地点头:"哦……好。"

沈礼躺回床上,对着墙,眼里又是焦虑又是期待。

他俩知道了自己也在这所学校,未来的日子……恐怕不会太平了。

沈礼度过了平静的几天,他们照常上课,做作业,一周小考一次。

等平静地上完周五的课,沈礼一度以为跟养父母重遇或许只是平淡的备考生活中的小插曲,随着时间流逝,他终将会被他们忘掉。

但是,事情就发生在人意料不到的时候。

那天以后,顾栾说什么都不回家了,铁了心要留校。

他整理好作业就扯着沈礼,打算回寝室换身衣服就出校下馆子。

沈礼还在碎碎念,琢磨着这周末该给顾栾补习哪块知识点了,是高二上还是高二下。

顾栾:"没那么快,还在高一下。"

"……高一下的知识点早总结完毕了!你是不是金鱼脑袋!怎么又忘了?"沈礼气急。

两人小声互怼着从教室走出来,没有注意走廊里的情况。

"小栾、小礼,回家吗?"女人的声音跟催命符一样突然响起。

顾栾和沈礼身体僵硬,看向正前方。

江灵正抿着嘴,僵硬地扯出一个好妈妈该有的温柔笑容——这笑容在平时可从未见过。

顾栾下意识就推了下沈礼,小声说道:"你从后面楼梯走,我断后。"

"啊?"

"走啊!"顾栾的声音里甚至带了点视死如归的决绝。

沈礼的确不想见到江灵,他花了一周好不容易冷静下来,现在他的心情又被她搅得翻天覆地的。

他一把抓过顾栾手里的书包提着,转身就跑。

"哎!小礼!"江灵正想追。

顾栾往前一步挡在了她面前:"妈,我这周不回家,要补课。"

"补课可以回家补啊,在学校没人照顾。"

顾栾冷笑一声:"不行,回家没学习气氛,一回家我就想睡觉、玩游戏,就是不想学习。学校学习氛围好,反正我不回家。

"那小礼……"

"他辅导我啊。"

江灵到底还是心软,叹了声气,也没说其他话,只是叮嘱了几句,最后塞了一把钱就离开了。

人的心不是一朝一夕就能焐热的,更何况,他们的目的根本不是来焐热人心的。

顾栾冷眼看着江灵的背影,嗤笑一声,心想:如果是顾安来,恐怕就不会如江灵这么好打发了。

顾栾健步如飞,从一间间教室门口飞驰而过,顺着楼梯飞快下楼,终于在一楼的楼梯底下找到了沈礼。

他蹲在楼梯角落,背影落寞,正对着脏兮兮的白墙发呆。

白墙上有数不清的篮球印子,还有几个脚印,看着有些年头了,糊成了一团。

顾栾走到沈礼身边蹲下来,顺着他视线的方向看过去,发现墙上有几行用水笔写的小字。

△早点睡觉,不然会猝死!

△高三(2)班的白鹦!我喜欢你!

△我不要学习啦!我要逃课!

…………

沈礼指着第一行字问:"你现在是不是这种心情?"

顾栾:"……就算是,也别说出来吧。"

"不是一个人写的,年份也不一样。"沈礼津津有味地品味这些话语,琢磨着,"我们班没有白鹦,不知道是哪届的学姐了呢。"

好巧不巧,他们班就是这一届的高三(2)班。

顾栾在这面隐秘的墙面上看了半天,东一块西一块写了不少乱七八糟的字,有些字难看极了,也有一些字堪称书法精品,但是大部分都是不堪入目的脏话和抱怨。

"真是人生百态,种种丑态吧。"沈礼感慨。

顾栾听出他话里的意思——都是你们这群学渣,书读不来,无聊了才来这种角落里毁坏学校公物,乱涂乱画,发泄情绪。

为了挽回面子,顾栾站起来,在整面墙上搜索半天,才找到一句入得了眼的:恰同学少年,风华正茂。书生意气,挥斥方遒。

字写得清秀飘逸,一看就不是一个笔都不拿的文盲。

顾栾指着那行字"啧啧"品味："你看，这还挺好看的吧，还有人来这里练书法呢？"

"那是我写的。"沈礼幽幽回答。

顾栾再仔细一看，这的确像是沈礼的字迹。

顾栾低头震惊地看着沈礼，沈礼翻了个白眼，拍拍手准备走人。顾栾一把拉住他："那你干吗说种种丑态？不也骂你自己吗？"

"是骂我自己啊。"沈礼觉得有些莫名其妙。

顾栾怔住了。

"上学期期末考试考了年级第一，数学、物理全市第一，觉得人生意气风发，又不好意思站在讲台大声念诗，跑这里写一下发泄快意，不行吗？"沈礼说得头头是道。

"还有，"沈礼往墙角指了指，"那是冯锐意的字，这是大头的，那是叶子的。"

顾栾跟着看过去，冯锐意的字龙飞凤舞，笔锋有力，虽然他成绩只算中上，但是他从小就被父母强制要求学习硬笔字，因此字写得很不错。

他写道：祝叶子小儿在国外顺利，发大财后回国孝顺爸爸我。

大头写：三长一短选一短，三短一长选一长。

顾栾最在意那个传说中的蒋叶青的字倒是中规中矩，不算难看。他指名道姓地写道：谢谢我最好的弟弟——栗子，我在美国一定会好好学习，不给你丢脸的！

这四个人都写的什么乱七八糟的啊？

沈礼看出顾栾的疑惑，说道："拿了期末成绩后我们一起写的。"

他回忆着当时的场面，突然觉得有些好笑："那是叶子在国内的最后一次期末考，成绩出乎意料的好。倒是大头，退步了一百名，所以精神失常写了这种东西。"

"这地方是我找到的。别看我聪明，学习能力强，考试运也好，每次考试都排在前三名……"沈礼叹了声气。

顾栾腹诽：是吗？就你还想有什么转折呢？

沈礼继续说："但是，我有时候压力也很大，怕押题押不中，丢了不该丢的分数。"

"为了释放压力，有时候我就躲到这里看看是不是多了什么"墨宝"，没准能挖到什么沧海遗珠。那天领完成绩单聚了餐后，叶子就要出国读语言班了，我们以后恐怕很难再见面，所以我就带他们来这里写点东西。"

沈礼冲顾栾笑了笑。

顾栾看穿了他的心思："你其实是想看看他们能不能留下什么沧海遗珠吧？"

"啊，的确。你看大头这个就特别经典。"沈礼指着高处的墙角，"那里还有一个追星族。"

顾栾看到他指的角落有人用非主流的花体字写道：我用尽一生一世来将你供养。

"养"字最后一笔还延伸出一个大大的圈。

顾栾默默地从包里掏出了水笔。

"你干什么？"沈礼看到他的动作，有些不解。

顾栾踮起脚，抬高手，摸到了墙顶："留下墨宝啊。"

"你要写什么啊？"

"不给你看，秘密！"

顾栾手一拢挡住，他个子又高，沈礼根本看不到他写了什么。

等顾栾写完，把笔往包里一塞，沈礼正想凑上去偷看，就被顾栾一把薅住脖子拖走了。

"哎！你到底写了什么啊？"

"都说了是秘密，要看也等我不在场再看好吧！"顾栾力气极大，差点就将沈礼直接扛起来带走了。

沈礼无法反抗，只能被拖着往校门口走去。

他一直心心念念想知道顾栾到底写了什么，满脑子都琢磨着等明天他偷偷去看。

顾栾突然问："你晚饭想吃什么？"

这一问就把沈礼的注意力转移走了："你请客吗？虽然我不挑食，但是我现在很想吃汉堡炸鸡，就是那种特别不健康的东西。"

沈礼没问顾栾后来江灵是怎么走的，顾栾也不主动提，两人就当江灵从来没有在学校里出现过。他们不约而同地将不愉快的事情屏蔽在此时此刻之外。

他们眼下只有彼此和垃圾食品。

顾栾扭头往教学楼看了一眼，松了口气。

幸好现在暮色降临，沈礼肯定饿了，食物的吸引力大过一切，让他忘记了追问，否则要是当场被他看到自己写了那种东西，肯定颜面全无。

墙顶，最好的地方，他用蝇头小字写了：高三（2）班沈礼，我们是一辈子的兄弟。

他不高兴蒋叶青凭什么可以亲昵地把"栗子"明晃晃地写在墙上。

沈礼的名字被人留在了墙上,那他必须也要留,而且要更加直白,更加招摇,招摇到让后来的学弟学妹们都知道,前几届有个二班的学长叫沈礼,和他是兄弟。

夜晚,当沈礼和顾栾在点了全家桶吃得满嘴流油,互相嘲笑对方,笑得前俯后仰的时候,顾家依旧冷清窒息。

顾安跷着二郎腿坐在沙发上,戴着一副金丝框眼镜看书。

江灵提着大袋小袋的奢侈品衣服包包推门进来,在玄关处整齐摆好高跟鞋,换上拖鞋。

顾安冷漠地瞥了她身后一眼,翻了一页书,波澜不惊地问:"人呢?"

江灵眉头一挑,语气轻描淡写:"什么人?"

"我不是让你去把人带回来吗?"顾安把书合上,抬眼审视地看着江灵,"怎么带了这些死物回来?"

"死物?"江灵嗤笑一声。

"这些是死物?这些花了我好几万呢。"

顾安不满江灵的态度,把书往桌子上一摔,声音拔高:"江灵,我让你去把孩子们接回家,你人没接到就算了,还有时间去逛街?"

江灵把大袋小袋扔到地上,摆手让阿姨帮忙提上去。

被顾安这样质问,江灵本该恼火,可是她现在却压制着自己的怒火,阴阳怪气道:"顾安,那是你的事。是你要把小礼接回来让他逗你爸开心,好表现你这个孝子的一片心意,不是我,麻烦你弄清楚情况。"

顾安太阳穴"突突"直跳。

"是你的要求,却要我去执行?孩子不愿意回来,难道要我去抢?去绑?还是去骗?他们都快成年了,我根本没有权利强迫他们好吗?"江灵说着,语速急切起来,越发气愤。

看江灵强硬地争辩,顾安也指责道:"那你好歹把顾栾带回来。"

"你看我这体格,像是能把他强行塞进车里吗?"江灵气得把儒雅文气都抛之脑后。

"我没有让你强行逼迫,你总可以晓之以理吧?"顾安被她噎到,深吸了口气。

"晓之以理?呵……过去几年我们也没有维系过跟小栾的感情,现在晓之以理，他根本不听。"江灵越说越觉得自己和顾安做父母极其失败，"他跟你简直一模一样，顾安，看到他，有时候我都觉得那就是你。小礼呢，看到我转身就跑了，追都追不上。小栾拦着我不让走，说完话也掉头就跑。"

江灵冲顾安竖起大拇指："要是你能把他们带回来，我敬佩你。"

顾安被她一连串的阴阳怪气说得整个后脑勺都抽痛。

顾安这人是绝对不会承认自己有问题。他决定的事情一定是对的，并且不管别人同意不同意，愿意不愿意，他都一定要做到。

江灵深知顾安这点，也厌烦了跟他掰扯，直接上楼回了卧室，换了身衣服，拎着只箱子，下楼跟他摆手道别。

"我回学校了，这周末有课题，下周也比较忙，你自己看着办吧。"

等人走了，顾安气得一把将书推到地上，咬牙切齿。

呵，他亲自去带人，就不信沈礼不跟着回来。

Chapter 8
爷爷

因为有自己悲惨的童年做对比，在顾栾的记忆中，顾家是非常美好的存在。

沈礼的童年，也被顾栾美化得如同童话中那样美好——家里金碧辉煌，有保姆，吃穿用度都是最好的，母亲温和细心，父亲虽然不苟言笑，但也不会打人骂人。

直到他跟沈礼换回身份，他才知道顾家并不是什么天堂。

在沈礼的童年时期，父亲这个角色就像一座黑黢黢的大山，但并不是让人非常有安全感的大山，相反，他不知道这座山里会突然蹦出什么野兽怪物。

顾安这人，脸面大于一切，重视自身形象，也重视家人形象。

他的一言一行都可能登上报纸或财经杂志。特别是在网络发达的现在，他不允许自己的形象受损，因为这会影响到公司的股价。

所以，当初沈礼长得胖，他嫌弃沈礼痴肥，影响他对外的父亲形象。

他总是握着沈礼的胳膊，用深沉的眼神凝视着沈礼，低声问："小礼，你想做个乖孩子，对吗？少吃点，别长这么胖，不然外人会说爸爸妈妈不会养孩子，没把你养好。"

小时候沈礼不懂，只以为自己胖给父母丢脸了，于是努力克制自己的食欲，节食了两天，每天只吃黄瓜和鸡蛋，结果才到第三天，上体育课时昏倒在操场跑道上。

江灵为此和顾安大吵一架，减肥的事也就此作罢。

但是顾安对沈礼一直是不满的。

后来沈礼回到沈家，顾栾进入顾家后，顾安才开始怀念起沈礼的好。无论如何，有个成绩好的学霸儿子，总比不学无术、成绩垫底的校霸儿子要好吧？

沈礼是到了高中后才慢慢了解顾安这人。

顾安这座大山，带给人的压力太大了。

他高大伟岸，总是让人看不清脸。他喜欢居高临下地审视沈礼，那低沉的声音里总是带着教育的口吻。

每次对沈礼不满时，他就会说："小礼，你不想做个乖孩子吗？"

乖孩子……从小到大沈礼什么时候不乖了？

为了得到顾安的夸奖，他做了十几年的乖孩子，到头来没得到夸奖不说，还要被道德绑架。

沈礼猛地坐起身来，坐在上铺气得胸口剧烈起伏。

他一觉睡到了晚自习时间，看着窗外黑黢黢的天色，再一看时间，赶紧爬下床，换了身衣服往教室走去。

顾安是个父权至上的男人，如果说重遇之前，沈礼对顾安还有着对父权的恐惧，现在，沈礼突然彻底想通了。

他压根就不是顾安的儿子，就算所谓的报养育之恩，那也不是这样还的。未来，他大可以把养了他这十几年所花的钱还给顾家。

"去他的乖孩子！"沈礼踢开一颗石头，恶狠狠地骂道。

石头坠落进一旁的池塘，悄无声息。

他心头突然一松。

就算要去看爷爷，也绝不是被这样强行带去，必须是他自愿的才对！

晚自习已经开始半个小时了，顾栾一道题也没写，握着笔看着密密麻麻的公式发呆。不知不觉，笔尖落在了草稿纸上，留下一滴苍蝇般的墨迹。

那天下午顾栾送沈礼回寝室，还没聊两句，沈礼就昏睡过去。跟顾安对峙让沈礼身心俱疲，江灵的突然出现更是让他疲惫，平时看他学习从不见累。顾栾心疼他，帮他掖好被角就轻手轻脚地关上门离开了。

周末两天，沈礼很少说话，也不催促顾栾学习。倒是顾栾怕沈礼生气，非常自觉学习。沈礼看他难得乖巧，大部分时间干脆都躺在床上闭目养神。

顾栾下午离开寝室的时候，沈礼也是躺在床上，直到这会儿他也没有一句消息，顾栾坐立难安，非常想赶紧去见他，看看他现在心情如何，但是又怕被他责怪翘课。

说来也好笑，顾栾活到快成年，怼天怼地怼父母，从不惧怕老师，更不害怕请家长，唯独就怕沈礼。

顾栾倒不是恐惧，而是怕沈礼不高兴，不理他。

这个时候沈礼其实早回教学楼了，只是没有去教室，而是径自去了老王的办公室。

数学教研组办公室里，老师们几乎都在。

老王看沈礼的眼神凝重，欲言又止，思来想去，他沉重地长叹一声气，往办公室走。沈礼眼神不离老王，一声不吭地跟上。

两人一前一后走到天桥，再往对面走，就是实验楼了。

云层厚重，掩盖了月亮，只露一个模糊的轮廓提醒世人今夜满月。

"王老师，以后如果顾栾的父母再找我，麻烦您帮忙找个理由搪塞过去，我不想，也不能见他们。"沈礼开门见山地请求。

老王更加费解了："为什么？他父母是不是对你做了什么很不好的事情？如果是那样，你别怕，老师给你做主！"

沈礼哭笑不得，但还是很感动。

很不好的事吗？当然不算。沈礼对顾安和江灵是感激的，毕竟也有养育之恩。

"这件事情……挺复杂的，但没老师想的那么过分。我下午睡了一觉，做了个梦，思考了很久，我想……不知道能不能跟王老师您说。"沈礼感激地看着他，"我家的情况您也知道，您就像我父亲一样，有些事，我也想找个长辈好好谈谈。"

沈礼顿了顿，问："王老师，您愿意听吗？"

老王眨了眨眼睛，受宠若惊："当然可以啊！我找个地方，我们坐下来聊吧？"沈礼是老王十几年教学生涯里遇到的让他最喜欢又最心疼的学生，加上他本人十分八卦，沈礼肯主动告诉他，他当然愿意倾听。

沈礼摇了摇头："没事，这里风大，吹得我脑袋也清醒点。要是王老师您觉得冷，我们可以换……"

"不用不用，你快说吧。"老王迫不及待了。

沈礼看着不远处的学生寝室楼，轻声把自己和顾栾的过去说了出来。

也不知道时间过去多久，老王看着栏杆出神，只听见沈礼轻声地问："王老师，您能替我解答一个问题吗？"

老王猛地回过神，睁大双眼看沈礼："啊……什么问题？"

他没想到这么戏剧狗血的故事会发生在自己这个令人骄傲的学生身上，但是这也解答了沈礼身上的种种矛盾——为什么他跟父母不合，为什么他明明是穷苦出身却四体不勤，又缺少父母关心。

"我想去看爷爷。小时候，他是对我最好的人，但是……我又觉得我去了就是对顾栾父母的妥协……"话说到这儿，沈礼又沉默了。

再说下去，他觉得自己就要说出什么大逆不道的话来了。老王对他再好，毕竟也是个老师。

师生两人沉默了很久，久到沈礼以为这个问题难倒了年过五十的老牌高级教师时，老王突然开口了："你放得下吗？"

沈礼摇摇头："我想……我放不下。"

"放不下就去看看吧。"老王语重心长地说道，"老人家年纪大了，时间可不等人，不要等到没有机会了才后悔。"

"这个道理我也懂，只是……"沈礼说不出口，只是他还放不下对顾家的埋怨。

他知道自己没有理由怨恨养育自己这么些年的家庭，但是他或多或少会憎恨顾家人当初一声不吭地把他丢掉，连一句叮嘱或者协商都没有。

"他们把我像对待病毒似的赶紧扔掉……我真的忘不了。"沈礼眼眶红了。

"你忘不了那种痛，跟你去见爷爷，并不冲突。"老王叹了声气，"我以前有个学生，成绩很好。他的父亲在外地打工，过年才能回家，可他整个寒假，除了除夕夜那天，都在我家查漏补缺知识点。后来高考，他的确考了个好大学，可是他父亲却因为意外去世了。

"当时他就跟我说，如果早知道那是最后一个能够和父亲团聚的春节，他就不会把心思都放在学习上了。那七八天的补习并没有让他增加几分，反倒失去了和父亲交心的最后机会。

"这个例子找得可能不好，但是我表达的意思……你这么聪明，应该懂，学习和跟家人团聚不冲突。你不想原谅养父母，跟你去见爷爷并不冲突。他想见你，你想见他，不是吗？"

沈礼豁然开朗："啊……是啊……"

"况且，我自己也是当父母的，多多少少能明白顾栾父母的想法。虽然我不理解他们迫不及待地把孩子换回来，但是他们什么都不跟你说，有可能是一旦下定了决心，就不敢再面对你了。"

沈礼看向老王。

"因为一旦面对你,就无法再狠下心放弃你,所以宁可选择最决绝的方式,也不想让自己有回旋的余地。"

这个说法,沈礼第一次听到,他想了想,蓦地笑了。

"你说这是有心呢……还是更狠心呢?王老师,他们想要抛弃我的心就这么……没有任何商量的余地吗?"

真相或许更加残忍,但人性复杂,老王眼下也无法说得清。

沈礼不过是个半大孩子,他怕有些话说出口会更加伤人。

"这个……老师一时半会儿也无法跟你说清楚,你要是实在不愿意,不去也行。"老王还是心疼沈礼,怕他太为难。

沈礼却摇了摇头,坚定了自己的决心:"我要去见爷爷。王老师,您说得对,不要因为恨而忽略了爱。只是,我还得再想想要怎么面对他们。"

"嗯,要是有什么为难的地方,欢迎随时找我,孩子。"老王拍了拍沈礼的背。

沈礼点点头。

沈礼刚一进教室后门,顾栾整个人就跳了起来,跑过去问:"你怎么这么迟才来上晚自习,是哪里不舒服吗?"

"顾栾你做什么呢?"正在值日的班干部夏景同学坐在讲台上,横眉竖目地喊他,"记你名字了啊!"

"记就记呗!"顾栾毫不在意,跟着沈礼回到座位,双眼亮亮的,期待地看着沈礼,认真等待沈礼的回答。

"回寝室再说。"沈礼轻声说道。

顾栾急得抓耳挠腮:"可是……唉!"

"顾栾!记名字两次!"夏景一声怒吼。

"啊,知道了!"顾栾不耐烦地回应。

"那你回寝室一定要告诉我哦!"顾栾又贴着沈礼小声叮嘱。

沈礼无奈地点头:"知道了。"

张文凯和冯锐意不清楚到底发生了什么,但是沈礼这样翘课实属奇事,晚自习放学他俩围着沈礼问东问西。

顾栾把他们推开,挡在沈礼面前:"你们差不多得了,我还有事找沈礼呢!"

沈礼整个晚自习都浑浑噩噩的,脑袋晕乎乎的,等做完作业,晚自习结束,他感觉大脑已经无法进行思考了,如同行尸走肉地往寝室走去。

张文凯和冯锐意在一旁说话都仿佛隔着一层玻璃,他听不清,也没有脑子思考。

"沈礼,你怎么了?"顾栾发现了沈礼的不对劲,扶住他。

沈礼用力地眨了眨眼睛,晃晃脑袋,只感觉脑袋很沉,捂了捂脸:"有点头疼,可能感冒了吧!"

顾栾一听,着急起来,干脆将沈礼背起来,三步并作两步去挤电梯。

"哎?怎么了啊?等等我们!"张文凯莫名其妙,拉着冯锐意急忙追上去。

回到寝室,发现沈礼已经迷迷糊糊了,顾栾一摸他的额头:"好烫!"

冯锐意拿来体温计:"会不会是发烧了?"

"下午还好好的,怎么突然发烧了?"张文凯把热毛巾递给顾栾。

顾栾用毛巾擦着沈礼满是虚汗的脖颈时,沈礼突然伸手握住顾栾的手腕,双眼依旧有神地盯着顾栾。

"怎么了?"

沈礼声音沙哑,轻声说:"我……想去见爷爷。"

顾栾心头一跳,随即叹了声气:"你都这样了,就先别考虑这个了。"

沈礼握着顾栾的手不放,眼睛定定地看着他。

顾栾只能答应:"好啦,我知道了。我帮你擦擦汗吧,别晚上真感冒了。"

沈礼摇摇头:"不用,我自己来。"

"你又擦不到后背。"顾栾不由分说,直接把沈礼翻了个面,正要上手擦汗,却愣住了。

沈礼的背上有三四道或深或浅的伤痕,靠近后腰的地方还有个令人触目惊心的刀伤,愈合后像是一条丑陋的毛毛虫,让顾栾熟悉到颤抖。

同样的伤痕,他身上更多,但是出现在沈礼身上,却比出现在他身上让人还痛。

"他打你了?"

见顾栾双眼泛红,沈礼被吓到了,别开视线:"就那么 两次,他喝醉了。"

"他连你也打?"顾栾越想越气,"啪"的一声,把毛巾重重摔在地上。

"啊!"张文凯刚从浴室出来,吓得差点摔倒。

"咋回事!"冯锐意问。

"没事,不小心摔的。"沈礼坐起身安慰他们,身体明明很虚,但还是用尽全力制止着顾栾发狂,"就两次,后来没有了。"

"……那个浑蛋。"顾栾咬牙切齿。

沈礼看他这副模样,心里很不是滋味。

明明顾栾遭遇的更加痛,更加令人发指,可是顾栾都咬着牙忍受下来了,到他身上顾栾反而觉得无法忍。

"以后如果他再打你,你跟我说。"顾栾低声叮嘱。

说了有什么用呢?沈礼觉得好笑,但是看到顾栾眼里的认真,也跟着严肃起来,点头:"嗯,我答应你。"

沈卫兵喜欢用皮带抽人,下手特别重,有时候会留下疤痕。顾栾体质好,他身上的疤现在养得七七八八看不太清了。但沈礼是疤痕体质,皮肤又白,疤痕特别明显。

顾栾问:"你那个伤疤,擦过祛疤的药吗?"

"又没人能看到,擦什么擦。"沈礼摆摆手,"快下去,我要睡觉了。"

那一定是没有擦过了,要是擦了祛疤膏,怎么会这么明显呢?当时他一定很痛吧?

沈礼因为急火攻心,又吹了冷风,扎扎实实地烧了一晚上,第二天早上才退烧。

风寒来得快,去得也快,但是沈礼的脸色依旧苍白,精神不好。

冯锐意提议周末让沈礼跟着他回家:"我妈妈可喜欢你了,到时候给你做好吃的补一补身体。"

张文凯平时不积极,这个时候倒是积极起来:"不如去我家,你躺床上睡觉,我帮你把饭端过来,只要你帮我补习一下功课就行。"

"栗子都这样了,你还让他给你补课?你有没有点良心?"冯锐意不乐意了。

"我就在学校,没事的。"沈礼笑道。

顾栾:"反正有我留下来陪他,你们各自安好。"

"对了,我们都没去过顾栾家呢。栗子,你不如去他家住?他家很有钱,肯定很豪华!"张文凯说道。

"你话怎么这么多!"冯锐意瞪张文凯。

顾栾没说话,紧张地看着沈礼。

沈礼摇了摇头:"这次就算了,我还没痊愈,人家父母看到了还以为我怎么了呢。"

等只有顾栾和沈礼两人的时候,顾栾才问:"想去见爷爷,不需要去那个家的,你不要听张文凯乱说想太多。"

"没有。"沈礼摇了摇头,"我没想太多。我现在还没做好心理准备,不会去的。"

"那……"

"让我再考虑几天,我还要想想。但是……我会去的。"

顾栾很担心沈礼:"你别因为他俩就……"

"不是的。"

沈礼摇了摇头,把昨晚跟老王谈心的事情告诉了顾栾,最后释怀般地说:"我想见爷爷,跟他俩都没有关系,不是他们的努力打动我的。"

"他们也没努力什么。"顾栾嗤笑一声,"如果说上门威胁、道德绑架你算努力,那努力这两个字真的被玷污了。"

"他们好歹是你的亲生父母,我们都少说几句吧。"沈礼说道,"仔细想想,其实他们没有对不起我。反倒是我……"鸠占鹊巢,让他们错付了十几年的爱。

"你才是受害者,别说得好像你害了他们一样。要是当初他们仔细点,怎么会抱错孩子?"顾栾说完,心里又不好受起来。

要是没有这种错误,他俩就不会认识,沈礼从小就在那种环境长大,他那体格,恐怕撑不过那几年寒冷的冬天。

"算了,以后我们做好自己的事情,把自己的人生过得美好充实就好。"顾栾改口说道。

周六休养了一天,沈礼的身体已经恢复很多,顾栾见他没有之前那么虚弱了才放心下来。

趁沈礼去自习室做题,顾栾找了个借口回了趟家。

他问过家里的阿姨,顾安和江灵正好都在家,所以他才特地挑这个时间回家。

他回到家时,顾安正好要出门,见他回来诧异不已:"你怎么这个时候回来?你这周不是不回家吗?"

说着,顾安还狐疑地往顾栾身后看了看。

"别看了,他没跟我一起。"顾栾抿着唇说道。

"小栾回来了?"江灵听到声音从楼上下来,"小栾,你是不是落了什么东西?"

"没什么,我有些事想问你们。"

他严肃的表情让顾安和江灵都愣住了，两人收起脸上的表情，对视一眼，似乎明白了什么。

"去书房说吧。"

楼下有阿姨在打扫卫生，有些话，一家人自己聊就行了。

顾栾跟着进了书房，合上门。

顾安站在窗边看风景，叹了声气，问："你要问什么？"

"你们当时，为什么迫不及待要把我和沈礼换回来？"

这个问题让顾安和江灵都傻眼了。

"你回家就是为了质问我们这个问题？"顾安的怒气开始蓄积。

这件事一直都是江灵心中的痛，顾栾这样硬生生揭开这层疮痂，让江灵失神了片刻。

"……你为什么要问这个？"她问顾栾。

顾栾靠在书桌旁，脑袋里一浮现沈礼背上被皮带鞭打留下的伤痕，心就狠狠一痛。

"你们知道沈卫兵是什么样的人，当初如果不是他那个毛病，你们也不会发现沈礼和你们的血型对不上，也不会发现我俩被抱错。"陈年旧事被翻出来，让顾栾难以启齿，可是为了沈礼，他还是咬咬牙说出了口。

对于这件事情整个顾家都讳莫如深，知道这事的人都装作从没发生过一样，绝口不提。如今顾栾就这样直白地说出口，让江灵仿佛重新回到那个时候。她咬着下唇，唇瓣都咬破了都没注意。

"你们就没想过，他回沈家后会过怎样的生活吗？"顾栾大声质问。

江灵眼眶通红，几乎失语。

顾安点了根烟，手指微颤，声音却依然波澜不惊："你一个小孩子懂什么？"

"我不懂？我是不懂你们那么做的原因，但是我知道完全不顾我和沈礼的想法对我们的伤害有多大，这彻底改变了我们的人生。"

江灵捂着嘴怕哭出声来："我们……不是……"

"不是什么？没有把他像弃子一样扔了？"

"……没有……我们有安排……"

顾安在这个时候突然插话："你说到沈卫兵……难道他打了沈礼？"

"……嗯。他那样的人，烂泥扶不上墙，狗改不了吃屎，怎么可能不打？"顾栾冷笑道。

"啊！"江灵惊呼，"我们明明警告过他不准再打孩子，要好好照顾沈礼的！"

"怎么警告？口头警告？那种人的口头保证你都信？"顾栾气笑了。

"不是，小栾，我们当时跟他签了协议，还给了他钱，有律师证明的。"

"江灵！闭嘴！"顾安大声呵斥，但是已经晚了，江灵情急之下已经脱口而出。

"协议？钱？"顾栾彻底听蒙了，"给了多少？"

"这不是你该知道的事情，我们该做的已经做到了，仁至义尽，你不必多问了。"顾安不肯继续回答。

"为了把我换回来，你们真是煞费苦心啊！"

顾安重重呼出一口气："顾栾，我们不是不心疼沈礼，但他不是顾家的血脉，你才是我们顾家的孩子，必须把你带回来，那么沈礼只能送回去。难道我们要把别人家的孩子也抢来吗？"

顾栾知道，这是一道无解的题。

而且他也知道，就凭沈卫兵的人品，如果顾家真的想要两个孩子，那未来顾家永远也甩不掉沈卫兵这个毒瘤，恐怕一直会被沈卫兵吸血、敲诈。

"你们说给了沈卫兵钱……那沈礼的生活怎么还会过成这样？"顾栾越想越觉得疑惑，"他很少花钱，存在银行卡里的全都是积累下来的奖学金。他申请了贫困生，可以免学费，平时喝的牛奶还是老师送他的。这几年，沈卫兵和赵红花从来没有去学校看过他，甚至连家长会都没去过……"

除了上次，为了确认顾栾是不是跟沈礼一个寝室，赵红花破天荒地借口送被子去了学校。

江灵已经听不下去了，躲到了墙角偷偷擦眼泪。

顾安咬紧后槽牙，眼眶也肉眼可见地开始泛红，喉结滑动。但他就算是在家人面前也要装作冷硬无比，声音依然平稳："你身为外人，怎么知道他们家的情况呢？"

顾安还想否认这一切。

"就凭我在那个家里生活了十三年，我比沈礼更了解他俩。"顾栾嘲讽地反问，"难道你俩就了解我吗？呵，反正我一点都不了解你俩。"

顾安沉默了。

"你根本不知道沈礼这几年是怎么过来的，你以为他过得很好，所以就觉得，你们养了他这么多年，还给了沈家一大笔钱，就可以让他心甘情愿听你的话？你知道你在学校高高在上要求沈礼的时候，他心有多痛吗？"

"小栾，你把这几个月了解的、跟小礼有关的事情，都跟我说说好吗？

妈妈只听，不会问的。"江灵轻声问道，态度卑微，"妈妈只是想知道小礼现在变成什么样了。"

顾安看着自己泛白的指尖，没再说话，转身大步离开。

顾栾想了想，最终还是点点头："嗯。"

顾栾和江灵聊了很久很久，江灵的确遵守了她的承诺，没有多嘴问什么，只在顾栾想聊的时候问几句。

江灵从书房出来的时候，脸上的妆容已经被泪水模糊，她双眼红肿，咬着牙问顾栾："我以为，我们已经是世界上最残忍的父母了，没想到他们……"

顾栾垂着脸，仍旧重复着几分钟前叮嘱的话："即便如此，也不要去质问那两个人。"

"嗯，我懂了。"江灵点点头，开门离去，脚步沉重。

顾栾了解自己的养父母，江灵身为大学教授，人情世故、众生百态该了解的都了解。沈卫兵那样的人，当初敢违约将原本给沈礼的教育基金和赡养费占为己用，那一旦让他跟顾家联系上，未来又是一张狗皮膏药，怎么也撕不掉了。

顾栾现在就很担心，万一赵红花没有把好口风，让沈卫兵知道自己在浮高，恐怕沈卫兵立刻会找上门来要钱。

江灵离开的时候很决绝，脚步声虽然沉重，但是她的眼神却很坚韧。

顾栾不知道她要做什么，希望是好事吧。

顾栾回到学校，径直去了自习室。

沈礼仍保持着之前的姿势，趴在桌上，聚精会神地做着物理大题。顾栾看了看，他似乎已经刷了二十页习题册了，这些题目都很难，自己花一天都做不完一道题。

顾栾发现自己离开这么久，在沈礼这边时间却仿佛静止一样，他的心突然平静下来。

他凑近沈礼的耳朵，轻轻喊："抬头挺胸！"

"啊……"沈礼吓得一个激灵，看到来人后，狠狠瞪他一眼，"吓死我了，走路没声。"

顾栾低声说："走吧，到晚饭点了。"

沈礼刷题刷得不知山中日月了，一看手机时间，吓了一跳："都这么晚了吗?"

他赶紧收拾东西出了自习室,还问:"你去哪里了,这么久才回来?"

"我中途来了好几次呢,看你做题目那么认真都不好意思打扰,就先回教室了。"顾栾扯谎,眼睛都眨一下。

沈礼信以为真:"那你怎么不到自习室一起做题目啊?"

"我在教室背书呢,你不是让我多背背文言文古诗词什么的吗?"

"是吗,这么自觉?"沈礼总觉得哪里不对劲,"那等会儿你背给我听听?"

"呃……"

顾栾第一次听说顾安给了沈家一大笔赡养费,他很好奇沈家把这钱弄哪里去了,还有沈礼到底知不知道。

吃晚饭的时候,他就暗暗旁敲侧击地问:"沈礼,你高中毕业以后想去哪里?"

"啊,你说考大学吗?看哪所大学能给我免学费吧,反正我的成绩,上 TOP2 肯定没问题。"沈礼头也不抬地吃饭。

这不是自己想要的答案!顾栾再接再厉:"你之前说等读大学就要脱离家里,那你卡里存的那点钱够吗?"

"现在已经不少了,不够的话,到时候再说嘛。我可以申请助学金,还有奖学金可以拿呢。"沈礼抬眼看他。

"你问这个做什么?"沈礼突然回过味来,严肃地警告,"我警告你哦!你可别想给我钱,我不接受施舍。卡里的钱是我一分一毛攒下来的,都是光荣所得,你给我死了这条心!"

"我哪是这个意思啊,就随口问问,你别这么激动。"顾栾觉得自己冤枉极了。

但是沈礼给出了这样的回答,也印证了顾栾心里的猜测,沈家根本没有把这笔钱给沈礼,甚至沈礼都不知道这笔钱的存在。他满脑子只想着靠自己赚钱存钱,明明很辛苦,却一副乐天派的样子。

顾栾的心刺痛,沈礼明明可以不用这么累的,沈卫兵这个人渣……

他手上一用力,"啪"的一声,小餐馆的一次性筷子被他折断了。

"你没事吧?"沈礼急忙去看顾栾的手指,"小心倒刺扎进去。"

"没事。"顾栾低眼看着沈礼。

沈礼还在查看顾栾的掌心,确认真的没事才松了口气:"你怎么了?

这筷子质量再不好也没那么容易断吧，你力气真大……"

他碎碎念着，眼神瞥向顾棻，被顾棻深沉认真的视线吸引住了。

"你……看我做什么？"

"沈礼，以后不论你考到哪里，我都努力跟你考到一座城市，怎么样？"

沈礼眨了眨眼，盯着顾棻："你这个症状多久了？"

顾棻翻了个白眼："我没病！我认真的！"

沈礼低头继续吃饭："你现在的状况是本科都不一定考得上呢。"

"努努力，没准有奇迹呢？条条大道通罗马。"顾棻莫名地乐观。

"我们约定好让你考上重本的。只是就你现在的进步速度，我没看到会有奇迹的希望。"

顾棻愣了愣。

"好了。"沈礼把筷子一放，建议道，"认真回答，你决定了吗？"

顾棻点头。

沈礼低眸看着桌面："你有决心，那我就有信心，拔苗助长，好歹让你通过高考。"

他表情严肃笃定，身后仿佛有团火在熊熊燃烧，看得顾棻莫名恐惧。

未来七个月，似乎不能舒服地过了。

两人做了约定，也不再提及顾家的事。

顾棻一反常态认真学习，下课后不再出去玩闹，自习课跑出去打篮球了，沈礼指哪道题，他就写哪道题。

张文凯都惊了："哟，哥们儿，就你这学习的冲劲，兄弟我佩服啊！活该你进步！"

"滚，你再进步就进年级前十了，我进步个十名也叫进步？"

"不积跬步无以至千里啊！"张文凯摇头晃脑，"千里之堤，也毁于蚁穴啊！"

"……不知道你在发什么疯。"沈礼一把抵住顾棻的脸往后推，指着书上的几何题，"这道题，限时二十分钟解出来，解不出来再加一题。"

顾棻狠狠瞪了眼张文凯。

张文凯赶紧闭上嘴，灰溜溜地跑走了，嘴里还碎碎念："幸好栗子对我没这么严格，害怕，害怕啊！"

冯锐意躺在床上看小说，听张文凯碎嘴念叨，皱着眉骂道："你安静点，打扰我看书了。"

"就你那样也叫看书？看看人家，那才叫进步少年！"张文凯啐了一口。

冯锐意晃着自己手中的盗墓小说，义愤填膺："我这是文学作品！你整天抠着脚招猫逗狗的，能进步到哪儿去呢？"

"噢哟，好歹我排名比你高吧，口气挺大的啊，冯哥！"张文凯吊儿郎当地站着，嗓门越来越大。

沈礼额头青筋暴起，深吸了口气："都给我安静！"

寝室内鸦雀无声。

顾栾原本被吵得做不了题，这会儿，空气中安静得连掉根针都能听见，他心理压力更大了。

偏偏沈礼还在一旁叮嘱："二十分钟哦，做不出来加罚一题。"

张文凯和冯锐意打了个寒战，对视一眼，赶紧离开寝室，跑隔壁寝室唠嗑去了。

顾栾和沈礼对顾家的事避而不谈，不代表事情就不会有进展。

周四晚上，自习刚刚开始，顾栾刚坐好开始做题，手机突然狂响。

沈礼责备道："怎么忘记关铃声了？"

顾栾接起电话，心脏狂跳。明明老师没在，他却莫名恐慌，总有一种不好的预感。

他接起电话，半晌没声。

沈礼觉得奇怪，小声问："怎么了？打错电话了？"

顾栾放下手机，眼眶倏然红了，他极力克制着自己的情绪，颤声说道："爷爷不行了……"

"砰"的一声，沈礼猛然站起，椅子被撞倒在地，班上所有人都扭头来看他。

沈礼默不作声，把书一合，抓起背包，转身就往教室外走。

胡东作为班长，关心地问："沈礼，怎么了？"

沈礼僵了僵，摇了摇头，继续往门外走。

顾栾愣了半秒钟："班长，我和沈礼今晚请假，可能明天也要请假，你跟老王说一声。"

他狂奔追上沈礼，沈礼闷头要下楼，被他一把拉住："沈礼，你冷静点。"

沈礼推开他："我要去医院。"

他太急躁了，理智全无，下楼梯的时候甚至都崴了脚，一瘸一拐地却毫不影响下楼的速度。

顾栾在他身后看得直皱眉，跟着他喊道："车已经开过来了，你不要急！我们到校门口去坐车，很快就到了。"

顾栾拽住沈礼，认真地盯着他发红的双眼："沈礼，我知道你很着急很难过，但你千万不要自责，爷爷不希望你因此自责愧疚。"

顾栾总是如此，一眼看穿他的内心。

沈礼抿着唇，把脸扭到一边。

顾栾想了想，在他背上安慰似的拍了拍。

"那也是我的爷爷，我也着急，我们是一样的心情。你放心，我们一起去，好吗？"顾栾轻声问。

沈礼点点头，终于稍微冷静了一点。

两人肩并肩，下了楼往校门口走去。等了几分钟，车子还没来，顾栾也烦躁不堪等不及了。

"该死，走！"顾栾转身往保安亭走。

沈礼惊呆了："干吗？"

"大叔，借一下电动车！"顾栾冲在一旁看他们的保安喊道，没等保安回答，就骑上了没上锁的电动车。

"上来！"顾栾喊。

沈礼愣了半秒，立刻坐到了他身后的座位上。

电动车"呼"地冲了出去。

保安这才站起来，慢半拍地喊道："这……不是我的电动车啊！"

他摸了摸后脑勺，嘟囔："算了，等会儿哪个学生来找，我再跟他说吧，反正骑电动车进校也该罚。"

电动车限速四十迈，这辆构造如同摩托车的电动车愣是被顾栾开得风驰电掣。

沈礼抓着顾栾的衣角，紧张得只听见自己的呼吸声和心跳声。

"当心点！"顾栾侧头提醒，电动车一个拐弯，在拥堵的车流中如蛇形走位。

沈礼被晃得直翻白眼，赶紧拽住了顾栾的衣服。

电动车灵活地穿过车流后，飞快奔向城南的高级疗养院。

顾栾的爷爷年近九十，沈礼还在顾家的时候，他身体一直很好。当年出了那件事以后，他大受打击，身体才日渐衰弱，以至于这两年一直都住在疗养院。

沈礼的手一直冷冰冰的，手心却冒着汗，还微微颤抖。

顾栾默不作声，低头看了一眼他的手，用力握住，还轻轻捏了捏，以示安慰。

沈礼知道顾栾的意思——我在这儿，无论发生什么，都陪着你。

沈礼倏然红了眼眶。

他们很快到达了疗养院，电动车刚停下，顾栾就接到了电话。

两人下了车，飞快地往住院楼跑，顾栾大声喊："什么？我都到了！你们的车子还不如电动车快！"

沈礼回头问："谁的电话？"

"我妈！说司机没接到我们，问我们去哪里了。"顾栾一边跑一边喊。

"这边。"顾栾拉着沈礼往病房走去。

没跑几步，他们就看到前方走廊里挤满了人。

顾栾一下子顿住了脚步，因为他能感觉到沈礼的手微微一颤。

德高望重的顾家前任掌权人顾成，算是顾家庞大基业的奠定人，在临终之时，也是轰轰烈烈，被人簇拥着。

沈礼却为爷爷感觉悲哀，他一定不希望被这么多人看到自己弥留之际的可怜模样——这是爷爷自己说的。

"小礼，等爷爷临终的那天，就你一个人坐我床头，给我说点你平时的事，给我唱首歌也可以，总之，你陪着我，爷爷就很开心了。我可不要一大帮人围着我哭哭啼啼的，烦都烦死了。你要笑着送我，知道没？"

沈礼嘴唇微颤，咬着牙，挤开人群往前走。

"这是谁啊？"被挤开的亲戚看到一个瘦削的少年，莫名其妙。

"不认识啊？好眼熟啊。"

"啊？这难道是……"

"都让开，吵死了。"顾栾跟在沈礼后面，冲那些不知道从哪里蹦出来的亲戚低声骂道。

看到是顾栾，那些亲戚都不敢吱声了，主动让开了路。

沈礼打开病房门，江灵和顾安看到来人，站了起来，两人脸色异常难看，但没说什么，只是让开了位子让沈礼走到床前。

顾栾跟进来就把门关上，隔绝了门外的一切喧哗。

爷爷已经失去了意识，心率监测仪还在"嘀嘀"滞缓无力地跳动，似乎下一秒就要变成平滑的直线。他戴着氧气罩，处于弥留之际。

沈礼喉结滑动，握住爷爷的手，记忆中宽厚有力的大手此时冰凉无力，干瘪的手背上有比记忆中更多的老年斑。

不过四年时间,人竟然能老成这样……

沈礼眼眶滚烫,低哑着声音喊道:"爷爷,我来了。"

"嘀嘀",心率监测仪突然异样地波动了一下。

原本坐在沙发上的顾安立刻站了起来。

在一旁监护的医生轻声说:"老爷子可能一直在等你来。你多跟他讲讲话,他听得见。"

沈礼的眼泪瞬间落了下来。

他跟顾家拗着,不肯来看爷爷,可是爷爷一直都想见他一面。

"对不起,爷爷,我来看你了。"

又是一声"嘀嘀",像是在回答"来了就好"。

"我很想你。"沈礼坐在床边,贴着爷爷的耳边小声说道。

见老爷子的手指微微一颤,沈礼一怔。

与此同时,心率监测仪的屏幕上,那条原本趋于平直的线又是一阵剧烈的波动,随即肉眼可见地有力跳动起来。

顾安激动地看着沈礼,顾栾却皱起了眉头。

太久没见,人又处于弥留之际,一时间沈礼不知道要说些什么,只是握着爷爷的手不停摩挲。

江灵在一旁引导:"你说让爷爷睁开眼看看你。"

沈礼抿着唇没有照说。爷爷已经处于弥留之际了,就算是转动眼珠都极为困难,更何况恢复清醒睁开双眼。

他希望爷爷能够不痛苦地离开,如果在自己陪伴下能够更加舒服,那自己就一直陪着。

沈礼一直没说话,却看到爷爷的眼皮轻微颤动,他心里一紧,弯下腰。

沈礼看得见爷爷眼里的光,他知道爷爷努力地抬起眼皮想看自己。

"爷爷!"沈礼看爷爷嘴唇翕动,立刻将耳朵贴过去聆听。

"出……出去……"

嗓音沙哑撕裂,含混不清,沈礼却听明白了他的意思。

"老爷子说什么?"顾安忙问。

沈礼看了眼顾栾,对顾安和江灵说:"爷爷让你们出去。"

顾安皱起了眉:"怎么可能?就留你一个?"

沈礼盯着他没说话,眼神却异常坚定。

顾安从没有见过沈礼用这种眼神看他。沈礼当年还在顾家的时候,他在家也一向是说一不二的，沈礼总会乖巧听话，小心翼翼的。

这个眼神让顾安有瞬间恍神，终于意识到了当年的那个小胖子已经不见了。

他养了十多年的养子，就算没有血脉相承，骨子里的倔强却跟自己如出一辙。

江灵问："老爷子真这么说？"

只有沈礼一个人听见了。

沈礼点头："爷爷应该是想跟我单独说话。"

江灵叹了声气："好。"她没有多说什么，转身往外走。

顾栾冲医生摆手："出去等。"

见顾安站着不动，顾栾干脆走过去扯着顾安的胳膊："我们出去。"

"松开。"顾安甩开顾栾的手。

他瞪了眼顾栾，做了四年的父子，两人几乎没有过任何肢体接触，第一次接触居然还是眼下这种场合。

顾栾撇撇嘴，回头给了沈礼一个让他安心的眼神。

沈礼冲他点点头。

房门合上，屋内终于只剩下沈礼和爷爷两个人，心率监测仪"嘀嘀"的声音还在。

爷爷眼里似乎有了亮光，精神许多，他半睁开眼，直直盯着沈礼。

纵然人已经没了微笑的力气，但是沈礼却感觉他脸上都透出喜悦。

真好，又不好。

他一直很想念爷爷，却没想到这是最后一次见面。

"长大了。"爷爷的声音闷在氧气面罩里。

"爷爷，你不用说话，我给你唱歌。"沈礼强忍着泪水，微笑着说道。

爷爷眨了眨眼，意思是"我一直在等你给我唱歌"。

"对不起，我来晚了。"沈礼咬着下唇，他应该早点来的。

> 记得那天爷爷是你最爱陪着我，
> 走在乡间小路买糖果，
> 你不会说童话故事也不会唱歌，
> 我却是最幸福的一个……

沈礼唱歌并不是很好听，虽然嗓音平平，但是他的歌声极为真挚。

原本寂静的病房充满了他的歌声，爷爷眼里的光芒越来越亮，带着喜悦和欣慰。

病房外，所有人都没有出声，因为那歌声漏了出来。

"记得那天你看电视陪我做功课，

我很怀念房间的摆设，

你还教我要有积蓄才有好生活。

快乐是对自己的承诺，我已经坚强地长大，不再是小娃娃……"

有人吸了吸鼻子，微微啜泣。

顾栾回头一看，居然是江灵。

虽然自己才是爷爷的亲孙子，但是顾栾却丝毫不想打扰两人的独处时光。

这也是爷爷这辈子最后一段与沈礼独处的短时光了。

不知过了多久，门打开了，沈礼红着眼眶站在门后，看着顾栾，面容憔悴。

他看着顾安，轻声说道："睡着了。"

是睡着了吗？

所有人都知道，顾爷爷恐怕是不会醒来了。他的心率会越来越缓，心率监测仪上的线越来越平，直到归为一条直线。

"爷爷说了什么吗？"顾安还在问。

"我一直在唱歌。"沈礼摇摇头。

病房内，老爷子脸上不再是之前的痛苦和疲惫，反倒是面带微笑地闭上了眼。

"嘀——嘀——"跳动声更缓慢了。

沈礼的心跳也跟着缓慢下来。

这一夜，沈礼一直守着监测仪，那微弱而有频率的跳动，是爷爷活着的唯一证据，他就像守护着微弱火种一样。

但孤独的守望，永远无法阻止命运的降临。

老爷子在凌晨四点十五分停止呼吸，心率监测仪的线条终于变为一条直线。

沈礼看着爷爷安详的睡容，没有了一开始的肝肠寸断，反倒极为平静。

人总有一天会死，他在这几个小时内已经做好了接受这件事的心理准备。

晚秋初冬，长夜漫漫。

窗外还是绵长的夜，屋内灯火通明。

一只有力的手掌扣在沈礼的肩膀上，温暖中带着坚定的力量，让沈礼的心里好受许多。

"他们会处理好的。"顾安慰道。

沈礼点头，看着医生给爷爷撤下氧气罩和各种监护仪器，然后给他盖上白布。

"等等。"沈礼突然说。

医生的手一顿。

沈礼深深地盯着爷爷，抹了把脸："没事……没事了。"

他不知道刚才自己想说什么，只是有那么一瞬间，不想爷爷就这么被盖上白布。

所有人都静默地处理着后事，顾安让助理去联系殡葬公司："一切从简。"

顾安看了眼沈礼，又加了一句："老爷子的意思。"

说完，他问沈礼："生前，爷爷提过，想让你捧遗像。"

沈礼点点头。

顾安又看了眼手表："马上天亮了，你们先去休息，等会儿司机送你们回学校。"

他的语气不容置喙，听得顾栾直皱眉。

"不用送，我们借了别人的电动车来的，得还回去。"顾栾没好气地回答。

沈礼不想去睡觉，顾安说："你们是学生，读书是第一要事。"

"现在还读书啊？我是读不进去的。"顾安说一句，顾栾堵一句。

顾安被他的话堵得太阳穴疼："都这个时候了，你还要跟我吵架？"

顾栾正想继续呛他，被沈礼一把拉住："叔叔，我想再陪陪爷爷。"

顾栾撇开脸，觉得顾安很晦气。

听到沈礼突然喊自己"叔叔"，顾安一怔，他随即回答："去太平间陪吗？"

顾栾："呃……"

沈礼："这……"

"回学校安心上学，有事不会落了你的。到时候你和顾栾 起来。"顾安说。

沈礼知道，顾安在承诺之后爷爷的一切后事会带着他，让他尽尽孝心。

"好。"

自己到底还是个孩子，很多事情不能做决定，比如，爷爷的后事还得由大人来处理。

顾栾也知道这个道理，虽然他对顾安再不爽，看沈礼答应了，也只能不高兴地附和，跟着顾安的助理去楼下的空房间休息。

这个私人疗养院条件很好，价格当然也让人瞠目结舌，空房间不少，让沈礼和顾栾住一晚也不是什么问题。

早上第一节课是八点钟开始，他们只要八点前赶到就行。虽然只有三个小时睡眠时间，但总好过通宵。

简单洗漱一番，顾栾抢先躺上了沙发："你睡床吧，好好休息，明天才能有力气去做别的事。"

沈礼不跟他客气，躺下来，过了片刻，才说："我睡不着。"

顾栾的声音从不远处传来："那我给你唱安眠曲？"

"……算了。"

"等明天去学校，我们去找老王请假，不然万一有什么急事，出来都不方便，回头还得被记过。"

沈礼没回答，顾栾低头一看，沈礼已经闭着眼"呼呼"大睡了。

顾栾嗤笑一声，看来还是累着了。

也是有趣，明明去世的是他的亲爷爷，但是所有人似乎都把沈礼当成了爷爷的亲孙子，而他……就像沈礼的同学而已。

但顾栾并不觉得难过，他跟爷爷不过四年的缘分，但是沈礼却是老爷子十多年的牵挂。

"睡吧，明天起来又是新的一天。"顾栾闭上眼睛，轻声说道，"有什么事情，咱们一起面对。"

黑暗中，顾栾的声音仿佛喟叹。

Chapter 9
往事

也不知睡了多久，又似乎压根没睡，沈礼迷迷糊糊间被门外的走动声给吵醒了。他揉了揉眼睛，一看时间，不早不晚，七点半。生物钟促使他已经没法睡到七点半以后了，七点半是早读开始的时间。

顾栾背对着沈礼侧躺在床角，被沈礼挤得差一点就要摔下去。但此刻，他睡得异常香甜，呼吸平缓。

真能睡。

沈礼推醒顾栾，下床洗漱。

顾栾坐起身，揉眼睛："几点了？"

"赶紧刷牙洗脸，到车上吃早饭，不然会迟到。"

顾栾一看时间，暗骂一声，急忙起床。

顾安的助理已经给他们准备好了早餐，两人一坐上车就发现座位上放着饭团和牛奶。

"等等，把电动车也带上。"顾栾喊道。

司机下车和助理一起把那辆"小电驴"抬上后备箱，幸好这辆小电驴不大，不然轿车还装不进去。

沈礼咬了口饭团就开始发呆。

顾栾问："不吃了？"

沈礼摇摇头。

顾栾劝道："多少吃一点，你还在长个子呢。"

这就属于睁眼说瞎话了。沈礼咬了口饭团，理都没理他，转头问顾安的助理："今天有什么安排？"

"会先送去殡仪馆保存,过了头七再火化。"

沈礼心里一痛。

头七过后就火化了?

顾栾拍拍沈礼的肩膀,凑到沈礼的面前:"这家店的饭团出了名的好吃,你还吃吗?"他已经吃完了。

沈礼皱着眉,看他死皮赖脸的样子,想了想,一转身,背对着他大口大口地吃,眼眶却红了。

顾栾这一打闹,沈礼注意力被转移,情绪好了许多。

两人踩着早晨第一节课的上课铃进入教室,正好是老王的课。老王看到两人也不意外,自然地开始讲课。教室里其他同学倒是扭头看他们,窃窃私语。

顾栾不耐烦地说道:"上课上课,看猴呢?"

老王一个粉笔头砸过来:"上课时间,你嚷什么嚷!"

顾栾撇撇嘴,摊开课本就想趴下来补觉,被沈礼一把拉起来。

"困死了。"顾栾抱怨。

沈礼专心做笔记:"你还想考大学吗?"

顾栾极为崩溃,难道一节课都不能落下吗?但他还是不情不愿地开始做笔记。他就纳闷了,沈礼个子比他矮,人比他瘦,体能也比他差,怎么熬夜能力就这么强悍。

昨晚就睡了三个小时不到,他居然还能精神百倍地上课!

下课铃一响,老王破天荒地没有拖堂,刚喊完"下课",沈礼就趴桌上睡着了。

顾栾疲惫地起身想去厕所,被冯锐意喊住:"昨晚去当贼了?"

"对,偷你老家了。"顾栾翻了个白眼。

"顾栾、沈礼,来我办公室一趟。"离开教室的老王折返,喊道。

顾栾推醒沈礼,拉着半睡半醒的人往老王的办公室走。

一进办公室,老王就丢给他们两张假条:"给你们批了假,赶紧走人。"

沈礼揉了揉眼睛,好不容易醒了:"嗯?王老师,我没请假啊?"

"顾栾妈妈跟我说了,我批了,这周没课的时候,你们随时可以走。"

顾栾两眼发亮,可以"奉旨"翘课了?

沈礼皱着眉:"王老师,我请假了也帮不上什么忙,这几天还是继续上课,过几天再请假吧。"

顾栾:"我……"

沈礼打断他的话："顾栾也一样。"

顾栾："呃……"

沈礼不由分说地断了顾栾这几天可以请假的后路，顾栾只能老老实实地学习。尽管顾栾没心思学习，看沈礼也很疲惫，但为了不让沈礼把太多精力放在伤心的事情上，顾栾只能听他的话，老老实实地学习。

张文凯和冯锐意听说了顾栾爷爷去世的事，但不清楚为什么昨晚沈礼也一起去了。这天排队打午饭的时候，趁沈礼去打汤打饭，三人勾肩搭背。张文凯小声问："顾栾，你没事吧？"

顾栾耸耸肩："当然很难过，但是……我总得坚强一点才行。"

张文凯不解："啊？坚强什么？家人去世了，你请假一周都不为过啊。"

顾栾朝沈礼的背影努努嘴："得比他坚强才行，我要是表现得比他还崩溃，我估计他现在已经被掐着人中送急诊了。"

冯锐意小心问："顾栾，虽然这些是你们的隐私，但是我作为沈礼的大哥，跟沈礼相处了两年多，有些事我还是有必要跟你了解一下。"

张文凯点头："你来之前，我从没见过有什么亲戚朋友来找过栗子。你一来，就乱套了。"

虽然很多事他俩不清楚，但多少有所耳闻。赵红花是休息日来的，可隔壁寝室有同学留校，她跟沈礼的冲突或多或少会传到别人耳朵里。

"你知道现在大家怎么传你和沈礼吗？"张文凯问道。

顾栾："什么？"

"说沈礼是你爸的私生子，你家看你笨，读书不行，怕以后没法继承家业，所以现在想把沈礼认回去，作为二号储君。你要是考不上大学，就会随时被废太子，所以你现在整天逼着沈礼给你补课。"

顾栾："什么乱七八糟的……"

冯锐意："这……居然已经变成这么离谱的传闻了吗？"

张文凯："这已经算比较正常的了，还有更离谱的！"

顾栾点了三个荤菜和两个素菜，装不下的放在张文凯的餐盘里，他无奈地说道："虽然没有这么离谱，什么储君，废太子的……"

冯锐意责备地看向张文凯："就是说嘛。"

顾栾："但是也八九不离十。"

冯锐意和张文凯惊呆了！

张文凯来了兴趣："真的假的？栗子跟你是兄弟？可是你俩不是同年

同月同日生吗？难道他妈妈跟你妈妈同天生小孩？"

三人往沈礼等着的餐桌走去。

顾栾："这倒是没错。"

张文凯："牛哇！"

冯锐意："……你是不是傻啊，大头？他俩同年同月同日生，两个妈妈不就得同天生小孩吗？"

张文凯："真是听君一席话，如听一席话啊。"

顾栾嗤笑道："别瞎猜了，我俩没血缘关系，就是异父异母的亲兄弟罢了。"

张文凯："上次听到这话还是……"

"在沈礼面前可别给我大嘴叭叭个不停。"冯锐意瞪张文凯。

张文凯："我这点品德还是有的。"

三人刚一坐下来，张文凯就问："栗子，你昨晚做什么去了啊？怎么跟顾栾彻夜未归？"

顾栾愣了愣。

冯锐意腹诽：张文凯这颗头早晚要被拧下来！

沈礼从顾栾的盘子里夹了个狮子头，并没有觉得被冒犯，神色如常地回答："他爷爷去世了，我去陪床了。"

冯锐意看着张文凯，再次腹诽：你要是再问，我就把你头拧下来！

张文凯："哦，这我知道啊，但是为什么他爷爷去世，你去陪床啊？"

沈礼手一抖。顾栾看了眼沈礼，给他夹了块红烧肉。

张文凯意识到身边的顾栾气场不太对，终于后知后觉开始害怕了，他默默往另一边挪了挪屁股。

沈礼叹了声气："一言难尽。"

张文凯："一言难尽就别……"

"他爷爷就像是我爷爷，我小时候是他带大的。"沈礼倒是知无不言。

张文凯的好奇心又被勾起来了："为什么……"

"吃你的吧！"冯锐意夹起半块玉米堵住张文凯的嘴巴，"哪来那么多为什么？"

沈礼沉浸在自己的思绪中，没有太在意他们说了什么做了什么。

吃完饭，回教室午休，顾栾拉住了他："我们去散散步吧。"

沈礼点点头。张文凯和冯锐意拉拉扯扯，拌着嘴先回了教室。

"爷爷生前问过我，你过得怎么样。"两人在操场转悠时，顾栾说道。

沈礼问:"你怎么说?"

"我说不太好。"

"其实也还可以。"

顾栾摇头:"在我看来就是不太好,所以爷爷给你设了一个信托基金,等你高考后就可以自己支配。只有你可以用这笔钱。"

沈礼很震惊:"可是我……"

"这是他生前的一个心愿,顾安他们都不知道。"顾栾劝道,"他只告诉了我,你就别推托了,就当了了爷爷的一个愿望吧。"

"好吧。"

顾栾:"他只是想走得安心点,有了这个信托基金,就意味着你以后不会因为缺钱而遭受不公平的待遇。"

沈礼笑了:"其实我现在存的钱足够我读完大学了。大学的时候再申请奖学金、找兼职,没准跟人一起做软件开发,能赚不少钱。"

顾栾差点忘了,沈礼高二的时候拿了全国计算机竞赛一等奖,高考可以加二十分。他有这个资本,也有这个兴趣去学习应用。

"我相信你,所以,这也只是为了实现老人家的一个愿望。"

末了,顾栾正了正表情,问:"还有一个问题。你知道,当年顾安给了沈卫兵钱吗?"

沈礼脸上露出错愕和震惊,随即又冷静下来:"也是,养了十几年的儿子还给人家,于情于理也该给点钱打发一下。"

顾栾看着他摇了摇头,脸上的神情有一丝无奈:"我们都知道,就算给了,钱会用在哪里。"

会被沈卫兵紧紧攥着,扔进赌场、麻将室,扔进酒精里,总之不可能给沈礼用。

"至少我的学费没有被克扣。虽然沈卫兵不管我,但是他也不敢拿我怎么样,赵红花有给我交学费。"

顾栾皱了皱眉:"以后有机会还是得想办法问清楚钱的去向,沈卫兵这样不遵守契约,可以告他诈骗了。"

沈礼不想弄出这么多麻烦,沈卫兵好歹是自己的父亲——虽然没半点感情。但是看顾栾的样子,似乎很认真地在考虑这件事情,顾栾也就随他了。

沈礼也不是任人欺负的人,有一次沈卫兵喝醉酒认错了人揍了他,他倒是没有记恨沈卫兵揍自己,他气的是都过去那么久了,沈卫兵还记着怎么揍顾栾,仿佛顾栾就活该是沈卫兵的人肉沙袋。

后来沈礼趁沈卫兵醉酒后"呼呼"大睡，站在沈卫兵身边盯着他可恶的脸看了很久，思考了很多东西。

夜色深沉，屋里没开灯，赵红花进屋的时候被沈礼吓得脸色苍白，惊叫一声："沈礼！你在这儿做什么！"

沈礼面无表情地看着她："我以为他死了。"

这话配合上沈礼阴森森的表情，赵红花整个人都不好了："你……你到底要做什么？"

沈礼把自己手臂上还没愈合的伤口给赵红花看："我倒是想问问，你们到底要做什么？"

赵红花呆滞了片刻。

"等我去读高中后，你们不要管我，不要来见我，给我交学费就行。"沈礼指着床上无知无觉的沈卫兵说道，"我是你亲儿子，我出了什么事，对你不是好消息。让我远离这个家吧，对我们都好。"

赵红花整张脸惨白。

顾栾跟只小狼狗一样，凶狠，会咬人，而沈礼是阴狠。

沈礼看着文文弱弱、白白嫩嫩，一副很乖巧的三好学生的模样，却总让赵红花觉得阴森森的，肚子里怀揣着坏水。

会咬人的狗不叫，兔子逼急了还咬人呢。

赵红花脑袋里突然浮现出这句话。

所以之后沈礼住校不再回家，沈卫兵心疼钱，大声嚷嚷不给沈礼继续读书，赵红花难得硬气一回，坚持让沈礼读书住校，也不再去看他。

她爱顾栾，也心疼沈礼，但又觉得沈礼让她害怕。

沈礼从不希望从赵红花和沈卫兵那里体会到所谓的亲情，但是自己的亲生母亲对顾栾那么留恋，他自然也不好受。他不生顾栾的气，纯粹是恶心赵红花和沈卫兵。

在他看来，这两个人真是天生一对。

"等我们高考完，我会想办法让沈卫兵付出代价的。"沈礼说道，"一个人做了这么多错事，一定会有报应的。"

顾栾不像赵红花一样害怕这样的沈礼，相反，他觉得沈礼帅气极了。

"对家暴的人很难追责。"沈礼笑道，"但是其他刑事责任可以。顾栾，你提供了一个很好的思路啊。"

这个世界上，疼爱沈卫兵的父母早就没了，真正爱沈卫兵的人恐怕只有被打得最狠的赵红花。

但是逆来顺受那么多年，她已经不是单纯的受害者身份了，更是一名帮凶。

"赵红花那儿应该有证据。"沈礼说道，"或许当初顾家给沈卫兵的钱被她存了一部分。"

这个可能性很大，顾栾点点头："有时间，我陪你回一趟家。"

"不用，以后我自己去。"

顾爷爷的头七很快就到了，顾家果然派人来接顾栾和沈礼两人。

老王批了他俩的假，之后两天正好是周末，沈礼有足够的余暇参加出殡仪式。

顾安居然亲自当司机，一言不发地接他们去殡仪馆。

沈礼转头看窗外时，顾栾问顾安："你不在那边招待客人吗？"

"没什么客人。爷爷生前说过不想大操大办，只喊了本家的几个亲人。"顾安说，"上午十一点开始遗体告别仪式。老爷子让沈礼排在你前面。"

沈礼眼眶一红。

顾栾没意见："好啊，应该的。"

顾安有些意外。谁捧老爷子的遗照，就意味着谁被承认是家里人。顾栾才是真正的亲孙子，而且是长孙，理应由顾栾捧遗照，老爷子点名要求由沈礼捧遗照，换个人都会不满，顾栾却觉得理所应当。

看顾栾这副模样，顾安都怀疑就算老爷子不提出这个遗愿，他都会主动把遗照交到沈礼手上。

遗体告别仪式很庄重，顾家是个大家族，规矩很多，所有人都穿着深色正装，沈礼也换上了顾家准备的黑色西服，托着爷爷的照片，排在顾安后面绕着爷爷的遗体走了一圈，然后在灵堂前跟来吊唁的亲人鞠躬。

遗体整容师的技术很不错，虽然老爷子是重病身故，遗容苍白衰老，但是经过他们的处理，老爷子的面色红润，仿佛年轻了好几岁，只是睡着一般安静。

沈礼只敢匆匆看一眼，就觉得心如刀割。

顾栾站在沈礼身侧，替沈礼跟亲人们握手，等没人注意的时候，他小声安慰："累不累，要不要休息一下？"

沈礼摇头。

他能感受到每个来吊唁的亲朋好友投来的疑惑视线。

一开始，沈礼对这些视线还颇为不安，时间一久，就习惯了。

顾栾还在一旁说:"别管他们。"

沈礼点点头。

等到告别仪式结束,工作人员来拖遗体去火化炉,沈礼的心一下子揪了起来,彻底意识到以后再也见不到爷爷了。

这回是真的再也见不到了。

他瞬间腿软,颤抖着唇轻声喊:"别……不要……"

顾安离沈礼近,听见他的声音,回头看了他一眼,无奈地叹气,然后对顾栾说道:"你俩去大厅等吧,别在这里了。"

顾栾眼眶也红了,点点头,扶着沈礼往大厅走,留下顾安和其他大人跟着去火化炉外面等。

沈礼抿着唇,极力克制自己,到了大厅终于缓过气来,推开顾栾:"我一个人静静。"

他往洗手间走去,坐在隔间里的马桶盖上无声地哭了很久后,才抹了把眼泪,准备出来。

"哎,我说那是顾礼吧?就顾家原来那个抱错的孩子。"

"是吧,五官看着像啊。"

有人走进来,声音回荡在洗手间内。

"他怎么瘦成这样了?原来那个小胖子看着挺讨喜的。"

"哎,之前传闻不是说孩子换回来就再也不联系了吗?怎么这回把人喊回来了?"

"啧啧,搞不好是想回来争家产。安哥不是不喜欢现在这个儿子吗?不学无术,胸无点墨,将来怎么继承顾家这么大的产业?没准是想让这个养子回来呢。"

…………

沈礼沉着脸,等人离开了才出来。

原来,他们都是这样看待顾栾的吗?

那他偏要让这些人看看,他是怎么让顾栾成为优秀的大学生,成为一个合格的家族产业继承者。

顾栾问:"你去趟厕所怎么这么久?没吃坏肚子吧?"

沈礼摇头:"没事,就是发了会儿呆。"

顾栾点点头:"我刚才也在发呆。"

他指着大厅外那细长的烟囱,烟囱里冒出浓烟。

"你说那是不是爷爷？"

那是火化炉的烟囱。

沈礼抬头看过去，晴空一碧如洗，浓烟飞升，如同一抹浓墨坠入碧海。

人的身体真是奇妙。

据说人体需要极高温度才能焚烧，但到最后，也会有大块的骨头无法烧尽，最后留下来的，除了白色粉末，还会有大块大块的骨头。

"……盒子那么小，根本装不下所有的骨灰，所以工作人员最后只会挑一部分装进盒子里。"沈礼轻声说着。

周围有人听见，投来异样的眼神。

顾栾打了个寒战，忙说："够了够了，我不听了。"

"爷爷那么高的个子，最后却只能装在一个小小的盒子里。"沈礼突然说道，"失去肉体以后，灵魂会去哪里呢？"

顾栾道："如果人真的有灵魂，爷爷会是一个和善有趣的灵魂，守护着你的。"

"是我们。"

顾栾无奈道："好好好，是我们，守护着我们。"

沈礼想到刚才在卫生间听到的话，对顾栾说："顾栾，以后我会更加努力让你好好学习、成绩进步的。"

顾栾莫名其妙，并且大惊失色："啊？现在是说这个的时候吗？我还不够好好学习吗？"

"不够。"沈礼皱着眉，"以你目前的成绩，考不上好大学。"

"啊啊啊！我不需要考好大学，能跟你在一个地方读书就行。"顾栾感觉头大。

"真的，顾栾，"沈礼认真地说道，"你现在的努力程度远远不够。你不能一直跟顾安作对，也要为未来安身立命考虑。你现在所拥有的一切都是顾安给你的，但是以后呢？如果你想摆脱家庭的束缚，那必须得自己有能力。如果你想要继承家里的一切，也需要有能力。"

沈礼叹了声气，继续说道："就好比我，我必须拼命读书才能找到自己未来的出路，彻底摆脱沈卫兵，只有让自己强大起来才可以。"

顾栾愣神："这……我以前从来没有考虑过。"

顾栾还在沈家的时候，年龄还小，只考虑到一定要离开那个家，但是怎么离开，离开了以后去哪里，去做什么，他通通没有考虑过。

而现在，沈礼将这一系列问题摆在了他的面前，让他措手不及，也不得不开始考虑。

"努力一些吧,我知道你志不止于此。我们一起努力。"沈礼笑道,"我相信爷爷对你也是有期许的。"

顾栾点点头:"好。"

顾安将骨灰盒抱回家供奉一段时间,再择日入土。

沈礼看着那个漂亮的沉香木做的黑色四方小盒子,心里的感觉很奇怪,难过吗?似乎已经过了最伤心的阶段,但是又觉得人死以后就这样被装在里面,真的好奇妙啊。

"顾叔叔。"沈礼喊道。

顾安一愣。

"把这个放进骨灰盒里可以吗?"沈礼掏出一颗大白兔奶糖,"爷爷喜欢吃。"

如果是以前,顾安绝对第一时间拒绝。

可此刻看着沈礼赤诚的眼神,他愣住了,叹气道:"好。"

他接过大白兔奶糖,塞进自己口袋里:"我回家会放进去的。"

沈礼冲他笑了。

顾安有那么一瞬间愣神,仿佛看见了过去那个爱笑且活泼可爱的小胖子,那个带着众人的期许出生,在爱中成长的小胖子。

送爷爷下葬后,沈礼和顾栾回了学校。

正好周一,一切都仿佛是崭新的,从头开始。

等回了学校,他们发现周围同学的眼神似乎有些奇怪。

他们走在走廊上,总有人看着他们窃窃私语,甚至还会指指点点小声讨论——

"是他们吧?"

"对,好像是他们。"

顾栾皱着眉:"沈礼,我觉得有点不对劲。"

沈礼整理好书,虽然心里也疑窦丛生,但是此时此刻他只想吃饭:"饿死我了,先去食堂再说。"

午饭时间到了,沈礼出了教室就要往食堂狂奔,被冯锐意一把扯住:"你着什么急啊?"

"怎么能不着急!"沈礼原地踏步,随时准备起跑,"一班和三班的同学都跑过去了,我可不想排在后面菜都没得挑。"

他话音刚落,"哗"一声,四班的同学从他身后狂奔而过,如同一阵狂风。

605寝室四人在狂风中凌乱。

"谈什么啊!先去抢饭吃啊!"张文凯急得抬腿就追。

沈礼也不再理会冯锐意,立刻跟上。

顾栾看沈礼走了,拍拍冯锐意的肩膀:"吃饭的时候说。"

沈礼抢到了最喜欢的狮子头,心情很不错,问:"冯锐意,你有什么要跟我说?"

冯锐意没回答,反倒是掏出他的苹果手机,在屏幕上点了几下,然后等了一会儿才把手机屏幕给沈礼看。

"什么啊?"沈礼接过手机,发现是学校贴吧上的帖子。

标题:《高三那位传说级学神的八卦你们听说了吗?》

沈礼一字一顿地念出来:"高三那位传说级学神的八卦你们听说了吗?谁?这么厉害啊,还传说级学神。"

见没人回答,他抬眼一看,顾栾、张文凯和冯锐意都紧紧盯着他看,他这才恍然大悟:"哦,是我啊?"

"我,传说级学神吗?我不就在高三(2)班教室里坐着吗?"沈礼嘴上谦虚,嘴角却早就咧到耳根了。

张文凯:"你看起来不是很聪明,不太像学神。"

沈礼翻了个白眼。

"行了,别贫了,快看看帖子内容吧。"冯锐意说道。

顾栾心生疑虑,凑到沈礼边上一起看帖子。

沈礼把帖子往下拉:

> 高三那个学神,就年年考年级前二,每回数学都全市第一接近满分的那位。我一个亲戚有点门路,说他原来好像是一个富豪家的儿子,养了十几年发现抱错了,就换回去了。他家现在很穷,这个大家似乎都知道。现在富豪的亲儿子不知道为啥找上门来了,该不会是来寻仇的吧?

沈礼抬头看对面的张文凯和冯锐意。

冯锐意抱着胳膊,冲他挑眉。

沈礼点头："是真的。"

"我没问你这个。"冯锐意无语。

张文凯小声问："大哥的意思是,你没事吧?"

沈礼莫名其妙："我有什么事?这是什么不能说的秘密吗?"

顾栾看了沈礼一眼："这是谣言!"

"哪是谣言了?"沈礼不解。

顾栾："我哪里是来寻仇的?"

张文凯答："我看你是来找辅导老师补课的。"

顾栾："我是被迫补课!"

"我没什么好说的,我不觉得丢脸,他们说就说去呗。"沈礼心态很平和,最痛苦的时候早就过去了,现在这些传言不过都是些小打小闹。

"我家人……可能会不高兴。"顾栾顿了顿,"但他们不高兴,我就高兴了。"

冯锐意愣了愣。

"沈礼觉得没事,我也觉得没事。"顾栾拍手,"吃饭吃饭,皆大欢喜哈。"

张文凯举手:"提问。"

冯锐意:"你闭嘴吧。"

张文凯:"你家到底多有钱?"

顾栾翻了个白眼。

冯锐意:"求求你闭嘴吧。"

日有所思,夜有所梦。

就算沈礼一遍遍告诉自己,和顾家重新有来往不值得在意,但他还是无意识地会在梦里一遍遍回忆起往事,那些让他和顾栾都经受痛苦的往事。

起初,顾礼的血型跟顾安、江灵都匹配不上这件事,只有顾礼的主治医师和顾安夫妻俩知道。

彼时顾礼还因为受伤住在医院里,他们虽然疑惑,但没有贸然行动。没有证据,他们不会轻举妄动。

他们追本溯源,首先要弄清楚的就是顾礼出生那天发生了什么。

顾安强大的人脉和能力派上了用场,不过两天,他就调查清楚了江灵生产那天几乎所有的情况。

沈栾,自然也进入了他们的视线。

赵红花和江灵曾同一天在同一家医院生孩子。她自然不可能跟江灵在一个产房里待产，但两个孩子生下来以后都立即被送往了同一个保温室。

当时江灵因为太过疲惫睡了一天，顾安则因为工作繁忙，陪产完就匆匆离开了，留在医院陪伴江灵的只有请来的月嫂和住家保姆。

原本住 VIP 病房的顾栾就这样跟住普通病房的沈礼住进了产科唯一的保温室，这是他们人生中的第一次交集，这个交集的失误却改变了两个人的一生。是医生、护士的失误？或是顾安得罪过的人伺机报复？抑或是赵红花绝望人生的叛逆？事情过去多年，真实原因不得而知，结果就是在那一年他们被这个惊天的错误更改命运影响了一生。

江灵和顾安都开始怀疑自己的亲生孩子就是沈栾。

后来，他们主动让顾礼邀请沈栾来家里玩。

顾礼为此还非常惊讶，父母从没有主动提出让他带朋友回家，更何况之前顾安和江灵还非常反对他和沈栾来往，因为沈栾害他受了伤。

顾礼非常开心，他以为父母终于知道沈栾的好，愿意接纳自己这个好朋友了。

当时的沈栾虽然很瘦小，但那锋利隽逸的五官跟顾安很相似，眼神也一样带着狠劲。顾安和江灵先前就见过几次沈栾，再次见到，仍旧被震惊到了。

顾礼不知道他们是怎么得到沈栾 DNA 的。

也许是那天他们一起吃剩下的雪糕棍，也许是那天沈栾住在家里掉的头发……这一切，都未曾可知了。顾礼只知道，他们的热情招待让他们获得了沈栾的 DNA。

一个月后，DNA 比对结果出来了，沈栾和顾安亲子关系概率达 99.99% 以上。

次日，顾安夫妻俩就约了沈卫兵和赵红花商量。

沈卫兵还以为大老板要求赔偿，态度非常恶劣："医药费我赔了，再多的钱我家没有，要不你就砍我一刀报复回来。"

"我们不是来谈论这个的。"顾安面无表情，眼里对沈卫兵的嫌恶鄙夷丝毫不隐藏。

"那找我们什么事？"

"有些事需要跟你们谈谈。"

顾安把亲子鉴定报告递过去，沈卫兵疑惑地接过，看了半天上面的文字，脑子依旧没转过弯来："……什么意思？"

"意思是……"

等听到他们提出的质疑和解决方法，沈卫兵才知道养了十三年的儿子不是自己亲生的。

"我就说！这臭小子哪里像我了！整天忤逆我！一点都不乖！"沈卫兵拍着桌子骂道。

赵红花被这一变故惊得在一旁抽泣。

顾安最鄙视沈卫兵这种地痞流氓，冷笑一声："所以呢？不乖，就拿刀砍？"

听他提起自己喝醉后的荒唐事，沈卫兵立刻蔫了，不再乱说话。

顾安敲了敲桌子，平时在会议桌上讨论十几个亿的项目时的气场打开："我只是通知你们跟孩子做好沟通，后续操作由我们来进行。你们毕竟养了我儿子这么久，我不会亏待你们的，但你们也别动什么歪脑筋。"

说完，顾安笑了笑。

他不笑还好，一笑更吓人，眼里的威胁和阴沉全都在这一个笑里释放了出来。

沈卫兵愣住了。

顾安靠在椅背上，微微抬起头："我顾安能有今天在商场上的地位，靠的绝不仅仅是会做生意这一点。我希望你们能认清我们之间的差距。"

这话里的威胁之意，再愚蠢的人也该听懂了。

沈卫兵脸色苍白，赵红花更是吓得浑身一颤。

顾安和江灵不愿意和这种粗鄙的人再聊下去，也不管沈卫兵和赵红花怎么想，只是下达命令似的说了解决方案，便率先离开了。

回到家后，书房内，江灵小声问道："我们不跟孩子说一下吗？毕竟……把孩子换回来，让小礼到那种地方去，简直是到地狱里……"

"世界上哪有这么多地狱？"顾安打断她的话，不容置喙，"那孩子吃不了苦，我们提前告诉他，他不答应，跑去跟老爷子闹怎么办？再说了，我们跟沈卫兵协商好，他还能亏待了沈礼？这件事情知道的人越少越好。"

明明还没把孩子换回来，顾安却已经没有任何心理负担地把顾礼的姓改回去了，一口一个"沈礼"。

江灵被他的冷血无情震得说不出话来。

三伏天，空调房内，江灵只感觉心寒得如坠冰窟。

"呵，想我们堂堂水城顾家，这么大的家族，居然还会养错儿子十几年，真是奇耻大辱！"

"啪"的一声，书房外传来微弱声响。

顾安眉头一皱："谁？"

江灵看向门口，心头一紧："不会是小礼吧？"

两人打开书房门往门外看，四下却一片安静。夫妻俩对视一眼，往沈礼的卧室走去。他们身后一个小小胖胖的身影闪过，无声地跑下了楼。

顾礼轻轻合上大门，一出顾家，骑上车奋力往沈家赶去。

他全都听到了。

他看得出来，最近父母变得很奇怪，看他的眼神带着尴尬和隔阂，原来这一切都是因为他不是他们的亲生儿子。沈家……是指沈栾吗？他和沈栾是同年同月同日生，但是会有这么凑巧吗？

顾礼一路狂飙，眼泪夺眶而出，随风四散，在脸上干涸。

沈家在老破小区里，顾礼将自行车停到沈家楼下，还没抬头喊沈栾，就看到二楼沈栾房间的窗台上，有一个瘦小的人影挂在防盗窗上，顾礼吓得心脏提到了嗓子眼。

"沈栾！你干什么！"他低声喊道。

小瘦猴子扭过头，眼睛亮亮的，灵活地踩在一楼的防盗窗上，一个翻身，纵身一跃，落到了地面。

"顾礼，你怎么来了？"沈栾起身拍拍身上和手上的灰，低哑声音中带着惊喜。

昏黄路灯下，顾礼看到他的眼眶也红肿着。

一瞬间，顾礼明白过来了。

大概他也知道了他俩的身世。

"你为什么爬窗下来，太危险了？"顾礼轻声问。

"我被关起来了。你别问，我们先离开这里。"沈栾坐到车后座上，两人骑车离开小区。

"去哪儿？"顾礼不再问原因。

沈栾闷声闷气地说："都行，你想去哪里？"

顾礼"吭哧吭哧"骑着车，脑海中思绪万千，半晌，他憋出一句："我想逃跑。"

盛夏，闷热的夜风，郁郁葱葱的行道树，路灯下，树影也跟着摇曳，有飞虫在脸上划过，路边有一片田野，耳边是虫鸣和蛙声。

"好。"沈栾看着顾礼的白色衬衫被汗浸透在他的背上，透出里肉色，低声应道，"我们离开这里，离开这个该死的家。"

他俩在同一天晚上知道了自己的身世，也在同一时刻明白了，换回原来的家庭后，他们大概从此就要分离，再不相见。

大人为什么会这么残忍?

孩子们心中在默默地问。

顾礼用力蹬着自行车脚蹬,艰难地爬坡,他咬着牙铆足了劲,连脖子都红了,仍旧没法将车骑上山道。

最终,他俩弃车爬山,往学校附近的后山山顶跑去。

这会儿大人们估计满世界找他们,没有手机,没有钱,他们哪里都去不了。

"山顶有座废弃的校舍,二十年前是学生寝室,我们在那里躲一晚,明天我们就一起离开这里。"顾礼心中满怀希望地说道。

一起离开像个诱惑,这让沈栾心动,他好奇地问:"去哪里?"

两个半大少年能有什么目的地,他们只不过是想逃离被支配的命运,但是对未来却没有任何想法。

"不知道。"沈礼老实回答,"我们已经长大了,已经不再是小孩子了,去哪里不能活下去?"

幽静漆黑的山中,有夜枭的"咕咕"声,悠长恐怖,让人毛骨悚然。

顾礼说着,手却紧张地抓住了沈栾的手臂。

沈栾点点头:"嗯。"

"我们可以去打工,洗碗、端盘子都可以,自己养活自己。"顾礼想得简单轻松。

沈栾却觉得惋惜:"你读书那么好,一定要继续学习才行。"

"再说吧。"顾礼注视着森林里望不到头的黑暗,已经没有心情再思考那些未来。

山顶的废弃校舍是一个四合院,大门是木质的,有条铁链锁着。顾礼随手一扯,风吹日晒下已经朽了的木栓直接被扯成了两截,铁链掉落在地。

"开了!"沈栾推开门。

两个孩子跨过门槛,进入院子里。

旧校舍荒废了二十多年,院内杂草已经长到半人高,顾礼往前跨了一步,脚下是茂密的草丛,脸上瞬间挂上了黏腻绵密的蜘蛛网。

他吓了一跳,心顿时一抖,往旁边退了退,手扶住一旁的柱子,却摸到了什么湿润绵软的不明物体。

他吓得尖叫一声,往旁边躲,撞到了沈栾。

沈栾问:"怎么了?"

"没……没什么……"顾礼反应了过来,那应该是苔藓。

两人站在院子里,月色下,整个院子空空荡荡的,寂静黑暗,杂草已经遍布校舍，包括屋内。一共不到十个房间，有不少已经坍塌。

有些可怕。

两人心中都萌生出恐惧。

可是不能退缩，退缩就会被大人们发现抓回去。

"我们在这里躲一晚。"

不敢躲进房间，两人就贴着走廊屋檐下还算干燥的墙角。

明明是盛夏，他们却没由来打了个寒战，感觉夜色渐深，身上也渐冷。

有闪电划破天空，瞬间照亮整片天际，许久以后才有雷声轰鸣，快下雷雨了。

两个孩子挤在一起，蹲在地上瑟瑟发抖。

蹲得累了，顾礼想要席地而坐，沈栾小声说："你等会儿，我把衣服脱下来，咱们坐衣服上。"

"我们身上已经脏兮兮的了，别管那么多了。"顾礼知道他爱干净。

但他们这一路爬山上来，浑身都是草屑、苍耳，还有不少蜘蛛网，灰头土脸的，哪还有什么顾家小少爷的精致呢？

再说，被发现带回去，也做不成小少爷了。

"我们撑一撑，等到太阳升起来，就想办法翻过这座山到隔壁市去。"顾礼都计划好了。

夜色沉沉，山林里湿气渐沉，更显阴冷。

沈栾说："顾礼，我不要回家。"

"嗯，我们不回家。我们要一直在一起。"

"永远在一起。父母不要我们，我们就相依为命。"顾礼承诺。

但他们还是没能算计过大人，也没想到当时已经开始建设的天网工程将他们逃跑的身影都监控在内。

梦里的最后，一切都模糊混乱。

到了天蒙蒙亮的时候，大人们带着警察和搜寻队上了山，没多久就找到了他们。

训斥和咒骂必不可少，只是，养父母训斥着养子，训斥到一半，都尴尬地沉默了。

今天以后，他们没有资格再这样肆无忌惮教育眼前这个孩子了。

被家长找到后，两个孩子就再未见过面。之后，顾礼被带回沈家，连夜离开了水城，来到浮城落脚。

自此，顾礼和沈栾，天各一方。

Chapter 10
回家

清晨,沈礼浑身酸痛,起床的时候,身体摇摇欲坠,感觉自己身体各个关节仿佛卡住了,动一下都能听到"嘎吱"摩擦的声音。

顾栾正在洗脸,瞥了眼镜子里蓬头垢面晃过来的沈礼:"你怎么了?"

沈礼轻轻瞥了他一眼,打了个哈欠,拿起刷牙杯接水。

"没什么,做了个梦。"他刷着牙,说话含混不清。

顾栾抹了把脸,疑惑地问:"什么梦?"

沈礼看着镜中的顾栾,他脸颊上有水珠往下掉,黑白分明的大眼睛里透出疑惑。

"哦,没什么。"沈礼仔细回忆了一下梦里的一切,其实已经模糊不清了,只记得大概是个什么梦,"梦到我们逃跑的那天。"

顾栾立刻想到了那个漆黑恐怖的夜晚,不由得愣了愣。

"小孩就是那么傻,真的天不怕地不怕。"沈礼淡淡地说。

背后传来冲水声,张文凯提起裤子站起来,手里攥着一包抽纸巾,凑到两人中间,八卦地问:"逃跑?跑哪儿去?"

"你离我远点,脏死了。"沈礼往后退了半步,换了个水槽。

张文凯委屈巴巴的:"我就是想听听八卦。"

"你臭死了,没瓜吃,滚。"

说罢,沈礼没好气地翻了个白眼离开。

张文凯只能目光灼灼地看向顾栾。

"赶紧洗手。"顾栾黑着脸,瞪了眼张文凯。

张文凯呆立在原地,眼睁睁地看着顾栾离开卫生间。半晌,他才哀号道:

"我没有惹你们任何人。"

冯锐意经过门口，嗤笑一声："我说你招惹他们做什么呢？活该。"

难得沈礼没有赖床，跟室友们一同去食堂吃了早餐。他吃了两碗米线加一个炸蛋，等爬上楼到教室的时候，距离早读铃响还有五分钟。

夏景很震撼："你今天怎么改性了？"

沈礼打了个哈欠："做了一晚噩梦，睡不着了。"

顾栾瞥了沈礼一眼，他知道沈礼做的是什么梦。或许对沈礼来说，那是噩梦，但是对他来说，那是他最后一场美梦。

老王还没来，早读课大家能偷懒就偷懒。

冯锐意趴在课本后面玩手机，时不时瞥眼前后门和监控，确定自己没有被盯上。

沈礼背了一篇文言文，就开始给顾栾布置任务："你把这两首古诗默写一遍，包括题目、作者、朝代都不能落哦。"

顾栾翻了个白眼，再不情愿也只能乖乖照做。

冯锐意从隔壁小组弯着腰钻到了沈礼座位旁："哑——栗子。"

"咋了？"沈礼低头看他。

"不太好的事。"他把手机给沈礼看，"之前那个讨论你和顾栾身世的帖子火了。"

沈礼看到手机屏幕上是论坛界面，昨天看过的那个帖子不知道为何被置顶了，热度居高不下，已经讨论了三百楼。

这意味着全校师生可能都知道他和顾栾过去的那点破事了。

沈礼："唉……"

他本来并不在意。

爷爷刚刚去世，他没有心情去在意这些外界的猜测，只是突然被大家注视以后，有种光天化日下无所遁形的感觉。这让他很没有安全感。

老王还没到教室，早读下课铃声已经响起。原本充满琅琅读书声的校园安静了半分钟，又立刻吵闹起来。

此时，窗外充斥着嘈杂。

顾栾还在低头奋笔疾书，冯锐意站起来和沈礼一同往窗外看去。

教室门口有十几个面生的同学，三三两两地挤在一起往教室内张望。

不是隔壁几个重点班的熟面孔，那可能是其他班过来的。他们眼神游移，小声在讨论什么。

沈礼瞬间就看出来了，他们在讨论自己。

"……这是，'吃瓜'吃到线下了吗？"沈礼低声说道。

冯锐意气道："真没礼貌！"

他起身正想出教室赶人，这时顾栾撂下笔，突然站了起来，快步走到教室后门，冲外面大声问："好看吗？"

窗外，围观热点人物的其他班同学被吓了一跳，又看见顾栾阴沉着的脸，一个个吓得脸色煞白，但只有几个人离开，更多的是假装自己无辜，还有些理直气壮。

教室内同学们议论纷纷，胡东绕过课桌过来，问："沈礼，这些人因为你来的吗？"

沈礼抬眼看他："啊？可能吧。"

"知道了。"

他没再说什么，对正在看他的几位班干部点点头。

班干部们了然于心，起身往门口走去维持秩序，赶围观同学离开。

张文凯和夏景凑到沈礼桌前安慰。

夏景说："我去跟老王说一说，找吧主把帖子删了，这一看就是故意在黑你嘛，还置顶了。"

张文凯连连点头："就是就是，好八婆啊！还跑来围观，是没见过年级第一的学神吗？"

冯锐意翻了个白眼，心说：谁最八婆？

"你们都知道了？"

顾栾回到座位，听见沈礼低声这样问，他看向张文凯和夏景。

张文凯和夏景都点了点头。

"帖子置顶，热度第一，都快盖了四百楼了，想不知道都难。"夏景挠挠脸，"我说这也没什么好看的吧？又不是什么大明星。"

沈礼心情很乱，他并不在意别人知道他的私事，但真的讨厌被围观，因为这严重影响了顾栾的学习。

"我看就是沈礼你名气太大了大家才爱吃你的瓜，而且顾栾这学期才转学过来，有钱，人又帅，啧啧啧，你们在拍八点档豪门狗血剧吗？"张文凯说着说着，嘴上就开始没谱了。

冯锐意心想：张文凯这张嘴，早晚会害死自己的。

一群人在这边讨论着无聊的"吃瓜"群众，给力的胡东已经把围观同学赶走了。

他告诉沈礼:"我已经联系学生会主席和教导主任了,听说是你的事,他们都很重视。放心,帖子马上就能删掉,教导主任说会安排保卫科的人过来维持秩序,抓到扣德育分,没两天就安稳了。"

一伙人心里都暗暗羡慕着:到底还是状元预备役吃香啊。

只有张文凯酸溜溜地说出了口:"栗子,大家都好爱你啊。"

胡东斜睨他一眼:"你要是能在考完试把答案抄在黑板上给大家估分,同学老师们也会很爱你的。"

张文凯顿时泄气了:恕我做不到。

学霸不少见,在学习上拔尖并不是罕见事,但是像沈礼这样不藏私,每次月考完都会在自习课时把自己的解题思路写在黑板上,跟同学们一起讨论的学霸,几乎绝迹。

沈礼的课堂笔记和错题集是班上的流动图书,所有人都可以借着抄写和翻看。

二班的平均成绩在前四个班里都是数一数二的,只是顾栾来了以后,平均分被拉低了一点。

上午每堂课的课间,都有同学到沈礼座位旁嘘寒问暖,询问需不需要帮助。

沈礼从没想过,当自己有一天成为舆论中心,居然会有这么多同学帮助自己。

就连隔壁班的学霸,平时跟沈礼争夺年级第一的程璐,也在课间跑来问沈礼的情况了:"有关你的那帖子怎么回事啊?"

沈礼没好气地翻白眼:"我哪知道?"

"那上面写的事,是真的吗?"程璐好奇地问。

沈礼皱眉,大方承认:"倒是不假。应该是顾栾亲戚家的小孩发的帖子吧。"

程璐"哇哦"一声,两眼放光,想要再问下去。

沈礼不耐烦地斜睨程璐一眼:"你都保送Q大了,能不能不要再来学校占用学习资源?见到你就烦。"

"是你自己不要保送名额,我得到了你又烦我,什么人啊?"程璐气笑了。

两人挺熟的,虽然经常互怼,但关系不错。

上课铃响起前,程璐主动说:"有事你找我,能帮忙的地方,我一定帮忙。"

他的话让沈礼很暖心。

上午课程结束,去食堂吃午饭时,那帖子已经被删干净了,也没有同学再来教室门口"观猴"了。

顾栾的脸色一直不好看,吃完饭率先把盘子回收了,跟寝室里的三个人说:"我有点事,你们继续吃。"

还没等大家询问,他人就已经跑没影儿了。

"怎么回事啊?风风火火的。"冯锐意疑惑。

沈礼垂眸,似乎想到了什么。

张文凯见他发呆,盯着他的餐盘问:"栗子,你这鸡腿还吃吗?"

"你吃吧,我不吃了。你等会儿帮我把盘子收一下,我先走了。"

沈礼说罢起身,往顾栾离开的方向跑去。顾栾长腿迈得快,沈礼跑了几百米才跟上顾栾的身影。

顾栾拿着手机,低着头,面色不善,正在跟手机那头的人说着什么。

身后传来匆匆的脚步声,他停下来,扭头看向身后。

沈礼小跑着靠近他,眼神关切。

顾栾紧紧握着手机,指尖泛白,微挑眉,对手机那头说道:"我就是告诉你一声,你怎么做不关我的事。"

说罢,他直接将电话挂断。

沈礼只听到了这一句,他站到顾栾面前,喘了几口气才问:"你跟谁打电话呢?"

"没谁。"顾栾把手机塞进上衣口袋里。

"给我看看!"沈礼抬手去抢顾栾的手机,顾栾往后一退。

发现顾栾表情难看,沈礼立刻就明白了。

"你给你爸打电话吧?"

"你这话像在骂人。"对顾栾来说,他最不愿意承认的就是沈卫兵是他的养父,顾安是他生父。

沈礼知道自己猜对了。

"你把那个帖子的事情告诉你爸了?你让他去调查是哪个人发的?"沈礼轻笑一声,"然后呢?他好面子,不想这事闹大,但这人是旁支亲戚,为了面子他也不能责罚对方。最后的结果顶多是找人辟谣,歪曲事实。"

顾栾的脸色越发难看。他知道沈礼说得都对,沈礼比自己更了解顾安和江灵。

顾安是不会惩罚对方的，但顾栾还是告诉了顾安，或许，他只是想在电话里听到顾安怒气爆表的声音。

"顾栾，我们长大了，有些事不能指望父母，我们可以自己想办法。"

顾栾问："我们有什么办法？"

周围有学弟学妹身着印着不同颜色校徽的校服经过，路过沈礼时都偷偷瞄了两眼。

沈礼笑道："办法就是，不要理会。

"现在你的主要精力都要放在学习上，对那些流言蜚语通通不要在乎，就当自己是明星，接受公众批评，好吧？"

顾栾无语，他算是看明白了，沈礼现在就是歪理一大堆，目的都是为了让他学习。

但沈礼的话不无道理，他俩都要当作无事发生，每天该做什么就做什么，认认真真学习，这才是对付流言最好的办法。

果然，不过几天时间，校园里新的热点事件就被即将到来的期末考取代了。

605寝室里，无论白天还是晚上，都是一派热火朝天努力学习的景象。

沈礼也坐在桌前复习这学期的知识点。

周末，张文凯留校，他觍着脸黏着沈礼，希望沈礼不要厚此薄彼，帮他补一补语文和英语。

张文凯重理轻文，文科成绩在班上几乎倒数，这让他的考试排名一直上不去。

沈礼表示为难："像你这种已经有一定底子的学生才是最难教的，你有自己的学习方法和基础，我很难把你错误的知识扭转过来。"

张文凯指着顾栾一片红叉的作业本嚷嚷："那这种完全没基础的好在哪里？"

"顾栾是一张白纸啊，我想怎么教都可以。"

"这……"顾栾不觉得这是夸奖。

沈礼并没有偏袒任何人，给顾栾补习语文的时候，他也顺便给张文凯指点一二，让顾栾背英语作文的时候，他就让张文凯也跟着背，还可以学习一下顾栾那纯正的英式发音。

"你这种不感性的工科男，考语文和英语就只能死记硬背了，这几天多背诵吧。"沈礼刷了套物理题，在一旁嘀咕。

周日下午,冯锐意回校,破天荒地做完了周末作业,带着空的几道大题求教沈礼。

顾栾头一次在寝室里感受到全民学习的氛围,这一回,他心理平衡许多。

原来,不止他一个人痛苦。

高三上学期,高中所有课程全都结束了,沈礼给顾栾恶补基础知识的计划也告一段落。

期末考为期三天,每天考试前一晚,沈礼都会临时抱佛脚,画一画重点。

这一次考试,顾栾人生中第一次发现自己能看明白每道题了。虽然看懂题和如何解题是两回事,但这已经是一个巨大的进步了。

期末考试最后一科考完,下午四点半,同学们迎着下课铃从教室里鱼贯而出,奔向校门,奔向美好而短暂的寒假。

沈礼在考场里收拾好书包,晃晃悠悠地打算回寝室,就听见教室门口有人喊他名字。

一抬眼,他就见到笑眯眯的顾栾:"去吃大餐吗?"

沈礼斜睨顾栾:"你请客?"

"我们一起吃饭,什么时候让你花过钱?走!"顾栾提起沈礼的书包肩带,带着沈礼往校门走去。

两人在校门口等出租车,嘈杂拥挤的校门口,全是前来接孩子回家过寒假的家长。

一辆黑色奔驰缓缓停下,车窗丝滑地落下,露出冯锐意带着笑意的桃花眼:"你俩去哪儿啊?"

"顾栾说请我吃大餐。"沈礼问,"大哥你回家哦?"

"是啊,你们去哪儿,我顺路送你们吧?"

冯锐意提议,沈礼和顾栾欣然接受。

驾驶室和副驾驶室都有人,两人就拉开车门,跟冯锐意挤在车后排。

一上车,车内暖意融融。

沈礼见到冯锐意的父母,立刻乖巧地打招呼:"叔叔阿姨好。"

"小礼好啊,期末考试怎么样啊?是不是又能拿第一啦?"冯母笑眯眯地问道。

沈礼"嘿嘿"笑着说:"还行吧。"

"锐意,介绍一下新同学。"冯父回头看了眼。

冯锐意清了清嗓子,介绍:"爸……这位是顾栾。"

冯父猛地回头看顾栾，愣了半秒钟，他脸上扬起讨好的笑："你就是顾栾啊！你爸爸跟我是好朋友呢。"

他的态度从疑惑到热情，转变时间不过半秒钟，却道尽了成年人的沧桑心路。

冯锐意想到开学前爸爸叮嘱他一定要好好照顾顾家小少爷，当时他内心不服气，心想：让我去给顾栾当陪读书童，你自己在干吗呢？

结果今天一看，冯锐意明白了，爸爸在商场上一定更加低眉顺眼。

顾栾不冷不热，点头："叔叔好。我跟我爸不熟。"

冯父和冯锐意都愣了愣。

沈礼："你有病吧？"

冯父心头一紧，看向沈礼，心说：小礼同学你胆子好大，但请不要破坏我在顾公子心中的好印象。

"叔叔，我们想去海底捞，可以送我们过去吗？麻烦你们啦。"沈礼说道。

冯父笑道："嗨，吃什么海底捞啊，要不我请你们吃大餐啊！"

冯锐意噤若寒蝉，不想提点爸爸了。

顾栾皱着眉："不用了，我们就想吃海底捞。"

"冯锐意平时很照顾我们，我也很感谢，要不我请你们吃海底捞？"顾栾声音平缓，眼神却很凌厉。

冯锐意脑袋摇摇得跟拨浪鼓似的："不了不了，你们去吃吧。"

他可不像张文凯那么不要脸，上赶着去触霉头。

冯锐意家的车将两人送到海底捞就离开了。

两人吃得畅快淋漓，等吃完的时候，已经月明星稀，夜深了。

两人刷市民卡租了两辆公共自行车，骑车回学校。

寒冬腊月，呼吸间白雾萦绕，车子链条滚动的声音在夜里尤为明显。

自行车并排行驶，夜影沉沉，树影晃动。

路过学校附近一座开放式的水上公园时，顾栾刹车，喊道："我们在这里玩一会儿吧？"

沈礼停车看过去："这里有什么好玩的？"

"看看嘛，还没在夜里逛过公园。"顾栾抬手招呼。

两人就近把自行车还了，走进公园里。

月色下，冷风吹拂，树影婆娑，穿过一条竹林间的小道，豁然开朗，眼前是一个小湖，湖上的喷泉和天鹅造型的小船，在夜色里静悄悄的。

"你看，什么也没有。"沈礼说。

顾栾轻"啧"一声:"就四处看看嘛。"

再往里走,是废弃了的旋转木马。因为经营不善,这里废弃不久,木马还很干净,只是黑夜里,油漆的缤纷色彩让木马的表情麻木又狰狞,有些吓人。

沈礼打了个寒战,想赶紧离开,却见顾栾突然抬起大长腿,直接跨过栅栏,跳到旋转木马围栏里面。

"喂!你……"沈礼眼睁睁看着顾栾骑上了其中一匹白色木马。

顾栾冲他招手:"你也过来坐嘛,白天都不好意思坐旋转木马。"

"我倒是没有想要玩旋转木马。再说了,这木马又不会转。"虽然沈礼嘴上这么说,但他还是艰难地爬过了栅栏,骑到了顾栾旁边的木马上。

"我记得我们以前也去游乐园玩过。"顾栾笑道。

沈礼点点头,一阵恍惚。

水城是三线城市,四年前还没有大型游乐园,他们去的所谓游乐园只不过是动物园旁边一家小型游乐场,里面只有旱冰、碰碰车、旋转木马、小型海盗船这些项目。

那时候顾栾从没去过游乐场,沈礼倒是玩得多,于是在暑假的晚上带顾栾去玩。

沈礼那时候不爱动,从不溜旱冰,只会玩海盗船和旋转木马。顾栾却喜欢碰碰车和旱冰,他在运动方面有天赋,溜旱冰时很快就成了"火车头",领着大家在旱冰场上溜圈。

"说起来,那时候真是无忧无虑啊,从没想过未来会发生什么。"沈礼叹了声气。

两人初一时成为同学,等到初一第二学期,沈礼才跟顾栾熟稔起来,老好人沈礼决定帮顾栾融入班级。后来沈礼受伤被发现不是顾家亲生的孩子,没等初二下学期读完就转学离开了。顾栾回到顾家后没多久,也离开了原本所在的学校。

一提起这些,顾栾就有些感慨:"我来浮城前,还特地回那所初中看过。"

沈礼扭头看他。

"什么都变了。教学楼外墙被重新粉刷了一遍,教室里都装了空调,还安了投影。学校总在我们离开后偷偷进步。"

闻言,沈礼笑了:"那你有见过当年的同学们吗?"当时有很多同学跟他感情很好,他离开得仓促,甚至没有一句道别,如今大家也已经四散天涯了。

现在回想，也是遗憾。可是让他和他们重聚，似乎也没有必要了。人都会成长，多年未见，曾经最好的朋友也可能形同陌路，徒留尴尬。

或许在同学们的心中，他是一个身带秘密的八卦人物，存在于茶余饭后的传说中。

"不知道，就算见到了我也不认识。我只认识你一个人。"顾栾无所谓地耸肩。

"顾栾，你人生中不可能只有我一个朋友，你得有自己的交际圈。"

顾栾点头："我知道，但是在和你重遇以前，我一直都带着恨意生活，没人愿意跟我交朋友，都怕我。但现在，不一样了。

"我在进步，我知道我在变好。我有你，有冯锐意、人头、胡东、夏景这些朋友。大家都很好。"

顾栾想了想，又说道："或许，因为他们是你的朋友，他们都喜欢你，所以我也把他们当朋友。"

沈礼轻笑一声，摇摇头，没说话。

顾栾抬头看月亮。

据说今晚有超级月亮，月亮挂在天空极为明亮，没有灯光的公园里，也有着水色一般的波光盈盈。

"后来我还去了山顶的旧校舍。"顾栾喟叹。

沈礼握着木马扶手的手心攥紧。

"旧校舍塌了，"顾栾遗憾似的说，扭头看沈礼，脸上却一派释然，"什么都没了。"

老房子总有一天会塌，正如恨意总有一天会释然。

换作半年前，沈礼也不相信自己有一天能跟顾栾在这样的月色下心平气和地讨论讨去。

或许，困住两人童年的旧校舍塌了，是件好事。

"我们要往前看，"沈礼又在"煮鸡汤"，"不要被父母桎梏，放下对往事的留恋或者难以释怀的感情，将目光放远。只有把握现在，才能有光明的未来。"

"这篇作文，给你五十七分，满分八十分。"顾栾咧嘴一笑。

沈礼翻了个白眼。

顾栾问："寒假打算怎么过？"

沈礼摇头："不知道，不想回家，但是过年又不能不回去。"

顾栾心一沉，设身处地地想，如果是他，他也不会回沈家。

"要不你跟我回家吧，反正那两个人忙，很少待在家里。而且之前因为爷爷的事，你们也见过了。"顾栾提议。

沈礼下意识想要拒绝，却被顾栾抢了话头："寒假期间，学校不让学生留校，你也不想回沈家过年吧？"

沈礼抬起亮亮的黑色眼睛，月色下，那里面倒映着明亮的圆月。

他轻声叹道："我以前是去叶子家过年的。今年我也可以去冯锐意或者大头家，但是顾栾，我不能去顾家。

"我和你的关系，就像睫毛偶尔会戳进眼睛里，我俩相互依存，但也互相伤害。我们的存在都提醒了另一个人曾经痛苦的记忆。就算现在我们和好了，但你让我回去和顾安、江灵过年……"沈礼深吸口气，在寒夜中呼出白雾，"我做不到。"

顾栾沉默不语，微垂着头，脸色晦暗不明，挺翘的鼻梁半明半暗，只有一双黑色的眸子微微带着光。

"随你。"顾栾有些赌气。

沈礼轻轻叹气，两人再未说话。

从公园出来，缓慢踱步回校，气氛就一直凝滞着。

到了寝室楼下，有辆保时捷停在天井处，沈礼多看了几眼，并不认识这辆车的车牌。

顾栾也看了几眼，微微皱眉，停下脚步："这是……顾安的车。"

"啊？"沈礼疑惑地看过去。在他记忆里，顾家没有这辆车，大概是之后买的。

他们站在寝室大厅门口发怔，距离他们五米远的保时捷驾驶室的车窗缓缓落下，顾安那张英俊严肃、表情寡淡的脸似乎永远带着不悦，在夜色里显得刺眼。

顾栾黑着脸问："你来做什么？"

顾安面无表情："我是你爸，今天你考完试，我来接你回去，有问题吗？"

这对亲父子仿佛仇人似的。

沈礼在一旁十分尴尬，进退两难。

需要打招呼吗？

虽然前一阵子频繁见过几次，但不代表沈礼和顾安已经能心平气和地相处了。可是，不打招呼又太不礼貌。

沈礼一犹豫，就错过了最佳时机。

顾安已经开口："小礼，一起回家。"语气不容置喙。

顾栾不悦道："你管沈礼去哪里呢？"

"有让你说话吗？"顾安沉声问。

顾栾闭上嘴，冷哼一声，别开脸。

顾安说："你们上楼整理一下行李就马上下来，我带你们回家。"

"我不想去你家。"沈礼小声说道。

顾安听到了，但他语气微微柔和："那你回自己的家也行。"

沈礼被噎住了。

无论见多少次面，脱敏多少次，他在顾安面前还是犯怵。

世间万物都有软肋和天敌，而童年的敬畏刻入骨髓，伴随一生。

在顾安的灼灼目光下，沈礼说不出一个"不"字，只能抿了抿唇，和顾栾扭头进入电梯，回寝室收拾行李。

顾栾还在担忧，问："你还好吗？"

沈礼摇摇头："我不知道。"

他无力地笑了笑，顾栾看出笑中的自嘲。

"有时候我觉得自己像棵浮萍一样，卑微黯淡，无根无着落。"他叹息似的声音在电梯内回旋。

电梯抵达六楼，沈礼抬脚跨出门外。

顾栾伸手握住沈礼的手臂，沈礼回头看他。

"你不卑微，也不黯淡，你是我的星星。"顾栾低声说道。

沈礼瞳孔猛地一缩，唇瓣微张。

"我能坚持到现在，都是因为你在前方引路。沈礼，你是我的引路星。没有你，现在我或许在少管所，也可能早就死了。正因为你在前方指引我，我知道我坚持下来就能找到你，我怕再见面的时候你会对我失望，所以我才一直没有走错路。

"你说无根、无着落，那就让自己扎根下来，不靠任何人。这是你告诉我的。"

沈礼定定地看着顾栾，黑白分明的双眼干净澄澈。

顾栾心里不住发怵，缓缓松开了手，微弱地问："你干吗不说话？"

沈礼笑了笑："你写作文时怎么没有这种文笔呢？但凡用点漂亮的修辞，也不至于作文得二十来分。"

他说完就往寝室走去。

顾栾气笑了，紧跟在他身后骂道："沈礼，你是不是对煽情过敏啊？"

"煽什么情？电梯里呢，监控都录下来了。"

长长的寝室走廊里，灯管泛着惨白昏暗的光，间或有几盏微闪。

清瘦少年和高个子少年一前一后，吵吵闹闹，推开其中一间寝室的大门。走廊深处，电热水器的水龙头"嘀嗒"一声，落下一滴泛着热气的水珠。

这学期，真正结束了。

顾栾和沈礼都想不到顾安亲自接他们回顾家的用意，一路上车里的两人都没有交流。

等到了顾家的别墅，顾安也没有一句废话，帮忙把行李提到二楼，指着顾栾卧室隔壁的房间，对沈礼说："给你准备的客房。你这行李箱太破了，衣柜里有一只新的，拿去用。没什么事别找我。"

说罢，他扣上大衣扣子，转身下楼，匆匆离开，留下两个少年面面相觑，一头雾水。

"他以前也这样吗？"顾栾问。

沈礼抽了抽嘴角："他做事向来果断，很少跟别人交流感情。"

"哦，独裁者。"顾栾给了一个精准定位。

两人回到各自房间整理行李。

沈礼打开了衣柜，发现衣柜角落立着一只黑色的万向轮行李箱，很大一只，都能塞下整个他了。这箱子少说两千元起，要是带回沈家，免不了遭到沈卫兵一通盘问。

沈礼提着箱子掂量片刻，叹了声气，又放回了原处。

无论是赵红花还是沈卫兵，沈礼考完试都没有打过一个电话给他。他们从不过问沈礼什么时候回家，仿佛从没有生过这个儿子。

但这一次，沈礼打算回家过年。

顾栾考完试一身轻松，洗完澡就在床上趴着玩游戏。不久，门被人敲响，他一听是固定三下的敲门声，就知道是沈礼。

他一手拿着游戏机，屁颠屁颠地跑去开门。

门刚一打开，他眼神还停留在游戏机显示屏上，就听见沈礼平静的声音里带着威胁："数学和语文成绩出来了。"

顾栾的心狠狠漏跳一拍。

"数学一百一十六分，语文一百零九分，数学进步不少，语文有点进步，但不大。"两门课的满分都是一百五十。

顾栾不知不觉放下了游戏机,麻木地问:"那……你呢?"

"这不重要。"

顾栾有点蒙。

"重要的是,你今天的古诗词还没背。"

顾栾"嗷"一声,摔在地毯上,撒泼打滚咆哮:"我求你了,沈老师!已经晚上十点半了!放过我吧!求求你了!"

距离过年不过一周的时间了,顾安和江灵果真如同猜测的那样,没有出现在别墅里。家里除了保姆,就只有顾栾和沈礼,他们自得其乐。

期末考成绩在放假后的第二天就全部公布,包括排名。

沈礼依旧稳稳地位列年级第一,比顾栾的分数高了两百多分。

顾栾指着电脑屏幕上自己的分数,说道:"进步了很多了,五百分,我能读一所不差的三本了!"

沈礼默默翻了个白眼:"一定是我哪里做得还不到位。"

"不是……"顾栾立刻服软,"你要想,我之前的底子等于没有,这会儿能有大学读已经很不错了,况且你还没给我补完所有的知识点。"

沈礼双眼一亮:"你说得对啊!"

顾栾心头一跳,不安地看着沈礼。

"我们寒假把知识点补完,然后开始培养你的答题思路,提高答题能力。"

顾栾抱头痛哭,弱小又无力。谁来救救他!

沈礼的手机正好在这时候响起,顾栾感恩戴德,催促道:"你赶紧接电话。"

沈礼看了眼手机屏幕,挑眉:"冯锐意的。"

两人本来躺在卧室的地毯上,闻言,顾栾爬到沈礼身边坐好。

沈礼打开免提,冯锐意爽朗的声音响起。

"栗子,你在哪里?"

沈礼"哦"了一声:"我在顾栾家呢。"

冯锐意语塞。

"怎么了?"

"咳……叶子回来了,约咱们吃饭呢。"

顾栾挑眉,低下头让自己更加贴近手机:"我能去吗?"

电话那头沉默了几秒,冯锐意才开口,语气中带着惊疑:"顾栾?"

顾栾："是你爹。"

冯锐意咬咬牙："叶子只说约大家一起吃饭，没有说你不能来……"

顾栾立刻顺着杆子往上爬："什么时候？我带沈礼一起去。"

冯锐意腹诽：也没说你能去啊！

"今天午饭……如果没有时间的话，我们可以改天再约。"他小心翼翼地说道。

"有时间，"顾栾看了眼沈礼，"我们都很有空。"

沈礼摇头："你还有作业……"

"你和你的好兄弟见面难道还要给我布置作业吗？你好狠的心啊，沈礼！"顾栾指责道。

"我们可以去！你帮我说一声，我也参加！"顾栾对冯锐意说道。

挂完电话，冯锐意无语地看着手机半天，心说：我招谁惹谁了。

偏偏这时候张文凯还发了一条信息来问：叶子请客吗？要是AA我会伤心的。

冯锐意没好气地回复他：还有顾栾在，怎么可能轮到我们AA！

另一头，顾栾不由分说地拉着沈礼起身，推他去衣柜处找衣服："赶紧换衣服，我们出去吃饭。改天再学习，今天这个机会难得啊！"

沈礼知道，顾栾就是不想学习，所以找准各种时机逃避。

但顾栾这一次考试的确进步很大，排名从九百多名上升到了七百多。沈礼有信心，再努力一学期，到高考前，顾栾能进入五百名内，只要能进入五百名内，重本就稳了。

蒋叶青选了一家西餐厅，在老城区，装潢精致小资，但对张文凯和沈礼这种只求吃饱，最好有肉的人来说，这种典雅的环境着实让人坐立难安。

沈礼和顾栾在餐厅门口遇到了张文凯，这家伙正好把自行车锁在人行道边的栏杆上，见沈礼和顾栾从保时捷车上下来，他酸里酸气地说："唉，资本家就是好啊，出行都有专车接送，不像我，二踢脚到达五湖四海。"

沈礼翻了个白眼："那你报警啊！"

三人骂骂咧咧进入餐厅，服务员引导他们到了包厢内。

他们刚推开门，蒋叶青那高大的身影就立在门内。

一见到沈礼，蒋叶青立刻绽开灿烂的笑脸，张开双臂一把搂住沈礼："想死我了！栗子！"

见蒋叶青豪爽喜悦，顾栾在一旁皱紧了眉，不悦跃然面上。

沈礼拍了拍蒋叶青的肩，没有说什么肉麻的话，只是嘟囔道："你胖了一点，黑了好多啊。"

出国前，蒋叶青皮肤不算白皙，但也是娇生惯养的公子哥。他喜欢健身，身上肌肉线条明显，这会儿整个体格却横向发展了，皮肤也呈现小麦色。

不过一个学期，变化如此巨大。

张文凯发言："阿美莉卡，风水养人啊！小白杨变大黑猪！"

"去你的！"蒋叶青笑着作势要手刃张文凯。

张文凯立刻闪身进了包厢，躲到冯锐意座位旁。

"我这学期在国外可是累得够呛，你们也知道我英语不怎么样，整天在那边背单词练口语，都没空去锻炼。我不会做饭，整天吃快餐，重了二十斤呢！"蒋叶青哭诉。

比自己胖，比自己黑，没自己长得帅，英语还没自己好！顾栾总结：蒋叶青不如顾栾。

顾栾爽了。

"我终于不是寝室里最胖的那个了。"张文凯美滋滋地感慨。

"你就是顾栾吧？"蒋叶青拍了拍顾栾的肩膀，自来熟地上下打量，"你个子好高啊。大头说得没错，你长得真帅。"

见蒋叶青笑容灿烂，毫不虚伪，顾栾心头蓦地一跳，伸手不打笑脸人，更何况蒋叶青还夸自己帅了。

他点点头："你好，我是顾栾。久闻你的大名了。"

蒋叶青说："听说栗子在辅导你，作为我的师弟，你可得好好努力，别给咱们师门丢人啊！"

这话顿时戳在顾栾的肺管子上了。什么叫作他的"师弟"？有没有先来后到的自觉？明明自己才是先来的那个！

其他人都沉浸在久别重逢的喜悦中，没有注意到已经黑了脸的顾栾。

蒋叶青搂着沈礼的肩膀，招呼大家坐下："赶紧的，看看点什么菜。我请客，放开点！"

张文凯和沈礼抢着菜单，手指从上往下滑，所过之处都想点。

冯锐意老大哥似的在一旁皱着眉，无奈地看着他们，劝他们给蒋叶青省点钱。

蒋叶青托着腮，笑眯眯地看着他们："没事，你们随便点，哥有的是钱！"

顾栾在一旁看着他们四人熟稔地说笑，仿佛这一整个学期没有人缺席，605寝室里还是他们四个人。

而他顾栾，不过是个过客。

明明现在住在605寝室的人是他！

他似乎是被排挤在外的局外人。

这种感觉，在遇到沈礼以前的任何时刻，于顾栾来说都是习以为常的，他很平静，甚至无所谓。只是这次，他难以忍受。

这是沈礼生活的环境，但他是个局外人？哪有这种道理！

沈礼指着菜单上的图片："这个肉看着不错！我要全熟的。"

张文凯没见识地说道："别人都是八成熟、九成熟的，你要全熟也太弱了吧？我要五成熟的！"

冯锐意："大头，你干脆吃生肉吧……"

这时，一根修长的手指突然从右侧伸出来，抵在了沈礼手中厚厚的菜单上，精准落在最昂贵的雪花和牛牛排上。

"我要一份这个。"顾栾淡淡地说道。

沈礼看着菜单上写的二百六十八元一份，咽了咽口水，责备地瞪了眼顾栾，然后看向蒋叶青："那个……"

顾栾似笑非笑地说："钱不够我请。"他要先下手为强。

"不用，我钱够，放心点！"蒋叶青笑眯眯地答应，看向顾栾，"这个确实好吃，我们一人一份吧，都尝尝。"

顾栾心想：看来这人家里的确有钱。

张文凯咽了咽口水："真的！我居然有这口福吗？"

沈礼见蒋叶青没有不高兴，也就放下心来。

男高中生们，除了碳水就是肉类，要不是冯锐意提议点份蔬菜，今天这顿饭就是全荤宴。

精致的菜一道一道被端到桌上，没一会儿，主菜和牛牛排也上来了。

酱汁浇淋在松软的牛肉上，摊开大大的餐布挡住四溅的油星，原本僵持的氛围因为美味的牛排舒缓下来。

蒋叶青问顾栾："沈礼是不是特别没有人性？"

顾栾不想附和蒋叶青，但是事实的确如此。

"当时他跟我同桌，盯着我做题，我真的头都要大了。不过上课注意力集中，作业都认真写以后，成绩的确提高了不少，我爸妈特别感谢栗子。"蒋叶青感慨道，"你爸妈一定也会感谢他的。"

冯锐意在一旁心想：顾栾的爸妈对沈礼恐怕只会更加愧疚吧？

198

顾栾点头:"这个学期我进步了很多,我爸妈的确很诧异我的进步。"

蒋叶青激动地朝沈礼竖大拇指:"可以啊,栗子!我当时也进步了两百名。"

沈礼点头:"嗯,顾栾从九百多名进步到七百多名,上二本都够呛。"

顾栾得知沈礼在辅导蒋叶青的时候远没有辅导自己这么用心,心理顿时平衡了,甚至还有些骄傲。

看看,沈礼最上心的人还是他!

他这边正得意呢,不想蒋叶青突然轻拍他的肩膀,感慨:"顾栾啊。"

顾栾扭头看他,表情疑惑。

"没事啊,如果你实在考不上好大学,哥帮你。"蒋叶青拍着胸脯说出豪言壮语,"我已经申请了好几所美国还不错的大学,等我拿到offer(录取通知),就把我的经验传授给你,你也来美国读书!大学那么多,好的进不去还有差的,降低标准就是了。"

全场一片静默。

顾栾脸色一阵青一阵白。

沈礼抿着唇,许久后,终于忍不住笑出了声,嘲讽道:"哈哈哈!顾栾,你被蒋叶青鄙视了!蒋叶青都觉得你成绩好烂好烂!"

顾栾心想:蒋叶青这傻子懂什么?读书比我好不一定是好事,至少现在沈礼已经没时间给别人当辅导老师了。

蒋叶青为人大方开朗,没有心眼,比起顾栾,更像那个人傻钱多的地主家的傻儿子。

不过一顿午饭的相处,顾栾就明白了为什么沈礼喜欢跟蒋叶青交朋友。如果他是沈礼,他也喜欢蒋叶青,因为这位如同小太阳一般的朋友可以照亮周围所有人,驱散一切阴暗,是真正热烈的太阳。

但是,于顾栾来说,白天行走,四处都是光,太阳显得并不重要。但是独行夜路久了,那轮月亮就显得特别珍贵。

它用尽全身的力量散发着荧荧微光,照亮世人脚下的夜路。

沈礼就是这轮微弱却努力的月亮。

顾栾会喜欢蒋叶青这样的朋友,但离不开沈礼这轮月亮。

吃完这顿丰盛的午餐,蒋叶青又说带大家去唱KTV。沈礼不想去,絮絮叨叨地说顾栾还有课文没背。

顾栾自然不想背课文,跟着其他三人一起指责沈礼没人性,起哄要去唱歌。

沈礼拗不过他们，只能一起去了KTV。

结果顾栾到了KTV才知道，原来605寝室五个人，只有自己唱歌还算能入耳，其他四人都是五音不全，歌声跟噪音一样，不堪入耳。

偏偏蒋叶青和张文凯还都是麦霸，一人霸占一只麦不放，你一首，我一首，合唱再一首，直把顾栾唱得灵魂出窍。

冯锐意大约是习以为常了，在一旁笑眯眯地拍手叫好。

趁着切歌间隙，沈礼翻着白眼，凑在顾栾身边低声说道："知道我为什么不想来唱歌了吧？"

"我真的还想再活五百年！"

张文凯一声怒吼，顾栾脸色苍白，瘫倒在沙发上。

六个少年嗨唱了一整个下午，又一起去吃了一顿麻辣烫，就着烤串，在路边摊高高兴兴吃了一顿，这才各自道别回家。

分别前，蒋叶青骑上自己的小电驴，问沈礼："栗子，今年过年我也在家，来我家过年吗？"

沈礼一怔，下意识看向身边的顾栾。

顾栾虽面无表情，但眼神已经出卖了他的情绪。

他紧张不安地直视前方，牙关紧咬，不发表言论影响沈礼的决定。

沈礼勾起嘴角，微微一笑："我挺想去你家的。"

顾栾的心提到了嗓子眼，扭头看着沈礼。

"但是今年就不去你家了。我总得有新的开始吧？"沈礼笑道，"总去你家也太不好意思了。"

蒋叶青挑眉，了然地点了点头："行，那你有事给我打电话啊，我号码没变。有空可以来我家玩，我爸妈都很想见你。"

"好。"沈礼挥手跟蒋叶青告别。

夜风寒冷刺骨，蒋叶青的背影逐渐消失在夜色里。

沈礼将手塞回大衣口袋里，一边跺着脚，一边缩着脖子问顾栾："怎么样？"

"什么怎么样……"顾栾嘀咕。

"蒋叶青啊，人很好吧？你是不是觉得跟他一比，自惭形秽，抬不起头？"沈礼"嘿嘿"笑道。

"喊。"顾栾嗤之以鼻，"上哪里找像我这么英俊帅气的富二代，而且在你这种摧残下还能茁壮成长，艰难进步的。"

"啧，你还有力气自夸，说明我给你安排的作业量不够到位，回家你先把《长恨歌》默写一遍。"

"别吧！"顾栾抱头哀号。

顾家的保时捷缓缓停靠在路边，沈礼不理会顾栾的痛苦，径自上车。

夜色渐沉，城市灯火通明，车水马龙，沿着高架桥一路向北。

少年的苦恼和这个城市无关，但来自家庭和学校的压力已经足够压垮一个敏感的少年。

顾栾看着窗外热闹的景象，思绪沉沉。

这么多年，他和沈礼在偌大的城市里形单影只，如同杂草坚韧生长，都是因为他们知道，这个世界上，自己并不是那株唯一的杂草。

天南海北，无论何处，心安之处便是家。

他们是对方散落天涯的唯一的家人。

Chapter 11
跨年

顾安对顾栾学习上的进步很惊讶,惊讶到难得地挑起了眉峰。

虽然顾栾的成绩依旧让人直皱眉,但是从原来的没有大学读,到现在可以拼个二本,称得上脱胎换骨。

顾安发现自己对儿子的要求正在降级。曾经沈礼还在顾家的时候,考试排名降了几名,顾安都会对他不满,指责一番,可是这会儿顾栾只不过是进步到中游水平,自己已经狠狠松了口气,满足了。

"有书读就行。"

将心里这个想法一说出来,顾安自己都吓了一跳。

餐厅里,坐在餐桌旁食不下咽的两个少年,时不时偷偷瞥一眼顾安,仿佛他不应该出现在这里。

顾安早就注意到了这俩孩子的眼神,心里没由来地一阵烦躁。

大概是年近半百,知天命,性格不再那么强势了,他把这阵不耐烦的暴躁压了下来。

顾安在两人对面坐下,保姆立刻给他上碗筷。

"这学期期末考试你考得不错。"顾安说道。

顾栾莫名看他一眼,没好气地说道:"沈礼教得好。"

"小礼又是第一?"顾安问。

沈礼垂着头吃饭,闻言点点头。

整个学期一共三次年级段统考,沈礼都排名第一。

沈礼承认,大概是因为隔壁班原来和他竞争第一的程璐上了保送名单以后就开始摆烂,自己才能稳坐年级第一宝座。

但这也是他应得的。

顾安心里隐约有些忌妒：沈卫兵那个腌臜玩意儿，怎么配得上这么优秀的儿子？况且沈礼优秀，也是因为沈礼小时候在我们顾家被教育得好。

顾安心里这样想，越发觉得世道不公。

此时如果江灵在，恐怕得阴阳怪气嘲讽顾安一番，说他就是当初舍弃养子，换回亲儿子的人。

顾安只是突然在午餐时间出现，吃完饭后又神奇消失了。

顾栾和沈礼在房间内待了一会儿，再下楼就发现顾安不见了。但这一天他的突然出现，像个警示一样向沈礼昭告着——这里是他顾安的地盘。

前几日的轻松愉快顿时笼上了一层阴影，沈礼如坐针毡。

顾栾想安慰他，却无从开口。毕竟除夕夜当天，顾安、江灵，还有与顾家亲近的亲戚都会来到这座宅子跨年，顺便套近乎。

而和沈礼最亲密的爷爷已经不在了。

沈礼心不在焉地给顾栾讲解物理题时，一条消息发送到沈礼手机上。

来自冯锐意：你妈打电话给我了。

冯锐意作为寝室长，也是寝室大哥，赵红花存有冯锐意的手机号，平时打寝室座机找不到沈礼，她就会打电话给冯锐意。

沈礼眉心一蹙，一股浊气罩住胸口，闷闷的，他问道：她以为我在你家吗？

冯锐意：是的，让我喊你回家过年。

沈礼嗤笑一声，被顾栾听见了，顾栾放下笔，抬头看他："怎么了？"

"没事。"

冯锐意：我没有告诉他们你在顾栾家。她说，你爸在找工作，现在也在接散活，有在努力养家。还说你马上要高考了，想一家人团聚一下。

如同陌生人的一家人，太讽刺了。

沈礼：好。我考虑一下。你不要再接他们电话了。

"你好什么好啊？"顾栾的声音在耳边乍然响起，吓了沈礼一跳。

他不知道什么时候伏在沈礼上方已经看到了全部聊天内容。

"吓我一跳。"沈礼收好手机，深吸口气，"我过年还是回去吧。"

后天就除夕夜了，沈礼想，等高考后，他跟沈家也不会有太多来往了。今年过年，就当给血缘关系上的父母最后一个交代。

顾栾喉头一涩，烦躁阴郁堵在心口，他想说"你别回去"，可是到底开不了口，只觉得自己没有更好的理由让沈礼别回沈家过年。

沈家不是什么好的归处，但顾家也如是。

更何况沈礼身份尴尬，如果被来往拜年的亲戚看见，免不了又是一顿八卦。

"那就这么说定了。"沈礼起身，"你继续做题，我去整理一下行李。"

顾栾没回话，低头看书，却看不进去一个字。

晚饭前，沈礼离开了顾家。他怕被沈卫兵看到，还是让冯锐意家里的司机开车来接送他的。

顾栾没从屋里出来，他还生着闷气，但并不是生沈礼的气，而是在气自己。

气自己为什么没有能力让沈礼可以彻底摆脱沈家，气自己为什么不能让沈礼过个开心的年。

顾栾站在窗台边，微微撩开窗帘一角往下看。

冯锐意家的奔驰车在阳光下散发着漂亮的黑色金属光泽，司机帮沈礼把行李抬上后备箱，然后给沈礼打开车后座门。

沈礼抬起头，视线往顾栾的方向看过去。

顾栾心里一惊，立刻蹲到窗台下躲起来，半秒后他才想起来，沈礼应该看不见在黑暗中的自己。

他探出脑袋想要再偷看，沈礼却已经上了车，再看不见人了。

车子启动，平稳地驶出了偌大的院子。

顾栾没由来地一阵心悸，不舍地看着那车缓缓驶离。

"新年快乐。"顾栾轻声念叨。

不知说给谁听。

冯锐意家的轿车驶进安置小区里，引来路人驻足。

虽凌乱狭小，但还算崭新的房子里，沈卫兵躺在沙发上，跷着脚看电视，手时不时抠抠脚背。

突然，赵红花从厨房跑出来，喊道："沈礼回来了，快下去接一下。"

"接什么接，他没有脚啊？你自己不会去接啊？臭婆娘，敢使唤我。"沈卫兵坐起身，指着赵红花骂骂咧咧。

赵红花脸颊一红，眼里闪过一丝恐惧和窘迫，湿漉漉的双手在腰间围裙上擦拭几下，随后解下围裙，一声不吭地出了门。

她出了门，沈卫兵还在碎碎念骂个不停。

彼时，沈礼已经下了车，背上包，把箱子抬下了车。

跟司机道了谢，沈礼推着行李箱来到楼梯前，正想抬箱子，赵红花匆匆地下了楼，脸上带着谄笑。

"小礼回来啦！来，妈妈帮你一起抬。"她伸出手，却抓了个空。

沈礼已经抓过箱子拉到了自己身前，低声说道："我自己来。没什么东西，很轻。"

赵红花深吸了口气，脸上的笑容略显尴尬。她擦了擦鬓角的冷汗，不紧不慢地跟在沈礼身后，问："你同学送你回来的？怎么不请同学上家里坐坐？"

"他没来，他家司机送我来的。"沈礼没好气地回答。

赵红花还往楼下看了几眼，没看到那辆奔驰。

"是你那个叫冯锐意的同学吗？他家好有钱啊！"

闻言，沈礼在拐角处停住。

赵红花跟着一顿。

"是他，而不是你心里想的那个，很失望吗？"沈礼冷冰冰地问道。

赵红花脸上一阵尴尬，哂笑："小礼，你对妈妈不要这么咄咄逼人。"

"你如果隐藏得好一点，装得再像一点，我倒不至于咄咄逼人。"沈礼的话更加难听了。

赵红花嘴角尴尬的笑就快挂不住了，她心中压着暗火，但面对这个不怎么熟悉的儿子，她笑也不是，怒也不是。

所幸家门已经近在咫尺，她打开门，转移了话题："到家了，快把行李放一下。"

沈礼拖着行李进门，当作没见到客厅沙发上躺着的邋遢男人似的，径自走到客卧门口，嗤笑一声："我把行李放哪里？"

"放房间里就……"赵红花快步走到客卧门口，声音戛然而止。

客卧已经无法落脚，床上和地间都摆了一堆杂物，就连原先沈礼的书桌上都摆满了抽奖送的锅碗瓢盆和赠品垃圾桶。

这是一个储藏室，不是沈礼的房间。

沈礼仔细回忆，自己不过半年没有回过家，房间就被塞成了这模样，虽然这是每隔一阵子就会发生的事，但他还是会被伤到。

更别提这次是赵红花自己打电话让他回家过年的，却没有提前整理他的房间。

不知是不是真心想要自己回家？

沈礼轻笑一声："要不我明天除夕再回来？"

"你把这家当什么了？宾馆啊？"沈卫兵在沙发上坐起身，大声嚷嚷，"赵红花，赶紧把房间腾出来，别让我们的小少爷久等了！"

赵红花嘀咕："这里面大部分是你的东西。"

"我的东西？你还是我的东西呢！我让你整理，你干吗说那么多废话！是你让你儿子回家的，我可没让！"沈卫兵大声吵道，话语难听。

赵红花垂着头，表情麻木，已经习惯了长长二十多年的折磨，变得逆来顺受。她挽起袖子，开始整理东西。

沈礼直皱眉，无奈地摇摇头，无声叹气，也跟着进去帮着一起整理。

的确大部分是沈卫兵的东西，一些瓶瓶罐罐、大衣外套，他嫌占地方，就扔在客卧里。

其实每回都是如此，只是这一次，沈礼看着尤为心烦。

赵红花把一沓过期彩票塞进垃圾袋里，垂着头，含混不清地说道："抱歉啊，小礼，是妈妈疏忽了，本来应该你到家前就整理好你的房间的。"

"没什么。你能习惯，我也能习惯。"沈礼头也不抬地说道，抱起一箱陶瓷碗出门。

赵红花手上动作一顿，喉咙发紧。

这到底是什么日子，让她的儿子不像儿子，家不像家。

除夕当天，窗外传来零星的爆竹声，客厅里的电视一直不停吵闹。

硬板床上铺着薄薄一层床垫，又冷又硬，比学校寝室条件还差。沈礼躺在上面，硌得他的骨头刺痛。

客卧没有空调，也没有暖气，被子是硬邦邦的棉被，不知道用了多少年，像块冷冰冰的石头，不仅不保暖，甚至还散发着寒气。

昨晚沈礼睡得瑟瑟发抖，最后将冯锐意送他的羽绒大衣从行李箱中找出来穿在身上再进被窝，才算勉强度过这一晚。

顾栾在电话那头听到沈礼无精打采的声音，直皱眉："你一定没休息好。"

"还好啦，反正今天除夕，我在房间里睡一天，晚上再去客厅吃个年夜饭，明天就找机会出来去冯锐意家待着。这个寒假也不想回来了。"沈礼打了个哈欠，叮嘱，"对了，我发你的页码是你今天要刷的练习册的页数，不要忘了哦。"

"……你快去睡吧，少管我。"顾栾没好气地说道。

沈礼翻了个身，把手机藏在枕头底下，听到门外锅碗瓢盆碰撞的声音，知道赵红花在准备晚饭。

沈卫兵嚷嚷："饿死了，午饭赶紧做吧。"

"行，我包了饺子，煮一下就能吃了。"赵红花说道。

沈卫兵还在吵嚷，沈礼把被子蒙头。屋外的噪声稍微安静了一点，但依旧嘈杂。

真吵。

好想离开这里。

过了一会儿，卧室门被敲响，沈礼没有应。

赵红花在门外高声喊："小礼，吃午饭啦。"

"不饿。"

"你早饭就没吃，午饭再不吃会饿坏的！"

沈礼翻了个白眼，听见门外沈卫兵没好气地说道："爱吃不吃，饿死他最好。"

沈礼翻身下床，重重打开门。

沈卫兵坐在茶几前吃着水饺看电视，见沈礼的脸黑沉沉的，一愣。他别开眼，捧起碗筷，装作视而不见。

沈礼走到厨房，捧着盛好水饺的碗，随手抽了双筷子，转身回了卧室。

"砰"的一声关上门，抖落一层摇摇欲坠的墙面白灰。

沈卫兵坐在客厅里，小声骂骂咧咧："给他饭吃还一副欠了他的模样，这个讨债鬼。"

赵红花闷不吭声，心头对沈卫兵顿生怨念。

到底谁是讨债鬼？我们家靠着顾家给的钱，全款买了现在这套房子。这房子虽然老旧，但是地段好，如今房价已经涨了很多。这些钱，本该是沈礼的。

那笔保证沈礼此生不为学费发愁，也不为吃穿用度受苦的钱，部分买了房子，剩下的大半几乎被沈卫兵挥霍一空。

而这些，他们都瞒着沈礼。

赵红花想，沈礼这么聪明，应该能猜到他们是哪儿来的钱买房子的吧？

到底是谁欠谁？

赵红花没有文化，也没有那个能力去计较。

沈礼味同嚼蜡地吃完一碗水饺，见冯锐意在"605大家庭"群里发了一张一桌美食的照片，他"呵呵"两声。

他的手机并不是现在最新款的智能手机,分辨率也比较模糊,但依旧可以看清这满桌子的大鱼大肉,山珍海味。

"猪。"沈礼暗暗骂道,把最后一个饺子吃完。

张文凯也酸溜溜地说:中午吃这么多,年夜饭还吃得下啊?

沈礼把碗筷送回厨房,回床上继续躺着。

别人多么快乐都与他无关,反正他现在浑身难受,异常煎熬。他满脑子都是赶紧熬到过完年离开这个令人喘不过气的地方。

除夕夜。

赵红花做了四五个荤菜,其中不乏红烧肉这样的硬菜,还整了一个小火锅。

沈卫兵兴致大好,又开了一瓶白酒。

他天天喝酒助兴,但今天开的这瓶酒是五粮液,多年珍藏,价格不菲。他在喝酒和打牌时,从来都是大手大脚的。

沈礼埋头吃菜,不想跟沈卫兵和赵红花有过多交流。

沈卫兵喝了两口白酒,兴奋了,抬手拍了拍沈礼的肩膀,嚷道:"来,儿子,跟我喝一杯。"

沈礼往一旁退了退:"我不喝酒。"

"陪你老子喝一杯,今天难得一家三口团圆,还是过年!喝!"沈卫兵酒劲上头,脸色涨红,口齿倒是清晰,语气强硬地劝酒。

沈礼摇头,轻轻推开他的手:"我不喝酒。爸……你自己喝吧。"

沈卫兵的脸一下子拉下来,拍着桌子大喊:"别给脸不要脸!"

沈礼浑身一震,扭头看他。

两人互相瞪着对方,一时间无语。

见气氛僵持,赵红花小声说道:"孩子还没成年,不喝就不喝……"

"关你什么事!我教训我儿子呢!"沈卫兵喊道,赵红花顿时哑然。

沈礼心想:谁是你儿子啊?

"喝,不准扫兴!别逼我打你啊!"沈卫兵抬手威胁。

酒劲上头,他讲话也开始含混起来,嘴里像含了颗石头。

这话让沈礼怒火中烧。沈卫兵稍有点不高兴就骂人,喝醉后更是直接动手,以前对顾栾更狠。

沈礼推开他塞过来的酒杯,起身说道:"喝喝喝,整天就知道喝,你不喝酒能死啊!"

"怎么跟你老子说话的！"沈卫兵抬手用力推搡沈礼。

沈礼被推倒在地。沈卫兵踢掉椅子，抬脚猛地踹向沈礼。

这一脚重重踢在了沈礼的右脸上，那一瞬间，沈礼痛得耳朵直"嗡嗡"，久久没有回过神来。

他睁大双眼，看着沈卫兵蹲下身，表情凶神恶煞的，高高举起拳头。

赵红花哭嚷着从身后抱住沈卫兵的手臂和腰，冲着自己声嘶力竭地喊着什么。

许久，他才听清，赵红花在喊："快跑！"

沈礼回过神，强忍着脸上的剧痛起身，往玄关跑去。

赵红花"啊"一声，惨烈地嘶叫，沈礼浑身一震，回头看她。

沈卫兵揪住赵红花的头发，把她的脑袋往地上撞去。

"你再打！我报警了！"沈礼站在玄关，一手抓着门把手，一手举起顾栾买给他的手机，威胁道。

"我打我老婆，警察能管我什么！"沈卫兵头也不抬地说。

沈礼心里带着恨意和恐惧，沈卫兵那模样似乎要将人打死。他一只手转动门把手，另一手打开手机屏幕，摁下"110"。

突然，门被人从外面撞开了，沈礼被撞了个趔趄。

沈礼还没反应过来，一个高大的人影在眼前一闪而过，随即冲到了客厅撞上了沈卫兵，一拳打在了沈卫兵的脸上。

只听见沈卫兵哀号一声，被打倒在地。

沈礼目瞪口呆地看着眼前的一切，颤声喊道："顾栾……你来这里做什么！"

赵红花还趴在地上崩溃痛哭，沈卫兵捂着脸在地上翻滚，痛苦地哀号。

沈礼脸上的肉一抽一抽地钝痛。

此时，顾栾站在客厅中央，居高临下地瞪着沈卫兵。

一时间，沈礼和赵红花都忽略了身体上的疼痛，看着顾栾彻底愣住了，气氛陷入一片凝滞。

许久，窗外烟花腾空绽放，火树银花璀璨灿烂，照亮天空。屋外热闹起来，打破了屋内跌入冰点的死寂。

"沈……顾栾？"沈卫兵皱着眉眯着眼，神志仍旧不清，但还是认出了养子这张化成灰他都忘不了的脸。

"什么顾栾？你喝醉了，这是小礼的同学，我们惹不起的！"赵红花立刻爬起来挡住沈卫兵的视线。

她扭过头,给沈礼和顾栾使眼色,示意他们赶紧离开。

顾栾阴沉着脸,咬着牙,还紧紧握着拳头,直到有柔软的触感滑过自己手背他才回过神,接着发现自己身体都因为怒火而颤抖着。

"走。"沈礼拍了拍顾栾的手背,握住他的手腕,低声说道。

顾栾一怔。

沈礼的手微微用力,带着他往门外走。

两个少年脚下的速度越来越快,快步离开这个屋子,飞快地下了楼梯。

一出楼道,门外萧瑟的寒风呼啸着扑面而来。顾栾方才因为怒火冲昏了头,混沌的大脑顿时冷静了下来。他呼出口气,看向沈礼。

沈礼手上只有一部手机,其余什么也没带,甚至外套也没来得及套上,就急匆匆出来了。

他身上只有一件毛衣,冷风一吹,冻得瑟瑟发抖。

昏黄的路灯下,沈礼脸上的惨状一览无余。

顾栾低头,只是轻轻看了一眼,眼眶就红了。

"浑蛋!"顾栾握紧拳头,咬牙切齿。

沈礼拉住顾栾的手臂,生怕他又要上楼揍人。这会儿是沈卫兵喝醉了,赵红花还能拦着,万一沈卫兵回过神来意识到打自己的人是顾栾,情况就复杂了。

顾栾仔细看着沈礼,他脸上有一块明显的红肿,不出一个小时,这块红肿就会凝结成瘀青。

"痛吗?"顾栾哽咽着问。

冷风刮在脸上如同刀割,却很好地起到了止痛的作用。

沈礼缩了缩脖子,摇头:"不痛。"

顾栾没吭声,将大衣脱下。沈礼想要拒绝,他不由分说地用大衣裹住沈礼的身体。

"穿着!"

一声不容置喙的命令。

沈礼无奈地穿上了长长的大衣,结果顾栾这 XL 码数的大衣穿在沈礼身上,连手指都无法探出袖子,像小孩穿着大人的衣服。

沈礼感觉很无语。

"你怎么突然来了?"沈礼问。

顾栾闷不吭声。

沈礼太了解他了,直接下结论:"和家里人吵架了?"

顾栾冷哼一声，没有回答。

沈礼知道，自己猜对了。

"吵架了就跑我家来？不怕被沈卫兵发现啊？他要是知道你跟我是室友，肯定不会善罢甘休的，到时候敲诈勒索，什么都能做得出来。"

顾栾闷声闷声地说："我原本只是跑来你家楼下看一眼就走，我也不是离家出走，司机开车送我来的。谁知道一到你家楼下，就听见吵架声……我想他肯定在打人，就冲上去了。"

沈礼轻叹一声："你啊，人家司机也有家庭，也要放假的，你就因为跟家里人吵架，让他除夕夜都不能休息？"

"顾家的司机都是轮休的，还有三倍工资呢。"顾栾硬着头皮解释。

沈礼摇摇头，不置可否。

两人走到拐角处，顾安的保时捷停在那边，两人上了车。

顾栾说："去人民医院。"

"去什么医院啊？"沈礼问。

"你脸被踢了，总得看一下，别骨折了，鼻子踢歪了，到时候毁容了找不到女朋友我可不管你。"顾栾一开口就是不讨喜的话。

沈礼听得直翻白眼。

但上了车后，车内暖气充沛，身上的冷气消散后，脸上的疼痛又开始隐隐作祟，不仅仅是皮肤和肌肉的疼痛。正如顾栾所说，骨头的确有些隐隐作痛。

大年三十的医院空荡冷清，就连值班的医生和护士都寥寥无几，偶尔撞见几个都是行色匆匆的。

顾栾陪沈礼在急诊挂号，然后拍片、等片，始终沉默着，整张脸如滴墨一般阴沉沉的，眼神凶狠吓人。

最后检查结果显示沈礼只是软组织挫伤，没有伤到骨头，他表情才好一点。

拿了药，两人坐在急诊大厅的长椅上擦药。

"我都说了没事，你不用这么担心。"沈礼仰着脸说道。

顾栾一声不吭，手上的棉签蘸着药，重重抹在了瘀青上。

"嗷——你轻点！"沈礼上身往后倒，捂着脸瞪他。

"知道痛了吧？"顾栾木着脸。

"神经病！"

"你是运气好,骨头没事。沈卫兵的脚力了得……"话说到这儿,顾栾停顿片刻,脸色并不好看,垂下了头。

他是怎么知道的?自然是有过更惨痛的经历。

沈礼抿着唇,没有再喊疼,仰着头由着顾栾擦药。这一次,顾栾手上的动作也轻柔了几分。

擦完药,两人没有着急回家,反而在急诊大厅里静静看着大厅的LED屏幕上的时间一秒一秒跳着。

红色的字体在LED屏上滚动:浮城人民医院恭贺全市人民新春快乐!

日光灯闪了闪,沈礼抬眼看向灯管。

"昨天我回家的时候,赵红花拐弯抹角地问你呢。"

顾栾拧紧药瓶瓶盖,塞进塑料袋里,听到这话,心里波澜不惊:"关我什么事。"

"你才是她真正的儿子,她跟我生疏得很……"

"别,你又吃什么破醋呢?"顾栾打断了他,臭着脸问。

沈礼一怔,矢口否认:"我没有,就是觉得……唉,心理有些不平衡吧。"

"你要学我。顾安和江灵总是嫌我成绩差,时不时就说你读书厉害,我也没有觉得心理不平衡,反而觉得很骄傲。哎,沈礼就这么有出息,让你们不珍惜。"顾栾拍着胸脯自豪道。

沈礼被气笑了:"得了吧,吊车尾还好意思说。"

说到这儿,他也有些小骄傲,忍不住扬起下巴:"再说了,也没几个人的成绩……能跟我一样好呀。这……这都是天才,对吧?"

"是是是,你是天才。"

顾栾可劲儿地捧着他,捧得他找不到北,明明脸肿得跟包子似的,那模样看着滑稽又可爱。

因为人少,医院急诊大厅的暖气关了。两人坐在大厅里,身上越发冷。

特别是顾栾,他身上没有外套,只有一件圆领羊绒衫。他双手环胸,缩成一团。

沈礼的一只眼睛肿了起来,模糊中依旧能看见顾栾的窘迫,他叹了声气,说:"走吧。"

见他起身,顾栾愣住了,抬头看他:"去哪儿?"

"去车上啊,我们总不能在医院跨年吧?"

说着,沈礼往停车场走去。

顾栾犹豫半秒钟,跟了上去。

一出急诊大厅，冷风灌入衣领，冻得顾栾脖子都缩了起来。

他飞快往停车场跑，沈礼不紧不慢跟在后面。

两人上了车，车内的暖气宜人，顾栾这才狠狠松了口气："冻死我了。"

沈礼："你刚才还说自己不冷呢。"

顾栾撇嘴，没有接茬，对司机说道："王叔，回家。"

"不回家。"沈礼揉了揉肚子，"我现在有点饿。"

顾栾翻了个白眼："没吃晚饭啊？"

话音落下，他明白自己又犯傻了。沈礼被打成这样了，肯定就是年夜饭的时候闹的，当然没吃饭了。

肚子"咕噜"一声，顾栾有些心虚，幸好沈礼没听见。其实他也没吃完年夜饭，此时肚子也饿了。

"等着。"他招呼王叔，"咱们去金街。"

金街街口就有一家金拱门，店里安静空荡，没什么人堂食，工作人员却很忙碌，全都是外卖订单，外卖电话此起彼伏。

两人点了两个汉堡、两杯可乐，在挨着落地窗的座位坐下。

沈礼右脸受伤，无法张大嘴巴吃汉堡，只能用手撕着面包和鸡肉，小心翼翼地塞进嘴里，然后立刻喝一口冰可乐镇痛。

顾栾在一旁看乐了，大口咬着汉堡，眼神骄傲地盯着沈礼，得意扬扬地大口咀嚼。

莫名其妙，这也能找到优越感。

沈礼翻了个白眼，继续慢慢撕汉堡。

街上没有什么行人，顾家的车子停在路边，打着双闪静静等着。

寒夜料峭，路灯昏黄，两个少年坐在高脚凳上对着窗外吃着汉堡。顾栾塞得满嘴都是，大口咀嚼。沈礼小心撕下面包塞进嘴里，肿着半边脸，看着可怜兮兮的。咀嚼的时候不小心碰到嘴里的伤口，他疼得龇牙咧嘴，倒吸一口冷气。

兔年的年夜饭是汉堡加可乐，这却是他们过去十七年里最美味的一顿年夜饭。

"如果以后每年过年，吃完年夜饭我们都出来吃个汉堡跨年。"沈礼说完，被自己的傻话逗笑了。

谁大过年的跑出来吃汉堡啊？

没想到顾栾却应了："好啊，一言为定。以后就吃着汉堡跨年！"

有人比自己还傻，沈礼哭笑不得，摇摇头。

"明年，我想吃牛肉堡。"

吃完汉堡，两人回到车上。

顾栾照旧想要王叔开车送两人回顾家。

沈礼喊道："王叔，送我去冯锐意家，我把地址告诉你。"

"你干什么啊？"顾栾生气了。

沈礼无奈地指了指鼻青脸肿的自己："你看我这样子，去你家，被你爸妈看到了会怎么想？"

顾栾沉默了。

顾安和江灵如果看见沈礼这样子，如果觉得愧疚，这就是最讽刺的事；若是不愧疚，心中毫无波澜，那也太伤人心了。更别提家里还有其他亲戚在，沈礼这会儿过去怎么说都不太合适。

沈礼说："我和冯锐意已经联系过了，他在饭店吃完年夜饭，已经回家了，就他爸妈在。他爸妈一直知道我家情况的。"

"我也去。"顾栾闷声闷气地说。

"大过年的，我去人家家里添堵已经很不好意思了，你就别瞎凑热闹了吧。"

话说到这份儿上，顾栾也没有继续提了。但很明显，他不高兴了，整张脸耷拉下来，阴沉沉的，半天也不说话。

车子一路安安静静地抵达冯锐意家所在的小区门口。这是一片别墅区，和顾家离得比较远，地段很好，但不如顾家面积大。

沈礼开车门前，看了眼顾栾。

顾栾低着头，还在生闷气。

果然，就算高三了，看着再像大人，装得再成熟，他也不过是一个半大孩子。

沈礼笑了笑，把外套脱下来递给顾栾："再不说话，今年我们都没得说了。"

"衣服你拿走，我不冷。"顾栾说完，就打了个响亮的喷嚏。

沈礼噗笑一声，把大衣盖在他头上，打开车门下车。

黑暗袭来，顾栾抬手取头上的大衣，听见沈礼的声音，清脆得如同风铃。

"新年快乐，我们新年见。"

门"砰"的一声关上，顾栾看到车窗外，沈礼小跑进别墅院子。房子大门敞开，客厅亮堂堂的，屋内灯火通明，明亮温暖。

冯锐意站在门口，对着沈礼微笑招手。

顾栾按下车窗，听到冯锐意喊："顾栾，新年快乐啊！"

顾栾说不出心中是什么滋味，最后只能点点头，没有回答，也不管冯锐意有没有看见。

车窗合上，顾栾的脸隐藏进车内的黑暗中："王叔，回家吧。"

车子重新启动，驶出小区。

天空有绚烂的烟花绽放，稍纵即逝。

顾栾握着手机想了半天，一束烟花绽开发出巨响，让他心头重重一跳。天空绽开火树银花，璀璨耀眼，他打开手机，编辑文字——新年快乐，新年再见。

发送给沈礼。

冯锐意家灯火通明，屋内温暖又温馨。

看到沈礼脸上的伤口，冯锐意眉心紧皱，迎着他进入客厅。

"怎么这么严重？"

沈礼："没啥，就是看着吓人。"

冯母笑眯眯地迎过来，一见到沈礼的脸，惊呼："我的天，小礼！怎么伤成这样？要不要给你报警啊？"

听到这话，冯父也看了过来，肃着脸："这种人渣，一定得报警。"

"不用了，叔叔，阿姨，大过年的，就别操心我的事情了。今天这事也算意外。"

待在别人家里已经够麻烦他们了，沈礼自然不想让他们操心。只是这事，自然不是意外。

他情绪不高，冯锐意的父母也体谅他，聊了几句后，就让冯锐意带着他上楼去客房早点睡。

客房里也有电视机，冯锐意给他打开春晚。电视里歌声悠扬，气氛热闹。

沈礼木着脸看了一会儿，问："有吃的吗？"

冯锐意："呃……你没吃饭吗？"

"吃了，我不饿，就是睡不着，想看会儿电视。"沈礼挠了挠头，不好意思地笑了。

冯锐意点点头："你等会儿，我跟你一块儿看。"

说完，他跑下楼，偷偷从餐桌上还没收拾的餐盘里带了只烤鸡上来。

两个男生就坐在床上，一边看春晚，一边吃烤鸡。

冯锐意没事找事，拍了烤鸡和电视机里播放春晚的照片发605群里。

张文凯火速回了一盘煎饺的照片：第二轮年夜饭。

顾栾：沈礼，你没吃饱吗？

沈礼看了眼顾栾的回复，编辑文字回他：就是想吃点东西看看春晚。

另一头，顾栾一个人窝在房间里，楼下是热闹的谈话声，屋内却安静得吓人。

他回到家时，顾安和江灵都没有喊他，其他亲戚想问他去哪里了，但主人都没开口说话，他们更不好意思开口。

于是，顾栾仿佛没有人搭理似的，一个人回了房间。

他瘫倒在床上，翻了个身，心想：这种破日子，自己真是受够了。

他想开学了！

这个念头一出，顾栾都觉得自己疯了，他居然第一次想要早点开学！

年后，顾栾迫不及待地跑去了冯锐意家找沈礼，借口拜年，还带了一堆亲戚朋友送的年货。

冯父受宠若惊，生怕招待不周，拿出了家里最好的咖啡豆和茶叶，问顾栾想喝什么。

顾栾："可乐。要可口可乐，不要百事可乐。"

冯父愣了愣。

沈礼没好气地说："你神经病吧！上楼！"

顾栾乖乖上楼，走到楼梯拐角的时候，他还往下探出脑袋："叔叔，没有可乐，雪碧也行哈！"

沈礼："顾栾，你能不能客气点！"

冯锐意的母亲极为养生，家里没有任何碳酸饮料。为此，冯锐意纵是百般不情愿，依旧被父亲压迫着去附近超市买了可口可乐，还是冰镇的。

他黑着脸提着袋子上楼，推开客房门，就听见顾栾毫无感情的背诵声："轻拢慢捻抹复挑，初为霓 shang 后六幺……"

"霓裳！chang！"沈礼骂骂咧咧，"第几遍了，还错？"

"是是是，霓裳，初为霓裳后六幺。"顾栾唯唯诺诺。

冯锐意顿时心理平衡了——顾栾，你也有今天！

冯锐意把可乐放书桌上，顺手扔了一瓶可乐给沈礼："给。"

沈礼问:"你家不是没饮料吗?"

"顾公子要喝,没有也得买来啊!"冯锐意阴阳怪气的。

顾栾不要脸地笑了:"嘿嘿,你家人真热情,我想住你家。"

"想都别想,学完晚上滚回你家去。"沈礼说道。

顾栾问:"那你呢?总在冯锐意家待着也不行啊!"

冯锐意眨眨眼:"我爸妈倒是挺高兴栗子来家里玩的。"

沈礼嘴一撇,对顾栾说道:"我不用你管。"

"那你来我家。那帮亲戚都走了,顾安他们明天就出差了。"顾栾劝道。

沈礼犹豫了一下,总是在冯锐意家住着也的确不好意思,太麻烦冯锐意了。

顾栾又多说了一句:"放心吧,他们真的不在,也默许你在家里住。而且,这是顾家欠你的。"

沈礼摇摇头,声音低沉:"他们不欠我。不过我可以去。"

冯锐意在一旁玩着手机听着两人对话,心说:这些话我真的可以听吗?听到了不会被灭口吧?

这时,他的手机响了起来。

沈礼和顾栾看了冯锐意一眼,他耸耸肩,看到屏幕上的来电显示,一挑眉,把屏幕给沈礼看。

苹果手机大大的屏幕上清晰地跳动着"沈礼母亲"四个大字,沈礼的脸都阴沉了。

"接吗?"冯锐意问。

沈礼深吸口气:"接,看看她要说什么。"

说到底,赵红花也是可怜人。

她只是一个可怜又可恨,身不由己的妇女。

沈礼虽然不喜欢她,但不恨她。她毕竟是自己的母亲。

冯锐意轻轻"嘘"了一声,示意顾栾和沈礼不要说话,然后接起了电话。

电话一接通,赵红花就着急地询问,语气卑微又带着尴尬:"你好,是冯锐意同学吗?"

这两年半,赵红花给冯锐意打过七八个电话,每个电话开头都是如此,生怕打错。

冯锐意礼貌地回答:"是我。阿姨,有什么事吗?"

赵红花小心翼翼地问:"那个……冯同学呀,小礼在你家吗?"

冯锐意瞄了一眼身旁目光灼灼盯着自己的沈礼,回答:"嗯,栗子现在在我家。有什么事吗，阿姨？"

冯锐意连续问了两遍，赵红花再迟钝也听出了冯锐意语气里隐藏的不耐烦和催促。她似乎有些失落，低沉地"哦"了一声。

沈礼猜她大概只是打电话给冯锐意试探一下自己在哪里，如果不在冯锐意家，她可能就会猜测自己在顾栾家了。

赵红花说："是这样的……前天晚上小礼跟他爸爸起了点小矛盾，我想你应该也知道。他走得匆忙，没带行李，还有……他爸爸现在知道错了，想和小礼道歉……所以阿姨想麻烦你跟小礼说一声，如果不想回家住，也可以回家一趟，跟我们谈谈，顺便拿一下行李，可以吗？"

冯锐意瞄了眼另外两人。顾栾皱着眉摇头。沈礼用嘴型说"让她直接跟我说"。

接收到沈礼的意思，冯锐意比了个"OK"，说："阿姨，栗子回来了，要不你直接跟栗子说吧？"

"啊……不用了，我还有点事，就先不说了。谢谢冯同学啊，有时间帮我转达一下。"

没想到冯锐意这样一说，赵红花立刻就改变了态度，迫不及待地挂了电话。

手机里传来忙音，冯锐意愣了半晌，皱眉问："什么意思啊？"

"意思就是，她根本不是想让我回家，就是试探一下我是不是真的在你家。"沈礼从冯锐意手中抽出手机，看了一眼通话记录，嗤笑一声，"我妈……赵红花这人很别扭，谨小慎微又畏畏缩缩。除夕夜那晚，我是跟顾栾一起走的，她肯定以为我在顾栾家，所以故意打电话来试探你。"

冯锐意皱紧眉，问："你爸妈还不知道你的手机号吗？"

"啊？他们连我有手机也不知道吧？哦，现在应该知道了。"

除夕那天沈礼拿手机出来威胁沈卫兵要报警。

"唉，真是莫名其妙。心疼你，栗子。"冯锐意拍了拍沈礼的肩膀。

从赵红花打来电话开始，顾栾就一直没有出过声。沈礼侧头看他，就见他抿着唇，脸色难看，郁闷中带着不安。

沈礼笑道："你这是什么表情？便秘了啊？"

顾栾紧张地看他："这次不跟我吵架了？"

"没什么好吵的。"沈礼知道顾栾一定是担心自己不满赵红花对他的偏爱和关心，两人会再次爆发像上次那样不可调和的矛盾，冷战半个月。

"有些事情，面对接受就行。"沈礼深吸口气，心中虽然感觉微妙，却并没有难过或者生气。

顾栾和他是一样的处境，两个无根的人，没必要再互相伤害了。

赵红花打的这通电话只是一个小小的插曲，沈礼继续辅导顾栾。等吃了晚饭，顾家的车已经等在楼下了。

沈礼还是决定去顾家。

冯锐意送顾栾和沈礼下楼。

沈礼什么行李都没有，只有一部手机，倒是薅走了几件冯锐意两年前淘汰下来的大衣。

"开学见啊。"冯锐意摇手道别。

沈礼点点头，坐上车，心里正盘算着等到了顾家，怎么安排剩下的十天假期给顾栾补课。

等了好一会儿，迟迟不见顾栾上车，沈礼很疑惑。

保时捷的隔音效果很好，他抬眼一看窗外。黑暗中，昏黄路灯下人影闪动，贴着车窗乱晃，沈礼看不清情况。

他只能推开车门下车，门外嘈杂的争吵声顿时灌入耳朵。

"你别碰我！"顾栾一声怒喝。

被顾栾挡住的人映入沈礼的眼帘。

居然是赵红花。

她不知道是什么时候到的，此时手抓着顾栾的衣角，身边还有一只破旧的行李箱。沈礼认出来，这是他的行李箱。

"小栾，我……你不要这样对我。"赵红花红着眼眶，眼里噙着泪水。

冯锐意在一旁呆若木鸡，急得抓耳挠腮。

顾栾见沈礼下了车，立刻摁着他的肩膀要推他回车上，并对冯锐意说："冯锐意，把沈礼带走。"

沈礼往后退了一步，问赵红花："你来这里做什么？你怎么知道冯锐意家的？"

赵红花瑟缩一下，眼神闪躲："我……我听说过冯同学家住在这个小区，就一栋栋找过来的。"

不知道她找了多久，在这么冷的天里，也是有足够的毅力。

沈礼就更不理解了："我不想回家，你不用来找我。"

赵红花看了眼顾栾，欲言又止，最后还是叹了声气，拉着沈礼的衣袖躲到一边。

顾栾想跟上，被冯锐意拦住了。

"看看他们要谈什么吧。"冯锐意劝道。

沈礼被拉到一旁,他这会儿并没有生气,只是对赵红花很无奈,语气依旧温和:"妈,你要说什么?"

"这行李箱……妈妈帮你送来了,你不用回去,免得撞见你爸。"赵红花轻声说道。

沈礼心头泛过一丝酸涩,接过行李箱的拉杆,蓦然有些难受。

赵红花应该是爱他的,只是有了顾栾对比,他总觉得这份爱淡了一点。

"好……"

"还有,你爸那天晚上喝醉了,但醒来一直说好像见到顾栾了。"赵红花说着,眼里闪过一丝愤恨,"他很久没有提过顾栾了,这会儿虽然觉得自己不可能看到真正的顾栾,但他想起了顾家的存在。"

沈礼瞳孔一缩,皱紧了眉心。

"所以,他在到处打听顾家现在的情况,应该很快就会知道小栾现在在浮城。"

沈礼胃里犯起一阵恶心:"他到底要做什么?"

赵红花舔了舔干裂的唇,脸上带着愧疚的神色。她皮肤斑驳粗糙,但看得出年轻的时候五官姣好。

"小礼,当年顾栾的父母和我们把你们两个孩子换来的时候,是签过协议的……顾家……给了我们很多很多钱。

"我们这辈子都挣不到的钱。"

说出这个压在心头许久的秘密,赵红花眼眶通红,终于忍不住内疚得落泪。

"对不起,小礼,我们对你不好,这么多年一直瞒着你,没有把钱用在你身上。"

她羞愧地道歉,沈礼眼神里有一丝丝动容,表情却依旧波澜不惊。

他很疑惑,为什么她在这个时候道歉,之前去哪里了?

"我知道。"沈礼说道。

赵红花惊愕地抬起头看他:"你……"

"我之前就知道了,知道你们拿了一大笔钱,可能家里那套房子就是用这笔钱买的。剩下的,我大概也能猜到,都被沈卫兵拿去买酒和赌博了吧?"

沈礼的声音很轻,波澜不惊地陈述自己的猜测,却分毫不差,让赵红花脸色通红。

被自己亲儿子陈述出他们当父母这么荒唐的行为，赵红花真想给自己一巴掌。

"这跟你今天来找我又有什么关系呢？还是说，你是想来找顾栾的？"沈礼好奇地问。

赵红花连连摇头："不不不，小礼，我不是来找小栾的。我不知道他在这儿。我不知道你的手机号码，有些话又不好让你的同学转达。我怕电话里说不清楚，所以想跟你当面聊聊，跟你好好说清楚。但是……我知道你不会回家的，才打电话询问冯锐意同学，你如果在他家，我就过来找你。"

"所以是什么话？"沈礼心中只感觉悲凉。

"就如同我刚才说的，你爸拿了那些钱，尝到了甜头了，这些年过得舒坦，心情好了，打……打人的次数也少了。但是现在钱已经花光了，要是他知道小栾在浮城……"赵红花没有再说下去。

沈礼已经明白了。

如果沈卫兵知道顾栾在浮城，他会变成不择手段的吸血虫，吸顾栾的血，吸顾家的血，也吸沈礼的血。

赵红花粗糙的手指抹着鬓边的碎发，暗黄的脸上带着讪笑，大大的双眼皮沟壑分明，眼角微微耷拉，眼神疲惫。

这个中年女人被生活压垮的模样，让沈礼说不出任何重话。

沈礼曾经愤恨过，怒其不争，但现在，他却很震动。

"你跟小栾说一下，要注意，不要碰到沈卫兵。"赵红花垂眼，舔了舔嘴唇，指尖相扣，轻轻摩挲。

"还有……小礼……妈妈窝囊，没法保护你……对不起。"她颤着手从上衣口袋里掏出一张银行卡。

沈礼看着她的手，愣住了："……这是什么？"

"当年的钱，我偷偷藏了二十万，就想留着以后给你读大学，买房子用，虽然不多，但是……这是妈妈唯一藏下来的钱。"

赵红花手指微微颤动，把卡塞进沈礼手中。

沈礼推拒着，心头震动，眼睛睁大。

"拿着，这钱你爸不知道，密码是你的生日，你把钱转到安全的账户上，好好用这笔钱。妈妈本来是想等你高考后再给你，但是……"赵红花哽咽了，"那天晚上你难得回家过年，沈卫兵那样对你，我真的……我没用，但我不想让你在这种环境下高考。你拿着钱，可以在外面租好点的房子。总之，不要苦了自己。"

沈礼无力地推拒，最终还是不得不握紧这张滚烫的银行卡。

小小薄薄的一张卡片，承载了赵红花全部的母爱，那为数不多的、让沈礼感受到的爱。

沈礼突然想起自己刚回到沈家的时候，第一次见到沈卫兵打赵红花的情形——

赵红花摔得鼻青脸肿，还要哭着跪在地上打扫卫生，整理地上的玻璃碎片，而沈卫兵已经回卧室"呼呼"大睡。

沈礼从房间出来，有些可怜这个陌生的母亲，小声问："他这样打你，你为什么不报警呢？"

赵红花回过头，青肿的脸在黑暗中显得狰狞恐怖。她很快收回视线，低声回答："小礼，有些事，不是报警就能解决的。

"妈妈没用，离不开你爸。这辈子就这样了。

"以后你有能力了，一定要逃得远远的。"

黑暗的空气里，是赵红花哀莫大于心死的绝望和痛苦。她像是逆来顺受，习以为常，但沈礼只觉得她已经是行尸走肉，灵魂已经出走，不过是躯壳还活着。

后来沈礼不止一次劝赵红花报警、离婚，但她都没听从，她说这样做没用，沈卫兵不会放过她。就算她没尝试过，可她也坚信没有用。

沈礼读了高中以后，老王一整个学期都没见过班级第一的学生家长，于是询问之下了解沈礼的家庭情况。

当时沈礼就问过这位难得可以谈心的长辈："王老师，为什么她不离开这个男人呢？这个男人不是人啊。"

"有些事，说不清楚的。"老王哀叹。

当劝说都没用，对方只选择承受而不反抗的时候，或许已经没有办法救了。

"而且，或许她反抗过呢？离开过呢？只是后来又发现……没有用，或者，离不开？"

这些话，沈礼不懂。

现在他手里握着银行卡，感觉掌心滚烫，指尖冒火。突然，他福至心灵，明白了当初老王说的话。

赵红花一定想过离开，但是她在心理上又依赖沈卫兵。她知道沈卫兵不是良人，自己却离不开他，所以她选择让自己的孩子尽量远离这样的父亲。

"谢谢……"沈礼抬眼，直视赵红花的双眼。

那双眼里，有殷切，有期待，也有愧疚。

他启唇，低沉沙哑的声音微弱颤抖，在寒冷的空气中好像会稍纵即逝："妈妈。"

赵红花鼻尖一酸，眼里噙满泪。

"好好学习，一定要有出息。没事就别回家，你在学校……比在家里好。"赵红花叮嘱。

沈礼点点头。

"还有，上次妈妈去学校的事……对不起。妈妈承认，妈妈是很想小栾，但那是人之常情……希望你理解。是妈妈用错方法了，妈妈是个农村女人，嘴笨，说不清楚，也怕你误会……"

"没事，我明白的。"沈礼态度平常。

几个月前的事早就时过境迁，期间发生了这么多事，他也更能理解赵红花的想法。

有些人的人生很小，小到只能围绕着自己的小家庭，眼里只看得见一个男人和一个孩子。

赵红花就是如此，最美好的青春都灌注在沈卫兵和顾栾身上，无论过多少年，她依旧会怀念顾栾，尽管顾栾不是一个满分的儿子。

沈礼的态度让赵红花受宠若惊，她尝试着开口："那……等会儿帮妈妈跟小栾说一声，可以吗？"

"说什么？"

"我嘴笨，也不知道说什么，小礼你帮我传达吧。我看到他能长那么高，就挺开心的。"赵红花说着说着就笑了。

赵红花平常不爱笑，眼角的沟壑都是岁月的沧桑和生活的艰辛，寻常时候眼里都是愁苦和疲惫，更多的是麻木。

而现在她发自内心地笑起来，眼睛如同一弯月亮，眼里泛着水光，脸上的皱纹细密斑驳，却显得她更加生动，看得见少女时期那个清秀漂亮的女孩儿。

她像个真正的母亲，温柔又喜悦。

沈礼也跟着笑了，弯起的眼睛和赵红花如出一辙，当初也是因为长相的问题，让两家人更加起疑。

"我也挺开心的。"沈礼轻声说道。

能摆脱小时候家庭给予的不幸，成长不受影响，成为顶天立地的男人，沈礼为顾栾感到骄傲。

目送赵红花伛偻离开的背影，沈礼深深吸了口气，又长长呼出，心想：她会因为自己而笑得这么快乐吗？

似乎从四年前两个家庭的孩子互换后，一切都脱轨了，笑容极少出现在他们脸上。

那么未来呢？总有一天，笑容会回来的，对吧？

"沈礼，该走了。"

身后，顾栾远远喊了一声。

沈礼转身看着顾栾。

顾栾高高的个子，隽秀挺立，手抓着后座的车门把手，脸上带着不安和着急。

"知道了。"沈礼扬声回答。

他把行李箱塞进后备箱，回到车上，和冯锐意道别。

车子缓缓驶出小区往马路上开，经过赵红花身边的时候，沈礼回过头。

她含胸驼背，垂着头慢慢往外走，双手捏成拳，眼神麻木，不知道在想什么。

顾栾也跟着看了几眼，直到车子拐弯，再也看不到她。

一瞬间，沈礼鼻腔泛酸。

"她找你说了什么？"顾栾轻声问。

沈礼勾着嘴角，深吸口气，将鼻腔内的酸意和眼底的泪意压下。

温暖的空气里，沈礼的声音很轻："她要我告诉你，她很爱你。"

顾栾皱起眉。

"她也比我想象中，要爱我。"

说完，沈礼低眼，避开顾栾打探的视线。

顾栾眉心舒展，伸手拍了拍沈礼的肩膀。

相依为命的兄弟就是如此，无须多言，自然能明白对方话里的深意。一个轻轻的拍肩动作，就能感受到对方传达的态度。

我在这儿。

沈礼手放在口袋里，轻轻摩挲着那张轻轻薄薄的，但又重若千斤的银行卡。

"明天我要去银行办点事。"

"我陪你。"

剩下的十天寒假，顾栾补习进度有了大进展，他们终于结束了高二的知识点。

沈礼也用这十天时间，将卡里的二十万块钱一点一点地转到了自己的银行卡上。但他最后还是留了三万块钱，打算还给赵红花。如果有一天她想离开沈卫兵了，这笔钱可以让她在另一座城市暂时安顿下来。

他看着ATM机上自己的账户余额，心情很好，问顾栾："你不觉得我这样不好吗？"

"哪里不好了？"

"她给我钱，我也不推托，转头就把钱转到自己卡里了。"

顾栾翻了个白眼："她是你亲妈，给你钱你就收着。再说了，这钱本来就是你的，没让沈卫兵把挥霍掉的钱吐出来就不错了！"

沈礼"嘻嘻"笑了。

卡里一下子进账十七万，沈礼生怕通货膨胀，钞票贬值，在开学前一天，去银行买了份一年期的国债。

做完这一切，沈礼终于安下心来，美滋滋地看着合约叹息："这样，等我读大学以后，可以利用这笔钱赚我的第一桶金了。"

顾栾问："你还剩那三万给她做什么？"

"她好歹是我妈。她留点钱，也可以应急用。以后我也会负责给她养老。沈卫兵除外啊！"沈礼嫌恶地说道，"你看沈卫兵那被酒精掏空了的身体，我以后想给他养老都不一定有机会。"

"行了，完成这件事，就先不要管他们了。你好好学习，好好考试。"

沈礼一皱眉："我还需要好好学习？我维稳就好了。"

顾栾无语凝噎："我说，你好好教我学习！可以了吧？"

"可以可以。"

开学前一天，江灵出人意料地回来了。她并不是出差回家，而是特意回一趟家，因为两个孩子开学的事。

沈礼见到她还有些尴尬，躲在客房不下楼。

顾栾下楼应付她，没一会儿就上来了，心情极好，甚至还哼着歌。

沈礼问："怎么了？这么高兴？"

顾栾笑道："我妈说学校现在搞了一批双人寝室，她跟老师要了一间，让我俩一起住。寝室不大，但是安静，而且不熄灯不断电，适合学习。"

沈礼大喜，随即又发愁了："那，冯锐意和大头怎么办？"

虽然只跟他俩同寝一个学期,但顾栾和他们也建立了深厚的友情。

"那我让我妈再要一间,两间寝室挨一块儿,怎么样?大头打呼,我有时候都睡不好,能不跟他一个寝室最好。"

顾栾行动力十足,还没等沈礼在群里提这件事,他人已经下楼去找江灵了。

沈礼在605群里发消息:那什么,咱们605下学期就搬去二楼吧。

张文凯大概是一直捧着手机玩,很快回复:什么意思?

顾栾推门进来:"谈好了,她已经找老师说好了。"

沈礼有些无语,他甚至还没跟另外两人商量好呢。

Chapter 12
梦想

开学当天，顾棻带着三个帮工浩浩荡荡地进入605，冯锐意的父母已经在帮冯锐意搬行李了。

没一会儿，张文凯和家人也来了。

张文凯和父亲长得很像，父子俩一进寝室就跟讲相声似的。

"老冯啊，最后一学期，还得麻烦你啦。"张父笑道。

冯父摆摆手："两个孩子自己照顾自己，我们也帮不上什么忙，倒是得谢谢顾棻了，帮他们也争取了双人寝。"

"两个人住，得好好利用好的环境，好好学习，知道吗？"张父对张文凯说道。

张义凯嘀咕："那还不如让我跟沈礼同寝室呢。"

"就你这资质还想跟沈礼同寝室？你别把沈礼带坏就好咯！"

"那我成绩也还可以啊！"

"语文差点不及格也叫可以啊？"

冯锐意拉着沈礼到角落嘀咕："你们能想到我，给我换双人寝，我很感激，但可不可以换个人跟我同寝。大头那呼噜声你又不是不知道！"

沈礼看了眼张文凯，反问："可是大哥，你俩同寝室这么久了，也没见你因为他打呼睡不着啊？"

冯锐意想了想，倒也是。

"而且，有时候你也会打呼。"

"……不可能！"冯锐意矢口否认。

张文凯不知道何时凑到了他们旁边，听到这话嘀咕一声："哦，把我俩放一起养毒王是吧?"

沈礼竟一时不知该如何反驳。

几人嘴上虽然这么说,但其实心情都很好,开开心心地搬东西。

最后,四个人从六楼搬到了二楼的双人寝中,住在两个相邻寝室。

寝室很小,不过一张上下铺,两张桌子,剩下的地方不够躺下一个人。桌子摆在窗前,空调正对着桌子吹,独立卫浴狭小。

沈礼依旧睡上铺,他的东西不多,很快就整理好了,然后坐在上铺观察这间斗室。

房间虽然不大,却很干净,还有些温馨。

耳边传来"当当"声响,沈礼循声看过去,发现天花板角落的水管似乎在响。

他跪坐起身,屈起手指在水管上试着敲了敲。

没想到水管里传来张文凯惊喜的声音:"哇!真的能听见啊!栗子,我是大头!你听见了吗?"

顾栾蹲在地上整理行李,也听见了微弱的声音,抬头问沈礼:"什么东西?"

沈礼木着脸爬下床,回了一句:"傻子舔水管呢。"

他推开门来到隔壁寝室。

果不其然,张文凯正撅着屁股跪坐在床上,耳朵贴着水管。没听见回应,他又把嘴巴贴着水管,闷声闷气地问:"栗子,人呢?"

冯锐意见沈礼站在门口,翻了个白眼,摇摇头:"傻子。"

沈礼喊:"这是下水管道。"

张文凯一惊,坐在床上:"你吓我一跳!怎么不从水管那边回应我?"

"我说,这个是下水管道!什么叫下水管道你知道吗?"沈礼反问。

张文凯的脸一阵青一阵白,然后手忙脚乱地下床,在箱子里翻找。

冯锐意没好气地问:"你做做什么?"

"找泡沫纸。"

"做什么?"

"把水管包起来。"

沈礼咬咬牙:"……你现在要做的第一件事难道不是去洗脸刷牙吗?"

张文凯手一顿,直起身,径直往卫生间跑去。

没一会儿,卫生间里传来干呕声。

冯锐意和沈礼对视一眼,皆从对方眼里看到了嫌恶。两人摇摇头,心里不约而同地骂道:大头这个笨蛋!

沈礼回到寝室时,顾栾还坐在地上整理行李。他叫来的三个帮工搬完东西就被他赶走了,这会儿只有他一个人辛辛苦苦地整理。

沈礼问:"要帮忙吗?"

"不用,就你那点自理能力,帮了也白帮。"顾栾没好气地说。

沈礼冷哼一声。

走廊里传来趿拉拖鞋的声音,张文凯从门框后面探出他的大脑袋,脸上带着贱兮兮的笑:"泡沫纸要吗?"

沈礼定睛一看,这分明是做板报用的彩色海绵纸。他记得上学期夏景做板报剩下一沓,让张文凯帮忙收一下,这人居然顺到寝室里来了。

"夏景这学期还要用的。"沈礼说。

"用一张又没事,回头我还给她。"张文凯说着,抽出一张玫红色的海绵纸递给沈礼。

沈礼伸手没接住,海绵纸轻飘飘地垂落,盖在了坐在地上叠衣服的顾栾脑袋上。

顾栾抬手抓下海绵纸,抬眼问:"做什么?"

沈礼转头一看,张文凯早怕被殃及池鱼,吓得跑没影了。

"包水管用的。"沈礼指了指天花板上的水管。

顾栾"哦"了一声,打开抽屉翻出胶带,然后长腿跨了两步就爬到了上铺。

"你做什么?"

"你不是要包水管吗?"顾栾跪坐在床上,弯腰低头,可是脑袋依旧几乎要贴在天花板上。

沈礼看着他修长的手指裹着海绵纸将其缠绕在水管上,然后用胶带黏住。没带剪刀,他直接用牙齿一咬,撕开了胶带。

这一系列操作行云流水,看得沈礼目瞪口呆。

他总以为顾栾只不过是长得高才帅,现在看来,顾栾身上这种桀骜痞气、干脆利落的男人味才是最吸引人的。

吸引女孩子,也同样让男生折服。

顾栾从上铺直接跳了下去,脚尖落地,膝盖屈起,手撑在地面,动作轻松干净,落地无声。他拍拍手,掸落裤子上的灰尘,叮嘱:"要是大头敲水管吵到你,你就跟我说。"

他回头,见沈礼在发怔,疑惑地抬手在沈礼眼前挥了挥:"魂兮——

229

归来——"

"有病。"沈礼拍开他的手,转身往隔壁寝室走去,"你赶紧收拾,收拾完我们去吃饭。"

冯锐意和张文凯的寝室已经整理得差不多了。斗室不过十多平方米,空间逼仄狭小,空行李箱实在无处可放,张文凯灵机一动,趴在地上,将行李箱往床底塞。

"脏死了,你起来,我们先打扫一下。"冯锐意怕脏,扯着他的裤腿嚷道。

"唉,怎么塞不进去?"张文凯趴在地上嘟囔。

他上半身几乎都探到床底了,手在床底摸索:"哎!有东西!"

张文凯缓缓退出来,大脑袋差点卡在了床底,哀号几声。

冯锐意和沈礼抬起床脚,他才顺利从床底出来,还顺手将床底的东西也移了出来。

张文凯起身拍拍身上的尘土,低头看:"什么啊?"

瓷砖地面上有一块一米长的小黑板,裹着一层白蒙蒙的灰,像二十世纪的文物被张文凯这位考古学家发掘了。

"以前学长们留下来的吧?小黑板能有什么用啊?"冯锐意问。

沈礼低下头,手指在黑板上轻轻一抹,指尖染上一层灰。

"用处……大着呢。"他喃喃道。

冯锐意问:"什么?"

"同学们!"沈礼拔高声音。

张文凯在卫生间洗手,听到这话,探出脑袋,脸上满是水珠:"啥?"

沈礼抓起黑板,咧嘴笑道:"我要开班授课了!"

张文凯和冯锐意都愣住了。

沈礼不知道从哪里找来了几根木条,找老师做了一个黑板架,摆在了寝室角落。

他从老王那儿薅了根教棍,指着黑板上的字,朗声念道:"亲爱的同学,今天,沈老师辅导班正式开课了。"

顾栾黑着脸,坐在椅子上,跷起二郎腿:"沈礼,你有病吧!"

"我怎么有病?就只剩下三个半月高考了,来不及了啊!"沈礼把教棍敲在黑板上发出"啪啪"声。

"是啊,顾栾,你别身在福中不知福了,沈老师一对一小课堂可受欢迎了。"张文凯双手环胸,靠在门上,笑嘻嘻地说道。

顾棽脸色阴沉:"那你来!"

"我不是受众,人家叶子是,可惜他昨天已经飞国外了。"张文凯脑袋摇成了拨浪鼓。

蒋叶青昨天回国外去上学,听说他们分成了两个寝室住,还很感慨:"我就知道,没有我,你们就失去了团队精神的核心。"

提到蒋叶青,顾棽的脸色更难看了。他"哼"了一声,把桌子往身前移,喊道:"你放马过来吧!"

此时晚自习已经结束了,但双人寝室不熄灯不断电,沈礼给顾棽定制了严格的作息表。

九点晚自习结束,再补课做题到十点半,花十五分钟洗澡刷牙,十一点前睡觉,这样第二天早上六点起来背书才能有精神。

张文凯和冯锐意原本想着既然已经分寝室了,他们不必再被卷进学习的浪潮里,没想到的是,他们一回到寝室,沈礼还要来串门。

"顾棽在做物理,你们打开物理练习册第268页,一起把两道大题做了吧。"

张文凯哀号一声:"不是吧!我只想睡觉!"

"等这个月月考你会感谢我的。"沈礼笃定地说道。

两人再不情愿,却也不能不听年级第一学神的指导意见。

于是他们被迫跟着顾棽一起做沈礼布置的各种课后作业,慢慢地也跟他们作息时间一致。

明明605寝室分成了两个双人寝,又好像没分开。

虽说沈礼每天的时间大部分花费在了给三人布置不同的课后作业上,但他每周的小考成绩却突飞猛进。

有一套全国卷,全科加起来他甚至只扣了二十分,包括语文作文。

胡东被他的分数震得汗毛直立,颤声问道:"你是人吗?你是考试机器人吧?"

理综和数学几乎满分,英语和语文都在一百四十分以上。

这是一个人类该考出的分数吗?

"可能是我每天都在复习,查漏补缺的关系吧?"

沈礼腼腆一笑,说出口的话让深受其害的另外三人咬牙切齿,特别是与他同桌的顾棽。

明明是给他们三人辅导,怎么进步最大的却是老师本人?

虽说寝室里怨声载道,但两次小考下来后,三位学生都对沈老师感激涕零,其中以偏科严重的张文凯最为直接。

"沈老师,我爸妈说要给你钱,如果我考上985直接给你五位数的补课费,你再好好带带我。我语文和英语进步好大,呜呜呜……我感觉我又可以了。"

上学期期末考因为文科成绩不好,张文凯马失前蹄,排名下降惨烈。这会儿他哭唧唧地拽着沈礼的袖子,声音都哑了。

沈礼不动如山:"要是钱这么好赚,我还考什么大学啊,直接当辅导老师得了。"

虽然这两周小考的历年真题难易程度不同,但冯锐意和顾栾都感觉到了自己答题能力的提升。

冯锐意成绩中等,在重点班吊车尾,年级排名中等,考双非一本不难,但想更进一步却很吃力。这一回,他觉得自己也可以了。

顾栾戳戳沈礼的手臂:"这次百日誓师大会是你演讲吗?"

沈礼点头:"啊,好像是吧。"

下周第一次月考,考完两天内出排名,然后举行百日誓师大会。学校会请成绩突出的学生代表上台演讲,代表考生宣誓。

老王找沈礼谈过话,让他写份稿子,他嫌麻烦,至今还没动笔。

"据说还有进步学生代表会上台接受表扬。这次月考你加油,没准会是你。"沈礼拍拍顾栾的肩膀,无形之中给顾栾增加了巨大的压力。

顾栾刚进浮高的时候,成绩排在全校最后一百名,上学期期末考在全校中间位置,进步了几百名。

浮高是重点高中,虽然重本上线率比不上全省前三的高中,因为学生人数多,鱼龙混杂,整体管理比较吃力,但是包括特招生和艺术生,每年也有六百人能进重本。顾栾如果能稳住前七百名的位置,就可以考上普通二本,或者可以去个师资力量不错的三本院校。

这在以前,是难以想象的进步。

胡东正好经过,听到这对话,开始透露自己身为班长得知的小道消息:"你要是能进入年级前五百名,肯定能上台演讲。"

虽然还没考试,顾栾却已经在脑袋里幻想和沈礼并肩站在台上宣誓的场景了。

从第九百多名进步到第五百名,从落榜生进步到稳上重本线,这其中的差距，是一般人难以想象的。

就连顾安都和顾栾感慨过："我原本想找所普通大学让你混个文凭得了，没想到你现在可以凭借自己的能力冲一本。原来你也是可以通过努力进步的。"

顾栾心想：这还用你说，我努力得都快断气了。

旁人只会觉得顾栾命好，遇上愿意手把手教他的沈礼。

就连胡东看到顾栾的进步时不时也羡慕："我也想跟沈礼一个寝室，没准我能稳进浙大呢。"

沈礼双手在胸前交叉："不要迷信哥，哥只是个传说。"

其实沈礼比谁都清楚，顾栾到底付出了多少努力。

这是当初两人看完《美丽人生》，因为沉浸电影中，情绪和氛围堆叠到了一个阙值后，随口说的玩笑话。

事后沈礼还想着，如果是认真的就好了。

他也不认为顾栾会当真。

而顾栾也默契地这样想。

两人默默地付诸行动，然后恍然间发现，他们都将这个不可能完成的目标当真，并且一步一步更加接近它了。

月考前一天，顾栾头一次因为紧张，考前失眠了。

沈礼"呼呼"大睡到凌晨，迷迷糊糊转醒，看了眼手机，刚过零点。他挠了挠脖子，起身下床上厕所。

窗帘透光，狭小的窗户透着外面黄色的路灯灯光，斗室内朦胧又清晰。

沈礼双眼蒙眬，打了个哈欠，晃晃悠悠地爬下梯子。刚一落地，他就跟一双黑白分明、神志清醒的眼睛对了个正着。

他"啊"地吼了一声，吓得魂飞魄散，身子颤抖着往后退，脚却被拖鞋绊倒，身体直自往后摔去。

顾栾从床上下来，抬手拉住沈礼的手臂，沈礼才将将稳住身子。

他还倒打一耙："胆子这么小。"

"你吓死我了！"沈礼咬牙切齿，"你自己试试看，一下床一双铜铃似的眼睛离你就一指距离！你演恐怖片啊！"

顾栾轻"啧"一声。

沈礼站在墙角，轻抚胸口，平复自己的心情，不满道："你还好意思说我？"

顾栾抿嘴。

沈礼问道:"你怎么还不睡?明天就要考试了!"

顾栾坐在床上,叹了声气。

沈礼不明所以,丢下句"等会儿",就趿拉着拖鞋匆匆忙忙进了卫生间。

过了一会儿他出来,手上都是水,抽了张纸巾擦手,拉过窗前书桌旁的椅子,大剌剌地坐下,跷起二郎腿。

这会儿,沈礼已经完全清醒了:"说吧,怎么了?"

"睡不着。"顾栾闷声闷气的,沈礼听得出来,他是在跟自己生气。

大约是深夜,失眠的痛苦让顾栾暴露出孩子气的一面,他噘着嘴,表情阴沉。

沈礼打开一盏台灯,灯光落在顾栾脸上。他眼底有蛛网似的血丝,眼下乌青肿胀,无不昭示着此人失眠了。

"你不是个会焦虑的人,不可能因为考试失眠的。说,因为什么?"

顾栾躺回床上,用手背盖住眼睛,叹道:"不知道,可能就是因为考试吧。"

"啊?你堂堂顾少爷居然会因为考试失眠?"沈礼惊异地喊道。

顾栾捂住耳朵,闭上眼睛,号道:"烦死了,我要睡觉!"

他才不会让沈礼知道,自己是因为想站到主席台上,想成为进步学生代表和沈礼这个优秀学生代表一起宣誓才焦虑到睡不着的。

这个丢人的想法,他永远也不能让沈礼知道。

沈礼关上灯,回到床上,盖上厚厚的棉被。空调"呼呼"吹着暖气,沈礼在暖风中低声说道:"你不必因为别人的期待而失去自己的节奏。"

顾栾侧身躺在床上,黑暗中,眼睛亮亮的。

"顾栾,做自己就好。你要相信自己,在自己的节奏中慢慢进步。我很满意你的变化,也相信你的未来。

"我的眼光,从不出错。顾栾,你信我。"

沈礼的声音温和、低哑,在空调风声里甚至显得模糊不清,可是他的话掷地有声,振聋发聩。

顾栾感觉一股麻意从四肢百骸涌出,直至他的双眼。

眼眶泛热,顾栾紧闭双眼,想压住那股酸意。

黑暗渐渐占据意识,沈礼的安慰像擎天立柱,稳稳撑住了顾栾的信心。他身心一松,早已疲困的身体立刻入睡。

听到下铺传来绵长的呼吸声,沈礼无奈地笑了笑,翻了个身,侧身看着窗帘缝隙里透进来的光。

许久以后,温暖的空气里,少年的声音充满懊恼痛苦。

"无语!他睡着了,我睡不着了!"

月考安排在周四周五两天,考完试后的周末,老师们没有留作业,学生们可以轻松一会儿,劳逸结合。但周末会时不时出一门科目的成绩,直到全部成绩出来,公布排名。

因为前一晚睡眠不足,沈礼考试的时候精神不佳,但幸好上午考的是语文,不需要计算,只要语感在,问题就不大。

中午他直接回寝室睡午觉,不再复习。

原本沈礼还担心顾栾精神不佳,没想到顾栾眼神清明,精神饱满,精力充沛地留在教室复习,连午休都放弃了。

周五下午考完英语,沈礼擦净黑板上的字迹写答案。

他从老王那里拿来了整套卷子,凭借自己的记忆,迅速在黑板上把选择题和简答题答案写了出来,虽字迹密密麻麻,但很清楚。

"我还没拿到标准答案,不一定对啊,反正有兴趣的就看看,没兴趣的咱们就放学回家,高高兴兴休息两天。"沈礼朗声说道。

写完答案,沈礼拍了拍手上的粉笔灰,跳下讲台台阶,往教室后面的洗手台走去。

冰冷的水流从水龙头里"哗哗"流出,手指上的白色粉笔灰立刻被冲净,皮肤冻得通红。水在水槽底部溅起,衣角浸染点点湿润。

沈礼垂着眼,睫毛微颤,冲着手上的洗手液泡沫。

顾栾靠在洗手台旁边,低声问:"晚上补生物?"

水流"哗"一声,飞溅在顾栾脸上,顾栾眼睛一眨。

关闭水龙头,沈礼一手扣在水龙头阀门上,瞪大双眼,眼里满是疑惑:"你被夺舍了?"

顾栾翻了个白眼:"我开始热爱学习了,你又冷嘲热讽。"

沈礼随手从旁边桌上的纸巾盒里抽了两张纸巾擦手,说道:"今晚你就休息一下吧,刚考完试大脑很疲惫的,怎么学都记不住,效率太低了。"

有同学拿着本子从前排过来:"沈礼,这道题我不是很明白啊,你能给我讲一讲吗?"

"哎,我也要听!"

同学从四面八方聚过来,想听沈礼讲解,顾栾不知不觉被挤到了外圈。

他个子高,居高临下地看着五六个人垂着头,沈礼瘦削的身影并没有被人遮挡,他依旧可以看见沈礼头顶的发旋,毛茸茸的。

环顾四周,明明已经放学了,但班上八成的同学都留下来,三三两两聚在一起,对着黑板上沈礼给出的答案讨论,甚至冯锐意都在和胡东、夏景探讨题目。

"啪"的一声,昏暗的教室内灯光大亮,顾栾看向教室后门。

张文凯的手还放在墙上的开关上,见顾栾看自己,他咧嘴一笑。

"栗子的字写得太小了,我看不见。"他经过顾栾身边,拍拍顾栾的肩膀,幸灾乐祸地笑道,"我发现栗子的化学有一道题错了,他化学果然不如我。"

顾栾愣了愣,突然问:"你为什么读书?"

顾栾突然的发问让张文凯彻底愣住了,他从没思考过如此深奥的问题。

他歪着脑袋想了想:"从小到大就在读书,为了考个好大学?我也不清楚,或许等我读大学了就知道是为了什么。"

他回答完,反问:"那你自己呢?你为什么读书?"

顾栾想回答,因为和沈礼打赌了,因为沈礼逼着他,因为想让沈礼骄傲。可是答案在嘴边滑了一圈,他都觉得不是。

到了最后,他只想到了一个答案。

"我以前以为,我只是为了争一口气,所以再苦再累,只要能进步就行。可是现在,我好像有点明白了。"

"什么?"

"大家都在学习,都是为了未来。而我,只想要独立。但我不知道未来的路在哪里,我只相信,学得越多,见得越多,能选择的方向就越多,到那一天我自然能看到路。"

张文凯自知是个俗人,没有远大的目标和高尚的理想。他的人生格言是:能混一天是一天。

这样心安理得混日子的人,成绩却一直不差。他虽然迷茫,但并不摆烂。他也会焦虑成绩,甚至时不时想是不是自己再努力努力,也能高攀上从没想过的学校,能让父母更加开心。

沈礼是学神,对自己未来的人生规划清晰得如同地球仪上的经纬线;冯锐意只要按部就班考试,家里就能给他安排好一切;只有他是废柴。

顾栾转学进来时,他以为来了一个比自己更加没谱的人。

可是如今这个没谱的人发表了让人振聋发聩的言论,让张文凯大受震撼。

他不解地问:"那你心中现在总得有个方向吧?小方向呢?"

顾栾摇摇头:"我只是答应了沈礼,我要考重本。"这个目标正在逐步实现,他甚至有种预感,肯定可以达成。

"哦……重本啊。"张文凯点点头,出了个主意,"高三会有心理老师来上心理辅导课,我们改天去找她聊聊,看看她有没有什么方法帮我们找找自己的目标。"

顾栾点点头,不置可否。其实他心中已经有想法了,只是没有告诉任何人。

高三最后一个学期,冯锐意和张文凯也极少回家了,而是变成周末家长来送饭,给他们补充营养。

顾栾在寝室里偷偷藏了只电饭煲,偶尔叫外卖开小灶,吃不完的食物他就放电饭煲里保温,等晚自习结束还能吃一顿夜宵。

考完月考,四人去附近吃了顿火锅。

可乐气泡不停升腾,然后在液体表面炸开。锅里红汤翻滚,卷席着丸子和肉片。

沈礼眼疾手快,一筷子下去,夹起一片牛百叶,美滋滋地放到自己的油碟里。

张文凯低着头看手机上班级QQ群里的动静,突然喊道:"哎,语文和数学成绩已经出来了。"

冯锐意放下筷子:"谁在办公室?让他帮我看看成绩。"

张文凯已经拨通了夏景的电话,竖起手指"嘘"了一声,然后比了个"OK"。

顾栾明明正低着头吃牛肉丸,此刻也静静放下了筷子,表情带着一丝紧张。

席间,只有沈礼一个人心安理得地吃着火锅,他甚至还夹起一只鸭掌慢悠悠地啃,毫不在意他们讨论的分数。

张文凯:"夏景,你在办公室吗?帮我们看看,我、锐意、顾栾的成绩……什么?沈礼?别管他,你觉得他在意自己考了一百五十还是一百四十九分吗?"

沈礼瞄了眼张文凯,吐出一小块鸭骨头。

三个人都紧张地等了一会儿,张文凯"嗯嗯啊啊"地回应夏景。突然,他眼睛一亮:"什么?一百三十二分?我?语文?真的假的?"

沈礼抬眼看快叠成"众"字的三人,淡定地开始涮羊肉。

"真的假的？大头，你语文也能上一百三十分？"冯锐意震惊。

张文凯美滋滋地一个个点名："我数学一百三十六分，老冯，语文一百三十三分，数学一百二十六分，顾栾，语文一百二十五分，数学一百二十二分……"

不知道夏景在电话那头说了什么，他着急地喊道："不听不听不听，我说了不要听！"

"啊啊啊！再见！"

张文凯"啪"一声把电话挂了，将手机拍在桌上，气喘吁吁，眼睛冒火。

"干什么呀你？"冯锐意问。

张文凯瞪着沈礼："夏景非得告诉我栗子的成绩。"

沈礼无辜地眨眨眼，嘴里叼着鸭舌，辣得面红耳赤，嘴唇泛红，鼻翼上都是汗珠。

冯锐意："那你知道了吗？"

张文凯不回答，埋头用筷子在红汤里找肉吃。

顾栾坐回自己的位置，心脏"扑通"狂跳，小声嘀咕："是这次的题太简单了吗？"

沈礼斜眼看他："怎么？"

"怎么……大家分数都这么高，特别是我……"

沈礼抽了张纸巾擦嘴："题目难度嘛，一般般吧，正常水平。之所以分数高是大家都进步了，这有什么奇怪的？"

张文凯从挂完电话到吃了好几片肉，一直都处于兴奋状态，就如同沈礼所说，是他们自己进步了。

他们三个，都进步了。

见沈礼气定神闲的模样，冯锐意气笑了："看我们的好戏有趣吗？"

沈礼眨眨眼，可怜巴巴地回答："我还在想你们什么时候感谢我呢，结果一直在怼我。"

张文凯终于缓过神来，给了沈礼一个大大的拥抱，然后一直给沈礼夹肉片："栗子，我的好老师，我语文从没上过一百三十分，我太开心了！"

其实在张文凯报出成绩前，沈礼的心一直是提着的。

他并不是神，无法保证他们能在自己的辅导下一定有进步。更何况，顾栾考前还失眠了。

他甚至不能保证这次考试自己的分数一定遥遥领先。他只是在这个时候装作淡定。

只是当一个人对知识点的掌握熟练到了一个程度，就会有一种玄妙的直觉。沈礼直觉，这次不会差。

他"嘿嘿"一笑："我要加一份猪脑。"

"加！沈公子要什么，顾公子都买单！"张文凯拍着桌子，筷子如枪似的往前一指，仿佛发号施令的元帅。

顾栾愣了愣。

冯锐意心情很不错，生怕顾栾不高兴，扬手，说："不行还有冯公子买单！"

"是！冯公子家财万贯，包场！"张文凯起哄。

明明成绩还没有全部出来，但所有人心情都很放松，有种高考金榜题名的错觉。

沈礼又要了一大瓶冰可乐，拧开后，可乐气泡冒出。冰碳酸饮料可以带给人最直接的快乐，刚考完月考的轻松和三五好友聚在一起吃火锅的愉悦交织在一起。

明明没有喝酒，但所有人都有一种微醺的状态。

从火锅店出来，月亮已经挂上树梢。学校在郊区，火锅店离得不远，四人沿着马路走回学校。

一路上恬静惬意，初春的寒夜里，隐约滚动着暖意。

张文凯和冯锐意勾肩搭背，左右摇晃，踩着轻快的小跳步，频率一致，嘴里唱着："为所有爱执着的痛，为所有恨执着的伤，我已分不清爱与恨，是否就这样！"

他们太过尽兴豪迈，甚至没有一个音是在调上的，但沈礼听着觉得很有意思。

"后面呢？"他喊道。

张文凯扭头撇嘴："不知道，电视上每次就放这一段。"

顾栾双手插在裤兜里，在一旁晃晃悠悠地迈着大长腿走着，一副生人勿近的高冷模样。听到张文凯这话，他也憋不住笑出声。

冯锐意回过头看了眼沈礼，放开张文凯，改为用手扶着张文凯的肩膀，倒着走。

"栗子，Q大和B大，你想考哪所？"

沈礼怔了怔："这可真是个狂妄的问题。我想读法律。"

"那就是B大咯？"

顾栾紧张地问:"那就是要去首都吗?首都大学的分数有些高啊。"他说到这里,想到了什么,又隐隐松了口气。

沈礼轻笑一声:"我又没说我一定要去首都。"

冯锐意拍拍张文凯肩膀:"大头你呢?"

"啊?我没有什么目标,不过既然我化学这么好,以后肯定读化学吧。学校……就看我能考到哪里了。最好是在附近的省份,或者省内,不想去太远的地方。"

见他吊儿郎当的样子,冯锐意翻了个白眼:"你这不是目标挺明确的吗?"

张文凯问:"这也就叫明确啦?那你呢?"

冯锐意想了想,嘀咕:"我爸妈希望我读商科。不过我想考警校。"

"……啊?"大家都惊了。

同寝室三年,沈礼和张文凯从没发现冯锐意还有这种伟大的志向。

"我有个发小打算考公安大学,我感觉挺帅的,也想试试。"

"那……你加油!"张文凯说。

三人都说完自己的目标,浮高的大门也在目光所及之处。

路灯越发明亮,照亮少年们脸上的笑容和对未来的希冀,是那么明亮、灿烂、生机勃勃。

张文凯问:"顾栾,到你了。"

顾栾一怔,什么时候到了每个人吐露心愿的环节了?

他抬眼,见离自己一步之遥的沈礼正侧脸看看,眼里满是好奇和期待。

电光石火间,他像是突然福至心灵,于黑暗中找到了一捧微光。

他说:"飞行员。"

"什么?"沈礼感觉自己没听清。

"我或许可以当民航飞行员吧?"顾栾试探似的说。

沈礼目瞪口呆。

冯锐意率先反应过来,一拍手:"啊,对!你很适合啊,身高够,体格也可以。"

"是啊,我也觉得挺适合的。"顾栾点点头。

张文凯挠挠头:"可是,我记得招飞的初筛是上学期的事了。现在已经迟了吧?"

沈礼听到这话,有些遗憾:"顾栾,上学期我好像听见公告了,当时应该劝你报名的,多好的机会。"

顾栾张了张嘴,正想开口说话,却被张文凯打断了。

"招飞筛选过了真的很好,学费全免,还是定向生,合格后直接进航空公司。而且只要进入候选名单,听说高考只要上一本线就行了。要是竞争不大,有些能过二本线就行呢!合作培养的学校都是非常好的航空航天大学。"张文凯羡慕地说道,他上学期看到公告还特地了解过,只是他不符合条件。

沈礼更加惋惜了:"唉,没准顾栾你能进首航呢。"

顾栾紧抿唇,眼里带着一丝心虚,不知从何说起。

他正要开口,沈礼一抬手,打断了他:"算了,错过就错过了。不管如何,也得好好学习!"

顾栾错过了开口时机,再开口,已经不是恰当的时机了。

四人并肩往校门口走去,少年们的影子在路灯下被拉得瘦瘦长长的。

张文凯突然大喊:"我要考Z大!我要留在本省!"

冯锐意笑了笑,跟着喊:"那我要考公安大学!我想当警察!"

顾栾跟着瞎起哄:"我要当飞行员!"

三人回头看沈礼,眼神催促。

沈礼环顾四周,生怕被人发现,觉得这太中二太尴尬了。

张文凯推了推他,他深吸口气,喊道:"我要赚很多钱!"

"喂,不是这样的吧?"张文凯不满。

沈礼不以为然:"怎么,这也是我的目标啊!反正我想考什么大学、学什么专业都无所谓,能赚钱就行了!"

张文凯反驳:"那你刚才不是还说要学法律吗?"

"那我也是为了能赚很多钱才考虑当律师啊!如果搞金融能赚更多钱,那我就去学金融。"

四个少年推推搡搡,晃晃悠悠,讨论着,欢笑着。在明亮的路灯下,他们的身影逐渐拉长,指向远方。

未来很长,前路漫漫,总有梦想在等着。

周日傍晚,同学们陆陆续续回校。晚自习开始前,月考总成绩和排名已经出来了。

胡东找老王拿了表格,贴在了教室后面的板报上,同学们围在一起寻找自己的排名。

沈礼没有动。

张文凯凭借自己脑袋大，硬是挤到了最前排，用冯锐意的苹果手机拍下了两张排名表。

回到座位，他招呼冯锐意和顾栾他们过来："来来来，慢慢看。"

虽然照片不太清晰，但可以看到人名和排名。

第一名自然还是沈礼，冯锐意和张文凯的排名也有所上升，特别是张文凯，他回到了原来该有的位置，进入了全校前六十名。

他喜滋滋地哼着歌，胆大包天地搂住顾栾的脖颈，问："顾少爷，你看到自己排名了吗？"

"……看到了。"顾栾声音低沉，情绪不高。

张文凯一怔，松开了手："怎么了？不理想吗？"

他声音拔高，沈礼正好听见。

沈礼放下手中的笔，挪到了张文凯的座位旁："怎么了？成绩不行？退步了？"

"不是……"顾栾摇了摇头。

三人大眼瞪小眼，看着顾栾，着急万分。

"是……进步得……太猛了。"

沈礼一皱眉，正要看照片，就听见教室前门传来老王的声音："顾栾、沈礼，你俩过来一下。"

两人对视一眼，一前一后走到老王面前。

老王心情很不错，眼睛都笑成了月牙，脸上的皱纹像绽开了花。

"顾栾啊，你这次排第四百六十五名啦，进步很大，按照我们往年的情况，可以超一本线十几分了。"老王笑眯眯地说。

顾栾难得发自肺腑地笑了。

沈礼震惊地扭头看他："不可能吧？"

"怎么不可能？"顾栾黑了脸，"这次月考的题目我感觉不难，类似的我都做过啊。"

老王笑道："沈礼，你怎么不相信你自己的学生呢？"

上一次统考还是上学期期末考，顾栾排七百多名，如今一举跨越到五百名内，等于已经稳上一本线了。

这在一年前的顾栾来看是不可能发生的事情。

两个少年都有些蒙，老王欣慰地说："教导主任把进步了两百名的同学名单都拎了出来，想挑一个进步之星在百日誓师大会上做演讲。我发现有顾栾的名字，你的进步，所有任课老师可都是知道的啊。"

顾栾强行按捺住心中的激动，表面上不显山露水："王老师，那……需要我做什么吗？"

"你们两个互相扶持，一起进步的案例，教导主任和校长都觉得很棒，所以需要你写一个演讲稿，讲一下自己是怎么学习进步的，在百日誓师大会上，要在演讲台上读给全体高二和高三的学生听。"

老王说到这里，又想到了什么，扭头问："沈礼，你那份演讲稿写好了吗？"

沈礼没皮没脸地"嘿嘿"一笑："王老师，你有没有历届学长学姐的稿子，借我抄一下吧？"

老王深呼吸，平复自己躁动的心情，让自己语气温和一点："你别想偷懒，好好写自己的稿子，六百字就行，也不要你长篇大论，就说一些鼓励大家坚持最后一百天的话。"

老王说完，扭头对顾栾说："你也一样，你的话，同学们会更能感同身受，毕竟你是从年级垫底升上来的。"

顾栾答应下来，喜气洋洋地回到位置上。

夏景看他笑容灿烂，好奇地问："这么开心，中奖啦？"

"差不多吧。"顾栾咧嘴"嘿嘿"轻笑。

沈礼还在犯愁，他戳了戳夏景的后背，夏景回过头看他。

"夏景，你是通校生，能不能帮我从网上找几篇演讲稿打印出来啊？我要抄一下，后天就要用了。"沈礼问。

夏景答应下来："好啊，你要什么类型的？"

"就是百日誓师大会上优秀学生代表的演讲。"

夏景："……这东西，还是你自己写比较好吧？"

"你帮我找一下嘛，回头我请你吃饭。"

"倒是不用请吃饭，你课堂笔记借我抄一下就行。"

夏景的成绩一向稳定在年级前五十名内，因为家里离得近，她一直都通校，有时候冯锐意和张文凯会让她帮忙收快递，帮忙带点小吃。

就比如今晚，她刚一到校，就把一袋嵌糕递给了张文凯："九块，加了红烧肉和猪大肠。"

张义凯捧着硕大的嵌糕感恩戴德："谢谢夏女士。"

嵌糕是浮城特有的小吃，柔软的年糕裹着红烧肉之类的荤菜和各种素菜，裹成一个大饺子的形状，再淋上红烧肉汤汁，一口下去，碳水、脂肪以及肉汤融为一体的口感，美味得让人几乎升天。

她给沈礼也带了一个,不收钱。

张文凯抗议:"凭什么我就要钱!他就免费?"

"你身上也没有什么是我需要交换的啊?"

张文凯无力反驳。

在笔记本上记下要帮沈礼做的事以后,夏景用笔杆子戳了戳沈礼的胳膊:"今年高校自主招生扩招,条件很宽松,你不参加吗?"

沈礼嘟囔着:"我其实只想考Z大,在省内就可以了。"

"你疯了吧?你这么好的成绩,Q大都能考得上。老师绝对不同意你自暴自弃的!"

说着,她从书包里翻出一沓纸,摊开来给沈礼看。

沈礼接过其中一张,愣了愣,这些居然是各大高校的自主招生简章。

他手上的这张正好是Q大的。

"你看,有校长推荐的话可以免笔试,面试通过后,有加分、降分数线等各种优惠政策。这么好的机会,你为什么要放弃?"

沈礼反问:"你要报哪个?"

"我试试看F大吧,我想读新闻系,F大比较有优势……不是,我在问你呢!"

"哦。"沈礼点点头,"可是我不想去首都啊。"

见沈礼油盐不进,夏景使劲翻白眼,气不打一处来,收起她收集的招生简章往抽屉一塞,冷哼一声,不理他了。

沈礼莫名其妙,摸了摸鼻子,看向顾栾,又看看过来凑热闹、手里捧着嵌糕吃得正香的张文凯。

"她……怎么了?"

"你惹女孩子生气了,她恨铁不成钢。"张文凯咀嚼着,含混不清地说道。

沈礼皱眉,依旧想不明白。

晚自习结束后,顾栾兴致勃勃地伏案写演讲稿,不出半个小时就写出了第一版。

他招呼沈礼来帮他把关,沈礼兴致盎然,正要接过稿子,他又收回了手,摇摇头,嘴里碎碎念:"不行,写得太直白了,你别看了。"

他大手一挥,撕掉手中的稿纸扔进垃圾桶,然后开始伏案写第二版。

沈礼见他这么用心地写稿子,也不好让他放下笔背段文言文了。

想起自己也有演讲稿要写,还担心夏景因为生气不给找模板,沈礼就说:"要不……你帮我把演讲稿也写了吧。"

244

顾栾翻了个白眼："……滚！"
"行。"

次日，夏景黑着脸进入教室时，顾栾已经坐在自己的位置上了。沈礼的座位还空着，桌子上摆着一只粽子和一袋牛奶——他又赖床了。

夏景从包里抽出一沓打印的稿件，拍在沈礼的桌上。

顾栾用粽子压住稿件，问："要不你等他来了再给他？"

"我不想跟笨蛋说话。"夏景语气生硬地说道，转身坐下。

顾栾摸摸鼻子，明明夏景骂的是沈礼，他怎么感觉自己也被骂了呢？

沈礼照旧踩着早读铃声进入教室，刚坐下就看见了桌上的这沓稿纸。他一边吃着粽子，一边粗粗浏览了几页，喜出望外地拍了拍前排夏景的肩膀："夏景！谢谢你啊！你帮了我大忙了！"

"呵。"夏景不回头，只是冷哼一声。

沈礼一愣，看着顾栾，小声问："怎么了？"

"还气着呢。"顾栾说。

沈礼傻眼了，没料到夏景居然会因为这种事生气一整个晚上。

他不理解，张文凯却挺理解的。

"我们全班同学都希望你能考 TOP 名校，咱们班只有你有这个资质冲TOP。你成绩这么优秀，活该得到 TOP 名校的录取通知书。见你不思进取，她可不就生气了吗？"

沈礼点点头，小声嘀咕："但是我真的不是很想去首都，太卷了。"

顾栾和张文凯对视一眼，不约而同地心说：论卷，谁比得过你？

高校自主招生陆陆续续开始报名了，2012 年，各大高校为了抢人让很多优秀的学生都得到了前所未有的福利，各大名校降低了自主招生门槛和考试难度，考试后给了的各种自招优惠政策也是八仙过海，各显神通。

他们二班作为重点班，几乎所有同学都去报名了。

连着一周时间，几乎全班同学都奔跑于学生办和老师办公室之间，找学校和老师在简历和成绩单上签字、盖章。

距离报名截止时间还有一周，同学们找准课间就去行政大楼盖章。

几乎每个课间，教室里都空空荡荡的，唯独沈礼一直没有动弹。

顾栾是平均成绩太差了没资格报名，他劝道："讲台有电脑，你去各个学校网站看看，对哪个学校感兴趣，就报一下呗。"

沈礼摇摇头："我的成绩考 Z 大很稳，没什么别的要求。"

之前也没见沈礼目标这么明确，才几天工夫，怎么就突然笃定要考Z大了？

顾栾确定，沈礼一定是因为某些特殊原因做的决定。

他正想仔细问问，不想老王黑着脸进来，朝沈礼挥手："沈礼，你来我办公室一下。"

数学教研组办公室。

其他老师座位上挤着很多同学，看见沈礼进来，他们都小声嘀咕，好奇张望。

沈礼还以为是自己拼接版的演讲稿被发现了，吓得大气都不敢喘，乖巧地抿着唇。

早上夏景给了他稿子，中午他花了半个小时就拼凑出来了，下午刚刚递给老王，没想到才一节课的工夫就被喊过来了。

是他润色得还不够？降重率太高了？

"你怎么不报自招？"老王问。

沈礼紧张地解释："没想好。"

老王把一张表格拍在沈礼面前："把这个填了。"

幸好不是说演讲稿的事，沈礼松了口气才看表格，这是一张空白的简历表。

"这是什么？"

"校长推荐名额。我们学校Q大和B大都有一个免笔试的推荐名额，B师大有三个，R大也有三个，哦，还有Z科大有四个。你想选哪所？"

沈礼怔了怔，缓缓把表格推回给老王："王老师……我就不浪费这些名额了吧？"

"你什么意思？"老王阴沉着脸问。

"这些学校我都不想去……"

老王深吸口气，正想拍案而起长篇大论，扭头一看周围全是学生，心想着不能让隔壁班学生看笑话，他只能强压下怒火。

他压低声音问："那你想考哪所大学？"

"Z大。"

"Z大是很好，可是……跟Q大和B大比起来差太多了。你考Z大会浪费很多分数。"

"我不想出省，王老师。"沈礼为难地说道，"而且我看过，Z大有个求是班,所有专业都可以选择,免学费,单人一套培养方案,还有公费留学的名额优先分配,不比Q大和B大的分数低。"

"那是考Q大和B大失利才去的,你考都没考呢!而且,你现在有机会可以加分,为什么不报名?"老王按捺着怒火,轻拍桌子。

沈礼深吸了口气,垂眸:"我没那么远大的志向,王老师。"

老王愣住了。

在他十余年的教学生涯中,如沈礼这样天资聪颖又勤奋好学的学生不少见,但像他这样成绩优异却不目指巅峰的学生却很少。

不……这样浪费学校免试名额的学生几乎没有。

"不管你有没有远大的志向,我都不允许你这样浪费你的才能!"老王压抑火气,低声说道,声音极为严厉。

沈礼挑眉,抿了抿唇:"那我……"

似乎知道他想说什么,老王立刻接上:"我也不允许你从现在开始自暴自弃!"

"……那倒也没有。"沈礼心虚地挠挠脸。

"一定有其他原因,你老老实实告诉我。"老王下了最后通牒。

沈礼歪着脑袋,长长叹了声气,放弃抵抗,看了看围观的同学。

这时,上课铃响起,其他班老师纷纷赶客:"都去上课,别围着了。"

同学们鱼贯而出,狂奔向教室。

沈礼心中大喜,挪着脚尖,正要开口跟老王告辞。

"你不差这一节英语课吧?"老王冷冰冰地说。

沈礼垂头丧气地收回脚尖,叹道:"王老师……我怕你会批评我。"

"啊?我不是已经在批评你了吗?"

"哟,老王,跟沈礼说什么呢?"学生们都回去上课了,隔壁班的数学老师许老师清闲下来,发现这边有好戏看,端着茶杯过来,笑眯眯地问。

老王摆手:"别提了,沈礼说只想考Z大,对Q大和B大的校长自招推荐名额不感兴趣。"

许老师倒也明朗:"其实也没错嘛,沈礼肯定能考上的,那这自招名额给可能考不上的学生不更好吗?"

"哪有你这种歪理?"老王气笑了。

他拍拍桌子,问沈礼:"你还没回答呢,真正的理由。"

最大的理由藏在沈礼心角一隅,他从未挑明,也不打算挑明。

他只能换个理由:"王老师,你知道我家里的情况。首都消费高,整个大学四年,我都要靠自己赚学费、生活费。Q大、B大能人那么多,我去,真的学得好吗?我能拿到奖学金吗?没有奖学金,我甚至可能没法支撑自己在首都生活下去。"

"但是Z大的求是班奖学金很高,还能公费留学,省城的消费也没有首都那么高。"沈礼老老实实地把自己所预测到的现实窘境说出口,"我知道,你们是为我好。把这种理由告诉你们,我自己都觉得丢人。"

这只是其中一部分原因。在很早以前,他就想过可以留在省内读大学了。虽然赵红花给了他那张银行卡,基本解决了未来大学四年的困境,但他依旧没有改变自己的想法。

老王长长地叹气,还没有说话,倒是许老师先开口了。

"沈礼,你这个孩子光会读书,倒是不会算账呢。"他把茶杯放到桌上,绕过隔板走过来,"让我给你算算账。"

沈礼疑惑地看他。

"虽然Z大也是全国前五的学校,但是你想,如果你在Q大或B大读书,你所接触的同学跟你在Z大接触到的完全不一样。你能留在首都见世面,能看到不一样的世界,你所学到的都是其他地方学不到的,那才是你最大的财富。等你毕业,你得到的何止是那几万块钱奖学金。只要你肯动脑,肯学习,几百万、几千万,甚至几个亿,我相信你都能靠自己挣到手。"

他指着门外说:"你知道7班教物理的朱老师吧?Q大数学系毕业的,他的朋友们个个都是大牛,他自己年轻的时候也很厉害,为了爱情他才跑回老家教书的。

"记住,你最大的财富不是这些身外之物,而是你自己。将你自己武装成栋梁,你就是无价之宝。"

沈礼眨眨眼,心头受到极大的震撼。他瞳孔微颤,喃喃道:"我……我能成为这么厉害的人吗?"

"怎么不可以?你知道吗,我教书十年,第一次见到像你这么优秀的学生,我们班上的同学考完试都会跑去你们教室看你的板书学习呢。你比你想象中优秀,也更有能力。未来的你不需要别人的扶持,有的是人需要你。"

许老师的声音铿锵有力,抑扬顿挫,仿佛朗诵一般,蛊惑人心。

沈礼嘴唇翕动,话到了嘴边,却觉得苍白,最终他只是喉结滑动,沉默了。

"行了,赶紧去上课吧。"老王摆摆手赶人,眼不见为净。

沈礼礼貌地道别,转身离开,但依旧处于茅塞顿开后的懵懂中。

"老许,嘴皮子够利索的,不愧是教过政治的。"老王见沈礼被劝动了,忍不住对许老师竖起大拇指。

沈礼一回到座位上，顾栾就着急地问："老王把你喊去干什么啊？怎么这么久才回？"

沈礼摇摇头："等会儿自习课，你陪我一起去行政大楼盖章。"

"盖章？什么章？"

"自主招生的报名表格，还有成绩单。"

说完，沈礼打开卷子，抬头看向黑板，聚精会神地听课。

顾栾似懂非懂，偷瞄着沈礼的侧脸，和去数学教研组前截然不同的脸色，他现在容光焕发，生气勃勃，眼神里都充满了朝气。

这是怎么了？

课后，沈礼戳了戳前桌的夏景。

夏景回头发现是沈礼，冷哼一声，翻了个白眼，又转了回去。

"还生气呢？"

"不想跟不识好歹的人说话。"

"马上就识好歹了。"沈礼觍着脸笑，"夏景同学，给我一份B大的自招报名表呗？"

"嗯？"夏景震惊地回过头，眼睛亮亮的，"你想明白啦？"

"唔，暂时吧，趁我反悔前，你赶紧给我一份。"

沈礼火速填好表格，正好自习课上课铃响起，他拉上顾栾就往行政楼走去。

顾栾大长腿连着跟了几步，很快就越过沈礼。

沈礼反倒跟不上了，喊道："慢点儿，累死我了。"

"哦。"顾栾停下来，傻乎乎地看着沈礼。

沈礼弯着腰微喘，休息一会儿才继续赶路。从教室到行政楼十六楼，要过两座天桥，跨过两栋建筑楼，整整十五分钟的路程。

穿过天桥走向实验楼，楼下是巍峨宏大的大台阶，台阶两旁的喷泉和灌木植被林立。灌木修剪得很整齐，此刻开着细碎的小白花，细密可爱，刚浇过水，水珠在叶片上滚动，风一吹过，在阳光下闪着荧荧的碎光。

顾栾收回视线，落在沈礼微微冒汗的鼻尖上，问道："你怎么突然改变主意了？"

沈礼舔了舔干涩的上唇，深吸口气："顾栾，我问你。"

沈礼脚步停下，转身，面对顾栾，神色严肃，眼睛定定看着顾栾，眼神坚毅有力，让顾栾也忍不住屏住呼吸肃起了脸。

"如果，我考到首都，你有能力考首都的重点大学吗？"

"啊？"顾栾愣住了。

一时间，他脑海里思绪万千，凌乱飞驰，倏然间理解了沈礼的逻辑。

大概是月考结束那晚，张文凯提到的大学梦想。

提及首都，顾栾的反应是，首都的学校分数太高，担心自己考不上。

没想到沈礼却记在了心里。

他们约定过要考到同一座城市，沈礼怕他考不上，所以才会拒绝同学和老师的好意，连校长推荐名额都不要，为的只是避开难度太大的城市……

这都是因为自己。

一时间，感动和生气，自责和恼怒都涌现心头。

千言万语汇成一句话——

"沈礼你个大傻子。"

沈礼："啊？"

"我用不着你迁就。"顾栾黑着脸骂道，"我有能力考进首都，你相信我。你老老实实走自己的路，不需要为了迁就我而将就。"

沈礼抿着唇，木木地看着顾栾。许久以后，他轻笑一声，咧嘴灿烂地笑了。

"知道了，那我就甩开膀子了。"沈礼迈着轻快的步子往行政楼走去。

一路上，他复述着隔壁班数学许老师的话。

"我用学识武装自己，我就是无价之宝！哎，以后是别人依靠我，觍着脸求我呢，我哪还需要整天想着讨好别人啊？"沈礼乐开了花。

顾栾"扑哧"笑出声："得，你还都没考呢，就真当自己是无价之宝了？现在也就老王和同学们把你当宝供起来。"

"那我也是无价之宝，别人羡慕不来的。"沈礼骄傲地挺起胸膛。

顾栾点点头："是，你是无价之宝。你自信就行，这比什么都重要。"

沈礼从来都是自信的，顾栾想，不能让自己成为拖累他的那个人。

因为，他们是彼此的无价之宝。

Chapter 13
启程

顾栾陪着沈礼到了行政楼十二楼，盖章的学生办老师一看到沈礼的名字，就将他的简历往旁边一压，说道："同学你等会儿，我打电话联系一下校长。"

沈礼一愣，有些慌张："老师，是出了什么事吗？"

"哦，没什么，之前一个B大的校长推荐名额名单里面有你的名字，但是等了你好几天，你都没来报名，这会儿我问问还给不给你名额。"

沈礼抿着唇，这才明白过来，怪不得老王这么生气，他的确太不知好歹了。

办完一切手续，从行政楼走回教室，沉默了好几分钟，顾栾才突然开口："之前学校给你免试名额你还不要，我如果是老王，也会气死。"

"我现在不是要了吗？他们把我的简历直接送过去了，我都不用找夏景要这表格了。"沈礼甩着手里的几张纸，想随手扔垃圾桶。

顾栾接过来，将纸对折后捏在了手里："这么优秀的简历怎么可以随便乱扔？"

沈礼觉得莫名其妙。

"明天就是百日誓师大会了，你备好稿子了吗？"顾栾问。

沈礼长长地哀叹："老王没提意见，应该是可以吧。"

与其写这种演讲稿，还不如让他多做两套数学模拟卷。

顾栾兀自兴奋，心里像有一只跳跃的兔子似的，按捺着欢天喜地。这种兴奋只有他自己一个人知道。

小时候，瘦小弱势的他在沈礼身边就像攀附大树的菟丝花，汲取沈礼给予的营养。

现在他不停成长,终于也有资格和沈礼并肩站在一起,也有能力报答沈礼了。

3月,草长莺飞,阳光和煦,雨后的草坪上还有水珠,泥土的芬芳里带着湿润的青草香气。

操场上,全体高二高三学生都整齐排列站好,温暖的阳光下,一张张生机勃勃的年轻面庞上带着对未来的憧憬和不安,激动地看着主席台。

台上挂着长长的红幅,用黑色宋体字印着"浮城高中2012届高考倒计时100天誓师大会"。

校长正在发表长长的演讲,说话抑扬顿挫,铿锵有力,只是普通话不标准。

后台,顾栾深吸口气,平复狂跳的心脏。

台下,张文凯回头跟冯锐意偷偷说话:"阿才话好多啊。"

校长的名字里有个"才"字,同学们总是戏称他"阿才"。

冯锐意抬起下巴看主席台,表情严肃:"嘘,马上就结束了。"

校长坐到主席台的椅子上,主持人回到台上:"下面,有请进步学生代表,高三(2)班顾栾发表演讲。大家欢迎!"

顾栾莫名打了个寒战,深吸口气。

沈礼在一旁安慰:"别紧张,照着稿子念就好。"

"好!"顾栾点点头,手无意识地攥紧稿纸,纸都被揉皱了。

他几乎是同手同脚走上台,站到话筒前,然后深吸口气,闭上眼放松心情,半秒后才睁眼,目视前方,紧张地开口:"呃……大家好,我是高三(2)班的顾栾,这次很高兴能有机会站在这里跟大家聊聊我转学过来以后,是怎么从年级垫底考到年级前五百名的。"

他低沉沙哑的声音透过音响回荡在操场上,带着接近成年男人才有的韵调。

二班隔壁一排有女生小声喊道:"这男生好帅啊!"

"这不就是沈礼的同桌吗?我早就注意他了。"

张文凯耳尖听见了,指着自己喊:"我室友帅吗?要不要他的手机号码?一百元一个。"

冯锐意忍不住拍他的脑袋:"你神经病啊!"

"张文凯,冯锐意!别做小动作!"老王在队伍前排指着两人喊。

两人赶紧双手背在身后，抬起下巴装乖。

顾栾捧读稿子，语气干涩平缓，毫无感情波动起伏。他平时在外人面前也是如此，一副生人勿近的模样，倒是没有太大反差。

张文凯正想说顾栾捧读感太强了，就听见顾栾的声音突然有了情绪波动。

"这里，很感谢我的同桌兼我的室友——沈礼，是他一直督促我学习，给我制定了补习计划，帮我从高一的知识点开始学起。这中间虽然我有过痛苦，想过放弃，甚至和他争吵过，但最后我们都和好如初，我也坚持了下来……"

听到这里，张文凯忍不住扭头看向冯锐意："这小子说的绝对都是真实的心理活动。"

冯锐意煞有介事地点头附和。

顾栾的整个稿子就是流水账，没有什么文笔可取，这还是沈礼帮忙润色后的产物，但他通篇念下来，还是给全场同学留下了深刻的印象。

台下有同学们在议论，全场都是"嗡嗡"讨论声。

"这位就是那位传说级学霸沈礼的关门弟子啊？"

"不愧是沈礼！年级垫底都能带进年级前五百。"

…………

顾栾走下主席台，主持人回到台上维持秩序："大家安静。"

沈礼鼓掌迎接："讲得不错！"

顾栾尴尬地挠挠脸，神色平静毫无波澜，可是耳根子已经红透了："就那样吧，我没有什么水平。"

音响里响起主持人的声音："下面有请优秀学生代表，高三（2）班沈礼发表演讲。大家欢迎！"

顾栾拍拍沈礼："到你了。"

沈礼点点头，两手空空，淡定地走上楼梯。

顾栾疑惑地问："你稿子呢？"

"在我脑子里呢。"沈礼指了指自己的脑袋，笑道。

太阳从他身后照过来，让他的周身泛着金光，像被镶嵌了一圈金边，炫目璀璨。有一瞬间，耀眼得顾栾睁不开眼。

沈礼挺直脊背走上主席台，握住话筒，往台下扫视一圈，张口朗声说："各位老师，各位同学，大家下午好。我是高三（2）班的沈礼，今天很荣幸能给大家讲述我的学习经历。"

台下，张文凯扭头小声讨论："咱们栗子像模像样啊！"

冯锐意也忍不住勾起嘴角："他可不是一般人。"

那可是他们605寝室的骄傲！

"人生当然不只是这一场考试，但是无论是哪场考试，都有它的意义。这是属于我们自己的人生，这场一期一会的考试，只有我们自己可以负责。"

阳光下，徐徐微风扬起沈礼额前碎发。少年瘦削挺拔，清隽秀气，如一棵小白杨矗立林间，自由肆意，傲然风骨。

他的声音温和清洌，处于少年和成年人之间的柔和微哑，以及独属于他标志性的上扬尾音。

他目视前方，目光灼热而干净，一往无前。

高三（2）班全体同学都忍不住挺直了腰杆，骄傲地扬起下巴。

沈礼的稿子写完后只读了一遍，他就能抑扬顿挫、缓和温柔地全部背下来。

夏景咋舌，然后忍不住抿嘴心虚——里面有好多句子都是她在复制样文的时候看见过的。

偏偏这时胡东还要小声跟她感慨："沈礼的文笔真好啊！"

"好吗？哈哈。"

好吗？都是她找的。

稿子的最后两句话，却是沈礼有感而发，现场原创。

"同学们，不过百日，迎难而上，你将会看见自己美好的未来。

"愿我们都能一往无前，走向远方。祝我们的青春，可以永远灿烂，耀眼！"

全场静默半秒，下一秒，掌声雷动。

长风划过天际，红色长幅如鼓掌般在风中"啪啪"作响。有飞机划过蓝天，留下长长的白色尾迹云。

晴空万里，少年们的目光炽热，青春洋溢，充满希望。

顾栾踩上几级台阶，探出一双眼睛偷看。

沈礼站在主席台上，背影瘦削却恣意耀眼，微长短发随风飘扬。

春风十里，少年如歌。

"上去。"身后的老师突然塞给顾栾话筒，说道。

顾栾一怔，慢慢地走上主席台，站到沈礼身旁。

扬声器里是主持人庄重的声音："下面，全体同学宣誓。"

每届高三学生在百日誓师大会上宣誓是浮高的惯例，高二作为预备役也会在一旁见证。

顾栾已经背下了那段正经但热血的誓词，站到了沈礼右手边。

沈礼扭过头，两人对视一眼，都在对方眼里看到了笑意和希望。

这是一种充满安全感的希望。

两人深吸口气，同时开口："冲刺的号角已经吹响，我谨以青春的名义在此宣誓……"

台下全场高三同学跟着读，整片操场上都是少年们的扬声宣言，铿锵有力。

顾栾微微扬起下巴，阳光照进眼里，但他脸上带着笑。

看，全校同学和老师都看见了他和沈礼一起宣誓，他有资格站在沈礼身边。

"无愧于青春，无愧于未来，无愧于自己！"

声音落下，划破长空的是扬声器里久久回荡的声音。

多年后，少年们终将长大、成熟，但他们会在一生里回忆这段枯燥却炽热的青春，在这一千多个平凡的日夜里，寻找青春里的悸动与热血。

平凡的校园里，再平凡的人生也有着熠熠生辉的光，留下的，是每个人曾经挥洒的泪水、汗水，以及铮铮誓言。

顾栾在心中默默宣誓。

他也会无愧于沈礼。

高考百日倒计时正式启动，教室里，痛苦的哀号声和蜡黄的脸色越来越多。

随着自招考试的到来，一整周时间都只有一半同学在教室里。

张文凯报了Z大的自招，他高考如果正常发挥，也是能过Z大分数线的，但他对自己的心态心知肚明："我这人，题目简单就考得差，题目难就考得好，发挥不稳定。我还是老老实实先考一下自招，没准可以加分。"

冯锐意问："不拼一拼T大？"

"不了，T大化工还不如Z大呢。"

他第二天就要坐动车去考试，面试和笔试需要两天时间，于是请了三天假。

其他三人帮他把行李整理好，送他出校门，并预祝他考试顺利。

"考试加油！"沈礼握拳鼓励。

张文凯挠挠头："那个……栗子，我有一个不情之请。"

"什么？"

张文凯从口袋里掏出一张正方形的红纸，又吃力地从书包里拿出一支软头水笔："麻烦你在这张纸上写一下'张文凯逢考必胜'，再签个名，好不好?"

沈礼愣了愣。

冯锐意:"……大头,你别告诉我……"

张文凯马上接话:"对,这张纸我妈去开过光的。"

沈礼:"你什么时候也开始封建迷信了?"

"这不叫封建迷信,这是安慰剂效应。"张文凯把纸笔塞到沈礼手里,转过身,"你垫我背上写。"

沈礼无奈地叹气,没有拒绝,写下了这些字。

张文凯还在碎碎念:"然后再按照大师教我的手法叠起来,随身携带,到时候我笔试、面试的时候都能感觉如有神助。"

沈礼写好后交给他,听到这话,翻了个白眼:"你最好是!别到了考场被当小抄抓起来。"

张文凯坐上来接他的小汽车,张父还从驾驶室探出身来对他们招手。

冯锐意一边挥手,一边感慨:"真羡慕大头,能有机会参加自招。"

沈礼拍拍他:"后天我就出门了,免笔试,羡慕吗?"

冯锐意腹诽:栗子,我杀了你!

冯锐意也报了一所985学校的自主招生考试,但是他成绩中等,初筛都没过。他自我安慰:这所学校不是我向往的公安大学,我本来就是凑热闹试试。

沈礼发现顾栾一直默不作声,疑惑地看他:"顾栾,走了,回教室了。"

走了两步,沈礼回头发现顾栾依旧落在身后,没有跟上。他看出顾栾有心事,便招呼冯锐意先回教室,然后回到顾栾身边。

"顾栾,你怎么了?"

顾栾摇摇头,表情欲言又止。

沈礼感觉不对劲,追问:"你一定有心事,告诉我吧。"

顾栾深深吸了口气,舔了舔干涩的唇,斟酌用词,将自己一直压着的心里话说了出来:"你大后天去首都考试,对吧?"

"嗯。怎么了?"

"我觉得你一定能考上的,至少能拿到加分。"

这种鼓励的话,不太像顾栾的风格。

沈礼皱着眉,双手环胸,审视他:"有话快说。"

"我的意思是,你在首都读书是板上钉钉的事儿了。有件事我一直没告诉你……"

说着，顾栾紧张地呼出一口气，抬眼看沈礼。

有风拂过，大台阶上的迎春花灿烂绽放，粉色和黄色的花瓣在风中摇曳。

"其实上学期首航招飞的考试……我去参加了。"顾栾紧张地顿了顿，"体检很复杂，但是我身体条件很好，所以……过了，进了候选名单……"

为了表示自己条件优秀，他还特意加了一句："那时候报名的有两三百号人，进候选名单的人可能才二十个吧。"

沈礼愣了半天，看着顾栾，平时灵活的脑子这会儿宕机了，半天没反应过来。

他眨眨眼，问："什么意思？"

"意思就是……只要我高考分数在一本线以上，就能进首都航天航空大学……如果运气再好点，可能还不需要考那么高分数……"顾栾说完，紧抿着唇，不敢再表态。

电光石火间，沈礼回忆起上学期两人冷战闹得最僵的那会儿，顾栾突然莫名其妙地请了一天假，但当天下午就回来了。当时他说是家里有事，却没有说过具体是什么事。

现在仔细想想，顾栾什么时候管过家里的事了？他最讨厌回家了。

原来他当时是去参加招飞体检初筛了……

"你要考民航飞行员，这种事为什么要瞒着我？"沈礼问。

顾栾长长地舒了口气："我本来想告诉你的，但是又怕你说我是曲线救国，是胆小鬼。那时候我俩不是吵架了吗？"

眼看着沈礼瞪起眼，顾栾立刻改变口风："虽然都是我臆想的……"

沈礼翻了个白眼，冷笑一声："倒是没猜错。"

顾栾说："后来我想再开口，却一直没有找到合适的机会了。"

"顾栾，你真的差点害死我了。"沈礼怒目圆睁，"要不是许老师劝说我报自招考试，我可能真的就放弃 B 大的校长推荐名额了。这种事你应该早点告诉我！"

"我哪知道你会因为怕我考不上首都的学校，自己降低要求啊？知道这样，我早跟你说了。你当时告诉我，我真的吓出一身冷汗。"

两人边说着话，边往教室走去。

自习课时间，每间教室里都安安静静的。

沈礼虽然不高兴，但由衷地松了口气。

顾栾比他想象中的更加机敏，也更擅长把握机会。他知道，顾栾是个很聪明的人，只是过去没有人引导，耽误了太久。

虽说顾栾找了另一条道路奔向梦想,但这条路一样不好走。

"我知道,能过招飞的体检,证明你先天条件适合这条路。如果考上了,后续的路依旧很难走,会很辛苦,你一定要坚持。"沈礼语重心长,仿佛个老爷爷似的。

顾栾听笑了,眼里亮亮的:"放心吧,我什么苦没吃过啊?"

他双手十指交错枕在后脑勺,昂首阔步地往教室走,嘟囔着:"平时我烦死顾安和江灵了,其实这次倒是非常感谢他们。"

闻言,沈礼疑惑地看他。

"我小时候身上不是有一些伤嘛……"顾栾说到这里,顿了顿。

沈礼眼底一暗,他自然知道顾栾指的什么伤。

"我本来就不是疤痕体质,而且当时很少有破口,少数几个比较明显的伤口,江灵带我去医院做了祛疤,不仔细看几乎看不出了。"顾栾感慨,"体检的时候脱衣服检查皮肤,我当时生怕卡在疤痕这块,幸好没有什么影响。"

沈礼垂着头,勾了勾嘴角。

这的确是江灵的做派,特别在意外表。他小时候被江灵养得白白胖胖的,谁见了都想掐一下。只是后来他受了刀伤,还没有来得及做保养,就换回他的亲生家庭去了。

"无心插柳柳成荫。"沈礼低声说了一句。

顾栾低头看着沈礼,见他情绪不高,有些失落,立刻紧张地说道:"等我赚了钱,也带你去韩国祛疤!"

"有病吧你?"沈礼哭笑不得,"我又不当飞行员,一个大男人有疤就有疤呗。"

教室就在前方,沈礼摇摇头,快走几步进了教室后门。

顾栾心头一紧,抬脚跟上去,在心里暗骂自己:好好的,没话找话,提什么江灵!

因为沈礼收到面试通知短信比较迟,距离面试不过三天时间了,他跑到学校机房,手忙脚乱地查机票。

只有三天时间了,距离起飞当日太近,机票都贵得吓人。沈礼看着那一串串让他心脏疼痛的数字,有一瞬间想干脆放弃面试。

他打开手机短信,翻看最新一条银行短信,看见上面的余额,他的心情才好了许多。

来回路费加食宿,也不过五千块钱,买吧!

沈礼回到教室时，顾栾从题海中抬起头，着急地问他："飞机票买了吗？"

沈礼轻咳一声："我明天去动车站买动车票吧？"

"……你不是吧？吝啬到这个程度？"顾栾拔高声音。

现在正好是自习课，教室里安安静静的，他这一声，吸引了全班同学的目光。

夏景一直竖着耳朵偷听，闻言也转头喊："是啊，沈礼，你是去面试B大耶！没必要委屈自己坐动车吧？"

顿时，全班同学都明白了沈礼是怎么回事，立刻议论开来。

"什么？沈礼去首都要坐动车？不行！不能亏待自己了！"

"就是啊，沈礼，你坐飞机可以节省很多时间，坐动车得七八个小时呢，太累了。"

"沈礼，你缺多少钱，我们借你，等你考了市状元拿了奖金再还我们也不迟！"

沈礼抽了抽嘴角："你也是真看得起我……"

跟沈礼同学三年，班上同学谁不知他的性格？他什么都好，就是小气吝啬，但这并不是什么讨人嫌的坏毛病，这反差反倒让人觉得有趣。

同学们纷纷表示要给沈礼筹钱，沈礼十分感动，然后只好赶鸭子上架似的掏出了银行卡。

"不了不了，我有钱，有钱。机票我买还不行吗？"

胡东喊道："沈礼，我舅舅是开旅行社的，我让他帮你订机票吧，有折扣。"

沈礼双眼一亮："那好啊！我占便宜等不到明天，赶紧联系！"

教室里笑声四起。

顾栾笑看着沈礼贴在胡东手机旁报着自己的身份证号，心里满满的都是温暖和快乐。

真好，所有人都以爱互相包容着。

他很庆幸，当初转学进入这个班级。

白色的飞机划破长空，留下长长的尾迹云。顾栾趴在走廊栏杆上，仰头望着"钢铁飞鸟"在天空翱翔远去。

他低头，操作着手机，在605寝室群里发了一条信息：沈礼，到了吗？

首都机场，飞机缓缓靠近航站楼。

两个半小时的行程终于结束，沈礼起身，慵懒地伸了个懒腰，按捺不住心中的兴奋。

他只背了一只大大的帆布包，轻装上阵。

走过长长的接驳口，进入航站楼后，沈礼打开手机。虽然这不是刚流行起来的智能机，但拍照功能也足够了。

他"咔嚓咔嚓"连拍几张照片，然后发到了QQ群里，说：到啦！

顾栾很快回复：这两天都停课了，只布置了作业，正在写。

配图是他拍的作业本照片。

手机相机的分辨率比沈礼的手机高，照片清晰到几乎能看到作业本上的字。

沈礼：顾栾，你的字太潦草了。

顾栾：你飞回来管我？

顾栾这是心态膨胀了？

沈礼把现金藏在了背包夹层里。第一次揣着几千块钱出门，他惴惴不安，于是一直反背背包，把包抱在身前。

也不知道哪家酒店的住宿条件好，沈礼咬咬牙，干脆在学校附近的宾馆住下了。

既然已经买了机票了，那再多花点钱住好点的宾馆也不算什么，他又不是没钱。

张文凯已经凯旋，在群里喊道：一回学校就好多作业。栗子，你加油啊！回来借我抄作业！

沈礼：大头，你结果如何？

沈礼正好跟张文凯错过时间，两人没有在首都见到面。

张文凯自招考试结束后，面试当天下午就直接公布了成绩。

他发了个笑脸，喜悦之情溢于言表。

冯锐意帮张文凯回答：可以加二十分。大头高考只要正常发挥，考Z大没问题了。

这的确是一个好消息，沈礼替张文凯高兴，这像是给了他一针强心剂，也让他更加有信心。

他安排好住宿，休息了一下午，在附近的面馆吃了碗牛肉面加一个荷包蛋。面清汤寡水的，但是味道很鲜美，还可以免费加面。沈礼加了两次面，面馆老板脸都黑了。

宾馆的房间装潢很新，简约干净，服务也很好，只是他一个人坐在躺椅上看电视时，总有一种不安的空虚感，很孤独，好像这个空间里不应该这么安静，应该还有别人的声音。

房间内，应该有顾栾求饶不要背书的哀号，冯锐意会坐在一边玩手机游戏，手机的游戏音激烈震撼，张文凯会围在冯锐意边上激动地大喊大叫，比玩游戏的人还夸张，然后冯锐意就会扭头要张文凯安静。

过去沈礼总是嫌他们吵，可是现在真的安静了，他又想念那种热闹。

他在手机里翻看手机号。他这部名义上属于顾栾的手机里，存着的号码一双手就能数过来。

向下键一摁，就摁到了头。

他选定顾栾的名字，拨通了号码。

"嘟——嘟——"响了两下，那头就接通了。

顾栾的声音低沉，还透露着着急："喂？沈礼？"

沈礼起身，走到床边一头倒下，四脚朝大地躺在床上看着大化板，没话找话："吃饭了吗？"

顾栾沉默了半秒回答："刚吃完，我回寝室休息呢。"

"大头和大哥呢？"

"他俩在隔壁寝室看电影。"

沈礼"哦"了一声："你怎么不一起去看？"

顾栾心说：我等会儿就过去一起看了，这不是正好回寝室换身衣服吗？

他嘴上却冠冕堂皇："你给我布置的作业我得写完啊。"

沈礼腹诽：这话听起来怎么这么不可信呢？

走廊里传来张文凯的招呼声："顾栾，赶紧的，我们看五分钟了！"

顾栾急忙捂住手机话筒，喊道："知道了！别催！"

沈礼已经听到模糊的声音了，猜到了是怎么回事，但他没有拆穿。这个时候，他也很想跟他们一起头挨着头挤在小桌子前看电影。

"什么电影啊？"

"哦，《让子弹飞》。"

两人有一搭没一搭地聊着，内容极其无聊。

顾栾一边着急看电影，另一边又不忍心挂断沈礼的电话。

他想了想，问："沈礼，你是不是想我们了？"

沈礼的心漏跳一拍，沉默着，没有回答。

顾栾知道自己猜对了。

他跟个老大爷一样，慢悠悠地说："要不是你要我做作业，我都已经陪你一起去首都了。你看大头都有爸妈陪着，你总得有我陪着吧？"

沈礼黑着脸:"你占我便宜呢?"

一个个的,都想当他爸爸。

顾栾轻笑一声:"其实今天顾安还打电话问过你。"

"问我什么?"沈礼本能地想避开跟顾安、江灵有关的话题,却又饮鸩止渴般忍不住问下去。

"他知道你拿到校长推荐名额了,问你是不是已经去首都了,还说他可以帮你安排一下在首都的食宿。但被我拒绝了。"顾栾义愤填膺地说,"他看你有大好前程就开始巴结你了,想得美!"

沈礼气道:"你为什么拒绝?我今天钱花得心痛死了!早知道有占便宜这种好事,你早跟我讲啊!"

顾栾:"沈礼,你有点原则好不好?"

"一分钱都是我身上流出来的血啊。"

这一瞬间,顾栾想立刻挂断电话,不再跟沈礼聊天。

沈礼只是太无聊才找顾栾侃大山,眼见着顾栾已经错过十分钟电影了,他也不再恋战,放过顾栾。

"你好好'做作业',我去洗漱了,明天得早起。"

"好,你要加油!"

等顾栾挂了电话,沈礼长叹了一声,胸口的浊气被缓缓吐出。

的确,别人参加自主招生考试都有家长陪着,就他没有,而且他还是去B大这么顶尖的大学。

他曾想过告诉赵红花自己要去面试B大的自主招生,可是犹豫再三,他还是放弃了这个念头。

他和赵红花有一种默契,就是高考结束前,最好不要联系对方。赵红花不想影响沈礼最关键的几个月,沈礼也不想在原生家庭的破事上分心。

倒是顾安的反应让沈礼意外。顾安能得知自己的近况,沈礼不稀奇,只是明明两人都已经不再是父子了,顾安还能说出表达关心的话。

沈礼把冷水扑在脸上,脸颊被冰得泛红,大脑却根本停不下来。

对于顾安拐着弯的关心,沈礼很想无动于衷,但他的大脑还是产生了分歧:一个声音在说"假惺惺!别被他的小恩小惠打动了",另一个声音却说"被人关心的感觉真好"。几分钟的思想斗争后,沈礼坚定了一个信念,就是不管怎么样,人都要靠自己!

沈礼躺到床上,闭上眼,心想:明天,就是我走向自己光明未来的启程之路。

沈礼因为校长推荐名额免去笔试，直接获得面试资格。面试流程漫长，需要整整一天，有考官面对面问答、无领导小组讨论，还有一个中英双语的即兴小演讲。

午休的时间，考试小组发了餐券，让考生们可以在校内食堂就餐。食堂的饭菜丰盛，干净营养，重点是免费的。沈礼吃撑了，一直不停地打嗝。

最后一轮面试结束从考场出来，沈礼累得只剩下半口气了。此时已经临近傍晚，他早就饿得前胸贴后背了。

考完试一身轻松，沈礼想着去参观一下繁华的商圈，于是走向公交车站。刚走出几步，他就被一个个子小小的女孩子拦住了。

女孩儿一身学生打扮，身后背着只破旧的脏书包，看着是读初中的年纪。她泪眼汪汪的，脸蛋稚嫩，一开口就带着哭腔："小哥哥，你帮帮我好不好？"

沈礼愣住了，环顾四周，没有人注意他们，忙问："怎么了？小妹妹，有人欺负你吗？"

"小哥哥，我要回家，可是我身上没有钱，你能借我点钱吗？"说到一半，女孩儿吸吸鼻子，又要哭了。

沈礼顿时心疼了："你是跟爸爸妈妈走散了吗？要不你报给我号码，我帮你联系爸爸妈妈？"

"我……我没有爸爸妈妈……小哥哥，我家里人都没了……就我一个人。"女孩儿说完，泪水已经在眼眶里打转。

没有爸妈……

沈礼动了恻隐之心。

"那你家住哪里呢？"

"我家在河南，我来这里找舅舅，舅舅不要我，所以我才想回老家找找爷爷奶奶。可是我身上没有钱……小哥哥，你能借我一点钱吗？一点点就好，以后我还你。"女孩儿拽住沈礼的衣角摇晃着，抽泣道。

沈礼连忙在口袋里摸索现金，劝道："别哭别哭……这样，车票钱我给你，你直接拿着，也不用还我，赶紧去买车票回家吧。"

他心下慌乱，没有思考太多。

"好……谢谢小哥哥！"女孩子破涕为笑，甜甜地道谢。

电话里，顾崃沉默了很久。

手机开着扬声器,张文凯的声音非常突出:"栗子,你是不是傻?"

这时,顾栾问:"你给钱了?"

"……嗯,给了四百块。"沈礼轻咳一声。

张文凯突出的声音继续骂:"栗子,你真是傻子!那就是个骗子!"

"哎呀,那个小女孩看着很可怜,看起来才读初中而已。"

"你也只是个高中生啊!"张文凯喊道。

冯锐意无奈地说:"栗子,平时你抠门得很,怎么见到这种事就这么大方了?总不至于因为对方是个女孩子就心软吧?"

"我就是想着……万一是真的,帮上忙了呢?人家可以回家,那不就是最好的结果吗?"沈礼心虚地自我安慰。

其实沈礼已经回过味来了。这几年他没有出过远门,更别提旅游了,的确没见过这种阵仗。寝室里其他三人或多或少见过这种事,知道骗子的套路。

"用小女孩降低你的防范心理,博取你的同情,骗取你的财物。栗子,你这么聪明怎么也上当了?"冯锐意叹道。

沈礼低声说:"算啦,反正也就四百块钱。往好的方面想,这个女孩子的身世或许没那么苦,也挺好的。"

顾栾一直没有说话。他知道,沈礼是耳根子最软、心地最善良的那个人。平时花十块钱都要心痛得"嗷嗷"乱喊的人,这会儿却说"也就四百块钱"。

当初,那么爱吃东西的一个人,见自己身上带着伤,饥肠辘辘的,也愣是咬牙把手上的煎饼馃子递给自己了。

无论如何时过境迁,沈礼从未改变过。

因为第二天就能出考试结果,沈礼怕错过电话和短信,就在首都多留了一天,打算第二天直接去学校看成绩。

考完试的当天晚上,因为被骗了四百块钱,沈礼虽然嘴硬说没事,但心情依旧有些低落。

为了省钱,他在隔壁小超市买了一盒方便面回房间泡着吃。

这两天是周末,沈礼要周一才回校,他生怕顾栾不好好学习,一再叮嘱顾栾:"我布置的任务一定要好好完成,我回来要检查的。"

顾栾握着手机,知道沈礼看不见,表情非常不耐烦,却温和地答应:"知道啦。"

他转移话题:"你明天除了看成绩,还有什么安排?"

沈礼想了想，说道："我打算早起去看升旗仪式，然后上午去看成绩，下午去天坛或者故宫逛逛。"

"大周末的，人肯定很多。"

沈礼立刻严肃起来："你说得对啊，那我得保护好我的手机和现金。"

顾栾语塞。

次日，天还未亮，沈礼就起床了。昨晚已经通过宾馆前台约好了出租车，他早早地搭上出租车，顺利抵达天安门广场。

一下车，沈礼就看见了巍峨耸立的天安门和偌大恢弘的广场，以及……乌泱泱人挤人的人群。

他猜到了人很多，却没想到居然多到这么夸张。

怎么挤得进去啊？

天还未亮，广场上已经人山人海了。沈礼硬着头皮，凭借自己身材瘦小，愣是挤到了前排，前方旗杆的情况一览无余。

东边的天边蒙蒙亮，远方一片深蓝色，随着时间的推移，逐渐变成湛蓝。

"要来了来了。"身后有人激动地喊。

沈礼心头震撼，打开手机拨通了顾栾的电话。

"嘟——"

护旗队迈着整齐划一的正步，举着国旗往旗杆的方向走来。

身边的大叔大妈们已经举着长长的镜头开始拍照。

"嘟——"

沈礼探头看去，心里焦急，顾栾怎么还不接电话？

护旗队前进的速度不慢，逐渐靠近旗杆，一步、两步……皮靴在地面上踩出铿锵有力的声音，回荡在广场上空。

"嘟——"

天已经开始微亮，人群静默着。

护旗队抵达旗杆，装上国旗，一切动作都有固定的角度和力度，带着庄严肃穆的仪式感。

"嘟——喂？"电话终于接通。

国歌响起，沈礼随众人放下手里的东西，双手垂放在身体两侧，盯着飘扬的国旗缓缓升起。

巍峨庄严，神圣肃穆。

所有人在太阳升起的瞬间望着飘扬的国旗，心生敬畏和崇敬。

有那么一瞬间,沈礼鼻腔泛酸,眼眶发红。

他原本只是想凑热闹,却没想到这种神圣的仪式感会让人几乎落泪。

国旗升顶,国歌声落下,周围举着相机的群众才开始继续拍照。

沈礼举起手机放到耳边,声音里带着兴奋:"喂,顾栾,还在吗?"

手机里静默了两秒才响起顾栾困倦沙哑的声音:"你在看升旗仪式?"

他听见国歌声了。

"是啊!好感动啊!真的非常感动!"沈礼平时文笔再如何华丽,眼下却词穷了,只能苍白地口头描述。

手机里传来被褥窸窸窣窣的声音,是顾栾翻了个身。

他已经清醒了,听到沈礼夸张的语气,低低轻笑一声:"真好啊!以后我们到首都读大学,也一起看升旗仪式。"

这是一个美好的愿景,沈礼相信一定会实现的。

"到时候你买辆车,天没亮就载着我一起去看升旗仪式。我今天打车花了四五十块钱呢。"沈礼感觉肉疼。

那个抠门的沈礼又回来了,昨天豪掷四百块给小女孩儿的豪爽沈礼早已是过去式了。

人群渐渐散去,沈礼挤出人群,一边往公交站点走去,一边跟顾栾说道:"我要去吃庆丰包子和卤煮了,先挂啦!"

"等等。"顾栾突然喊了一声。

沈礼闻声站定了,好奇地等待他发言。

"谢谢你,早上只给我打了电话。"

这个感谢来得猝不及防,沈礼愣了:"怎么了?这很重要吗?"

"在这么庄严重要的时刻,你会第一个想到给我打电话,对我来说很重要。这说明,在你心里,我是最重要的朋友吧?"顾栾语气平静,但内心却满怀期待。

沈礼心头一跳,嗤笑一声,嘴硬道:"你怎么就知道我是因为给大头和大哥都打了电话,他们不接,我才打给你的呢?"

顾栾笑了,长叹一声:"反正我接了就行。"

太阳照常升起,阳光普照大地,长安街一片金光。

这种奇妙的、让人自豪的时刻,沈礼的确按捺不住想跟人倾诉。顾栾说得对,他第一时间只想到了顾栾,没有其他人。

他在金碧辉煌的别墅中长大,落入穷酸草棚里,最后都没有称得上亲人的人。

他想，顾栾是他唯一称得上亲人的存在了。

下午，沈礼得知了成绩，他如果高考志愿填报 B 大，分数线降十五分。虽然不如隔壁班程璐直接保送 Q 大来得痛快，但对沈礼来说等同保送了。

在客观认知里，就算沈礼考砸了，与 B 大的差距也不过十五分内。

这个好消息传回浮高，全班同学都替沈礼开心。老王更是心情一好，给留校苦哈哈写作业的同学们加了一张数学试卷。

"沈礼这么优秀还在努力，你们也要更加努力啊！"

同学们在内心呐喊：谁来救救我们！

自主招生考试最忙碌的一周已经过去，所有同学都回到了学校继续学习，做最后冲刺。

信息技术和通用技术会考就在这周。

对尖子班来说，这两门课高考不计入总分，只需要及格就好，很多同学，包括张文凯都开始摆烂。

沈礼把通用技术的课本背了一遍，就上考场了。

信息技术是机考，时间充裕，大部分同学都提前交了卷。通用技术的会考，一个考场都是同班同学，发下考卷后，同学们都对视一眼，从对方眼里看出了迷茫。

这是啥，为什么感觉没学过？

倒是沈礼，因为把课本背了一遍，卷子对他来说像开卷考试。他下笔如有神，不到四十分钟就将卷子答完了。

检查一遍答案后，沈礼开始无所事事。这会儿交卷太早，他只能抬头看着窗外发呆，时不时趴在桌上小憩。

窗外的竹林在风中簌簌作响，有鸟儿啼叫着穿过林间，春风从窗外吹拂而来，寂静祥和。

沈礼看向窗外，深吸了口气，鼻息间带着竹叶清香，沁人心脾。他下意识地勾了勾嘴角，心中平静。

"嗒嗒"，桌面突然被敲了两下。

沈礼从虚无缥缈的放空状态中回过神来，抬头一看，吓了一跳。监考老师不知道什么时候站到了他身边，一脸阴沉。

"你，交卷后留下。"

监考老师是个四十来岁的男老师，沈礼不认识。

沈礼莫名其妙，难道是看窗外放空违反考试规定了？不应该啊？

他不明所以，但他知道一定不是好事。他非常不安，心里紧张，深吸了口气强迫自己冷静下来。

这时候，他听见了身后的其他声音。

他扭头一看，自己的后桌和后桌邻座的同学涨红了脸，低着头沉默。

"拿出来。"监考老师摊开手心，朝沈礼后桌的男生说道。

那个男生踌躇半天，脸已经红到可以滴血了。他微微抬眼，跟沈礼疑惑的视线撞了个正着。

这两个男生跟沈礼关系一般，沈礼后座那个寸头男生叫刘超，坐在刘超旁边脸上长痘痘的男生叫张靖宇。他们两人的成绩都是中上水平，比较调皮，平时上课总会因为偷偷讲话被老师罚站，但两人都特别聪明。

刘超被桌子挡住的手抬了抬，老师抽回手后，沈礼瞥见老师手上拿着一部手机！

他们带手机进考场？

"管好你自己。"监考老师跟沈礼视线相撞，他冷冰冰地低声对沈礼说道。

沈礼急忙回过头，听见监考老师跟张靖宇要手机。

他俩是在用手机作弊？

可是……这关他什么事？为什么要他也留下？

监考老师收上两部手机后，又回到沈礼身边，低声问："你有吗？"

沈礼一头雾水："有什么？"

他抬头看向老师，眼神里的无辜自然让老师微微皱眉。

老师将信将疑地弯腰瞄了眼沈礼空空如也的抽屉，又顺手摸了一下沈礼的上衣口袋，确认没有东西。

他没说话，只是用疑惑猜忌的眼神盯了沈礼几秒，然后扭头走出考场。没一会儿，巡考老师就来到了考场门口。

沈礼抬头看了一下黑板旁的时钟，还有五分钟考试就结束了。

最后五分钟，沈礼度秒如年，虽然他清清白白，但在考试时被监考老师抓住要求留下来，这种场面前所未见，他依旧慌得冷汗淋漓。

巡考老师和监考老师正在讲话。

沈礼深吸了口气，又看一眼窗外，发现冯锐意正偷偷看着他，表情疑惑地投来关心的眼神。

沈礼抿了抿唇，缓缓眨了两下眼睛。

多年默契,冯锐意看出来了,沈礼的意思是"别担心,没事的"。

顾棪和张文凯在隔壁考场,沈礼很庆幸他们没有跟自己同一考场。以顾棪的性格,要是亲眼见到自己眼下的狼狈,可能要当场闹起来。

铃声惊雷般响起,考试结束,沈礼松了口气。

这令人忐忑不安的几分钟终于结束了。

有同学偷偷溜过来想询问情况,被监考老师赶走。沈礼尴尬地低着头,同学们见状只能先走出考场。

冯锐意看了眼沈礼,忧心忡忡地离开考场,看到前方的胡东就拉住他:"赶紧问老王,沈礼怎么回事啊?"

胡东也很担心:"我正准备去问老王呢……哎,他来了。"

说着,他指向走廊另一头,只见老王从走廊尽头的教室快步走出来,脸色阴沉沉的,一副来者不善的模样。

考场外,有同学围在窗前打探内部情况。考场内,气氛跌入冰点。

沈礼垂着头,战战兢兢的。

两名监考老师和巡考老师站在沈礼身旁的过道,询问沈礼身后的两名同学。

"手机,是你们带进来的?"巡考老师问。

"……嗯。"张靖宇低声回应。

"拿来干什么?"

刘超低声辩解:"只是不记得放在身上,就带进来了……没有用。"

"没有用?"巡考老师嗤笑一声,"监控都拍到了,你们最好是说实话,还可以宽大处理。"

教室正中央有一个可360度旋转的监控摄像头,平时老师没在教室也可以通过摄像头进行实时监控。

这话一出,两名同学都低下头不说话了。

明明跟自己无关,沈礼却莫名臊得慌,仿佛做错事的人是自己。

"别围观了!"门外的老王喊道。

老王作为班主任的威望在这一刻体现出来了,他这一喊,在窗外围观的二班同学都赶紧跑路。

唯独顾棪和张文凯、冯锐意还倔强地站着。

"你们还站在这里做什么?"

张文凯没皮没脸地说:"王老师,栗子是我们的好哥们儿,我们担心他。"

"没什么好担心的,沈礼不会有事。"老王摆摆手,眼里是极具力量的温润,语气坚定,让三个少年心定许多,"赶紧回教室看书吧,跟胡东说一声,同学们自习,让他管一下纪律。"

"好嘞,王老师!"张文凯立刻应道。

说着,他拉着冯锐意和顾栾要离开。

顾栾的脚像钉在了地板上似的,动也不动。

"怎么了?"张文凯问。

顾栾依旧看着教室里:"沈礼他……"

"放心吧。"冯锐意也握住顾栾的手臂,然后和张文凯一同拖着他往教室走去。

等离开老王一点距离,冯锐意才低声说:"老王既然保证了,就不会有事的。我看这事肯定是个误会。"

考场内,巡考老师扭头注意到沈礼:"沈礼,你怎么也在这儿?"

沈礼挠挠头,小声嘀咕:"监考老师让我留下来……"他的声音里还带着委屈。

"哦,我看他一直没做题,侧着身子到处看。他后面这两个学生一直鬼鬼祟祟的,我以为他们三个在传递信息。"男监考老师说道,"就让他留下来了解一下情况。"

巡考老师点点头,问:"那,沈礼你是怎么回事?"

沈礼脸涨得通红,羞愧难当,尴尬地解释:"就是……题答完了,发现时间还早,没事干,就看看窗外……"顺便惬意地文艺了一番,结果"翻车"了。

这种考场上漫不经心的行为不值得提倡,沈礼很羞愧。

监考老师就算不认识沈礼,也听说过他的名字,知道像他这样的学生也没有必要作弊。

巡考老师点点头:"嗯,我刚才已经查过监控录像了,沈礼和后面两个同学的确没有任何交流。这的确是误会。"

监考老师点点头,冲沈礼摆手:"那你先走吧。"

沈礼犹豫地起身,看了眼面前的两位老师:"那……老师们……我先走了?"

"走吧。"巡考老师摆摆手。

沈礼立刻拿上笔袋,往教室门口走去。

另一名女监考老师靠在教室门口的桌边,见到沈礼,善意地笑了笑,拍了拍他的肩膀，轻声安慰："没事哈，别放在心上。"

沈礼感激地看她："谢谢老师。"

他打开教室门往门外走，身后传来巡考老师的一声怒喝："还不肯说实话吗？"

沈礼叹了声气，反手合上门，隔绝了身后的一切声音。

老王还在走廊等着，沈礼见到他，欲言又止。

老王摆摆手，摇了摇头，示意他先回教室。

沈礼鞠了个躬，赶紧离开了。

走廊空空荡荡的，每间教室里，学生们都安稳地坐在桌前看着书，做着题。压抑痛苦的高中生涯，在这一刻像变成实体似的突然逼近沈礼，他第一次感受到考试的痛苦。

不是因为自己被老帅质疑，也不是因为自己被留下的尴尬，他只是在思考刘超和张靖宇为何要作弊。

他们并不是不会学习，也不是成绩不好，只是对这门考试并不放在心上，可是又在意成绩好坏。但如果真的在意成绩，为什么又要铤而走险呢？

沈礼想不通，摇了摇头。

高三（2）班就在前方，他加快脚步正想进门，门突然开了。

"哎，回来了回来了。"有同学贴在玻璃窗前观察。

门内，胡东睁大眼睛打探沈礼身后："就你一个啊？"

沈礼点头，正要开口，被胡东一把拉进教室，门"砰"的一声合上。

"怎么了？"沈礼莫名其妙。

教室内，五十多名同学都睁着黑白分明的眼睛齐刷刷地盯着他，他的视线落在顾柒身上。

顾柒不假思索地和他对视，眼神中透着关心。

"刘超和张靖宇呢？怎么样？"胡东问。

沈礼摇头："我不知道。他俩带手机作弊被抓了。"

"啧，我就知道。我就坐在后面几排，都看到他们的小动作了。"胡东揉了把自己的短发，一脸懊恼。

尖子班的学生作弊被抓，这是多么丢脸的事。全班同学觉得脸上无光，缓缓低下头，教室内气氛压抑。

沈礼回到自己座位上，顾柒低声问："你真的没事吗？"

"没事。"沈礼叹了声气，"倒是刘超和张靖宇……他们可能要挨处分了。"

顾栾皱着眉，摇了摇头："会考都要作弊，不知道他们怎么想的。"

或许正是因为轻视，才会选择傲慢对待。

沈礼皱着眉，想到自己在考场上的所作所为，感觉脸颊像被人扇了一巴掌似的，火辣辣的。

门外传来脚步声，老王阴着脸进入教室。"砰"的一声，他把手上的教案和课本重重摔在讲台上，双手撑着桌面，深吸口气，摇了摇头。

"我对你们很失望。"

教室里凝滞般的寂静，老王的声音低哑，却石破天惊一般，让所有人的心一颤，垂下了头。

少年们心中都知道，虽然不是他们本人作弊，但他们是一个集体，班里一人犯错，所有人都丢脸。

沈礼更是难受。

考试的时候他东张西望，看着窗外走神，被监考老师误以为作弊。就算他是清白的，就算是误会，他依旧感觉到羞愧。

"敢带着手机进考场，我平时是这么教你们的吗？你们这一次作弊，那以后呢？高考也打算作弊？把考试当什么了？"老王拍着桌子骂道，然后起身在教室过道上缓缓踱步，巡视全班同学。

"我知道你们觉得通技课而已，用不上。一个会考而已，考及格可以毕业就行。是不是这样想的？"老王说罢，嗤笑一声。

他语重心长，字字沉痛："不要小瞧任何一场考试！"

他的手掌落在沈礼的课桌桌面上，震得整张桌子都在颤抖。

沈礼不自觉挺直腰杆，脸颊滚烫，知道老王是在点醒自己。

"就算是你们认为微不足道的考试都是人生历练。未来人生还有许多这种历练，你们瞧着不过是小事，影响不了你们的人生。"他走到教室后面，转过身，提高声音问道，"但你们扪心自问，真的是这样吗？一场考试可以体现你们的品质、你们的态度，可以看出你们对自己是否负责，是否真诚。

"像刘超和张靖宇这种耍小聪明的同学，轻视考试，态度傲慢，现在被抓个现行，小小处分一下，或许还能改正，若是抓不住，以后早晚会出大问题的！"

老王的话在教室里回旋，在同学们心中回荡。

沈礼垂下头，深吸了口气，检讨自己最近是不是心态有问题。

这个时候，刘超和张靖宇回来了。

两人挤在教室门口,脸都红得滴血,眼神游移,不敢踏进教室。

"回来了?回座位坐着吧。"老王站在教室后面,朗声招手,没有再多批评半句。

教室内的气氛依旧压抑,但老王像无事发生似的,不再提及这件事。

这件事就这样翻了篇,直到两天后学校处分结果出来,沈礼才知道发生了什么。

老王虽然很痛心,但他依旧在学生办替刘超和张靖宇跟教导主任和副校长求情,希望念在两人初犯,从轻处理,不要影响高考。

最后学校也的确只给了一个警告,没有记录在档案里。

胡东坐在夏景的座位上,对沈礼叹气:"老王还是心软啊。"

夏景回来,发现被鸠占鹊巢了,拍着胡东的肩膀要他起身,说:"老王一直对我们很好啊,要我是他,我当时肯定也生气。我们是尖子班呢,这么简单的会考,居然带手机作弊,这也太离谱了!"

胡东起身把位置让出来,又坐到了顾栾的座位上:"现在已经是最好的结果了,希望刘超和张靖宇能记住教训,以后不要再犯错了。"

沈礼点点头:"别说他们了,我都知道错了。"

胡东一头雾水:"你知道什么错了?"

"咳。"

一只带着水珠的修长大手划过胡东眼前,从沈礼桌上的纸巾盒里抽出纸巾,擦拭手上的水珠。

胡东一怔,抬头看去,尴尬地笑了笑:"哟,顾栾回来啦?"

班上大部分同学始终还是有些忌惮顾栾,因为顾栾长得高,整天阴沉着脸一副不高兴的模样。

最初他刚转学进来时,那一副校霸的做派可是给人留下了深刻的印象,就算在沈礼的带领下他"弃恶从善",依旧无法改变大家的初印象。

胡东脑子里只有一个念头:不能惹顾栾,他看起来好能打架!

他立刻起身,笑眯眯地说道:"你坐。"

顾栾莫名其妙地看他一眼,再看看沈礼,呆呆地回了一句:"谢谢?"

"不谢不谢,我回去了。"胡东赶紧跑回座位。

"他怎么了?"顾栾指了指胡东,表情疑惑。

夏景撇撇嘴,笑道:"他感觉生命受到了威胁。"

顾栾歪了歪脑袋,一脸莫名。

Chapter 14
结局

清明节假期,高三放了两天假。

顾栾原本不想回家,却接到了顾安的电话。

他没好气地按了接通键,还翻了个白眼:"有事吗?"

沈礼从卷子上抬起眼看他,听到这语气,瞬间明白了是谁来电。

顾栾瞥了沈礼一眼,干脆将手机放在桌上,打开了扬声器。

顾安的声音很低沉,充满了威严和不容置喙:"清明节,回来给爷爷扫墓。"

一听到这话,顾栾愣了愣,看向沈礼。沈礼明显也怔住了,瞳孔一缩,屏住了呼吸。

顾栾没有第一时间回答,顾安却继续说了下去:"把小礼带上。"

他顿了顿,又说:"爷爷会高兴的。"

沈礼心头一跳。

顾栾看出他的心动,于是闷声闷气地"哦"了一声。

"半个小时后来接你们,赶紧整理行李。"说罢,顾安就直接挂了电话。

顾栾皱着眉,生气地说道:"你看看,他好没礼貌啊!"

他嘴上再怎么抱怨,最后还是乖乖坐上了顾安安排的车回了家。

今晚很难得,顾安和江灵都在家,见到沈礼来他们也没有表现异常,只是招呼阿姨上菜,然后一起吃晚饭。

在顾家吃饭,无论是顾栾还是沈礼,都感觉很压抑。若是只有江灵在倒还好,因为顾安浑身的压迫感让人抬不起头,消化不良,胃都难受了。

顾栾偷偷瞄了眼沈礼,见他神色不佳,顾栾随便吃了几口饭就放下筷子:"吃饱了。"

"这就饱了？别等会儿偷吃零食。"顾安皱着眉说。

"我都几岁了还偷吃零食？"顾栾嗤笑。

要吃也是直接吃啊！

沈礼也跟着放下碗筷，低声说："我也吃饱了。"

顾安打量着沈礼微微凸起的手腕关节，莫名的心情不爽。但沈礼毕竟不是自己儿子了，他不能像训顾栾一样说话。

他换了个说法："现在学习压力这么大吗？"

"啊？"顾栾和沈礼回头看他，感觉莫名其妙。

"都赶着去看书？"

沈礼抿着唇，立刻明白了顾安话里的深意，倒是顾栾一头雾水。

"刚月考完，给顾栾复盘一下。"沈礼说罢，跟着顾栾上了楼。

两个孩子一离开，餐厅顿时安静下来，气氛凝滞了。

江灵也放下了筷子，轻笑一声："我们这辈子都欠小礼的。"

"你什么意思？"顾安瞪她。

"我们把他抛弃了，结果他还不计前嫌辅导小栾，让小栾能从本科都上不了线进步到或许能进首都航空航天大学。顾安，别告诉我，你不觉得松了口气。"

顾安没反驳。

"之前你一直说小栾脑子笨给你丢脸，现在事实证明，孩子不笨。"江灵起身，挺直脊背往楼梯走去，"笨的是我们。"

无论来顾家几次，沈礼都不自在，好在这次只住一晚。

次日清晨，天空灰蒙蒙的，压着厚厚的乌云。春雨绵绵，湿润的空气中透着凉意。

黑色的车子驶向墓园，沈礼和顾栾穿着白色卜衣黑色裤子，抿着唇，面无表情。

雨渐渐密集，墓园到了。

墓园森森，庄严肃穆，拾级而上，两侧是一排排的墓碑，有的墓碑前已经摆了新鲜的菊花，黄白相间，寄托着亲人的思念；有的墓碑前有人正在扫墓，蹲在墓前说着什么。

顾爷爷的墓在最上层。沈礼收回视线，跟着顾安和江灵来到了老爷子的墓前。

黑色大理石墓碑隐约透着漂亮的金线，老爷子的照片印在墓碑上，依旧是沈礼印象中那个精神矍铄、面善温和的老人家，他眼里还是透着记忆里的温柔，带着笑意看人。

沈礼小时候摔倒，他会扶起沈礼，吹着沈礼擦破了的膝盖，轻声安慰："爷爷给你吹吹就不疼啦！"

沈礼送上手中的雏菊，雨水落在花瓣上，让小小可爱的花朵更加晶莹剔透。

他鞠躬，在心里默默念着：爷爷，我来看你了。你一定已经成为天上的一颗星星了，我知道你会在天上看着我。我会照顾好自己，考上好大学，让自己能够独当一面，不再被人欺负，也不再害怕被人抛弃。爷爷，顾栾会和我一起成长，我们会互相扶持，所以你不用担心我们。我们很想你。

雨渐渐停了，天依旧黑沉沉的，湿润的空气里凉意阵阵。有阳光透过云层，洒在墓园里，金光璀璨，灿烂耀眼。

沈礼抬起头，看向那道光束，弯起眉眼笑了。

爷爷，你听到了，对吗？

清明节后，所有人又回到了原先的生活节奏里。

随着高考倒计时牌上的数字越来越小，同学们学习的压力越来越大，气氛更加紧张。

隔壁一班和三班都发生了一些事，有同学选择在最后不到一百天时留级，重新读高二，也有同学因为肺气肿连夜坐上救护车。

为此，老王特地在晚习课开解同学们："适当的运动加上充足的休息，才是支撑你们走向胜利的关键。"

话虽有道理，却不是人人都能听得进去的。

男生寝室二楼，基本上都是高三考生的双人寝室。

张文凯觉得这里更像夜不休自习室，可以整晚挑灯夜读。毕竟几乎每间寝室的灯光都能亮到凌晨，有些同学甚至可以熬到天明。

清晨，《中国之声》的广播照旧准时在六点三十分响起。

顾栾准时起床，洗漱完毕后坐到书桌前。

上铺的沈礼裹在薄薄的空调被下，整个人缩成一团，睡得天昏地暗。

顾栾无语地戳了戳沈礼的被子，卷成小山包的人动了动，"嘤咛"一声。

顾栾翻了个白眼："我是问你，早饭吃什么？"

"肉包子，三个！豆浆！"沈礼从"山包"里伸出三根手指。

顾栾背上背包，丢下一个字："猪。"

他推门出寝室，正好隔壁寝室的冯锐意也推开了门。

顾栾点了点头，当打了招呼。

冯锐意回头催促："大头，快点！"

"催催催，催什么催！你们先走！烦死了！"门内传来张文凯不悦的回应。

顾栾一愣，小声问："怎么了？"

冯锐意无奈地摇摇头，拉着顾栾到门边，往内瞅了一眼，然后飞快扯着顾栾离开。

双人寝室内，张文凯坐在床上，手边是重重的书包。他脸色铁青，唇色泛白，眼底是一圈深深的乌青，头发也有些凌乱。此时他看着地砖，正在发愣。

冯锐意带着顾栾快步下楼，等到了楼，顾栾才回过味来，问："怎么回事啊？"

"唉……"冯锐意叹了声气。

两人往食堂走去。

顾栾皱着眉，追问："是熬夜了吗？我看大头状态很差，看着颓废又躁郁。"

冯锐意点头："他已经熬了不止一个大夜了。"

顾栾点头。

他们两个寝室相邻，顾栾自然知道张文凯的作息习惯。

不知道是考试压力太大，还是隔壁班有问题的同学让张文凯产生心理负担，他已经连着两周没有睡过一个好觉了。

起初他还会抱怨自己睡不着，第二天还得喝咖啡。喝了咖啡后，他晚上又兴奋得睡不着，于是恶性循环。

到了后来，他就干脆熬夜看书。

他还想强作乐观："反正睡不着，就利用时间好好看书吧。"

冯锐意叹了声气，摇摇头："他每天晚上熬夜看书到三点，就睡三个多小时。你见到他在教室里每节课下课都要泡咖啡吧？困得要死了就靠咖啡续命。咖啡喝这么多，情绪和状态能好到哪里去啊？"

"咖啡因摄入这么多……心脏真的受得了吗？"顾栾有些担心。

冯锐意也神色担忧。

顾栾轻"啧"一声："大头的成绩已经很好了，目标学校还有加分，他这么拼,身体迟早会垮的!"

冯锐意点点头。此时已经到食堂了,他想了想,轻声说道:"其实……大头没有我们看到的那样乐观。"

顾栾一怔。

顿了顿,冯锐意仔细斟酌自己的用词:"大头……心里的包袱太重了,怕失败,但又不肯承认自己害怕。他总觉得自己没有栗子成绩好,家里条件也不如我们,他的人生试错机会很少。"

顾栾沉默地吃着鸡蛋面,仔细思索冯锐意这句话的意思。

和张文凯认识这半年,顾栾一直认为张文凯是他们的开心果,看着无忧无虑的,搞笑作怪,行为夸张,但是很有趣。只是他没想到,张文凯也会因为压力大而焦虑。

"要给大头带早饭吗?"顾栾叹了声气,问道。

"不用,"冯锐意挑眉往食堂门口看去,"他自己来了。"

顾栾一怔,回头望去。

张文凯没精打采地走进食堂,面色暗沉,但是衣服拾掇得干净整洁,眼下依旧是一圈乌青,状态看着好了一些。

"等一下我。"张文凯丢下一句话,大步走向打饭窗口。

顾栾和冯锐意对视一眼,无奈地摇摇头。

早读铃声结束的最后一秒,沈礼狂奔进入教室后门,一屁股坐在椅子上,气喘吁吁。

夏景转身看着自己的手表:"迟到一秒。"

"那你报警啊!"沈礼理直气壮地挺起腰杆,饿狼吃肉似的啃着包子。

夏景撇撇嘴:"沈礼,你看着瘦,其实体力很好吧?"

沈礼已经吃下第一个肉包子了,他喝了口豆浆,平复呼吸,问道:"怎么说?"

"看啊,你每天早上踩着铃声进门,那从寝室楼到教学楼,再爬上五层楼进入教室,这一路你都是百米冲刺的速度,你这体力可以啊!"夏景拍了拍沈礼细瘦的胳膊。

沈礼欲哭无泪:"这都是被逼无奈啊!"

凉爽的空气里隐隐带着湿气,雨季快到了。

天空湛蓝,白云层峦叠嶂如同山岳峰峦,微风从教室里穿堂而过,带着泥土芬芳。

天井里的竹林在风中簌簌作响，有鸟儿在走廊栏杆上排排站，叽叽喳喳的。

物理老师把教案往桌上轻轻一拍，站在台上指着投影里同学们错误率极高的题目，怒火中烧。鸟儿一下噤了声，扑打着翅膀逃离是非之地。

"下次知道了吗？"讲解完这道题，物理老师回过身，双手撑在讲台上，问道。

同学们低声回答，声音参差不齐。

坐在后排的张文凯垂着头，脸色苍白，眼神游离，大脑袋一点一点，离桌面越来越近。他察觉到自己意识神游，立刻摇摇头，想让自己提起精神，可是随即而来的胃痛让他蜷缩起来。

"张文凯？你怎么了？"同桌问。

物理老师注意到了异样，皱着眉看过去。

同桌拍拍张文凯的手臂，张文凯突然身体往前一弓，一个痉挛，然后只听见"呕"一声，张文凯立刻用双手捂住了嘴巴。

物理老师赶紧下了讲台走过去。

张文凯缓缓松开双手，同桌瞪大双眼，看着从他指缝里淌出的鲜红血液，吓得尖叫："啊！老师！张文凯吐血了！"

冯锐意、顾栾和沈礼猛地站起来，往张文凯的座位围过去。

"都坐回去，别围观！"物理老师说道。

"老师，大……张文凯是我们室友！"沈礼着急地说道。

物理老师皱着眉，说道："那你们先把张文凯背去医务室，我叫救护车。"

冯锐意和沈礼扶起张文凯，顾栾弯腰，把张文凯背起来，三个人一起往医务室赶去。

医务室在隔壁栋教学楼一楼，从五楼赶过去，还得背着一个不瘦的张文凯，着实不是一件简单的事。

沈礼小声安慰："大头，你哪里难受啊？忍着点，马上就到医务室了。"

张文凯苍白着脸，哀号："胃好痛啊……肚子也好痛，想拉肚子！"

顾栾没好气地说道："你忍着点，等到楼下再去拉，现在拉，我和你都得摔下去！"

"你……你凶我……"张文凯委屈地哭道。

都到这个节骨眼了，他还在耍宝，冯锐意无语地问顾栾："顾栾，你吃得消吗？要不我来？"

"你质疑我？"顾栾甩了个眼色过去，眼底满是不悦。

冯锐意头皮一麻，撇了撇嘴。

等到了医务室，张文凯就连滚带爬跑去卫生间拉肚子了。没一会儿回来，他白着脸说："老师……我好像拉血了。"

"你先躺下来休息。"医生扶着他，"你应该是胃出血。救护车马上到了。"

沈礼他们没见过这阵仗，都吓傻了。

张文凯刚躺下没两分钟，救护车就疾驰而至。训练有素的急救人员抬着张文凯上了救护车，冯锐意跟着上车了。

"你们先回去吧，我陪一下他，等会儿他爸妈来了我就回。"冯锐意坐在车厢内摆摆手，让沈礼和顾栾回教室。

目送着亮着警示灯的急救车呼啸而去，沈礼蓦地松了口气，才发现自己浑身都被冷汗浸透了。

"太吓人了……"沈礼摇摇头，叹道。

顾栾抿了抿唇："早上我刚和冯锐意讨论了大头的状态，没想到来得这么突然。"

"大头好像半个多月没睡过好觉了，精神都要崩溃了。"沈礼叹道，"希望他这次住院能好好休息一阵。"

距离高考不过五十天了，张文凯被救护车拉走，课桌上还有厚厚一堆作业没写，教室里红色的倒计时数字还在跳动。

时间在继续流淌，只等人们耐着性子跨过去。

教室里，同学们都被张文凯吐血的事惊呆了，小声地议论。

午休时间，老王赶来叮嘱全班同学学习虽然重要，但一定要多锻炼，早睡觉，注意身体，然后又急匆匆离开了。

下午上课前，冯锐意回来了，带来了张文凯的情况。

"大头是胃出血。"

简单来说，就是长期作息不规律，饮食习惯不好，精神压力大，加上咖啡喝多了，胃出血导致呕血。

这件事如同被敲响的警钟，提醒着大家——

"一定要早睡啊！"

睡前，顾栾特地叮嘱沈礼："可不能再给我安排睡前作业了！"

"我布置的作业一个小时就可以写完。你最迟也能十一点前睡觉，早上六点半起床，能睡七个半小时。哪里少你的觉了？"沈礼没好气地反驳。

顾栾比了比沈礼的身高："我比你高这么多，需要的睡眠也更多啊。"

280

没见过这种歪理的。

沈礼摆手:"我随你,反正你不用考太好也能进首航。"

顾栾一听这阴阳怪气的话,就知道沈礼生气了,立刻怂了,讨好道:"说说而已嘛,沈老师,开个小玩笑。"

沈礼摆手:"赶紧滚去做题。"

顾栾立刻乖乖坐下来刷题。

沈礼在顾家的时候,就被江灵这位大学教授教导一定要合理规划时间,学习、工作、运动、休息,都要安排好。

他虽然爱赖床,但从不会牺牲自己的睡眠时间去学习,他一直觉得这样效果太差了。

寝室里就冯锐意一个人,空空荡荡的。一想到张文凯受此劫难,他有些后怕,睡前就跑来串门。

因为担心自己也有问题,冯锐意甚至上网搜索了一下:"睡眠满七个小时会生病吗?"

沈礼说:"要不你帮我搜一下,睡眠满七个小时,还可以长高吗?"

顾栾做完题,照常在寝室内做俯卧撑。听到这话,他"扑哧"一声笑了,然后一下破功,趴在了地上:"你怎么不问问,如何突破基因极限长到一米八?"

沈礼黑着脸:"男生二十五岁前还可以长高。做你的俯卧撑去。"

顾栾睡前都会锻炼,保持运动习惯,他翻了个身开始卷腹。

冯锐意坐在床上,一字一字地念叨:"只要蛋白质摄入足够就可以了。"

顾栾喘着气,笑道:"嗯,那看来我还能长,我一米八三。"

这种莫名其妙地在末尾加一句自己身高的行为,让冯锐意和沈礼都很无语。

"你再长……再长首航就不要你了!"沈礼咬牙切齿。

"进了再说。"顾栾咧嘴一笑,起身脱下上衣散汗。

他上身肌肉劲瘦,平时有衣服掩盖,看不出肌肉线条,这会儿冯锐意感受到了,原来这就是前体育生。

若是夏景那些女孩子看到这不夸张且漂亮的肌肉线条,不得花痴尖叫?

"沈礼,你得多跟我一起锻炼。"顾栾用上衣擦了擦脸上的汗,突然说道。

"啊?"沈礼莫名其妙。

"之前晨跑你还偷懒,你体力不行。"

"你没听今天夏景说的吗？我能一口气从寝室百米冲刺到教室，我体力可不差！"沈礼说着甩动自己的小腿，"人称'浮高小猎豹'！"

冯锐意被沈礼说得起了一身鸡皮疙瘩，默默起身回到自己寝室，还体贴地帮忙带上了门。

顾栾说："离高考没几天了，我感觉就这几天也没有进步的空间，拼的就是心态了。以后晚自习结束，就别做题了，我带你一起去操场夜跑吧？"

沈礼在认真思考这个问题。

又考了两次月考，顾栾成绩基本稳定在了四百多名，如果想再进步，的确不是短时间内可以达到的了。或许，顾栾到这里是极限了。

"你说得对。"沈礼点头，"我们都放松一点吧，高考最后拼的就是心态嘛！"

周五放学，同学们迫不及待整理书包准备回家，留校的同学则是赶着出去吃一顿好的。

教室里的同学很快就散得差不多了。

沈礼整理着自己的书包，将需要用到的作业本和笔记都塞进了书包里，一大包书沉甸甸的，两只手拎着都费劲。

冯锐意背着空空的书包，路过沈礼和顾栾这排座位，招呼一声："走啦，栗子、顾栾。"

"马上。"沈礼埋头又检查了一遍书包。

顾栾单肩背包，脚一钩椅脚，把椅子推进桌子底的空位，问道："带这么多书做什么？"

"给大头带的。他不是整天在群里喊自己好不容易挣的二十分加分都要掉光了吗？"沈礼起身试着背上书包，结果书包重得他差点往后摔倒，憋得脸都白了。

顾栾看不过眼，抬手勾住背包肩带，把包从沈礼双肩脱下："你背我的。"

一换一，是个公平的交换。

沈礼立刻轻松地接过顾栾的书包，无赖似的"嘿嘿"一笑。

张文凯住了两天院，吃药、吊盐水、做胃镜、做活检，没有落一样，他天天在群里哀号痛哭，说还要住五天。

这会儿真的住上了，饱受了病痛的摧残，张文凯倒是突然释怀了。痛也痛了，血也吐了，胃镜也做了，他知道健康有多美好了。

张文凯在群里叠毛道：医生还说顺便做个肠镜！开玩笑！士可杀不可辱！要做肠镜也不能是现在！

蒋叶青在群里连发十几个大笑的表情，回复：大头，你太没用了！好想立刻回来看你那衰样！"

张文凯回了个刀子的表情。

蒋叶青已经拿到了自己满意的大学录取通知书，再过两周就可以回国了，然后等到年底再出国读大学。

张文凯对他这种"氪金"玩家的顺利羡慕得红了眼眶：为什么你不用高考！

沈礼坐在冯锐意家的车子上，看着手机QQ聊天群里一条接一条的消息，无奈地摇摇头：大头，我们马上就到了，你节省精力，迎接我们。

张义凯：亲人啊！我想吃鸡蛋灌饼！

冯锐意从车副驾驶座回头跟沈礼对视一眼，交换了一个无奈的眼神。

群里另外四人都默契地沉默了，懒得回复张文凯无理的要求。

这会儿胃正痛苦着，每天只能喝点流食，输营养液的人，居然还有这么好的食欲。

大头真是奇妙的人。

张文凯：人呢？怎么都不理我了？

张文凯：出来说说话啊？冷群了？

手机"叮叮"个不停，顾栾翻了个白眼，把手机QQ关闭。

安静的车内，顾栾的声音低沉带着无奈："吵死了。"

"嘁……"副驾驶座传来冯锐意的嗤笑声。

三人在医院门口买了三个鸡蛋灌饼，拍了照片后，在医院门口吃掉，然后才进入医院。

人民医院住院部高高的大楼在夜色里格外巍峨，大楼灯火通明，衬得明亮的路灯都有些黯淡。

进入住院部大楼，空调风冻得人手臂发麻。

冷气从脚踝往上涌，沈礼跺了跺脚，嘀咕着："空调冷气也太大了。"

"我包里有校服。"顾栾嘀咕了一声。

沈礼身上已经穿着蓝白相间的春季校服外套，听到这话，他还是找了出来，套在了校服之外。

张文凯的病房在十楼的双人病房，几人一进病房内，还没开口打招呼，张文凯就一声惊呼："栗子，你怎么校服还能叠穿啊？"

"看起来精神不错。"沈礼轻笑一声，坐到张文凯床边的椅子上，环顾四周。

双人病房安静整洁，隔壁床位空着，病人不知道去了哪里，但生活用品都还摆放着。整个病房现只有张文凯一个人，他家人也不知去向。

沈礼问："你爸妈呢？"

"吃饭去了。"张文凯咧嘴一笑，问道，"有吃的吗？"

"有。"冯锐意把刚才拍的鸡蛋灌饼的照片翻出来，将手机递给张文凯，"有加香肠的，也有加里脊的。"

张文凯："……有没有加你的黑心肠的？"

冯锐意"嘿嘿"直笑，摸着自己的肚子，满足地说："吃得有点撑，不好意思啊！"

张文凯腹诽：真想骂人。

"大哥，你这样不好，明明我们真的带了好吃的。"沈礼反驳道。

张文凯双眼一亮，不禁撑起身子，神色充满期待。

"给我。"沈礼伸手，对顾栾使了个眼色。顾栾把手上重重的书包递给沈礼。

沈礼肩一沉，双手费劲地托起书包放到床沿。

张文凯将信将疑，期待道："真的带了？"

"都在这儿。"沈礼拍了拍书包，神秘微笑，"全是好东西啊！"

张文凯脸上的表情渐渐收敛，看看硬邦邦厚重的书包，怎么看都觉得里面装不了什么好吃的。

张文凯："……是什么？"

冯锐意背过身去偷笑。

"让我给你一一展示。"沈礼拉开书包拉链，把里面的笔记本和作业本一本一本地拿出来，"这，是来自年级第一沈礼亲笔编撰的课堂笔记和错题集，一套四本，一共两套八本。"

沈礼说到这里顿住了，冯锐意接下去说："沈礼同学，是我校杰出优秀的学生代表，考试拿到年级第一无数次，现已拿到B大自主招生加分十五分。"

"不错。"沈礼用播音腔回答，点了点头，继续介绍手里的笔记本，"整套课堂笔记分别是数学、物理、化学、生物。绝版珍藏，仅此一套……"

随着沈礼的热情介绍，每多介绍一门科目，张文凯的脸色就黯淡一分。到了最后，他面如土色："……栗子。"

"怎么了？"

"你是嫌我病得不够严重吗？"

"知识是人类精神的食粮啊！怎么不算吃的呢？"

张文凯摸索着躺回床上，用白色被子盖住脸："亏我还期待你们来看我，我就是个傻子。"

"别生气嘛，还不是担心你在医院里焦虑，所以把我的笔记带来了，也不是要你带病学习，单纯就是缓解你的心理压力。你自己说的，安慰剂效应嘛！"沈礼讨好地说道。

冯锐意把张文凯盖在脸上的被子拉开，劝道："对啊，大头，你之前都把栗子的签名当护身符，现在他把所有笔记都带来了，不就是给你心理安慰嘛。"

"心理安慰……我看到栗子写得这么工整完美的课堂笔记，不得更焦虑啊？"张文凯噘着嘴，闷声闷气地说道。

三人都听笑了。

所幸张文凯的气来得快去得也快，他很快又高兴起来，坐起身子和三名室友插科打诨，聊着最近班上的趣事。

过了十来分钟，张文凯的父亲回来了，带来了张文凯今天的晚饭——白米粥。

见沈礼他们都在，张父很热情，又是请他们吃水果，又是请他们喝茶。

张文凯嚷嚷："爸！我还没吃晚饭呢！到底谁重要啊？"

"你同学来看你，你还这么不懂事，都不请他们吃点东西。"张父瞪他一眼，把白粥放到床头柜上，硬声硬气，"吃！"

张文凯看了一眼，清汤寡水，毫无食欲。

他叹了声气，怨念地看了眼冯锐意和沈礼，倒是不敢看顾奕，然后埋头喝白粥。

见张父回来了，沈礼他们聊了没多久便离开了。

三人站在医院门口，月亮出来了，夜色如水。

冯锐意感慨："看他状态挺好的，不用担心了。"

"置之死地而后生，遭了这次劫，他高考一定能考好。"沈礼叹道。

原本只将焦虑不安藏在内心，真正爆发以后吃了苦头，张文凯反倒释然了。

285

"等他回校后，你多盯着点。"沈礼拍了拍冯锐意的肩膀，"要是有之前的苗头，我们早点开导他。最后阶段了，可别再掉链子了。"

冯锐意点点头。

张文凯还没回校，学校在统计自主招生的成果，沈礼报了自己的成绩后，把张文凯的也报了上去。

之前沈礼的加分情况只是班上知道，报上去后，学校贴了张战报出来鼓舞士气。

沈礼的成绩排在战报的第三，前两名则是之前高二暑假拿到B大、Q大保送名额的同学。

看到沈礼的自招加分才十五分，顿时，校内不少人对沈礼议论纷纷。

关于沈礼的议论甚嚣尘上，但大都是笑沈礼所谓的年级第一根本名不副实。

同班同学侯登为此还差点跟楼下班级的同学打起来，因为对方说："沈礼整天吹自己年级第一，结果连保送都拿不到，就加十五分。十五分能顶什么用啊？我错三道选择题就十五分了。笑话，咻。"

胡东听说侯登跟别班同学推搡起来，喊冯锐意一起下楼把人给带回来。

一问清楚原因，胡东笑了："这种事有什么好吵的啊？"

冯锐意也听笑了："猴子，你真的生气了吗？"

"就是听了很不爽啊！沈礼当时不是顾虑别的事……才没去考保送的吗？"侯登说着，翻了个白眼。

彼时沈礼还在卫生间没回来，顾栾听到事情跟沈礼有关，挤进去围观。

他问："所以对方怎么说沈礼的？"

侯登一看是顾栾，缩了缩脖子，仔细斟酌用词，然后说他跟对方吵嚷就是小打小闹。顾栾看着可不好惹，他用词非常委婉，说完抬眼小心翼翼地打量顾栾的脸色，生怕顾栾表情难看。

没想到顾栾听了后，居然笑了。

"哈哈？十五分对那人来说当然不能进B大了，加六十分都没用吧？但对沈礼来说，不过是一个保险罢了。"

顾栾语气轻松，浑然不觉这话有多伤人。当然，他不针对教室里的任何人。

十五分于沈礼来说，就是万一失分的一个保障，只要他不错到离谱，比如数学最后一题一字没动，不然这十五分给他完全够用了。

所有人都知道这个道理，但总有人会说难听的话。

"侯登，你也没什么好气的，有人眼红是正常的，只有这分是加给他的，他才会一声不吭。"顾栾拍拍侯登的肩膀，挑挑眉，说道。

侯登狠狠松了口气，心说：看来平时看错顾栾了。

胡东和冯锐意深以为然，七嘴八舌地劝同学们没必要因为这种口舌之争上头。

这时候沈礼回来了，一进门就看到围在教室中央的同学们，疑惑地问："怎么？有什么八卦吗？"

一见当事人回来，围聚的同学们立刻作鸟兽散。

顾栾钩着沈礼的脖子往自己位置走。

冯锐意则笑道："正讨论大头呢，他不是快出院了吗？"

"哦……这也值得你们围着讨论啊？"沈礼将信将疑。

冯锐意眯起眼微笑着，默不作声。

张文凯清瘦了很多，显得头更大了。他瘦了后下颌线显出来，还剃了个寸头，看着倒是精神多了。

他回来后继续插科打诨，跟同学们玩闹，心态好了以后，不再像之前那样失眠了。

一晃，距离高考还剩最后一个月。

像是突然想到了家里还有个考生，顾安安排了家里的阿姨，每天中午和傍晚带着保温餐盒去学校给顾栾和沈礼加餐。

刚下课，顾栾招呼着张文凯和冯锐意，几人正想一起往食堂走去，顾安突然打来电话。

顾栾原本并不想接这个来电，沈礼却说："他也没有这个点打过电话吧？你接起来看看是什么事。"

顾栾只能翻了个白眼，对冯锐意摆摆手："你和人头先过去给我俩占座位吧？"

冯锐意点点头，和张文凯往食堂跑去。

顾栾接起电话。

顾安依旧是那种自顾自下命令的态度："我让张姨给你和小礼带了午饭。以后你们的午饭和晚饭，她都会送来。"

顾栾好半晌才反应过来顾安话里的意思，一扭头，就见家里的住家阿姨张姨正从楼梯口笑眯眯地走过来，手上提着一个大大的保温袋。

"……我没有这个需要。"顾栾闷声回答。

"食堂就那几个菜,没营养,家里做的卫生健康。如果你觉得没有这个必要,那就住到校外通校,我找人过去给你们做饭。"顾安的语气不容置喙。

顾栾的心脏快要爆炸了:"不用了,吃就吃。"

等顾栾挂了电话,张姨温和地跟顾栾和沈礼打招呼,跟着他俩进入教室。

得知顾安的意思,沈礼心情很复杂。顾安虽说父爱不多,但总比某个连人性都没有的沈姓中年男子要强百倍。

沈礼深知自己算是沾了顾栾的光,哪怕做一个人的饭和做两个人的饭并没有什么区别。

顾栾皱着眉看到阿姨把饭菜带到教室里来,一格一格在桌上摆好,小小的课桌顿时逼仄起来,连课本都没地方摆了。

教室里还有没去食堂的同学,以及其他送饭来的家长,大家都好奇地看着顾栾这边。

"告诉顾安,下次不用了。"顾栾不耐烦地说道,压抑着不悦的情绪。

阿姨也是打工人,顾栾不想让她为难。

"小栾,你爸爸妈妈很关心你的,不要让他们难受。你也别想太多,吃好,休息好,安安心心学习就行。"张姨语重心长地劝道。

顾栾摇摇头,没有再说话,埋头吃饭。

此后,几乎每天中午和傍晚,张姨都会带着保温餐盒来教室。几次以后,顾栾觉得在教室吃饭太丢脸,就干脆让她送到学校门口,自己去校门口拿了去附近的空教室吃饭。

张文凯和冯锐意感觉被抛弃了,两人怨声载道:"有好东西吃都不分享一下!"

"我们还得跑过去吃!"顾栾不胜其烦,"给你们吃吧,你们以为我想让他送啊!"

他这样一说,两人又噤声了。他们都知道顾家和沈家的情况,也不想触这个霉头。

张文凯摆摆手:"吃吧,多吃点。你看看栗子,太瘦了。"

连吃了一周后,沈礼早上起床洗脸刷牙,一照镜子,莫名感觉自己似乎圆润了。

镜子里的少年依旧清秀细瘦,眼里有着笃定的光,刘海微长,落在眉眼中央,此时刚睡醒,神清气爽,精神饱满。

身后有高个子少年一只手撩开衣角挠自己的腹肌,另一只手摸着下巴,打着哈欠凑近，嘟囔着："今天怎么醒这么早？"

"人头打呼了，我隔着墙都被吵醒了，睡不着就起来了。"沈礼回答。

顾栾低笑了一声，长臂一伸，握住自己的牙缸，看着镜子里的沈礼，他问："你洗好了吗？我要刷牙了。"

沈礼"哦"了一声，往旁边挪了挪，问："你看我是不是胖了一点？"

顾栾眯着眼看他，摇头："我天天见你，看不出来啊。你问别人吧，那种几个月没见你的。"

在学校里面，上哪儿找这种人去？

沈礼翻了个白眼，抓过毛巾胡乱抹了一把脸就离开了卫生间。

周五，最后一次模拟考结束，沈礼没有再如往常一样把答案写在黑板上让大家估分。

五月的雨季，骤雨初歇后，晚霞艳丽，火烧云染红了半边天空，整个世界仿佛都笼罩在红光下。

霞光洒进窗内，沈礼站在讲台上，朗声说道："最后一次大考，就不给大家估分啦。我相信，到今天，我们自己心里也有底了。

"希望大家都能有一颗坚定的心，沉着冷静，砥砺前行。"

夏景蓦地伤感起来，等沈礼回到座位，她回头噘着嘴说道："感觉好像已经毕业了一样。"

沈礼："怎么？"

"就是习惯了你考后给大家估分，听见你这样说，感觉好像……"夏景顿了顿，叹道，"无论什么事，都会有终结的那天。"

"世间万物，都得有始有终，没有什么是亘古不变的。"沈礼倒是看得很开，"时间会带来一切，也会带走一切。"

冯锐意和张文凯这周回家准备好好休息两天。

整理好书包，顾栾和沈礼打算回一趟寝室，然后去市区下馆子。

今天张姨不来送饭，他们想狠狠吃顿垃圾食品。

回到寝室把书包放了，换了身便服，两人一边下楼，一边商量着去哪家饭店吃饭。

大厅里，宿管大爷的窗口，一个瘦小的女人佝偻着背趴在窗口前跟宿管大爷说着什么。

顾栾低头看手机，说："我问问蒋叶青有什么好吃的吧？他不是回国了吗,应该没事干,每天都在吃喝玩乐……"

发现没有人应声,顾栾疑惑地从手机屏幕上抬起视线,看向沈礼,却发现他正看向大厅的宿管窗口,表情呆滞。

顾栾顺着他的视线看过去,眉心微微一皱。

赵红花?她怎么来了?

听见脚步声,赵红花抬起头。见到来人,她双眼一亮,立刻扬起笑脸,拎着手中重重的袋子,小跑过来:"小礼、小栾,你们在啊!"

顾栾刚想说话,被沈礼握住手臂制止。

沈礼舔了舔干涩的唇瓣,低声问:"你怎么来了?"

因为大厅里还有别人,沈礼顿了顿,还是在这句话之后加了一个"妈"。

他以为他们说好了互不打扰,也以为他们有这个默契,可是赵红花怎么会连招呼都不打就来了?

赵红花尴尬地笑了笑,把手中重重的袋子提起来,她看了眼顾栾,再看着沈礼,解释道:"小礼……你胖了一点,真好。我……做了点吃的,想送来给你们吃。本来想着就先放在楼下宿管这里,也没有想见你们的。"

她话说得委婉又卑微,又想到她刚才的模样,沈礼心里不是滋味,视线下移,看到她手臂上的瘀青和擦伤,心脏发紧。

"我们要去吃晚饭,"沈礼走到赵红花跟前,闷声闷气地问,"要不要……一起?"

他的内心矛盾地撕扯着,一方面,他觉得赵红花好可怜,家里养着醉鬼,他这个做儿子的又不亲近;另一方面,他又实在不愿意和赵红花一起吃饭。

赵红花的手指在瘀青上无意识地摩挲,眼神闪避:"不了,你爸……他还等着我去吃饭呢。"

听到这话,沈礼突然就笃定了,要带她一起吃饭。

沈礼握住赵红花的手腕,牵着她走出寝室楼。

顾栾立刻跟上。

"他自己有手有脚,一顿饭都做不出来吗?再说了,他喝那么多酒,怎么可能感觉饿呢?一顿不吃能饿死吗?"沈礼怒火中烧,一边走一边骂骂咧咧,"你越是这样,他越觉得自己跟皇帝一样,更加游手好闲。这么大一个男人,方便面都不会泡吗?"

赵红花低声说:"小礼,我不去吃,你放开我。"

顾栾劝道:"阿……阿姨,你就跟我们一起吃一顿饭吧,过来一趟也很远。"

这个称呼让赵红花一愣,她喉咙一哽,深深地吸了口气,感觉呼吸都在颤抖。

"我打算离婚了。"赵红花低声说道。

沈礼和顾栾一怔,同时停下了脚步。

"你说什么?"沈礼回头看她。

"小礼,你说得对,我不能被他束缚住,所以,我打算跟他离婚。"赵红花脸色苍白,眼神躲闪。

"他肯定不会同意,但是我咨询过律师,我可以起诉离婚。他现在没有工作,整天喝酒,还……还打人,法院判决我们离婚的概率很大。"赵红花说着,眼里充满了希望。

沈礼愣了半秒,咧嘴笑道:"好事啊,那不更应该一起吃一顿饭吗?"

"不是……我……"

赵红花无论怎么说,沈礼和顾栾都听不见了,他俩高高兴兴地拉着瘦弱的中年女人,坐上去往市区的公交车。

一路上,顾栾也替赵红花高兴。

小时候,每次顾栾被打,赵红花都挡在他身前。等沈卫兵发完脾气,她只会自怨自艾地哭,道歉,忏悔自己没用。

那时候顾栾一直不理解,忏悔能有什么用,为什么不离婚?等年纪大点了,他知道很多事情并没有那么简单。

人有时候最缺的就是那一股勇气。

现在看到赵红花鼓起勇气做这个决定,他替她开心。

"阿姨,律师我帮你找。你要是担心他死缠烂打,或者做些不好的事,我找人帮你到外地躲一躲。"顾栾热情地说道。

餐桌上,吃了热菜以后,赵红花面色红润,精神饱满,笑脸盈盈地点头。

沈礼心情略显复杂。

他的亲生母亲,到头来还是更加亲近顾栾,但他早就想通了,他和顾栾就像异姓的亲兄弟似的,还分什么你我?

顾栾提到顾家,赵红花想到了什么,突然皱着眉说:"沈卫兵应该是知道小栾在浮城了,他打听到了顾家的消息。他最近喝醉了酒,一直跟邻居吹嘘自己的儿子以后就是浮城首富。"

顾栾嗤笑一声:"就顾安那些破钱,白送我都不要。我看以后的浮城首富说不定是沈礼呢。"

沈礼仔细想了想,居然点头了:"你说得对啊,我这么聪明,说不定真有可能呢!"

赵红花笑道:"嗯,小礼很聪明,以后读了B大,再读个研究生,做什么都能做到最厉害的,想赚多少钱都有能力。"

这就太高看他了。

沈礼笑着谦虚几句,担忧地问顾栾:"你要高考了,要不要跟你爸妈说一下沈卫兵的事?不然……"

顾栾黑着脸,不情不愿地说道:"行吧。"

吃完晚饭,两人送赵红花坐上回家的出租车。离别前,沈礼还塞了五百块现金给赵红花。

赵红花说什么都不要:"这是你快两个月的生活费了!我这个当妈的怎么能跟儿子要钱?"

沈礼强硬地把钱塞进她手里:"你拿着!我以后每个月给你生活费,你不准花在沈卫兵身上!自己买点营养品,换几套好看的衣服,知道吗?"

赵红花鼻腔泛酸,红着眼眶,没有说话,只是垂着头用力点了点,将钱一卷,收在衣服里。

出租车车门合上,车子扬长而去,赵红花坐在车后座泣不成声。

司机师傅从后视镜里看着泪流满面的女人,感慨:"大姐,你儿子对你可真好啊!"

"是……我儿子很好,很优秀。只是我……"她哽咽道,"我不是个合格的妈妈。"

饭店门口,沈礼遥望着出租车的尾灯消失在夜色里。

明亮的路灯下,顾栾拍了拍沈礼的肩膀,轻声说道:"回校吧。"

沈礼收回视线,低下头眨了眨眼睛,将眼里的那层水汽眨掉:"嗯……我们回校。"

顾栾有没有把沈卫兵的事告诉顾安,沈礼并不清楚。之后的生活更加紧张,高考倒计时从"3"开头变成"2"开头,最后由两位数直接降到了个位数。

所有人都有一种窒息感,这种窒息又伴随着一种名为希望的情绪,仿佛只要度过这个令人窒息的阶段,未来就会轻松光明。

沈礼结束了对顾栾的一对一保姆级辅导,他的结课发言如下:

"经过两个学期的努力学习,顾栾同学以堪称人类医学奇迹的进步,向世人证明了，猴子可以在一年内进化成为人类。年级垫底的人，也可以在一年内有野心冲击重本。我相信，顾栾同学的未来是光明的、美好的，顾栾同学也一定能在天空自由翱翔。"

张文凯和冯锐意卖力鼓掌。

"说得好啊！有沈老师的祝福，顾栾考得一定不会差！"张文凯打趣道。

顾栾黑着脸坐在寝室地上，看着小黑板上的"结课典礼"四个粉笔字，翻了个白眼。

"后面一句我当你是在祝福我，前面怎么听怎么别扭。什么叫作'猴子也可以在一年内进化成人类'？我什么时候是猴子了？"

沈礼："重力加速度都不知道的话，在我眼里可真的是猴子哦。"

顾栾腹诽：那是我少不更事的时候！

张文凯看热闹不嫌事大："说你是猴子都侮辱猴子啦！"

冯锐意："大头！"

顾栾站起来瞪张文凯，张文凯连忙爬起来往自己寝室逃跑。

"好汉饶命！"他边跑边哀号。

最后一周，学校也不再布置作业，而是给同学们最后顺一遍知识点，顺便加油鼓劲。

数学课，老王已经顺到了最后一本教材的知识点。

又是一个雨后，教室两侧的窗都敞开着，有湿润的凉风从教室里穿堂而过，带着青草和泥土的芬芳。

课桌一排一排整整齐齐的，有人昂起下巴看向投影，手边是高高一沓教辅和试卷，已经被翻得松散破旧。

有些卷子突然被风吹乱，少年手忙脚乱整理好，塞进某本教辅里压实。

没人注意到有人在教室外来回徘徊，时不时靠着栏杆远远往窗户内张望，视线落在教室后排的人身上，眼里闪过一抹贪婪精明的光。

下课铃响起，沈礼伸了个懒腰，起身："我去上个厕所，一起吗？"

顾栾一脸嫌恶："我要去会自己去，谁还结伴上厕所啊？"

沈礼耸耸肩，和胡东一块儿走出教室。

他刚踏出教室，就有一个精瘦的人影突然拦住他，然后他看到了一张如同噩梦般令人厌恶的脸。

"小礼，你和小栾是同学的事，你怎么可以瞒着爸爸啊？你知不知道我一直都在找小栾？小礼，你怎么可以这么自私！"

293

沈卫兵一上来就劈头盖脸地指责，沈礼瞪大双眼，一刹那大脑一片空白。

他怎么会在这里？他居然真的找过来了？他会不会对顾栾不利，影响顾栾的生活？

见沈礼呆若木鸡，沈卫兵自以为沈礼理亏，拽住沈礼的手臂，大声质问："我问你，小栾呢？我要找他！"

沈卫兵吵嚷着，探头往教室内看。

沈礼见他想要冲进去，急忙拉住他，压低声音愤怒地说道："你不要在这里闹！"

"给我滚！怎么跟你老子说话的！"说着，沈卫兵用力一推。

中年男人虽然被酒精掏空了身体，但依旧很有力气，一把就将沈礼推搡到了地上。

围观的同学发出尖叫，有女孩子小心地把沈礼扶坐起来。

胡东恼火地喊道："你干什么啊？我叫保安来了！"

沈卫兵充耳不闻，推开沈礼后，拍了拍自己的手，嗤笑一声："臭小子，跟你老子玩心眼。"

他愤怒沈礼隐瞒顾栾的存在，也恼火赵红花欺瞒自己。除夕那天，他依稀看见顾栾，原来并不是喝醉了酒出现的幻觉，那就是顾栾。

赵红花明明知道，却骗自己。

沈卫兵被愤怒冲昏了头脑。他得知顾栾在浮高读书后，把赵红花教训了一顿就跑来找沈礼。既然两人是同校，那沈礼一定见过顾栾。

门口保安听说他是沈礼的父亲，虽然有些迟疑，但依旧将他放了进来。这让沈卫兵更加肯定顾栾和沈礼已经见过面了，因为沈礼居然在学校这么有名。

他对着坐在地上的沈礼啐了一口，暗骂几句，扭头就要往教室后门走去。这时，一个瘦高的人影从教室里窜出来，沈卫兵都来不及眨眼，就感觉一阵风呼啸至身前。

还没看清来人，沈卫兵就被一股巨大的力量往后推了一把。"砰"的一声，沈卫兵重重摔坐在地上。

臀部传来一阵钝痛，沈卫兵疼得倒吸了口冷气，半晌才抬起头看向来人。

瘦高个子，皮肤白了许多，一副养尊处优的富家公子气派，但那五官依旧是记忆里的模样，特别是那双眼睛，充满恨意、野性，跟狼似的，锐利中带着狠劲。

沈卫兵双眼一亮，狂喜道："小栾，你还认得我吗？我是爸爸啊！"

"滚，你算哪门子爸爸！"顾栾低声骂道，看都不看他一眼，转身扶起沈礼，声音温和，"你没事吧？"

沈礼摇摇头。

另一边，冯锐意和张文凯看到这情况已经跑去保卫科喊人，胡东则去找老师。围观的同学见到这疯疯癫癫、吊儿郎当的中年男人，都惴惴不安。

有人小声议论着："这居然就是沈礼的爸爸？沈礼居然有这种混账爸爸？"

"你看他们身材倒是挺像，不过沈礼比他爸好看多了。"

"那顾栾跟他又是什么关系？好奇怪啊！"

顾栾舔了舔唇，恼火地喊道："闭嘴！吵死了！"

八卦的同学们顿时噤了声。

沈卫兵还要纠缠顾栾，套近乎："小栾，我养了你十几年，你怎么可以不认我呢？"

顾栾不理会他，带着沈礼回到教室，对周围的同学喊道："都回自己教室，别让这个疯子进来！"

沈卫兵要跟进来，被顾栾推出了门。他还想进，正好张文凯和冯锐意带着老师和保卫科的保安赶了过来。

"你！干什么的！"保卫科科长喊道。

一个个人高马大的保安立刻冲过来按住沈卫兵。

沈卫兵本就矮小，一见到高大的成年人，立刻面如土色，不敢再纠缠了。

顾栾不再理会走廊上的事，皱着眉检查沈礼手臂上的擦伤。

沈礼摔在地上的时候，手臂磨破了皮，此时渗出了点血丝。

"没事。"沈礼摇摇头，平静了下来。

他探头往窗外看去，老王和其他班级的班主任都赶了过来。

了解了情况，得知男人是沈礼的父亲后，老王往窗内看了一眼，正好和沈礼的视线撞了个正着。

沈礼尴尬地笑了笑。

老王给了他一个安慰的笑，眼神里带着抚慰的力量，沈礼心顿时平静下来。

"你放心吧。"顾栾在沈礼耳边突然说道。

沈礼疑惑地看他。

"我跟顾安说过这事的，让他防范着点。刚才我又给他发信息了。"顾栾看着窗外，咬牙切齿，"不会让这家伙好过的。"

沈礼低低应了一声，看向窗外被保安团团围住的瘦小男人，只感觉荒诞。他对沈卫兵没有太多情感，无论是恨还是爱，都没有。沈卫兵只是个把顾栾卖了个好价钱的自私自利的酒鬼。沈礼在沈家这四年，就算有受到恩情，也是赵红花的恩情。

所以之前赵红花逆来顺受，沈礼一直很生气，恨铁不成钢。眼下赵红花打算离婚，沈礼举双手赞成。

沈卫兵被保卫科的人带走了，临走前还回头看着教室，眼巴巴地想再看几眼顾栾。但顾栾深知沈卫兵这并不是什么父爱如山的遥望，只不过是遗憾地看着一棵摇钱树罢了。

之后的事，沈礼没有再去理会，其他同学也只当这是一场闹剧，很快就抛之脑后，不再八卦。毕竟一周后就要高考了，谁都没有时间和精力浪费在不相干的人身上。

两天后，沈礼才从顾栾这里得知了沈卫兵这场闹剧的结局。

沈卫兵因为寻衅滋事，被拘留十天，等他出来，高考正好结束。这意味着至少高考结束前，他们都不会再被沈卫兵骚扰了。

沈礼："……怎么这么凑巧？"

顾栾耸耸肩，无所谓地回答："谁知道呢？可能是派出所照顾咱们考生吧？"

沈礼不想去猜测顾家在这里面扮演了什么样的角色，沈卫兵好歹是他的生父，闹出这种事，他也觉得丢脸。

他给赵红花打了个电话。

"他在里面有吃有住的，还能戒酒，挺好的。"电话那头的赵红花似乎心情不错，甚至没有任何对沈卫兵的担心。

听到这话，沈礼忍不住笑了。

"小礼，你不要受影响，好好考试。小栾给我找好律师了，等你考完试，我就跟他离婚。你放心吧。"赵红花的声音都带着朝气，一扫先前的死气沉沉和疲惫，也没有了过往的怨天尤人。

沈礼心头一暖："好的，你好好照顾自己。"

他挂了电话，看向窗外。傍晚，夕阳洒下最后的余晖，半面天空都是金黄色的，天空漂亮得像镀了层金。

沈礼看着窗外的天，勾起了嘴角。

"想什么呢？笑得这么恶心。"顾栾从卫生间出来，疑惑地问。

"没什么。"

"走,吃饭去吧,大头和大哥等着呢。"

"好。"

考前两天,上完最后一节课,高中所有课程正式结束。

四人一起下馆子,庆祝结课。

之后的两天,大家则各自按照自己的节奏做最后的考前复习。

再然后,就是上考场了。

高考前一天,天气还很闷热。

顾栾躺了一个小时,辗转难眠,听到窗外有雨声才不知不觉睡着。

等第二天早上醒来,窗外凉爽的空气中带着湿润,太阳和煦地照在脸上,这是最舒服的天气。

顾栾和沈礼准备好一切,走出寝室,抬眼,隔壁寝室门口,张文凯和冯锐意也在关门。

四人对视一眼,轻笑一声。

"加油啊!"

"加油!"

考完自选模块的那天上午下了一场小雨,淅淅沥沥的。

考完的时候,雨停了。顾栾站在教学楼楼梯口,等着沈礼和自己碰头。

两人从教学楼出来,遇上张文凯和冯锐意。四位少年对视一眼,都在对方脸上看到了轻松惬意。

他们在心里想着:一定都考得不错。

不知道是谁喊了一声:"看,彩虹!"

他们循声看了过去,只看见东边天空靠近山峦的方向,有一道圆弧状的大大的彩虹,好像挂在了树梢上。

"看到彩虹是幸运的象征!赶紧许愿!"张文凯激动地喊道。

沈礼轻笑一声:"你太迷信了。"

他嘴上这么说,心里却许愿道:祝愿我们都会得到自己想要的。

抬起眼,沈礼撞进一片黑色的星空,这是顾栾黑沉沉的眼眸。

顾栾笑眯眯地看着沈礼。

沈礼别开视线,轻咳一声:"你看我做什么?"

"想问问你,许了什么愿?"

沈礼嗤笑:"我怎么可能许愿啊?"

"哦，我许愿了。"顾栾低头，贴着沈礼的耳朵小声说。
"……什么愿呢？"
顾栾"嘿嘿"一笑："秘密！才不说呢！"
"啧，你好烦！"
两人闹作一团。
冯锐意"呵呵"轻笑。
四人往校门走去，迎向等待他们凯旋的亲人。
这一次，沈礼知道，自己也有亲人了。
从此以后，他总算不再孤单了。

-The End-